ଈଶ୍ୱରଙ୍କ ହସ

ଈଶ୍ୱରଙ୍କ ହସ

(କ୍ଷୁଦ୍ରଗଳ୍ପ ସଙ୍କଳନ)

ଡକ୍ଟର ବିଜ୍ଞାନୀ ଦାସ

ବ୍ଲାକ୍ ଈଗଲ୍ ବୁକ୍ସ
ଭୁବନେଶ୍ୱର, ଓଡ଼ିଶା

BLACK EAGLE BOOKS
Dublin, USA

ଈଶ୍ୱରଙ୍କ ହସ / ଡକ୍ଟର ବିଜ୍ଞାନୀ ଦାସ

ବ୍ଲାକ୍ ଈଗଲ୍ ବୁକ୍ସ : ଭୁବନେଶ୍ୱର, ଓଡ଼ିଶା • ଡବଲିନ୍, ଯୁକ୍ତରାଷ୍ଟ୍ର ଆମେରିକା

BLACK EAGLE BOOKS

USA address:
7464 Wisdom Lane
Dublin, OH 43016

India address:
E/312, Trident Galaxy, Kalinga Nagar,
Bhubaneswar-751003, Odisha, India

E-mail: info@blackeaglebooks.org
Website: www.blackeaglebooks.org

First International Edition Published by
BLACK EAGLE BOOKS, 2023

ISHWARANKA HASA (God's Laughter)
by **Dr Bigyani Das**

Copyright © **Dr Bigyani Das**

Cover & Interior Design: Ezy's Publication

ISBN- 978-1-64560-457-0 (Paperback)

Printed in the United States of America

ମୋର ତିନି କନ୍ୟା **ବାଗ୍ମୀ, ମୃଣାଳୀ** ଓ **ଶାଶ୍ୱତୀଙ୍କ** ପାଇଁ

ଈଶ୍ୱରଙ୍କ ହସର ଗଭୀର ତତ୍ତ୍ୱ

ଈଶ୍ୱରଙ୍କ ବିଷୟରେ କିଛି ନଜାଣି ଆମେ ସବୁ ଈଶ୍ୱରଙ୍କୁ ମାନିନେଇଥିଲୁ ଓ ଏବେ ମଧ୍ୟ ସେ ମାନିବା ମନ ଓ ହୃଦୟ ମଧ୍ୟରେ ଜଡ଼ିତ ହୋଇ ରହିଯାଇଛି। ପିଲାଟିବେଳୁ ଆମମାନଙ୍କ ମନରେ ଈଶ୍ୱରବିଶ୍ୱାସ ଭରିଦିଆଯାଇଥିଲା। ସେ ନେଇ ପ୍ରତିଦିନର ଅନେକ ବିଧି, ନିୟମ, ଆମେମାନେ ବିନା ପ୍ରଶ୍ନରେ ପାଳନ କରିଆସୁଥିଲୁ, କେବଳ ଈଶ୍ୱରଙ୍କୁ ଖୁସି କରାଇବା ପାଇଁ। ତାହେଲେ ଈଶ୍ୱର ଆମମାନଙ୍କ ଉପରେ ସନ୍ତୁଷ୍ଟ ହେବେ, ଆଶୀର୍ବାଦ କରିବେ, ଜୀବନରୁ ବାଧାବିଘ୍ନ ଦୂରୀଭୂତ କରିବେ ଓ ଜୀବନକୁ ସୁଖ, ଶାନ୍ତିରେ ଭରିଦେବେ। କିନ୍ତୁ ଯେତେ ପାଳିଲେ ବି ସେମିତି କଣ ହେଉଥିଲା ? ସେମିତି ହେଉଥିଲେ, ବନ୍ୟା, ମରୁଡ଼ି ଭଳି ପ୍ରାକୃତିକ ବିପର୍ଯ୍ୟୟ ସବୁ ଗ୍ରାମ୍ୟ ଜୀବନକୁ ହତାଶାରେ ଭରିଦେଉନଥାନ୍ତା। ହଇଜା, ବସନ୍ତ, କାଛୁ, କୁଣ୍ଡିଆ ରୋଗ କାହାକୁ ହେଉନଥାନ୍ତା କି କେଉଁ ଶିଶୁ ସାମାନ୍ୟ ଝାଡ଼ାବାନ୍ତିରେ ଶେଷନିଶ୍ୱାସ ତ୍ୟାଗ କରୁନଥାନ୍ତା। କାହାର ଏକମାତ୍ର ସନ୍ତାନ ସରୀସୃପର ବିଷ ପ୍ରଭାବରେ ମୃତ୍ୟୁ ବରଣ କରୁନଥାନ୍ତା। କେଉଁ ଯୁବତୀ ଯୁବାବସ୍ଥାରେ ବୈଧବ୍ୟ ଦୁଃଖ ଭୋଗୁନଥାନ୍ତା।

ଏସବୁରୁ ମନେହୁଏ, ଈଶ୍ୱରଙ୍କର ନିଜସ୍ୱ ମନ ଅଛି, ବିବେଚନା ଅଛି, ଚିନ୍ତା ଅଛି। କାହାକୁ କେତେବେଳେ କେମିତି ଭାବେ କେଉଁ ଭୂମିକାରେ ମଞ୍ଚାସୀନ କରେଇବେ, ସେ ଯୋଜନା ତାଙ୍କର। ସେଥିପାଇଁ ଜୀବନରେ ଏମିତି କିଛି ସବୁ ଘଟିଯାଏ, ଯାହା ଅବିଶ୍ୱାସନୀୟ। ସବୁ ଯୁକ୍ତି ଥାଇ ବି ଏମିତି ଅଯୌକ୍ତିକ ଘଟଣା ଘଟିଯାଏ, ଯାହାକୁ ଆମେ ଈଶ୍ୱରଙ୍କ ଚମତ୍କାରିତା ଭାବେ ବିଚାର କରୁ। ହେଲେ ଏକଥା ସତ, ସବୁ ସମୟରେ ଅତିରୁ ହିଁ ଇତି। ଅତି ସର୍ବତ୍ର ବର୍ଜୟେତ୍। ଅତି ଗର୍ବେ ହତ ଲଙ୍କା, ଅତି ମାନେଷ୍ଟ କୌରବା, ଅତି ଦାନେ ବଳି ବଧ, ଅତି ସର୍ବତ୍ର ଗର୍ହିତମ୍।

ଏଣୁ ପିଲାବେଳରୁ ଗୁରୁଜନ ମାନେ ଶିକ୍ଷା ଦେଇଥାନ୍ତି, "କେଉଁ ସମୟରେ

ସଫଳତା ପ୍ରାପ୍ତିରେ ଗର୍ବ, ଅହଙ୍କାର ଆଣିବନି। କାରଣ, ସମସ୍ତ ସଫଳତା, ସମସ୍ତ ପ୍ରାପ୍ତି କେବଳ ଈଶ୍ୱରଙ୍କର, ତମର ନିଜସ୍ୱ କିଛି ନୁହେଁ। ସେ ସଫଳତାର ଗ୍ରାହକ ହେବା ପାଇଁ ଈଶ୍ୱର ଯେ ତମକୁ ବାଛିଲେ, ତମେ ସେ ନେଇ କୃତଜ୍ଞ ହୁଅ; କିନ୍ତୁ ଅହଙ୍କାରୀ ନୁହେଁ। କାରଣ ଈଶ୍ୱର ହିଁ ସବୁର ଘଟସୂତ୍ର। ଏଠି ସବୁ କିଛି ଗତିଶୀଳ। ଶିଶୁ ଯେମିତି ବିଭିନ୍ନ ପର୍ଯ୍ୟାୟ ଦେଇ ପରିବର୍ତ୍ତନ ହୋଇ ବୃଦ୍ଧ ହୁଏ, ସେମିତି ଜୀବନ, ଯୌବନ, ସୁଖ, ସୌଭାଗ୍ୟ, ଶକ୍ତି, ସାମର୍ଥ୍ୟ, ପ୍ରଭାବ, ଦକ୍ଷତା, ସବୁ ଏଠି ପରିବର୍ତ୍ତନଶୀଳ। ସବୁର ମାଲିକ ଈଶ୍ୱର। ନିଜେ କର୍ତ୍ତା ବୋଲି ମନରେ, ଗର୍ବ, ଅହଙ୍କାର ଆସିଲେ, ସମସ୍ତ ଦକ୍ଷତା, ସମସ୍ତ ଦୃଢତା ଓ ଲକ୍ଷ୍ୟସାଧନ ଉପରେ ତାର ପ୍ରଭାବ ପଡ଼େ, ଯେଉଁ ପ୍ରଭାବରୁ ଜୀବନ ବରଦାନ ନହୋଇ ବିଡ଼ମ୍ବିତ ହୋଇଯାଏ।"

ମୋର ଅନୁଭବରେ ମୁଁ ମୋ ଚାରିପଟେ ସେଇଆ ହିଁ ଦେଖେ। ହଠାତ୍ ସବୁକିଛି ଏମିତି ବଦଳିଯାଏ, ଯାହାକୁ ଭାବିହୁଏନି। ଠିକ୍ ଯେମିତି କରୋନା ଭଳି ଭୁତାଣୁ ସାରା ପୃଥିବୀଟାକୁ ହୁଲସ୍ଥୁଲ୍ କରିପକାଇଲା। ସେଇଭଳି ସେ ଭୁତାଣୁ ପାଇଁ ଟୀକା ବି ସେମିତି ଈଶ୍ୱରଙ୍କ ଚମତ୍କାରିତାର ଆଉ ଏକ ଉଦାହରଣ। ସେଠି ଧନୀ, ଗରୀବ, ହିନ୍ଦୁ, ମୁସଲମାନ, ପିଲା, ବୃଦ୍ଧ, ସମସ୍ତେ ଏକାକାର ହୋଇଗଲେ। ନିଜ ଜୀବନରେ ମଧ୍ୟ, ମୁଁ ଅନେକ ଯୋଜନା କରେ; ହେଲେ ସେସବୁ ଯୋଜନା କେତେବେଳେ ସଫଳ ହୁଏ ତ କେତେବେଳେ ସଫଳ ହୋଇପାରେନି। ସମୟ ସମୟରେ ଈଶ୍ୱର ସେସବୁ ଯୋଜନାକୁ ଏମିତି ଭାବେ ଘଟଣା ଘଟାଇ ବଦଳାଇ ଦିଅନ୍ତି ଯେ, ଭୁକ୍ତଭୋଗୀ ନହେଲେ ସେସବୁ କେହି ଅନୁମାନ କରିପାରିବେନି। କେଉଁଠୁ ଆଣି ଜୀବନକୁ କେଉଁଠି ଖଞ୍ଜିଦିଅନ୍ତି। ସେଥିପାଇଁ ଏବେ କିଛି ଯୋଜନା କରୁଥିବା ସମୟରେ, ମୁଁ ଈଶ୍ୱରଙ୍କୁ ପ୍ରାର୍ଥନା କରେ; "ଏ ଯୋଜନାକୁ ସାଫଲ୍ୟମଣ୍ଡିତ କର। ଆଶୀର୍ବାଦ ଦିଅ। ନହେଲେ ମୁଁ ଜାଣିଛି, ମୋ ଯୋଜନା ଦେଖି ତୁମେ ହସୁଥିବ। ଯେମିତି ହେଲେ କିଛି ଗୋଟିଏ ଘଟଣା ଘଟାଇ, ବୁଦ୍ଧି ଶିଖେଇବ। କହିବ - ଦେଖେ ଏବେ, ପ୍ରକୃତରେ କର୍ତ୍ତା କିଏ।"

ଏଇଭଳି କିଛି ନିଜସ୍ୱ ଅନୁଭବ, କିଛି ସାଙ୍ଗସାଥୀଙ୍କ ଅନୁଭବ ଓ ମୋ ଚାରିପାର୍ଶ୍ୱରେ ଘଟୁଥିବା ଘଟଣାର ଅନୁଭବକୁ ନେଇ, ମୋର ଏ ଷୋହଳଟି କାହାଣୀର ସୃଷ୍ଟି। ସେସବୁ କାହାଣୀକୁ ମୁଁ ଏ ଗଳ୍ପ ସଂକଳନ "ଈଶ୍ୱରଙ୍କ ହସ" ସୂତାରେ ଗୁନ୍ଥି ମାଳାଟିଏ ତିଆରିକରିଛି। ଆଶା କରୁଛି, ଏ ମାଳାଟିର ସମସ୍ତ ଫୁଲ, ଏ ଗଳ୍ପ ସଂକଳନଟିର ସମସ୍ତ କାହାଣୀ ଆପଣମାନଙ୍କ ମନ ଓ ହୃଦୟକୁ ଛୁଇଁବାକୁ ସକ୍ଷମ ହେବ।

ସେପଟ୍ମ୍ବର ୨୩, ୨୦୨୩ **ବିଜ୍ଞାନୀ ଦାସ**

ଡେଟନ୍, ମେରୀଲାଣ୍ଡ୍

ସୂଚୀ

ଧନ୍ୱନ୍ତରି

ଆଜି ଧନ୍ୱନ୍ତରିର ଶ୍ରଦ୍ଧାଞ୍ଜଳି ଉତ୍ସବ ବଡ଼ ଧୁମ୍‌ଧାମ୍‌ରେ ପାଳନ କରାଗଲା । ଧନ୍ୱନ୍ତରିର ସାଙ୍ଗ ଅଗଣିତ । ଯଦିଓ ସମସ୍ତଙ୍କୁ ଏତେ ଶୀଘ୍ର ଯୋଗାଯୋଗ କରିହେଲାନି, ତେବେ ପ୍ରାୟ ସତୁରି ଜଣ ସାଙ୍ଗ ଜୁମ୍ ଦ୍ୱାରା ସଂଯୁକ୍ତ ରହି ଧନ୍ୱନ୍ତରିର ସ୍ମୃତିମନ୍ଥନ କଲେ । ସମସ୍ତଙ୍କ ମନରେ ସେଇ ଗୋଟିଏ ପ୍ରଶ୍ନ ଥିଲା, "ଧନ୍ୱନ୍ତରି ଭଳି ବ୍ୟକ୍ତିର ଏମିତି ଅବସ୍ଥା କେମିତି ହେଲା ?"

ଭୁବନେଶ୍ୱରର ଜଣେ ପ୍ରସିଦ୍ଧ ଗାୟକ ତାଙ୍କର ଅନ୍ୟ ସାଙ୍ଗସାଥୀଙ୍କ ସହ ଷ୍ଟୁଡ଼ିଓରୁ ଗୀତାସାର ପାଠ କରି କାର୍ଯ୍ୟକ୍ରମ ଆରମ୍ଭକଲେ । ତାପରେ ଦୁଇଟି ଭଜନ ପରିବେଷଣ କରିବା ପରେ କାର୍ଯ୍ୟକ୍ରମର ଆବାହକ ରଘୁ ଓରଫ୍ ରଘୁନାଥ ଶତପଥୀ ସମସ୍ତଙ୍କୁ ସ୍ୱାଗତ ଜଣେଇ ତାଙ୍କର ପ୍ରଥମ ବକ୍ତା, ଧନ୍ୱନ୍ତରିର ମାମୁଙ୍କୁ କହିବାକୁ ଡାକିଲେ ।

ଅସଲରେ ଧନ୍ୱନ୍ତରିର ପ୍ରକୃତ ନାମ ଥିଲା ସନ୍ତୋଷ । ସନ୍ତୋଷ କୁମାର ମହାରଣା । ତେବେ ତାର ଚିକିତ୍ସା ସମ୍ବନ୍ଧୀୟ ଜ୍ଞାନ ପାଇଁ ତା' ନାଁ କ୍ରମଶଃ ଧନ୍ୱନ୍ତରି ହୋଇଗଲା । ସେଇ ନାମଟା ଏତେ ଲୋକପ୍ରିୟ ହୋଇଗଲା ଯେ, ତାର ଅସଲ ନାମ ଅନେକଙ୍କୁ ଜଣାନଥିଲା । ଦେହରେ କିଛି ଅସୁବିଧା ହେଲେ, ଧନ୍ୱନ୍ତରି ନିଜ ଚିକିତ୍ସା ନିଜେ କରୁଥିଲା । ତା' ପାଖରେ ସବୁବେଳେ ଅନେକ ଚେରମୂଳିର ଗୁଣ୍ଡ ମହଜୁଦ୍ ରହୁଥିଲା ଓ ତା' ସହିତ ଯାବତୀୟ ରକମର ତେଲ, ଜଡ଼ା ତେଲ, ରାଶି ତେଲ, ସୋରିଷ ତେଲ, ଘିଅ ଇତ୍ୟାଦି । ହଷ୍ଟେଲ୍‌ରେ କାହାକୁ ଜ୍ୱର ହେଲେ, ସିଏ ଯାଇ ଘିଅ ଘଷି ଦିଏ । ଥଣ୍ଡା ହେଲେ, ସୋରିଷ ତେଲରେ ରସୁଣ ଗରମ କରି ଗୋଡ଼ରେ ଘଷେ । କିଏ କୋଉଠି ପଡ଼ି ଜଖମ ହେଲେ ଜଡ଼ାତେଲ କି ରାଶିତେଲ ଘଷିଦିଏ । ସେଥିପାଇଁ ସମସ୍ତଙ୍କର ସିଏ ପ୍ରିୟ । ତା' ହାତର ମାଲସ ଖାଇଲେ ସମସ୍ତଙ୍କର ଦେହ କଷ୍ଟ ଏକଦମ୍ ଡରି ପଳେଇଯାଏ । ଏମିତି ଥିଲା ଧନ୍ୱନ୍ତରିର କଲେଜ ଓ ୟୁନିଭରସିଟିର ଜୀବନ ।

ଧନ୍ୱନ୍ତରି ପାଖରେ ଲକ୍ଷ୍ମଣ ମିଶ୍ରଙ୍କର ଗୋଟିଏ ବହି ରହୁଥିଲା। ସିଏ ସେ ବହିଟିକୁ ପ୍ରାୟତଃ ସମୟେ ସମୟେ ପଢେ। ପ୍ରଥମେ ଅନେକ ଧନ୍ୱନ୍ତରିକୁ ବିଶ୍ୱାସ କରୁନଥିଲେ। "ଆବେ ତୁ ମହାରଣା ଘର ପୁଅ, ଏମିତି ଖାଲିଟାରେ ଡାକ୍ତର କେମିତି ହୋଇଗଲୁ? ଲୋକ ତାହେଲେ ଏତେ ବର୍ଷ କଷ୍ଟ କରି, ଏତେ ଅର୍ଥ ଶ୍ରାଦ୍ଧ କରି କାହିଁକି ଡାକ୍ତରୀ ପଢୁଛନ୍ତି।"

ହେଲେ ସେମାନେ ଯେତେବେଳେ ଧନ୍ୱନ୍ତରିର ଜ୍ଞାନଗାରିମା ବିଷୟରେ ଜାଣିଲେ ଓ ତାର ସେବା କରିବାର, ଅନ୍ୟ କଲେଜ ପିଲାଙ୍କର ଦୁଃଖକଷ୍ଟ ଲାଘବ କରାଇବାର କ୍ଷମତା ବିଷୟରେ ପ୍ରମାଣ ପାଇଲେ, ସେମାନେ ବି ଧନ୍ୱନ୍ତରିକୁ ଗ୍ରହଣ କରିନେଲେ।

ରଘୁ ଓ ଧନ୍ୱନ୍ତରି କଲେଜ ସମୟରୁ ଜଣାଶୁଣା। ତେବେ ଆଇ.ଏସ୍.ସି ପଢିବା ସମୟରେ ରଘୁ ତା' ସହିତ ଏତେଟା ମିଶିନଥିଲା। ସେତେବେଳେ ତ କ୍ଲାସ୍‌ରେ ଅନେକ ପିଲା। ମିଶିଲା ଯେତେବେଳେ ଧନ୍ୱନ୍ତରୀ ବି ପଦାର୍ଥବିଜ୍ଞାନରେ ଅନର୍ସ ରଖି ପଢିଲା। ରଘୁ ସହରରେ ବଢିଥିଲେ ବି ଗ୍ରାମ ସଭ୍ୟତା ସହିତ ଅନେକଟା ପରିଚିତ, ଯେହେତୁ ତାର ଜେଜେ, ଜେଜେମା, ବଡ଼ବାପା ଓ ବଡ଼ମା ଗାଁରେ ରହୁଥିଲେ। ସେଇବର୍ଷ ବାପାଙ୍କର ବାଲେଶ୍ୱରକୁ ବଦଳି ହୋଇଗଲା ଓ ମା' ବି ବାପାଙ୍କ ସହିତ ବାଲେଶ୍ୱର ଚାଲିଗଲା। ଅତଏବ, ରଘୁକୁ ହଷ୍ଟେଲ୍‌ରେ ରହିବାକୁ ପଡ଼ିଲା। ଧନ୍ୱନ୍ତରିର ସଚ୍ଚୋଟତା ଓ ସରଳତା ସେମାନଙ୍କୁ ଖୁବ୍‌ଶୀଘ୍ର ବନ୍ଧୁତା ଡ଼ୋରିରେ ବାନ୍ଧିଦେଲା। ରଘୁର ଓ ଧନ୍ୱନ୍ତରିର ଏତେଟା ସାଙ୍ଗ ହେବା ଦେଖି, କେହି କେହି ଈର୍ଷୁକ ଓ ବଗୁଲିଆ ପିଲା ରଘୁର ବି ଗୋଟିଏ ନାଁ ରଖିଦେଲେ, "ଅଶ୍ୱିନୀ କୁମାର"। ଧନ୍ୱନ୍ତରିର ସାଙ୍ଗ ହୋଇ ଏବେ ଚେରମୂଳ ଔଷଧ ସବୁରେ ରଘୁ ମଧ୍ୟ ସିଦ୍ଧହସ୍ତ ହୋଇଗଲା।

ବି.ଏସ୍.ସି. ପରେ ସେମାନେ ଅଲଗା ହୋଇଯାଇଥିଲେ। ଧନ୍ୱନ୍ତରି ପଢିବା ପାଇଁ ଦିଲ୍ଲୀ ଚାଲିଗଲା ଓ ରଘୁ ଉତ୍କଳ ବିଶ୍ୱବିଦ୍ୟାଳୟରେ ପଢିଲା। ଏମିତି କି ଧନ୍ୱନ୍ତରି କଣ କରୁଛି, ସେ ବିଷୟରେ ଅନେକ ଦିନ ପର୍ଯ୍ୟନ୍ତ ରଘୁ କିଛି ଜାଣିନଥିଲା। ଦୀର୍ଘ ଦଶବର୍ଷ ବ୍ୟବଧାନ ପରେ ହଠାତ୍ ଥରେ ଗୋଟିଏ କନ୍‌ଫରେନ୍‌ସ୍‌ରେ ଦୁଇଜଣଙ୍କର ଦେଖାସାକ୍ଷାତ ହୋଇଗଲା।

ଏବେ ସେମାନେ ପ୍ରାପ୍ତ ବୟସ୍କ। ଏବେ ସହକର୍ମୀ ମାନେ ସେମାନଙ୍କୁ ତମେ, ଆପଣ କହି କଥାବାର୍ତ୍ତା କରନ୍ତି। ଏବେ ରଘୁ ରଘୁନାଥ ନାମରେ ପରିଚିତ ଓ ଧନ୍ୱନ୍ତରି ନିଜ ଅସଲ ନାମ ସନ୍ତୋଷ କୁମାର ନାମରେ ପରିଚିତ। ତେବେ ପରସ୍ପର ସହିତ କଥାବାର୍ତ୍ତା କରିବାବେଳେ ସେମାନେ ସେଇ ପୁରୁଣା ସମ୍ବୋଧନ ହିଁ କରନ୍ତି।

ରଘୁ କହିଲା, "ଚାଲେ, ତେବେ କଫି ଦୋକାନକୁ ଯିବା ଓ କଫି ପିଉପିଉ କଥାବାର୍ତ୍ତା ହେବା।"

ଧନ୍ୱନ୍ତରି ପଚାରିଲା, "ତୁ କେବେଠାରୁ କଫି ପିଇବା ଅଭ୍ୟାସ କଲୁଣି? ଆରେ ଯେତେ ସବୁ ବିଦ୍ୟା ଏ ଦେଶକୁ ଆସି ଖାଇଗଲୁନା କଣ? ମୁଁ କିନ୍ତୁ ଭୁଲିନି। ମୁଁ କଫି ପିଏନି।"

ଜଣା ପଡ଼ିଲା, ଧନ୍ୱନ୍ତରି କାଲିଫର୍ଣ୍ଣିଆରେ ରହେ। ସେଇଠି ଗୋଟିଏ ୟୁନିଭରସିଟିରେ ସିଏ ଗୋଟିଏ ଲାବ୍‌ର ଡାଇରେକ୍‌ଟର୍ ଭାବେ କାମ କରୁଛି। କେବଳ ଗବେଷଣା କାମ। ପଢେଇବାର ଦାୟିତ୍ୱ ନଥାଏ। ଯଦିଓ ଏମିତି କେବେକେବେ ଲାବ୍‌ରେ କାମ କରିବାକୁ ଆସୁଥିବା ଛାତ୍ରମାନଙ୍କୁ ଲାବ୍‌ର ନିୟମାବଳୀ ବିଷୟରେ ଓ କେତୋଟି ସୂତ୍ର ସମ୍ବନ୍ଧୀୟ ତଥ୍ୟ ବିଷୟରେ ପଢେଇବାକୁ ପଡ଼ିଥାଏ, ତେବେ ପ୍ରତିଦିନ ଶ୍ରେଣୀଗୃହରେ ଶିକ୍ଷାଦେବା କାର୍ଯ୍ୟ ନଥାଏ।

ରଘୁ ପଚାରିଲା, "ଆଉ ଭାଉଜ, ପିଲାପିଲି, ସେମାନଙ୍କ ବିଷୟରେ କିଛି କହ।"

ଧନ୍ୱନ୍ତରି ଜଣେଇଲା, "ଆରେ ମୂଳରୁ ମାଇପ ନାହିଁ, ପୁଅ ନାଁ ଗୋପାଳିଆ କେମିତି ହବ?"

"ହେଲେ ତୁ ବାହା ହୋଇନୁ କାହିଁକି?" - ରଘୁର ପ୍ରଶ୍ନ।

"ମନଲାଖି ଝିଅ ମିଳିଲେ ସିନା। ଭାରତରେ ଥିବା ବେଳେ ଅନେକ ଝିଅ ଦେଖା କାମ ହେଲା। ହେଲେ କୋଉଠି ନା କୋଉଠି ଅମେଳ ରହିଲା। ଆଉ ତାପରେ ତ ଆମେରିକା ପଳେଇ ଆସିଲି। ଏଠି ଖାଲି କାମ, କାମ ଆଉ କାମ। ଝିଅ ପାଇଁ ସମୟ ନାହିଁ।

ରଘୁ ବୁଝିଗଲା। ଏ ଧନ୍ୱନ୍ତରିଟା ବହୁତ ବାଛୁଥିବ ବୋଧହୁଏ। ନହେଲେ ଏପର୍ଯ୍ୟନ୍ତ ବାହା ହେଇନଥାନ୍ତା କାହିଁକି? ଧନ୍ୱନ୍ତରିକୁ ପଚାରିଲା, "ଆଚ୍ଛା କହ, ତୋର କେମିତି ରକମର ଝିଅ ଦରକାର?"

ଧନ୍ୱନ୍ତରି ହସିହସି ଗଡ଼ିଗଲା। "ତୁ କଣ ଝିଅ କାରଖାନା ଗଢିଛୁ ନା କଣ? ଯେମିତି ଚାହିଁବି ସେମିତି ଝିଅ ମତେ ଖଞ୍ଜିଦେବୁ। ଆରେ ମୁଁ ଅପେକ୍ଷା କରିଛି ସେ ଦିନକୁ, ଯେଉଁଦିନ କାହାକୁ ଦେଖିଲେ ମୋ ହୃଦୟରେ ତରଙ୍ଗ ଖେଳିବ, ସ୍ୱପ୍ନରେ ତା' ଛବି ଆସିବ ଓ ଭାବନାରେ ଫୁଲ ଫୁଟିବ। ପ୍ରଥମେ ସେ ଭଳି ଅନୁଭବ ହେବା ଦରକାର। ତାପରେ ମତେ ସବୁବେଳେ ହସହସ ଦିଶୁଥିବା ଆଶାବାଦୀ ଝିଅଟିଏ ଦରକାର।"

"ହୋଉ, ସେକଥା ଛାଡ଼। ତୁ ଆମ ଘରକୁ କେବେ ଆସୁଛୁ କହ। ମୋ ସ୍ତ୍ରୀ ତୃପ୍ତି ତତେ ଦେଖିଲେ ନିଶ୍ଚୟ ଖୁସି ହେବ। ମୁଁ ତାକୁ ତୋ ବିଷୟରେ ଏତେ କହିଛି ଯେ, ସିଏ ତତେ ନ ଦେଖି ବି ଚିହ୍ନିଯାଇଛି।"

ଏମିତି ଭାବେ ଆମେରିକା ଦେଶରେ ସେମାନଙ୍କ ସଂପର୍କ ଆରମ୍ଭ ହୋଇଗଲା। ଛୁଟି ସମୟରେ ଧନ୍ୱନ୍ତରି, ମାନେ ସନ୍ତୋଷ ବାବୁ ରଘୁ ଘରକୁ ଆସିଯାଆନ୍ତି। ସେଠି ରଘୁର ସ୍ତ୍ରୀ ତୃପ୍ତି ଓ ତାର ପୁଅ, ଝିଅଙ୍କ ମେଳରେ ଅନେକ ଖୁସିର ସମୟ ବିତାନ୍ତି।

ଏମିତି ଦିନେ ହଠାତ୍ ଧନ୍ୱନ୍ତରି ଖବର ଦେଲା। "ମୋ ବାହାଘର ହେଉଛି। କିଛି ସେମିତି ବଡ଼ ଆକାରରେ ନୁହେଁ। ଆମେ ବାହାଘର ଲାଇସେନ୍ସ୍ ନେଇଯିବୁ। ତାପରେ ଛୋଟ ପାରିବାରକ ମିଳନୀଟିଏ ରଖିଛି। ତୁ ନିଶ୍ଚୟ ଆସିବୁ।"

ରଘୁର ପରିବାର ଯାଇଥିଲେ। ସେଠି ଧନ୍ୱନ୍ତରିର ସ୍ତ୍ରୀ ବୋଲି ଯାହାକୁ ଦେଖିଲେ, ସିଏ ସତରେ ଅପରୂପା ସୁନ୍ଦରୀ। ତାଙ୍କ ନାଁ ବନ୍ଦନା। ଭାରତରେ ସିଏ ଦିଲ୍ଲୀର ଝିଅ। କୋଉ ଗୋଟିଏ ହାଇସ୍କୁଲ୍‌ରେ ପଢାନ୍ତି। ଯଦିଓ ସିଏ ପିଏଚ୍.ଡି. କରିଥିଲେ, ତେବେ ତାଙ୍କ କହିବା ଅନୁଯାୟୀ, କେତେଟା ପୋଷ୍ଟଡ଼କ୍ଟରାଲ୍ କାମ ପରେ ବି ତାଙ୍କୁ ଚାକିରି ନ ମିଳିବାରୁ, ସିଏ ଅଧ୍ୟାପନା ଚାକିରିକୁ ଆଦରିନେଲେ ଓ ସେଇକାମରେ ଅନେକ ଖୁସି ଅଛନ୍ତି।

ଏଇଥିପାଇଁ ତାହେଲେ ଧନ୍ୱନ୍ତରି ଏତେଦିନ ଅପେକ୍ଷା କରିଥିଲା। ଯାହାହେଉ ଅପେକ୍ଷାର ଫଳ ମିଠା।

ପରେ ଆଉ ଜଣେ ସାଙ୍ଗଠାରୁ ଖବର ମିଳିଥିଲା କି ବନ୍ଦନା ଆଗରୁ ବିବାହିତ ଥିଲା ଓ ତାର ଗୋଟିଏ ପୁଅ ବି ଅଛି। ହେଲେ ବିବାହ ବିଚ୍ଛେଦ ପରେ ସିଏ ଆମେରିକାକୁ ପୋଷ୍ଟଡ଼କ୍ଟରାଲ୍ ଅଫର୍ ପାଇ ଚାଲିଯାଇଥିଲା।

ସିଏ ଯାହା ବି ହେଉ, ବନ୍ଦନା ଅତ୍ୟନ୍ତ ସୁନ୍ଦର ମଣିଷ ମନେ ହେଉଥିଲେ ଓ ଧନ୍ୱନ୍ତରିର ଜୀବନ ଅତି ଭଲ ଭାବେ, ସୁଖରେ କଟୁଥିଲା।

ଧନ୍ୱନ୍ତରି ଏପର୍ଯ୍ୟନ୍ତ ତାର ନିଜ ଚିକିତ୍ସା ସମ୍ବନ୍ଧୀୟ ଜ୍ଞାନ, ଲକ୍ଷ୍ମଣ ମିଶ୍ରଙ୍କ ବହି ଓ ଚେରମୂଳ, ତେଲ, ପନିପରିବାର ଔଷଧୀୟ ଶକ୍ତି ଉପରେ ଚଳି ଆସୁଥିଲା। ତା' ଘରକୁ ଗଲେ, ସିଏ ଏତେ ଯତ୍ନଶୀଳ ହୋଇଯାଏ ଯେ, ରଘୁର ବି ଧୈର୍ଯ୍ୟ ବନ୍ଧ ଭାଙ୍ଗିଯାଏ। ଖିରି କରୁଥିବ ତ କରୁଥିବ, ଅତି ଯତ୍ନରେ, ନିର୍ଦ୍ଦିଷ୍ଟ ପରିମାଣରେ ସମସ୍ତ ଜିନିଷ, ଯଥା କାଜୁ, କିସ୍‌ମିସ୍, ଅଳେଇଚ, ଇତ୍ୟାଦି ପକେଇ ସିଏ ଖିରି ଶେଷ କରୁକରୁ ଦୁଇ ଘଣ୍ଟା ଚାଲିଯିବଣି। ରଘୁ ବ୍ୟସ୍ତ ହୋଇପଡ଼େ। "ଆରେ, ତୃପ୍ତି ତ ଘଣ୍ଟାଟିଏରେ ଖିରି ଓ କେତେକଣ ରାନ୍ଧି ସାରିଦିଅନ୍ତି। ତୋର ଏତେ ସମୟ ଲାଗୁଛି।

ନିଜେ ତ ସେ ରୋଷେଇଘରେ ପଶିଛୁ। ଆମେ ହେଲେ କୁଆଡ଼େ ବୁଲାବୁଲି କରିବାକୁ ଯାଆନ୍ତେ। ତୋ ରୋଷେଇ ସିନା ସରିଲେ।"

ରଘୁ କେବେକେବେ ବାହାରୁ ଖାଦ୍ୟ ମଗେଇଦେବା କଥା କହିଲେ, ଧନ୍ୱନ୍ତରି କ୍ଷୁର୍ଣ୍ଣ ହୁଏ। "ମୋ ପାଖକୁ ଆସିଛ ମାନେ, ମୋ ହାତରନ୍ଧା ଖାଇବ। ବାହାର ଖାଦ୍ୟ ଜମା ତ ନୁହେଁ। କିଏ ଜାଣେ, କେଉଁ ତେଲରେ, କି ଭାବରେ ଆଉ ପରିଷ୍କାର, ପରିଛନ୍ନତା ରଖି ସେମାନେ ଖାଦ୍ୟ ତିଆରି କରୁଛନ୍ତି କି ନାହିଁ? ଆଉ ଜାଣିଛୁ ତ, ରାନ୍ଧୁଥିବା ମଣିଷ ଯଦି ସ୍ନେହ ଭାବରେ ରୋଷେଇ ନକରି ରାଗିକରି, କି ଘୃଣାଭାବ ପୋଷଣ କରି ରୋଷେଇ କରେ, ତେବେ ସେ ଖାଦ୍ୟ ଖାଉଥିବା ସମସ୍ତ ଲୋକଙ୍କର ସ୍ୱାସ୍ଥ୍ୟ ଉପରେ ତାର ପ୍ରଭାବ ପଡ଼େ।"

ରଘୁ ଯୁକ୍ତି କରିବସିଲେ ସିଏ କାହାଣୀର ପେଡ଼ି ଖୋଲିଦିଏ। "ଥରେ ଜଣଙ୍କ ପରିବାରରେ ସମସ୍ତଙ୍କର ସ୍ୱାସ୍ଥ୍ୟ ସଙ୍କଟ ଲାଗି ରହୁଥିଲା। କାହାର ଅଜୀର୍ଣ୍ଣ ହେଉଥିଲା ତ କାହାର ବାନ୍ତି। କାହାର କୋଷ୍ଠବୋଧତା ହେଉଥିଲା ତ କାହାର ଡାଇରିଆ। ଏଥିରେ ବିବ୍ରତ ହୋଇ ସେମାନେ ଥରେ ଜଣେ ଡାକ୍ତରଙ୍କ ପରାମର୍ଶ ଖୋଜିଲେ। ସେ ଡାକ୍ତର ଜଣକ ଆଧାତ୍ମିକବାଦୀ। ସିଏ ପଚାରିଲେ, - ଆପଣଙ୍କ ଘରେ ରୋଷେଇ କିଏ କରନ୍ତି? ପରିବାରର ସମସ୍ତେ ଉତ୍ତରଦେଲେ, ସେମାନଙ୍କ ଘରେ ରହୁଥିବା ପିଉସୀ ନାନୀ। ସେ ପିଉସୀନାନୀ ବାଲ୍ୟ ବିଧବା। ବାପଘରେ ରହି ଆସୁଥିଲେ। ସବୁବେଳେ ଦୁଃଖୀ ଦେଖାଯାଆନ୍ତି। ସାଧୁ ଡାକ୍ତର ସେମାନଙ୍କୁ ପରାମର୍ଶ ଦେଲେ କି ଘରର ସମସ୍ତେ ପାଳି କରି ରୋଷେଇ ଦାୟିତ୍ୱ ତୁଲାନ୍ତୁ ଓ ରୋଷେଇ କରିବା ସମୟରେ ଚିତ୍ତ ପ୍ରଫୁଲ୍ଲ ରଖନ୍ତୁ। ଦେଖିବେ, ଶରୀରର ଅଧା ସମସ୍ୟାର ସେଥିରେ ସମାଧାନ ହୋଇଯିବ। ଆଉ ସେଇଆ ହିଁ ହେଲା।"

ଧନ୍ୱନ୍ତରିକୁ ଯୁକ୍ତିରେ ପାରିବା କଷ୍ଟ। କାଳେ ସିଏ ଆହୁରି କାହାଣୀ ଆରମ୍ଭ କରିଦେବ, ସେଇ ଭୟରେ ରଘୁ ଉଠିକରି ପଳେଇଆସେ। ବନ୍ଦନା ହସିକରି କହନ୍ତି, "କଣ ଭାଇସାହେବ, ଏବେ ଜାଣିଗଲେ ତ ଆପଣଙ୍କ ବନ୍ଧୁଙ୍କୁ ମୁଁ କେମିତି ସମ୍ଭାଳୁଛି ?" ସମସ୍ତେ ହସିହସି ଗଡ଼ିଯାଆନ୍ତି। ରୋଷେଇଘରୁ ଧନ୍ୱନ୍ତରି ଆସି ପଚାରେ, "କଣ, ହସ ଯୋଗ (ଲାଫିଙ୍ଗ୍ ଯୋଗ) ଆରମ୍ଭ ହୋଇଗଲା। ଭଲ, ଭଲ, ଯେତେ ହସିବ, ଶରୀର ସେତେ ସୁସ୍ଥ ରହିବ।"

ସେଇ ଧନ୍ୱନ୍ତରି ଯେବେ ୬ ବର୍ଷ ତଳେ ରଘୁର ଘରକୁ ମେରୀଲାଣ୍ଡ୍ ଆସିଥିଲା, ତୃପ୍ତି ସୋୟାବିନ୍‌ର ତରକାରୀ ବାଢ଼ିବା ବେଳେ କହିଲା, "ମୁଁ ଆଉ ସୋୟାବିନ୍ ଖାଉନି। କାରଣ ମୋ ବୃକକ୍‌ରେ କିଛି ସମସ୍ୟା ଦେଖାଦେଇଛି ଓ କୌଣସି ପ୍ରକାର ପ୍ରୋଟିନ୍ ହଜମ ହୋଇପାରୁନି।"

ଉଭୟ ରଘୁ ଓ ତୃପ୍ତି ଆଶ୍ଚର୍ଯ୍ୟ ହୋଇଗଲେ। "ଏସବୁ କେମିତି ?" ତୃପ୍ତି ପଚାରିଲା, "ଆପଣ ତ ଖାଇବାପିଇବାରେ ଏତେ ଯତ୍ନ ନିଅନ୍ତି, ପୁଣି ଏମିତି କେମିତି ହେଲା ?"

ବନ୍ଦନା ଉତ୍ତରରେ କହିଲେ, "ହୁଏତ ସେଇଟା ହିଁ କାରଣ ହୋଇପାରେ। ନିଜ ଶରୀରକୁ ସେ ଏମିତି ଭାବେ ରଖିଥିଲେ ଯେ, ଅନ୍ୟ ଯେ କୌଣସି ବାହାର ଜିନିଷ ବି ଭିତରକୁ ଗଲେ ପ୍ରତିକ୍ରିୟା ହେବା ସ୍ୱାଭାବିକ। ଏଇ ଯେମିତି, ଭାରତର ଗାଁ ମାନଙ୍କରେ ଲୋକମାନେ କେତେକଣ ସବୁ ଅଳିଆ, ଆବର୍ଜନା, ଧୂଳିମୟ ପରିବେଶରେ ବଢ଼ି ବି ସମସ୍ତେ ଠିକ୍ ରହୁଛନ୍ତି, ରୋଗ ପ୍ରତିରୋଧକ ଶକ୍ତି ବଢାଉଛନ୍ତି। କିନ୍ତୁ ଆପଣଙ୍କ ପିଲା ସେ ପରିବେଶରେ କିଛି ସମୟ କଟାନ୍ତୁ ତ, ହଜାର ସମସ୍ୟା ଆରମ୍ଭ ହୋଇଯିବ।"

ତେବେ କାରଣ ଯାହା ବି ହେଉନା କାହିଁକି, ସେଦିନରୁ ତୃପ୍ତି ବି ଘରେ ଆଉ ଧନ୍ୱନ୍ତରିଙ୍କ ନିୟମ ପାଳନ ହେବନି ଏବଂ ପ୍ରତି ପରିସ୍ଥିତିରେ ଡାକ୍ତରଙ୍କୁ ପରାମର୍ଶ କରାଯିବ ବୋଲି ନିୟମ ଜାରି କରିଦେଲା।

ସେଇ ତ ଶେଷ ଦେଖା। ଆଉ ତାପରେ ସେମାନଙ୍କର ଭେଟ ହୋଇନି। ଭେଟ ନ ହେବାର କାରଣ ହେଲା ଯେ ରଘୁ ଓ ତୃପ୍ତି ଏବେ ଅଧିକ ଦେଶବିଦେଶ ଯାଉଥିଲେ ଓ ଧନ୍ୱନ୍ତରି ଏବଂ ବନ୍ଦନା ଭାରତ ଯାଉଥିଲେ। ସେଠି ସେମାନେ ଭୁବନେଶ୍ୱରରେ ଗୋଟିଏ ଘର କିଣିଥିଲେ। ସେଇ ସମ୍ବନ୍ଧରେ ସେମାନେ ବୁଝାବୁଝି କରିବାକୁ ଯାଉଥିଲେ।

ତାପରେ ତ ମାର୍ଚ୍ଚ ୨୦୨୦ରୁ ଆସିଗଲା କରୋନା। ସମସ୍ତଙ୍କର ଯିବାଆସିବା ବନ୍ଦ। ମାସକ ତଳେ ବନ୍ଦନା ଖବର ଦେଇଥିଲେ ଯେ ଧନ୍ୱନ୍ତରିଙ୍କର ବୃକକ୍ ଦୁଇଟିଯାକ ଅଚଳ। ତାଙ୍କର ଅନେକ ସ୍ୱାସ୍ଥ୍ୟହାନୀ ଘଟିଛି ଓ ସିଏ ଏବେ ହସ୍‌ପିଟାଲ୍‌ରେ ଅଛନ୍ତି। ରଘୁ ଓ ତୃପ୍ତି ତାକୁ ହସ୍‌ପିଟାଲ୍ ଫୋନ୍ କରିଥିଲେ। ସେତେବେଳେ ତାର କହିବା ଶୈଳୀରୁ ଅତ୍ୟନ୍ତ ଦୁର୍ବଳ ମନେ ହେଉଥିବାର ଜଣାପଡୁଥିଲା। ତେବେ ଆଶାବାଦୀ ଥିଲା। "ଦେଖାଯାଉ କଣ ହେଉଛି ? ଡାକ୍ତରମାନେ ତ ଚେଷ୍ଟା ଚଳେଇଛନ୍ତି।"

ତା' ପରଠାରୁ ପ୍ରାୟତଃ ତିନିଚାରି ଦିନ ଅନ୍ତରାଳରେ ରଘୁ ଫୋନ୍ କରି ବୁଝେ। ଏଇ ସାତଦିନ ତଳେ ତାର ଅବସ୍ଥା ଗୁରୁତର ହୋଇଗଲା। ଶେଷରେ ଡାକ୍ତରମାନଙ୍କର ସମସ୍ତ ଚେଷ୍ଟା ବ୍ୟର୍ଥ ହେଲା। ଗତକାଲି ସେ ଦାରୁଣ ଦୁଃଖର ଖବର ପାଇ ରଘୁ ଓ ତୃପ୍ତିଙ୍କର ଶୋକର ସୀମା ରହିଲା ନାହିଁ।

ଧନ୍ୱନ୍ତରିର ସାଙ୍ଗ ଅନେକ। କେବଳ ଓଡ଼ିଆ ନୁହଁନ୍ତି, ଅନେକ ଅଣଓଡ଼ିଆଙ୍କ ସହିତ ମଧ୍ୟ ତାର ପ୍ରଗାଢ଼ ବନ୍ଧୁତା। ସମସ୍ତେ ସେଦିନ ଶ୍ରଦ୍ଧାଞ୍ଜଳି ସମାରୋହରେ, ତାର

ସେଇ ରୋଷେଇ କରି ଖୁଆଇବାର ସ୍ମୃତି ମନ୍ଥନ କଲେ। ବନ୍ଦନା ସେମାନଙ୍କର କେତେଗୁଡ଼ିଏ ଫଟୋ ପଠେଇଥିଲେ। ସେସବୁକୁ ସ୍ଲାଇଡ଼୍ ଆକାରରେ ପରିବେଷଣ କରାଯାଇଥିଲା। ସେସବୁ ଫଟୋ ଧନ୍ୱନ୍ତରି ହିଁ ଉଠାଇଥଲା। ଦେଖିଲେ ଲାଗୁଥିଲା ଯେମିତି ଧନ୍ୱନ୍ତରି ସେ ସମସ୍ତଙ୍କ ଗହଣରେ ଅଛି।

କେତେ ଜଣ ସାଙ୍ଗ ସେଠି ମନ୍ତବ୍ୟ ରଖିଲେ, "ତାଙ୍କୁ ଯେତେ ବୁଝେଇଲେ ବି ସିଏ ଔଷଧପତ୍ର ଖାଉନଥିଲେ ଓ ଡାକ୍ତର ପାଖକୁ ଯାଉନଥିଲେ। ଦେହ ଅତିଶୟ ଖରାପ ହେବାରୁ ଶେଷ ସମୟରେ ଡାକ୍ତରଙ୍କ ପାଖକୁ ଗଲେ ସତ, ହେଲେ ହୁଏତ ସେଇଟା ବିଳମ୍ବ ହୋଇଯାଇଥିଲା।"

ଅନେକ ମଣିଷ ନିଜର ବିଶ୍ୱାସ ଉପରେ ହିଁ ଜିଅନ୍ତି। ସେମାନଙ୍କୁ ସେମାନଙ୍କ ବିଶ୍ୱାସ ହିଁ ବଡ଼। ଧନ୍ୱନ୍ତରି ନିଜ ହିସାବରେ, ନିଜ ବିଶ୍ୱାସରେ ବଞ୍ଚିଥିଲା। ସେଇଟା ହିଁ ତା' ମନର ଖୁସି। ଜଣେ ପରିପକ୍ୱ ମଣିଷକୁ କଣ ଏତେ ସହଜରେ ବଦଳାଇହୁଏ ?

ଧନ୍ୱନ୍ତରିର ମାମୁ ତା' ପିଲାବେଳ କଥା କହି କାନ୍ଦୁଥିଲେ। ମାମୁ ହେଲେ ବି, ସିଏ ଧନ୍ୱନ୍ତରି ଠାରୁ ଜମା ପନ୍ଦର ବର୍ଷ ବଡ଼। ସେ ମାମୁ ଓଡ଼ିଆ ଓ ହିନ୍ଦୀ ଚଳଚିତ୍ରରେ ଫଟୋଗ୍ରାଫ଼ର ଭାବେ କାମ କରନ୍ତି। ଧନ୍ୱନ୍ତରି ତାଙ୍କ ସହିତ ଅନେକ ଶୁଟିଙ୍ଗ୍‌କୁ ଯାଇଛି। ସେଇଥିରୁ ସିଏ ଅଭିନୟ କରିବା ଓ ଗୀତ ଗାଇବା ମଧ୍ୟ ଶିଖିଯାଇଥିଲା। ତା' ପୂର୍ବରୁ ସ୍କୁଲ୍‌ରେ ପଢୁଥିବା ସମୟରେ ମଧ୍ୟ ସିଏ ସ୍କୁଲ୍‌ର ବାର୍ଷିକ ଉତ୍ସବରେ ନାଟକରେ ଭାଗ ନେଉଥଲା। ପରେପରେ ନିଜେ ନାଟକ ମଧ୍ୟ ଲେଖୁଥିଲା। ଦିଲ୍ଲୀରେ ରହୁଥିବା କେତେକ ଓଡ଼ିଆ ସାଙ୍ଗ ସେହି ବିଷୟରେ କହୁଥିଲେ। "ଆମେ ସମସ୍ତେ ମିଶି କେତେ ନାଟକ କରିଛୁ। ସେଥିରୁ ଅଧିକାଂଶ ଧନ୍ୱନ୍ତରି ହିଁ ଲେଖିଥିଲେ।"

ବନ୍ଦନାଙ୍କ କହିବା ଅନୁଯାୟୀ, ୨୦୧୩ ମସିହା ପର୍ଯ୍ୟନ୍ତ ଧନ୍ୱନ୍ତରିର ସ୍ୱାସ୍ଥ୍ୟରେ କୌଣସି ସମସ୍ୟା ନଥିଲା। ବରଂ ଅନ୍ୟ ସାଙ୍ଗମାନେ ତାର ଶକ୍ତି, ତାର ଯୁବସୁଲଭ ଚେହେରାକୁ ଦେଖି ତା' ଜୀବନ ପ୍ରଣାଳୀକୁ ହିଁ ଆଦରିନେବାକୁ ଲାଗିଲେ। ଧନ୍ୱନ୍ତରିର ବାପାଙ୍କ ତିରୋଧାନ ପରେ ସେସବୁ ବଦଳିଗଲା। ଧନ୍ୱନ୍ତରି ସିନା ଶରୀର ଚିକିତ୍ସା କରିବା ଜାଣିଥିଲା, ହେଲେ ମାନସିକ ରୋଗ, ଯଥା ଦୁଃଖ, ଶୋକକୁ କେମିତି ଚିକିତ୍ସା ଦ୍ୱାରା ନିୟନ୍ତ୍ରଣରେ ରଖିବାକୁ ହୁଏ ଜାଣିନଥିଲା। ସିଏ ନିଜ ବୋଉ ପାଇଁ ଭାବିବାକୁ ଲାଗିଲା। ବେଳେବେଳେ ଚାକିରି ଛାଡ଼ି ଓଡ଼ିଶା ଫେରିଯିବାକୁ ଭାବୁଥିଲା। ନିଜ ସାନ ଭାଇ, ଯିଏ କୋଣସି କାମକୁ ହେଲାନି ଓ ଖାଲି ନେତା ମାନଙ୍କର ହାତର ଖେଳ ହୋଇ ନାଚୁଛି, ସେ ବିଷୟରେ ବି ଚିନ୍ତିତ ହେଉଥିଲା। ସେଇ ସମୟରେ ସିଏ ଭୁବନେଶ୍ୱରରେ ଏକ ଫ୍ଲାଟ୍ କିଣିବାକୁ ଚୁକ୍ତି କରିଦେଲା। ସେଥିରେ ବି ଅନେକ

ବାଧାବିଘ୍ନ ଆସିଲା। ଏହି ସମୟରେ ହିଁ ତା' ଶରୀରରେ ଯେତେରକମର ପ୍ରତିକ୍ରିୟା ଦେଖାଗଲା। ଏମିତି ହେଲା ଯେ ଥରେ ସିଏ ଚାଲୁଚାଲୁ ଅତ୍ୟନ୍ତ ଶକ୍ତିହୀନ ଅନୁଭବ କରି ପଡ଼ିଗଲା। ତାକୁ ଏର୍ମଜେନ୍‌ସୀକୁ ନେଇ ସମସ୍ତ ପରୀକ୍ଷା କରି ଦେଖିବାବେଳକୁ ତା' କିଡ୍‌ନୀ ଭଲଭାବେ କାମ କରୁନି। ଆଉ ସେଇଦିନଠାରୁ ହିଁ ଆରମ୍ଭହେଲା ଜୀବନର ଆଉ ଏକ ପର୍ବ। ଧନ୍ୱନ୍ତରିର ସ୍ୱାସ୍ଥ୍ୟ ସାଙ୍ଗକୁ ବନ୍ଦନାଙ୍କର ମଧ୍ୟ ଅନେକ ରକମର ଅସୁସ୍ଥତା ଆରମ୍ଭ ହୋଇଗଲା। ଏବେ ସେମାନଙ୍କର ଖାଇବାପିଇବା, ପ୍ରତିଦିନର ଚଳଣିରେ ଅନେକଟା ପରିବର୍ତ୍ତନ ଆଣିବାକୁ ପଡ଼ିଲା। ତା' ସହିତ ନିଜ ବୋଉକୁ ଭେଟିବାକୁ ସିଏ ବର୍ଷରେ ଦୁଇଥର ଓଡ଼ିଶା ଯାଉଥିଲା।

ସତରେ ତ। ମାନସିକ ସ୍ୱାସ୍ଥ୍ୟ ଯେ ଆଉ ଏକ ବଡ଼ ଅଧ୍ୟାୟ ତାକୁ କେତେଜଣ ବି ବୁଝନ୍ତି। ଦୁଃଖ ସମୟରେ ଭାଙ୍ଗିପଡ଼ିବା ସ୍ୱାଭାବିକ କଥା। ହେଲେ ଦୁଃଖକୁ ସହି, ନିଜ ମନକୁ ନିୟନ୍ତ୍ରଣରେ ରଖିବାକୁ କିଏ ଶିଖାଏ? ଯିଏ ତାର ଆପେଆପେ ଶିଖିଲା ତ ଶିଖିଲା। ନହେଲେ ଭାଙ୍ଗିପଡ଼ିଲା ତ, ଚାରି ପାଞ୍ଚିରୁ ଗଲା। ଓଡ଼ିଶାରେ ଏତେ ଆଧ୍ୟାତ୍ମିକତା ଥାଇ ମଧ୍ୟ ମାନସିକତା ଓ ମାନସିକ ଚିକିତ୍ସା ଉପରେ ଏତେଟା ପ୍ରାଧାନ୍ୟ ଦିଆଯାଏନି। କିଏ ଯଦି ଟିକେ ଅସାଧାରଣ ଭାବେ ବ୍ୟବହାର ଦେଖାଏ ତ ତାକୁ ପାଗଳ କହି ଚିଡ଼ାଯାଏ, ଯେଉଁଥିରେ କି ସେ ଲୋକ ଆହୁରି ଅଧିକ ପାଗଳ ହୋଇଯାଏ।

ରଘୁ ଓରଫ୍ ରଘୁନାଥ ବାବୁ ଶ୍ରଦ୍ଧାଞ୍ଜଳି ସମୟରେ ଏସବୁ ଶୁଣି ଦିନଟା ସାରା ନିଜକୁ ଦୋଷୀ ଦୋଷୀ ଅନୁଭବ କଲେ। ସାଙ୍ଗ ହିସାବରେ ସିଏ ସେ ସମୟରେ ହୁଏତ ଯେତେଟା ସହଯୋଗ କରିବାର କଥା କରିପାରିନାହାନ୍ତି। ଖାଲି ପ୍ରତିଦିନ ଡାକି ପଦେ, ଦିପଦ କଥା ହୋଇଥିଲେ ହୁଏତ ଭଲ ହୋଇଥାଆନ୍ତା।

ରାତିରେ ସେଇକଥା ତୃପ୍ତିଙ୍କୁ କହୁଥିବା ବେଳେ ସିଏ ଗୋଟିଏ ଜ୍ଞାନର କଥା ଶୁଣାଇଲେ। "ଯାହା ଗଲାଣି, ସେ କଥା ଭାବି ଲାଭ କଣ? ତାକୁ ତ ଆଉ ଫେରେଇ ଆଣିହେବନି। ହେଲେ ସେ ଅଭିଜ୍ଞତାରୁ ଶିଖି, ଯାହା ଅଛି, ତାର ସୁରକ୍ଷା କଲେ, ସେ ସବୁ ସଂପର୍କର ଯତ୍ନ ନେଲେ, ଆମେ କର୍ତ୍ତବ୍ୟ କରୁଛନ୍ତି ବୋଲି ସନ୍ତୋଷ ଅନୁଭବ କରିପାରିବା। ଏବେ ବନ୍ଦନାଙ୍କୁ ମାନସିକ ସ୍ତରରେ ସହଯୋଗ କରିବା ପାଇଁ ଆମକୁ ତାଙ୍କ ସହିତ ଅଧିକ ଯୋଗାଯୋଗ ରଖିବା ଉଚିତ୍। କୋଭିଡ୍ ଦ୍ୱିତୀୟ ଡ୍ରୋଜ୍ ନେବା ପରେ ଆମେ ଟିକେ କାଲିଫର୍ଣ୍ଣିଆ ଯାଇ ବନ୍ଦନାଙ୍କୁ ଭେଟି ଆସିବା।"

ରଘୁନାଥ କହିଲେ, "ଠିକ୍ କଥା।"

■

ଈଶ୍ୱରଙ୍କ ହସ

ହୁଏତ ଈଶ୍ୱର ହସୁଥିଲେ।

ଏତେ ସବୁ ଯୋଜନା, ଯାହା ଛନ୍ଦା ଗତ କିଛିଦିନ ଧରି ଭାବି ଆସୁଥିଲା, ହଠାତ୍ ସବୁ କେମିତି ଓଲଟପାଲଟ ହୋଇଗଲା। ଜଣା ପଡୁନଥିଲା, ଏ ସମୟରେ କେଉଁ ପଥଟିକୁ ଆପଣାଇବା ଠିକ୍ ହେବ। ସିଏ ଯାହାସବୁ ଯେମିତି ଭାବେ କରିବାକୁ ସ୍ଥିର କରିଥିଲା, ଏବେତ ସେସବୁ ସେମିତି ଭାବେ କରିହେବନି। ତେଣୁ ଗତିପଥ ବଦଳାଇବାକୁ ପଡ଼ିବ। ହେଲେ କେମିତି ଭାବେ ବଦଳାଇବାଟା ଠିକ୍ ହେବ, ସେଇଟା ଥିଲା ଆଲୋଚନାର ବିଷୟବସ୍ତୁ।

ମଣିଷ ଜୀବନରେ କେତେକେତେ ଯୋଜନା କରି ଚାଲିଥାଏ। "ଅମକ କରିବି, ସମକ କରିବି।" ହେଲେ ସେସବୁ ସତ ହୁଏ କି? ସତ ହେଲେ ବି ଯେମିତି ଯିଏ ଚାହିଁଥାଏ, ସେମିତି କଣ ହୋଇପାରେ? ଏମିତି ଅଚାନକ ଭାବେ ବିଭ୍ରାଟ ଆସି ଜମା ହୋଇଯାଏ ଯେ, ମଣିଷର ମନ ସେଥିରେ ଆନ୍ଦୋଳିତ ହୋଇ ଏକ ଅଜବ ପରିସ୍ଥିତିକୁ ଚାଲିଆସେ। ମୁଣ୍ଡରେ କିଛି ପଶେନି। ସେମିତି ହିଁ ଏ ଅଗଷ୍ଟ ୧୩ ତାରିଖ ଅପରାହ୍ନର ଝଡ଼, ତୋଫାନ ଛନ୍ଦା ଓ ଆକାଶଙ୍କ ସମସ୍ତ ଯୋଜନାକୁ ପଣ୍ଡ କରିଦେଇଥିଲା। ସେମାନେ ବିକଳ୍ପ ଖୋଜୁଥିଲେ ଓ ସେଇ ବିଷୟରେ ଆଲୋଚନା କରୁଥିଲେ।

ପ୍ରଥମ ପଥ - ଗୋଟିଏ ହୋଟେଲ୍ ଭଡ଼ା ନିଆଯାଉ। ସେଠାରେ ସମସ୍ତେ ଶୀତତାପ ନିୟନ୍ତ୍ରିତ ପରିବେଶରେ ରହିବେ। ଭଲରେ ଗାଧୁଆ ପାଧୁଆ କରିବେ। ଏ କରୋନା ସମୟରେ ଭୋଜନାଳୟରେ ବସି ଖାଇବାଟା ତ ଠିକ୍ ହେବନି, ତେଣୁ ଖାଦ୍ୟ ମଗାଇ ଖିଆ ଯାଇପାରେ। ବଡ଼ ଝିଅ ଟୁନିକୁ ସେଠାକୁ ନିମନ୍ତ୍ରଣ କରାଯାଇପାରେ। ସାନ ଝିଅ ରିନି ଯିଏ ଏପର୍ଯ୍ୟନ୍ତ ନିୟୁର୍କରୁ ବାହାରି ନଥିଲା, ତାକୁ ହୋଟେଲ୍‌କୁ ଆସିବାକୁ କୁହାଯାଇପାରେ।

ତେବେ ଏ ପଥରେ କିଛିଟା ବିଭ୍ରାଟ ଥିଲା। ସେଇଟା ହେଲା ଝିଅ ମିନିର କୁକୁର ଲିଓକୁ ନେଇ। ସବୁ ହୋଟେଲ୍ ତ ଆଉ କୁକୁରକୁ ରହିବାକୁ ଛାଡ଼ିବେନି। ଦ୍ୱିତୀୟରେ, କୁକୁର ପାଇଁ ହଠାତ୍ ଆଉ କିଛି ବିକଳ୍ପ ପାଇବା ବି ଅସମ୍ଭବ। ତାପରେ ବିଜୁଳି ଯୋଗାଉଥିବା କଂପାନୀ ଲେଖୁଥିଲା ଯେ ସେଦିନ ସନ୍ଧ୍ୟା ୮ଟା ବେଳକୁ ବିଜୁଳି ଫେରିଆସିବ। ତାହେଲେ ଏ କିଛି ସମୟ ପାଇଁ ଅନ୍ୟ କିଛି ବ୍ୟବସ୍ଥା ହୋଇପାରିଲେ ଠିକ୍ ହେବ।

ଆକାଶ କହିଲେ, "ମୁଁ ଗୋଟିଏ ଦ୍ୱିତୀୟ ପଥର ଯୋଜନା ଭାବୁଛି। ସେଇଟା ହେଲା, ଆମେ ଏହି ଘରେ ହିଁ ରହିଥିବା। ତେବେ ଆଶ୍ରମ ଘରକୁ ଯାଇ ଗାଧୋଇ ଆସିବା। ସେଠାରେ ମହେଶ ଠାକୁରଙ୍କ ଦର୍ଶନ ବି କରିପାରିବ। ତାପରେ ତାକୁ କଲମ୍ବିଆ ଓ ଆଖପାଖ ସହର ବୁଲେଇ ଆମେ ଘରକୁ ଫେରିଆସିବା। ଖାଦ୍ୟ ରେଷ୍ଟୁରାଣ୍ଟ୍‌ରୁ ମଗେଇଆଣିବା। କିଛି ପାଣି ବୋତଲ ବି କିଣି ଆଣିବା ଓ ବେସ୍‌ମେଣ୍ଟ୍‌ରେ କାଗଜ ପ୍ଲେଟ୍‌ରେ ଖିଆପିଆ କରିବା। ହୁଏତ ଏ ଭିତରେ ବିଜୁଳି ଆସିଯିବ।

ଛନ୍ଦା କିନ୍ତୁ ଏ ଦ୍ୱିତୀୟ ପ୍ରସ୍ତାବରେ ରାଜିହେଲାନି। "ଏ ହୁଏତ" ଯଦି ନ ହୁଏ ? ତେବେ ସବୁ ପୁଣି ଗୋଳମାଳ। ତା' ପରିବର୍ତ୍ତେ ଆମେ ଆମର ଆଜିର ଏ ମିଳନୀଟିକୁ ଟୁନି ଘରକୁ ବଦଳେଇଦେବା। ସମସ୍ତେ ସେଇଠିକୁ ଯିବା। ସେଠି ଯାହାର ଗାଧୁଆପାଧୁଆ କରିବା କଥା କରିବେ। ଘରେ ଯାହା ତରକାରୀ ସବୁ ଅଛି, ସେସବୁ ତା' ଘରକୁ ନେଇଯିବା। ସେଥିରେ ଲଞ୍ଚ୍ ହୋଇଯିବ। ରାତ୍ରିଭୋଜନ ପାଇଁ ରେଷ୍ଟୁରାଣ୍ଟ୍‌ରୁ କିଛି ଖାଦ୍ୟ ମଗେଇଦେବା। ତା' ଭିତରେ ଯଦି ବିଜୁଳି ଆସିଲା ତ ସମସ୍ତେ ଘରକୁ ଫେରିବା, ନହେଲେ ପିଲାମାନେ ସମସ୍ତେ ସେଠି ରହିଯିବେ ଓ ଆମେ ଫେରିଆସିବା।

ଟୁନି ସକାଳ ୯ଟା ବେଳକୁ ଫୋନ୍ କଲା। ପରିସ୍ଥିତି ବିଷୟରେ ତାକୁ ଜଣେଇଦିଆଗଲା। ସିଏ ବି ଛନ୍ଦାର ପ୍ରସ୍ତାବକୁ ସମର୍ଥନ କଲା। ରିନି ସେପର୍ଯ୍ୟନ୍ତ କିଛି ଜଣେଇ ନଥାଏ। ତାକୁ ଫୋନ୍ କରିବା ପରେ ବି ସିଏ ଉଠେଇଲାନି। ହୁଏତ ଏପର୍ଯ୍ୟନ୍ତ ସିଏ ଶୋଇଛି କି କଣ। ଉଠୁ ତାହେଲେ।

ରିନି ଦିନ ଦଶଟା ବେଳକୁ ଫୋନ୍ କରି କହିଲା ସିଏ ଏବେ ନିୟୁର୍କରୁ ବାହାରୁଛି। ତା ସହିତ ଆଲୋଚନା କରି ଆକାଶ ଆଗାମୀ ଯୋଜନା ବିଷୟରେ ସିଦ୍ଧାନ୍ତ ନେଲେ। ମିନି ଓ ମହେଶ କଲମ୍ବିଆ ବୁଲି ଦେଖିବାକୁ ଯାଆନ୍ତୁ। ଛନ୍ଦା ଯଦି ଯିବାକୁ ଚାହୁଁଚି, ସେମାନଙ୍କ ସହିତ ଯାଉ। ସେମାନେ ବୁଲାବୁଲି କରି ସିଧା ଆଲେକଜାଣ୍ଡ୍ରିଆ, ଟୁନି ଘରକୁ ଚାଲିଯିବେ। ଆକାଶ ଲିଓ ସହିତ ଘରେ ରହିଥିବେ।

ରିନି ଆସିଲେ, ରିନି ସେମାନଙ୍କୁ ପିକ୍‌ଅପ୍ କରିବ ଓ ସେମାନେ ଯାଇ ଟୁନି ଘରେ ପହଞ୍ଚିବେ।

ଏମିତି କଥାବାର୍ତ୍ତା ହୋଇ ସମସ୍ତେ ସେମିତି ଭାବେ ଦିନଟିକୁ କଟେଇବାକୁ ସ୍ଥିର କଲେ। ଯଦି କୌଣସି କାରଣରୁ ବିଜୁଳି ନ ଫେରେ, ତେବେ ଟୁନି ଘରେ ରହିଯିବାକୁ ମିନି ଓ ମହେଶ ସ୍ଥିର କରି ନିଜନିଜର ବ୍ୟାଗ୍ ସଜାଡ଼ିଲେ। ବିଶେଷତଃ ରବିବାର ଦିନ ୫ଟା ବେଳକୁ ମହେଶର ଫ୍ଲାଇଟ୍ ଥିଲା କାଲିଫର୍ଣ୍ଣିଆ ଫେରିଯିବାକୁ। ସେଇଟା ଥିଲା ଡଲାସ୍ ଏୟାରପୋର୍ଟରୁ, ଯେଉଁଟାକି ଟୁନି ଘରକୁ ପାଖ।

ଏମିତି ସବୁ, ଏଇଟା ସେଇଟା ହୋଇ ମିନି, ମହେଶ ଓ ଛନ୍ଦା ଘରୁ ବାହାରିଲେ। ଛନ୍ଦା ଗୋଟିଏ ଇନ୍‌ସୁଲେଟେଟ୍ ବ୍ୟାଗ୍ ରଖିଦେଇ ଆକାଶଙ୍କୁ କହିଗଲା, "ତମେ ଯିବାବେଳକୁ, କୋବି ତରକାରୀ, ଦହି ବାଇଗଣ ଓ ବିନ୍ ଭଜା ଏହି ବ୍ୟାଗ୍ ଭିତରେ ଭର୍ତ୍ତି କରି ନେଇଯିବ।"

ଆକାଶ ଭ୍ୟାନ୍‌ରେ ସମସ୍ତଙ୍କୁ ବସେଇ ରଦରଫୋର୍ଡ଼୍ ୱେ ଓ ଟେନ୍ ଓକ୍‌ସ୍ ରୋଡ଼୍‌ର ଛକରେ ଛାଡ଼ିଦେଲେ। ଟେନ୍ ଓକ୍‌ସ୍ ରୋଡ଼୍‌ର ଦୁଇପଟ ରାସ୍ତା ବନ୍ଦ ଥିଲା। ଶୁକ୍ରବାର ଦିନ ଅପରାହ୍ନରେ ଟର୍ଣ୍ଣାଡ଼ୋ ହୋଇ ବଡ଼ବଡ଼ ଗଛ ସବୁ ଭାଙ୍ଗି ଯାଇ ରାସ୍ତାରେ ପଡ଼ିଥିଲା। ଉଭୟ ପାର୍ଶ୍ୱରେ ତିନିତିନିଟା ହୋଇ ସମୁଦାୟ ଛଅଟି ବିଦ୍ୟୁତ୍ ଖୁଣ୍ଟ ଭାଙ୍ଗି ଯାଇ ତାର ସବୁ ରାସ୍ତାରେ ପଡ଼ି ରହିଥିଲା। ତେଣୁ ସେ ଦୁଇ ରାସ୍ତାକୁ ବନ୍ଦ କରିଦିଆଯାଇଥିଲା। ଭାଗ୍ୟ ହେଉ କି ଦୁର୍ଭାଗ୍ୟ ହେଉ, ଯେଉଁ ସମୟରେ ଟର୍ଣ୍ଣାଡ଼ୋ ହେଲା, ସେ ସମୟରେ ଆକାଶ ଓ ମିନି ଦୁହେଁ ପରିବା କିଣିବା ପାଇଁ ଏଲିକଟ୍ ସିଟି ଯାଇଥିଲେ। ରାସ୍ତାର ଏତାଦୃଶ ପରିସ୍ଥିତି ପାଇଁ ସେମାନେ କୌଣସି ଦିଗରୁ ବି ଘରକୁ ଫେରିବାକୁ ସକ୍ଷମ ହୋଇନଥିଲେ। ତେଣୁ ରାସ୍ତା ନମ୍ବର ୩୨ ଥିବା ଦିଗରେ ଓକ୍‌ଉଡ଼୍ ଓଭର୍‌ଲୁକ୍ କୋର୍ଟ ରାସ୍ତାରେ ଗାଡ଼ି ପାର୍କ କରି ସେମାନେ ରାସ୍ତାର ବାମ ପଟେ ଥିବା ଘରର ଲନ୍ ବାଟ ଦେଇ ଚାଲିଚାଲି ଘରକୁ ଫେରିଥିଲେ। ଏବେ ସେଇ ଗାଡ଼ି ପାଖକୁ ମିନି, ମହେଶ ଓ ଛନ୍ଦା ଚାଲିଚାଲି ଗଲେ। ଯେଉଁ ବ୍ୟକ୍ତିର ଲନ୍‌ରେ ସେମାନେ ଚାଲିଚାଲି ଅତିକ୍ରମ କରିବାକୁ ବସିଥିଲେ, ସେ ଦୁଇଜଣ ଚାଇନିଜ୍ ଆମେରିକାନ୍। ସେମାନେ ତାଙ୍କ ଲନ୍ ସାଇଡ଼୍‌ରୁ ଟେନ୍ ଓକ୍‌ସ୍ ରୋଡ଼୍‌କୁ ଯିବା ପାଇଁ ପାର୍ଶ୍ୱ ପଥ ସବୁ ପରିଷ୍କାର କରିଦେଇଥିଲେ ଯେହେତୁ ଏବେ ଅନେକ ଲୋକ ସେଇପଟେ ହିଁ ଯିବାଆସିବା କରୁଥିଲେ। କୁଆଡ଼େ ନ ଯାଇପାରୁଥିବା ସ୍ଥିତିରେ ଫସି ରହିଥିବା ବ୍ୟକ୍ତିମାନେ ସାଙ୍ଗସାଥୀଙ୍କୁ ଡାକି ସେମାନଙ୍କୁ ପିକ୍ ଅପ୍ କରିବା ବ୍ୟବସ୍ଥା କରି ସେଇପଟେ ହିଁ ଯାଉଥିଲେ।

ସେ ଦୁଇଜଣ ଦଂପତ୍ତି ସେଇ ରାସ୍ତା କଡ଼ରେ ଠିଆ ହୋଇଥଲେ ଓ ଅଭିବାଦନ ଜଣେଇଲେ। ସେମାନଙ୍କୁ ପ୍ରତି ଅଭିବାଦନ ଜଣେଇ ଓ ନିଜ ଲନ୍‌ରୁ ବାଟ ବାହାର କରିଥିବା ପାଇଁ ଧନ୍ୟବାଦ ଜଣେଇ, ଏ ତିନିହେଁ ଆଗକୁ ଚାଲିଲେ। ପ୍ରାୟ ପାଞ୍ଚମିନିଟ୍ ପରେ ସେମାନେ ପାର୍କ କରିଥିବା କାର୍ ଦୃଶ୍ୟମାନ ହେଲା। କାର୍ ପାଖରେ ପହଞ୍ଚି ନିଜ ବ୍ୟାଗ୍ ପଛ ସିଟ୍‌ରେ ରଖି ମହେଶ ସାଇଡ଼୍‌ରେ ବସିଗଲା। ମିନି ଗାଡ଼ି ଚଲେଇଲା ଓ ଛନ୍ଦା ସବୁ ରାସ୍ତାର ଦୁଇକଡ଼କୁ ଦେଖୁଥିଲା। କାଲେ ଟର୍ଣ୍ଣାଡ଼ୋ ଆଉ କୁଆଡ଼େ କ୍ଷୟ କ୍ଷତି କରିଥିବ।

ମହେଶ ମିନିର ବନ୍ଧୁ। ତେଣୁ ତାର ଇଚ୍ଛା ଥିଲା, ମିନିର ପିଲାଦିନର ସମସ୍ତ ସ୍ମୃତିର ସ୍ଥାନ ପରିଦର୍ଶନ କରିବା। ସେଥିପାଇଁ ସିଏ ତାର ହାଇସ୍କୁଲ୍, ମିଡ଼୍‌ଲ୍ ସ୍କୁଲ୍, ଏଲିମେଣ୍ଟାରି ସ୍କୁଲ୍ ଇତ୍ୟାଦି ସବୁ ଦେଖେଇଲା। ଏହା ସହିତ ପୁରୁଣା ସାହି ପଟେ ମଧ୍ୟ ଗାଡ଼ି ନେଇ ପୁରୁଣା ଘର ଦେଖେଇଲା। ସେ ଘରଟି ଛନ୍ଦା ଓ ଆକାଶଙ୍କର ଆମେରିକାରେ ପ୍ରଥମ ଘର। ଘରଟି ସମାନ ଦିଶୁଥିଲା। କେବଳ ଗୋଟିଏ ପରିବର୍ତ୍ତନ ଥିଲା ଘର ଚାରିପଟର ବାଡ଼। ପାଖ ଘର ଯେଉଁଟା ଟାନିଆର ଘର ଥିଲା, ତା' ଚାରିପଟେ ବି ବାଡ଼ ଥିଲା। ଯାହା ହେଉ, ସେ ଘର ଆଗରେ ଲଗେଇଥିବା ପେଅର୍ସ ଫଳ ଗଛ ସେମିତି ରହିଥିଲା।

ଛନ୍ଦା ପାଇଁ ସବୁଠାରୁ ଅଜବ କଥା ଥିଲା, କଲମ୍ବିଆ ମଲ୍ ଚାରିପଟେ ବୁଲିବା ବେଳେ ଏତେ ସବୁ ଲୋକଙ୍କୁ ଦେଖିବା ଓ ଗାଡ଼ି ଦେଖିବା। "ଏ କରୋନା ସମୟରେ ବି ଏତେ ଗାଡ଼ି ପାର୍କ ହୋଇଛି ? ଏତେ ଲୋକ ମଲ୍ ଯାଉଛନ୍ତି ?" ପ୍ରାୟ ଦେଢ ବର୍ଷ ହେଲା ସେପଟେ ଯାଇନଥିଲା ଛନ୍ଦା। ଆଉ ଏବେ ଏତେ ଗହଳଚହଳ ଦେଖି ତା' ବିସ୍ମୟ ବଢିଗଲା। ସେମାନେ ମଲ୍ ଭିତରକୁ ନ ଯାଇ ମଲ୍ ଚାରିପଟେ ଗାଡ଼ିରେ ବୁଲିଲେ। ମିନି ସବୁର ବିବରଣୀ ଦେଇ ମହେଶକୁ ଅବଗତ କରାଉଥାଏ। ଏହା ପରେ ସେମାନେ କିଟାମାକୁଣ୍ଡି ହ୍ରଦ ପାଖକୁ ଗଲେ ଓ ହୋଲ୍ ଫୁଡ଼୍ ସାମନାରେ ଗାଡ଼ି ପାର୍କ କରି କିଛି ସମୟ ବୁଲିଲେ। କଲମ୍ବିଆ ସହରର ଏ ସବୁ ସ୍ଥାନ ଏପର୍ଯ୍ୟନ୍ତ ଛନ୍ଦା ଦେଖିନଥିଲା। ଏତେ ସୌନ୍ଦର୍ଯ୍ୟ, ଏତେ ଆକର୍ଷଣୀୟ ମନୋମୁଗ୍ଧକର ପ୍ରକୃତି। ଅଥଚ, କେବଳ ୨୦ ମିନିଟ୍‌ର ଦୂରତ୍ୱରେ ଥାଇ ମଧ୍ୟ ସେସବୁ ଛନ୍ଦା ପାଇଁ ଅଜଣା ଥିଲେ। ଏବେ ସେସବୁ ଦେଖି ଛନ୍ଦା କହିଲା, "ଭଲ ହେଲା, ମୁଁ ତମମାନଙ୍କ ସାଥୀରେ ଆସିଲି। ନହେଲେ କିଏ ଜାଣେ, ଏ ସବୁ ସୌନ୍ଦର୍ଯ୍ୟ ଅନାବିଷ୍କୃତ ହୋଇ ମୋ ପାଇଁ ଆହୁରି କିଛି ବର୍ଷ ରହିଯାଇଥାଆନ୍ତା।"

ସେମାନେ ଐତିହାସିକ ସାଭେଜ୍ ମଲ୍ ପାଖ ଦେଇ ଡ୍ରାଇଭ୍ କରିବା ସମୟରେ,

ଆକାଶ ଫୋନ୍ କଲେ। ସେତେବେଳକୁ ସାଢେ ୧୨ଟା ବାଜିଲାଣି। ଆକାଶ କହିଲେ, "ମୁଁ ଯାହା ଭାତ ବଳିଥିଲା ଓ ତରକାରୀ ଥିଲା, ସେସବୁ ମିଶେଇ ଖାଇ ସାରିଲିଣି। ମୋର ଆଉ ଖାଇବାର ନାହିଁ। ତେଣୁ ତମେମାନେ ଯଦି ଯାଉଛ, ଟୁନି ଘରକୁ ଯାଅ। ମୁଁ ନଗଲେ ଚଳିବ। ଏବେ ରିନି ସାଢେ ତିନିଟାରେ ପହଞ୍ଚିବ ବୋଲି କହୁଛି। ସିଏ ଆସିଲେ ବରଂ ଆମେ ଯିବୁ।"

ଟୁନି ଡାକିକରି ପଚାରିଲା, "ରିନି ପଚାରୁଛି, ସିଏ ସିଧା ଆଲେକ୍‌ଜାଣ୍ଡ୍ରିଆ ଆସିବନା, ମେରୀଲାଣ୍ଡ୍ ଯିବ? ଏବେ ତାର ପହଞ୍ଚିବାକୁ ଡେ଼ରି ହେବ। ରାସ୍ତାରେ ଟ୍ରାଫିକ୍ ବେଶି।"

କଣ କହିବ ବୁଝି ନପାରି ଛନ୍ଦା କହିଲା, "ତାକୁ କହିଦେ, ସିଏ ସିଧା ଆଲେକ୍‌ଜାଣ୍ଡ୍ରିଆ ଯିବ। ଆମେ ସମସ୍ତେ ସାଙ୍ଗ ହୋଇ ଟିକେ ଡେ଼ରିରେ ପହଞ୍ଚିବୁ। ତମେମାନେ ଲଞ୍ଚ୍ ଖାଇ ଦେଇଥାଅ। ଆମେ ଏଠି କିଛି ଲଞ୍ଚ୍‌ର ବ୍ୟବସ୍ଥା କରିବୁ।"

ମିନି କହିଲା, "ମୁଁ ଲିଡ଼ୋ ପିଜା ଅଡର୍ କରିଦେଇଛି। ମହେଶ ଓ ମୁଁ ତାକୁ ଖାଇବୁ। ତେଣୁ ଆମ ପାଇଁ ଖାଇବା ଚିନ୍ତା କରନି। ତମେ ଯଦି ଖାଇବ, ତେବେ ଘରକୁ ଯାଇ ଖାଇବ, ନହେଲେ ଆଉ କିଛି ଅଡର୍ କରିଦେବା।"

"ମୁଁ ଗୋଟିଏ ପିଠା କରି ରଖିଥିଲି। ତୋ ପାପାଙ୍କୁ କହିବି, ସେଇଟା ନେଇ ଆସିବେ। ମୋର ସେଥିରେ ଚଳିଯିବ।"

ପୁଣି ସବୁ ଯୋଜନା ପରିବର୍ତ୍ତନ କରାଗଲା। ମିନି ଓ ମହେଶ ଆସିବା ପୂର୍ବରୁ ଯୋଜନାରେ ଥିଲା ଯେ ସେମାନେ ଶନିବାର ଦିନ ସକାଳେ ମନ୍ଦିର ଦର୍ଶନ କରିଥାନ୍ତେ। ଏବେ ତ ଗାଧୋଇ ବି ପାରିଲେନି। ପୁଣି ମନ୍ଦିର ଦର୍ଶନ କେମିତି କରିବେ? ତାପରେ ସେତେବେଳକୁ ଗୋଟିଏ ବାଜିଲାଣି। ଯାହାବି ଠାକୁରଙ୍କୁ କବାଟ ଏ ପଟରୁ କି ଝରକା ପଟରୁ ଦେଖି ହୋଇଥାନ୍ତା, ହେଲେ ଠାକୁରଙ୍କର ପରଦା ପଡ଼ି ଯାଇଥିବ। ତେବେ ଅନ୍ତତଃ ସେ ସ୍ଥାନ ଦେଖାଯାଉ। ଏମିତି ଭାବି ସେମାନେ ମନ୍ଦିର ଓ ଆଶ୍ରମ ଯାଇ ବାହାରପଟୁ ବୁଲି ଆସିଲେ। ଏବେ ଟେନ୍ ଓକ୍‌ସ୍ ରୋଡ୍‌ର ଦୁଇପଟେ ଅନୁସନ୍ଧାନ କରି ଦେଖିବା ବେଳକୁ ଉଭୟ ପଟରୁ ରାସ୍ତା ତଥାପି ବନ୍ଦ ଅଛି। ତେଣୁ ଯେଉଁଠି ପୂର୍ବରୁ ଗାଡ଼ି ରଖିଥିଲେ, ସେଇଠି ଗାଡ଼ି ପାର୍କ କରି ସେମାନେ ଆକାଶଙ୍କୁ ଯୋଗାଯୋଗ କଲେ। ଛନ୍ଦା କହିଲା, "ମୋ ପାଇଁ ରହିଥବା ପିଠାଟିକୁ ସ୍ୟାଣ୍ଡଉଇଚ୍ ବ୍ୟାଗ୍ ଭିତରେ ଭର୍ତ୍ତି କରି ନେଇଆସିବ।"

ଆକାଶଙ୍କୁ ଅପେକ୍ଷା କରିବା ସମୟ ଭିତରେ ମିନି ଓ ମହେଶ ସେମାନଙ୍କ ପିଜା

ଖାଇଲେ। ପାଞ୍ଚ ମିନିଟ୍ ପରେ ଫୋନ୍ କରି ଆକାଶ କହିଲେ, "ଏ ଲିଓ ବଡ଼ ହଇରାଣ କରୁଛି। ଜମା ଆଗକୁ ଯାଉନି। ମିନିକୁ କହ, ସିଏ ଆସୁ। ତାହେଲେ ଲିଓ ଯିବ।"

ମିନି ତା' ଖାଇବା ଅଧାରେ ରଖି ଗଲା। କିଛି ସମୟ ପରେ ସେମାନେ ସମସ୍ତେ ଆସି ଗାଡ଼ି ପାଖରେ ପହଞ୍ଚିଗଲେ। ଆକାଶ ଆଣିଥିବା ପିଠା ଖାଇ ଛନ୍ଦା ନିଜର ଭୋକ ମେଣ୍ଟେଇଲା। ଆକାଶ ଗାଡ଼ି ଚଳେଇଲେ। ମିନି ଓ ମହେଶ ଲିଓକୁ ଧରି ପଛ ସିଟ୍‌ରେ ବସିଲେ।

ମେନ୍ ରୋଡ୍ ୨୯୫ରେ ଭିଡ଼ ଥିଲା। ସେମାନେ ଟୁନି ଘରେ ପହଞ୍ଚୁପହଞ୍ଚୁ ସାଢେ ତିନିଟା। ଟୁନିର ଦୁଇଟି କୁକୁର। ସେମାନଙ୍କ ଭୁକିବା ଶବ୍ଦ ସହିତ ଲିଓର ଭୁକିବା ଶବ୍ଦ ମିଶି କାନ ଫଟେଇ ଦେଉଥାନ୍ତି। ସମସ୍ତେ ପ୍ରଥମେ ଯାଇ ଗାଧୋଇପଡ଼ିଲେ। ଦେହକୁ ଟିକେ ଶାନ୍ତି ମିଳିଲା। ଏହି ସମୟରେ ଟୁନିର ସ୍ୱାମୀ ମାର୍କ ତରଭୁଜ କାଟି ରଖିଦେଲା। ସେଇ ତରଭୁଜ ଖାଇବା ପରେ ଦେହ ଓ ମନ ଟିକେ ଥଣ୍ଡା ହୋଇଗଲା। ସେତେବେଳକୁ ବାହାରର ତାପମାତ୍ରା ଖୁବ୍ ଅଧିକ। ଏ ସମୟରେ ତରଭୁଜ ଭଳି ଶୀତଳ ଫଳ ଅମୃତ ତୁଲ୍ୟ ମନେ ହେଉଥିଲା।

ତାପରେ ବିଚାର ଚାଲିଲା, ରେଷ୍ଟୁରାଣ୍ଟରୁ କଣ ଅଡର୍ କରାଯିବ। ସମସ୍ତଙ୍କର ପସନ୍ଦ ଅଲଗା ଅଲଗା। ଆକାଶ କହୁଥାଆନ୍ତି, "ମୁଁ ଭାରତୀୟ ଖାଦ୍ୟ ଛଡ଼ା ଅନ୍ୟ ଯେକୌଣସି ଖାଦ୍ୟ ସପକ୍ଷରେ ଅଛି।" ତେବେ ଅନ୍ୟମାନେ ଅନେକ ଯୁକ୍ତିତର୍କ ପରେ ଭାରତୀୟ ଖାଦ୍ୟ ଖାଇବା ପାଇଁ ରାଜି ହେଲେ। ତଥାପି ସେମାନଙ୍କର ପସନ୍ଦ ଠୁଳ କରୁକରୁ ଅଧଘଣ୍ଟାଏ ଲାଗିଗଲା। ଆକାଶ କହିଲେ, "ମୁଁ ଯାଉଛି, କିଛି ସମୟ ବାହାରେ ବୁଲିକରି ଆସୁଛି।"

"ହେଲେ ଏତେ ଗରମରେ ତୁମେ ବାହାରେ କାହିଁକି ବୁଲିବାକୁ ଯିବ?" - ଟୁନି ପଚାରିଲା।

ମହେଶ ବି ବାହାରେ ବୁଲିବାକୁ ଯିବାକୁ ଚାହିଁଲା। ଅତଏବ୍ ସେ ଦୁଇଜଣ ବାହାରକୁ ଗଲେ। ଛନ୍ଦା ଟିଭି ଲଗେଇ ଓଡ଼ିଆ ସିରିଏଲ୍ "ସିଂହଦ୍ୱାର" ଦେଖିବା ଆରମ୍ଭକଲା। ଟୁନି, ମାର୍କ, ମିନି ମିଶି ଗେମ୍ ଖେଳିଲେ। ପନ୍ଦର ମିନିଟ୍ ପରେ ଆକାଶ ଓ ମହେଶ ଫେରି ଆସିଲେ। "କଣ ହେଲା?" - ଛନ୍ଦା ପଚାରିଲା।

"ବହୁତ ଗରମ।" - ଆକାଶ କହିଲେ।

"ସେଇଆ ତ ଆମେ ସମସ୍ତେ କହୁଥିଲୁ। ତମେ ନମାନି ଗଲ। ହଉ ଟିଭି ଦେଖ।"

ମହେଶ ଯାଇ ଗେମ୍ ଖେଳିବାରେ ଯୋଗ ଦେଲା।

ଏ ଭିତରେ ରିନି ଓ ମିନିର ସାଙ୍ଗ ଅରୁଣା ଉଭୟ ଆସି ଏକ ସମୟରେ ପହଞ୍ଚିଲେ । ଖେଳ ଭାଙ୍ଗି ଏବେ ସମସ୍ତେ ରିନି ଓ ଅରୁଣାକୁ ସ୍ୱାଗତ କଲେ । ଛନ୍ଦା ବି ଟିଭି ବନ୍ଦ କଲା । ଖାଦ୍ୟ ସବୁ ଡ଼େଲିଭରି ହୋଇ ଯାଇଥିଲା । ମାର୍କ ସେସବୁ ଖାଦ୍ୟ ଆଣି ଟେବୁଲ୍ ଉପରେ ସଜାଡ଼ି ରଖିଲା ।

ଏବେ ସମସ୍ତେ କଥାବାର୍ତ୍ତାରେ ମଜ୍ଜି ଯାଇଥିଲେ ।

ସବୁଠାରୁ ଚମକପ୍ରଦ ଘଟଣା ଥିଲା ମିନି ଓ ମହେଶଙ୍କର ଏ ସପ୍ତାହର କାହାଣୀ । କେମିତି ହେବାର ଥିଲା ଓ କଣ ସବୁ ଘଟିଗଲା ।

ପୂର୍ବ ନିର୍ଦ୍ଧାରିତ ଯୋଜନା ଅନୁଯାୟୀ ମିନି ଓ ମହେଶ ମଙ୍ଗଳବାର ଦିନ ଲସ୍ ଆଞ୍ଜେଲେସ୍ ଏୟାର୍‌ପୋର୍ଟରୁ ରାତି ୧୧ଟାର ଫ୍ଲାଇଟ୍ ନେଇ ବୁଧବାର ସକାଳେ ନିୟୁର୍କରେ ପହଞ୍ଚିଥାଆନ୍ତେ । ସେଠାରେ ସେମାନେ ସେଦିନ ନିୟୁର୍କ ବୁଲିଥାନ୍ତେ, ସେଣ୍ଟ୍ରାଲ୍ ପାର୍କରେ "ସେକ୍‌ସ୍‌ପିଅର୍ ଇନ୍ ଦି ପାର୍କ" ସୋ ଦେଖିଥାନ୍ତେ । ଗୁରୁବାର ଦିନ ମହେଶ ସକାଳୁ କାମ ଟେଲିୱାର୍କରେ କରିଥାନ୍ତା ଓ ସନ୍ଧ୍ୟା ବେଳକୁ ସେମାନେ ରିନିକୁ ଧରି ଡ୍ରାଇଭ୍ କରି ଆସି ମେରୀଲାଣ୍ଡରେ ପହଞ୍ଚିଥାଆନ୍ତେ । ଶୁକ୍ରବାର ଦିନ ମହେଶ ସେମିତି ସକାଳେ କାମ କରିଥାନ୍ତା ଓ ସନ୍ଧ୍ୟାବେଳେ ସେମାନେ ସମସ୍ତେ ମିଶି ଘରେ ମୁଭି ଦେଖିଥାଆନ୍ତେ । ଶନିବାର ଦିନ ସକାଳେ ସେମାନେ ମନ୍ଦିର ଯାଇଥାଆନ୍ତେ । ଠାକୁରଙ୍କ ଦର୍ଶନ ସାରି ମିନି ମହେଶଙ୍କୁ ନେଇ ତା ଜୀବନ ସହିତ ସଂଶ୍ଳିଷ୍ଟ ସମସ୍ତ ସ୍ଥାନ ବୁଲାଇ ଦେଖାଇଥାଆନ୍ତା । ସନ୍ଧ୍ୟା ବେଳକୁ ମହେଶର ସମ୍ମାନାର୍ଥେ ଓ ବଡ଼ ଝିଅ ଟୁନି ଓ ମାର୍କର ବିବାହ ବାର୍ଷିକୀ ପାଇଁ ଏକ ଘରୋଇ ଉତ୍ସବ ହୋଇଥାଆନ୍ତା । ସେଥିରେ ମିନିର ସାଙ୍ଗ ଅରୁଣା ବି ଯୋଗ ଦେଇଥାଆନ୍ତା । ସେଦିନର ପାର୍ଟି ପାଇଁ ସବୁ ସରଞ୍ଜାମ ଓ ମେନୁ ଠିକ୍ କରିଦେଇଥିଲା ଛନ୍ଦା । ମିନିର ବରାଦ ଅନୁଯାୟୀ ପିଆଜ ଓ ଧଣିଆପତ୍ରର ପକୁଡ଼ି ହେବ । ଛନ୍ଦା ହିସାବରେ ମିଠା ପାଇଁ ନଡ଼ିଆ ପକେଇ ଖିରି ହେବ ଓ ଛୋଟ ଏକ ବିରି ପୋଡ଼ପିଠା ହେବ । ତାପରେ ଛୋଲେ ଓ କୋବି ତରକାରୀ ହେବ । ଅନ୍ୟାନ୍ୟ ସମସ୍ତ ଖାଦ୍ୟ ଯଥା କୋବି ମଞ୍ଚୁରିଆନ୍ ଓ ପନିର୍ ଟିକା ମସାଲା ରେଷ୍ଟୁରାଣ୍ଟ୍‌ରୁ ମଗାଯିବ ।

ବେସ୍‌ମେଣ୍ଟ୍ ସଜା ହୋଇ ରଙ୍ଗୀନ୍ ଆଲୁଅ ଜଳିବ ଓ ସେଇଠି ସେଲିବ୍ରେସନ୍ ହେବ ।

ହେଲେ ସବୁ କିଛି ବଦଳିଗଲା । ବଦଳିଗଲା ମିନି ଓ ମହେଶଙ୍କର ଯୋଜନା ଯେତେବେଳେ ୟୁନାଇଟେଡ୍ ଫ୍ଲାଇଟ୍ ମିନିର କୁକୁର ଲିଓକୁ କ୍ୟାରିଅନ୍‌ରେ ନେବାକୁ ମନା କରିଦେଲା । ସେଇ ଏୟାର୍‌ଲାଇନ୍‌ସ୍‌ର ଫ୍ଲାଇଟ୍ ମାସକ ତଳେ ସେମିତି ଭାବେ

କୁକୁର ଆଣିବାକୁ ଅନୁମତି ଦେଇଥିଲା। ଏବେ ମନା କରିଦେଲା। ଅନେକ ଯୁକ୍ତିତର୍କ ପରେ ବି କିଛି ସମାଧାନର ବାଟ ନଦେଖି, ସେମାନେ ସ୍ଥିର କଲେ ଗାଡ଼ି ରେଣ୍ଟାଲ୍‌ରେ ନେଇ ଡ୍ରାଇଭ୍ କରିବେ। ଏକଥା ଯେତେବେଳେ ମିନି ହ୍ୱାଟ୍‌ସ୍‌ଆପ୍‌ରେ ଲେଖି ପଠେଇଲା ସେତେବେଳେ ଇଷ୍ଟ୍‌କୋଷ୍ଟରେ ସମସ୍ତେ ସୁପ୍ତ। ସକାଳୁ ଉଠି ସେମାନେ ସବୁ ଯେତେ ଉପଦେଶ ଦେବାର ଦେଇଗଲେ, ହେଲେ ସେତେବେଳକୁ ରାତିସାରା ଡ୍ରାଇଭ୍ କରି ମିନି ଓ ମହେଶ ନିଉମେକ୍ସିକୋ ରାଜ୍ୟର ଆଲ୍‌ବର୍କକି ସହର ପହଞ୍ଚିସାରିଲେଣି। ଆଲ୍‌ବର୍କକି ସହରରେ ମିନିର ଜନ୍ମ। ତେଣୁ ସିଏ ଅତ୍ୟନ୍ତ ଆଗ୍ରହର ସହିତ ଓଲ୍‌ଡ଼୍‌ଟାଉନ୍‌ର କିଛି ଫଟୋ ପଠାଇଦେଲା। ତା' ସହିତ ଆକାଶ ଓ ଛନ୍ଦା ଉଭୟ କଥା ହେଲେ। ଏ କୋଭିଡ୍ ସମୟରେ ରାସ୍ତାରେ ସତର୍କତା ଅବଲମ୍ବନ କରି ରହିବାକୁ ଉପଦେଶ ଦେଲେ। ସେମାନେ ଯେହେତୁ ଗୋଟିଏ ସିଦ୍ଧାନ୍ତ ନେଇସାରିଲେଣି, ଆଉ କିଛି କରିହେବନି। ଏ ସମୟରେ କେବଳ ଭଗବାନଙ୍କୁ ପ୍ରାର୍ଥନା କରିବା କଥା। ନହେଲେ ଅନ୍ୟ ସବୁ ଆୟତ୍ତରୁ ବାହାରେ। ଏମିତି ହୋଇ ସମସ୍ତେ ଚୁପ୍‌ଚାପ୍ ରହିଲେ। ମିନି ଓ ମହେଶ ସମୟ ସମୟରେ ସେମାନଙ୍କ ସ୍ଥିତି ବିଷୟରେ ସମସ୍ତଙ୍କୁ ଅବଗତ କରାଉଥିଲେ। ଗୁରୁବାର ଦିନ ସକାଳେ ସେମାନେ ଇଣ୍ଡିଆନାପୋଲିସ୍ ରାଜ୍ୟର ଡେଲ୍ ସହରରେ ପହଞ୍ଚି ଯାଇଛନ୍ତି ବୋଲି ଜଣେଇଲେ। ସେଠି ସେମାନେ ଗୋଟିଏ ମୋଟେଲ୍ ୬ରେ ରହିଲେ ଓ ମହେଶ ଇଣ୍ଟରନେଟ୍ ବ୍ୟବହାର କରି ତା' କାମ କରିପାରିଲା। ସେମାନଙ୍କ ଯୋଜନା ଥିଲା, ଗୁରୁବାର ଦିନ ରାତିରେ ଡ୍ରାଇଭ୍ କରିବା ଆରମ୍ଭ କରିବେ ଓ ଶୁକ୍ରବାର ଦିନ ସକାଳେ ମେରୀଲାଣ୍ଡ୍‌ରେ ପହଞ୍ଚିଯିବେ।

"ରାତିରେ ଡ୍ରାଇଭ୍ କରିବେ? ମନ ମାନୁନି।" - ଛନ୍ଦା ନିଜର ଆଶଙ୍କା ଜଣେଇଲା।

"ଦୁଇଜଣ ସକ୍ଷମ ଡ୍ରାଇଭର୍। ସେମାନଙ୍କର ଯୁବା ବେଳ। ତୁ କାହିଁକି ବ୍ୟସ୍ତ ହେଉଛୁ। ସେମାନେ ନିଶ୍ଚୟ ସମ୍ଭାଳି ନେବେ।"

ଏମିତି ଆଶଙ୍କାରୁ ମୁକ୍ତ କରି ଯେତେବେଳେ ମିନି ଓ ମହେଶ ଶୁକ୍ରବାର ଦିନ ସକାଳେ ଘର ଆଗରେ ଆଣି ଗାଡ଼ି ରଖିଲେ, ସେତେବେଳେ ଯେମିତି ଛାତି ଭିତରୁ ଗୋଟିଏ ବଡ଼ ଚିନ୍ତା ଓହରିଗଲା।

ପ୍ରଥମେ ନିଜ କାମ କରିବା ସ୍ଥାନ ଠିକ୍ କରି ମହେଶ କିଛି ସମୟ ଶୋଇପଡ଼ିଲା। ମିନି ବି କ୍ଳାନ୍ତ ଥିଲା ଓ ଉପରବେଳା ଯାଇ ରେଣ୍ଟାଲ୍ କାର୍ ଫେରାଇବା

ସହିତ ଆକାଶଙ୍କ ସହିତ ପରିବାପତ୍ର ପାଇଁ ଦୋକାନ ଯିବାକୁ ସମୟ ନିର୍ଦ୍ଧାରଣ କରି ସିଏ ବି କିଛି ସମୟ ଶୋଇପଡ଼ିଲା।

ଛନ୍ଦା ସେମାନଙ୍କ ପାଇଁ ସକାଳ ଖାଇବା ପ୍ରସ୍ତୁତ କରି ନିଜ ଅଫିସ୍ କାମ କଲା। ସବୁ କିଛି ଠିକ୍ ଚାଲିଥିଲା। ଛନ୍ଦା ସେମାନଙ୍କ ପାଇଁ ସାଇତି ରଖିଥିବା ବୋଇତିକଖାରୁ ଫୁଲ ବରା କଲା। ସେଇଟା ମିନିର ପ୍ରିୟ। ଲଞ୍ଚ୍ ପରେ ମିନି ଓ ଆକାଶ ଘରୁ ବାହାରିଗଲେ। ମହେଶ ସନ୍‌ରୁମ୍‌ରେ କବାଟ ଦେଇ କାମ କରୁଥାଏ। ଏମିତି ସବୁ କିଛି ଠିକ୍ ଚାଲିଥିବା ସମୟରେ ହଠାତ୍ ପବନର ସୁସୁ ଗର୍ଜନ ଶୁଭିଲା। ତା' ସାଙ୍ଗକୁ ବର୍ଷା ଓ ବିଜୁଳିର ଚମକ। ଏତେ ଜୋର୍‌ରେ ବର୍ଷା ହେବାର ଦେଖିନଥିଲା ଛନ୍ଦା। ସିଏ ଫୋନ୍ କରି ଆକାଶ ଓ ମିନିଙ୍କୁ ଜଣେଇଲା କେଉଁଠି ଅଟକିଯିବାକୁ ଓ ଝଡ଼ ପରେ ଫେରିବାକୁ। ସେତେବେଳକୁ ଆକାଶ ଓ ମିନି ଏଲିକଟ୍ ସିଟିରେ ଲୋଟୋ ଷ୍ଟୋର୍‌ରେ ଥିଲେ। ଝଡ଼ କ୍ରମଶଃ ତୀବ୍ର ଆକାର ଧାରଣ କଲା। ଘର ପଛପଟକୁ ଦେଖିବା ବେଳକୁ ବଡ଼ ଗଛ ଗୋଟିଏ ଉପୁଡ଼ି ଯାଇଥାଏ। ଏହି ସମୟରେ ବିଜୁଳି ଚାଲିଗଲା। ମହେଶର କାମ ବନ୍ଦ ହୋଇଗଲା। ଛନ୍ଦାର କାମ ବି। ସେମାନେ ନିଜନିଜ କାର୍ଯ୍ୟକ୍ଷେତ୍ର ଅର୍ଥାତ୍ ନିବୁଜ କୋଠରିରୁ ବାହାରି ଝରକା ବାଟ ଦେଇ ବାହାରକୁ ଦେଖିଲେ। ବାହାର ସଂପୂର୍ଣ୍ଣ ଅନ୍ଧାର ଦିଶୁଥାଏ। ଛନ୍ଦା ଖାଲି ବାରମ୍ବାର ଫୋନ୍ କରୁଥାଏ। କିଛି ସମୟ ପରେ ମିନି କହିଲା ସେମାନେ ଆସି ଟେନ୍ ଓକ୍‌ସ୍ ରୋଡ୍‌ରେ ପହଞ୍ଚିଗଲେଣି। ଆଉ କିଛି ସମୟ ଅତିକ୍ରାନ୍ତ ହେବା ପରେ ଝଡ଼ ଟିକେ ଥମିଗଲା। ବର୍ଷା କିନ୍ତୁ ଚାଲିଥାଏ। କୋଡ଼ିଏ ମିନିଟ୍ ପରେ ମିନି ଫୋନ୍ କରି ଜଣେଇଲା ସେମାନେ ନଲ୍‌ଉଡ୍ ଅଟୋମୋଟିଭ୍ ପାଖରେ ଅଟକିଛନ୍ତି। ଟେନ୍ ଓକ୍‌ସ୍ ରୋଡ୍‌ରେ ଆଗରେ ଗଛ ପଡ଼ିଛି ଓ ବିଦ୍ୟୁତ୍ ତାର ଖୁଣ୍ଟି ପଡ଼ିଛି। କିଛି ଲୋକ ସେଠି ଜଗିଛନ୍ତି ଓ ଗାଡ଼ି ଆଗକୁ ଯିବାକୁ ଦେଉନାହାନ୍ତି। ସେମାନେ ଭାବୁଛନ୍ତି ସେଠି ଗାଡ଼ି ରଖି ଘରକୁ ଚାଲିଚାଲି ଆସିବେ। ହେଲେ ସେତେବେଳକୁ ବର୍ଷା ଛାଡ଼ିନଥିଲା। ଆଉ କିଛି ସମୟ ବର୍ଷା ଛାଡ଼ିବା ପର୍ଯ୍ୟନ୍ତ ଅପେକ୍ଷା କରିବାକୁ ଛନ୍ଦା ସେମାନଙ୍କୁ କହିଲା।

ଏମିତି ଫୋନ୍‌ରେ କଥାବାର୍ତ୍ତା ଚାଲିଥାଏ। ଏହା ଭିତରେ ସେମାନେ ଟେନ୍ ଓକ୍‌ସ୍ ରୋଡ୍‌ର ଅନ୍ୟ ପାର୍ଶ୍ୱରୁ ଆସିବା ପାଇଁ ପ୍ରଚେଷ୍ଟା କଲେ। ହେଲେ ସେ ରୋଡ୍‌ରେ ମଧ୍ୟ ସମାନ ଅବସ୍ଥା। ବାଟରେ ବିରାଟ ଗଛ ଭାଙ୍ଗି ପଡ଼ିଛି ଓ ବିଦ୍ୟୁତ୍ ତାର ଖୁଣ୍ଟି ଭାଙ୍ଗି ଯାଇଛି। ବର୍ଷା ଏବେ ଟିକେଟିକେ ଛାଡ଼ି ଆସିଲା। ଚାରିଆଡ଼ ଫାଙ୍କା ଦିଶିଲା। ମିନି ଓ ଆକାଶ ଘରଠାରୁ ପ୍ରାୟ ଗୋଟିଏ ମାଇଲ୍ ଦୂରରେ ଗାଡ଼ି ରଖି, ରାସ୍ତା ଦୁଇପାର୍ଶ୍ୱରେ ଥିବା ଘର ମାନଙ୍କର ଲନ୍ ବାଟ ଦେଇ ଚାଲିଚାଲି ଆସି ଘରେ ପହଞ୍ଚିଲେ। ଆକାଶଙ୍କର

ଗୋଟିଏ ଟ୍ରେନିଙ୍ଗ୍ ନେବାର ଥିଲା। ସିଏ ସେଲ୍ ଫୋନ୍ ଲଗେଇ ସେଥିରେ ଜୁମ୍ ମାଧ୍ୟମରେ ଟ୍ରେନିଙ୍ଗ୍‌ର ରେଜିଷ୍ଟ୍ରେସନ୍ ସାରିଦେଲେ।

ବିଦ୍ୟୁତ୍ ଯୋଗାଣ କଂପାନୀ ବି.ଜି.ଇ.ର ଓ୍ୱେବ୍‌ପେଜ୍‌କୁ ଯାଇ ତଦାରଖ କରିବାରୁ ଲାଇନ୍ ଅଗଷ୍ଟ ୧୩ ତାରିଖ ଦିନ ରାତି ୮ଟା ବେଳକୁ ଫେରିବାକୁ ଲେଖାଥିଲା। ସେଇଆକୁ ଭରସା କରି ରହିବା ଛଡ଼ା ଅନ୍ୟ ଉପାୟ ନଥିଲା। ସାଢେ ୭ଟା ବେଳକୁ ଛନ୍ଦା ଓ ଆକାଶ ଚାଲିଚାଲି ଗାଡ଼ି ପାଖକୁ ଯାଇ ଖରାପ ହୋଇଯିବାର ସଂଭାବନା ଥିବା କିଛି ପରିବାପତ୍ର ସବୁ ନେଇଆସିବାକୁ ସ୍ଥିର କଲେ। ସେମାନେ ଭ୍ୟାନ୍ ଡ୍ରାଇଭ୍ କରି ରଦରଫୋର୍ଡ଼ ଓ୍ୱେର ଶେଷ ମୁଣ୍ଡରେ ଛକ ପାଖରେ ରଖିଲେ। ସେଇଠାରୁ ଚାଲିଚାଲି ଗଲେ। ସେଠି ଗଛ ଭାଙ୍ଗି ପଡ଼ିଥିବା ସ୍ଥାନରେ ସାହିର କିଛି ଲୋକ ଜମା ହୋଇଥିଲେ ଓ ସେ ସ୍ଥାନ ପର୍ଯ୍ୟବେକ୍ଷଣ କରୁଥିଲେ। ସମସ୍ତଙ୍କର ସେଇ ଏକା କଥା। ଆଜି ଆଉ ଲାଇନ୍ ଆସିବାର ସମ୍ଭାବନା ହିଁ ନାହିଁ। ଏତେ ସବୁ ଭଗ୍ନ ଗଛ ଓ ଖୁଣ୍ଟିକୁ ସଜାଡ଼ିବାକୁ ତ ସମୟ ଲାଗିବ। ତେବେ କଣ କରାଯିବ, କେହି ଚିନ୍ତା କରିପାରୁନଥିଲେ। ସେଇ ସମୟରେ କିଛି ଯାତ୍ରୀ, ସେଇ ବାଟେ ଯାଉଯାଉ ଆଉ ଯାଇନପାରି ଅଟକି ଯାଇଥିଲେ। ସେମାନେ ପାଖରେ ଥିବା ଏଲିମେଣ୍ଟାରି ସ୍କୁଲ୍‌ରେ ଗାଡ଼ି ପାର୍କ କରି ଅପେକ୍ଷା କରି ରହିଥିଲେ। କେତେବେଳେ ଅନ୍ତତଃ ଗୋଟିଏ ପାଖରୁ ରାସ୍ତା ଖୋଲିବ ଓ ସେମାନେ ନିଜନିଜ ଗନ୍ତବ୍ୟ ସ୍ଥଳରେ ପହଞ୍ଚିବେ।

ଶୁକ୍ରବାର ସେମିତି ଗଲା। ଆଉ ବିଜୁଳି ଆସିଲାନି। ଶନିବାର ଦିନ ସକାଳୁ ଛନ୍ଦା ଓ ଆକାଶ ଚାଲିଚାଲି ଯାଇ କ୍ଷୟ କ୍ଷତି ପରଖିଲେ। ସେତେବେଳକୁ କେହି ବି ରାସ୍ତା କାମ କରିବାକୁ ନଥାନ୍ତି। ପାଖ ସ୍କୁଲ୍‌ରେ ଜେନିରେଟର୍ ଲାଗିଥିବାର ଶବ୍ଦ ହେଉଥାଏ। ଆକାଶ କହିଲେ, "ହୁଏତ ଏ କାଉଣ୍ଟିର କର୍ମକର୍ତ୍ତା ମାନେ ବାଟୋଇ ମାନଙ୍କ ରହିବା ଓ ଶୌଚ ପାଇଁ ସ୍କୁଲ୍ ଖୋଲି ଦେଇଛନ୍ତି।"

ସେଠି ଆଉ ଜଣେ ଶ୍ୱେତକାୟ ବୃଦ୍ଧ ଦଂପତି ତାଙ୍କ କୁକୁର ଧରି ବୁଲୁଥିଲେ। ସେମାନେ ସେଇକଥା କହୁଥିଲେ। "ଏତେ କ୍ଷୟ କ୍ଷତି ସଜାଡ଼ିବାକୁ ସମୟ ତ ଲାଗିବ। ଆଜି ତ ସବୁ ସଜାଡ଼ି ହୋଇଯିବାର ସମ୍ଭାବନା ଦିଶୁନି।"

ଆଉ ଜଣେ ଏ ସାହିରେ ଘର କିଣି ନୂଆ କରି ଗୃହପ୍ରବେଶ କରିଥିଲେ। ସେମାନଙ୍କର ସବୁ ଆସବାବପତ୍ର ବି ଏପର୍ଯ୍ୟନ୍ତ ପୁରୁଣା ଘରୁ ଆସିପାରିନଥିଲା। ଏବେ ଏ ଦୁଇପଟୁ ରାସ୍ତା ବନ୍ଦ ହୋଇଯିବା ଦେଖି ସେ ସ୍ତ୍ରୀ ଲୋକ ଜଣକ ଅତ୍ୟନ୍ତ ବିକଳ ହେଉଥିଲେ। ପଚାରି ବୁଝିଲେ, କେମିତି ବାହାରକୁ ଯାଇହେବକି। ଆକାଶ କହିଲେ, "ହଁ, ଡାହାଣ ପଟେ କିଛି ବ୍ୟକ୍ତିଙ୍କ ଲନ୍ ବାଟ ଦେଇ ଆରପଟକୁ ଚାଲିଚାଲି

ଯାଇହେବ । ସେଠି କେଉଁ ବନ୍ଧୁଙ୍କ ସାହାଯ୍ୟରେ ହେଉ କି ଟ୍ୟାକ୍ସି ଡାକି ଆପଣ ଯାଇପାରିବେ।” ସିଏ ଆଶ୍ୱସ୍ତ ହେଲେ।

ଘରକୁ ଫେରି ମୁଣ୍ଡ ଗରମ ହୋଇଗଲା । ଏବେ ତାହେଲେ ଆଜି ଦିନର ପ୍ରୋଗ୍ରାମ୍ ହେବ କେମିତି ?

ସେଇଠୁ ହିଁ ସବୁ ଗଡ଼ବଡ଼ ହୋଇଗଲା ଓ ଟୁନି ମୁଣ୍ଡ ଉପରେ ସବୁ ଦାୟିତ୍ୱ ପଡ଼ିଗଲା ।

ତେବେ ମହେଶ ଓ ମିନିଙ୍କ ପାଇଁ ବଡ଼ ଦୁଃଖ ଲାଗୁଥିଲା । ଲସ୍ ଆଞ୍ଜେଲେସ୍‌ରୁ ଡ୍ରାଇଭ୍ କରି ରାତି ଅନିଦ୍ରା ରହି ସେମାନେ ମେରୀଲାଣ୍ଡ୍ ଆସିଲେ । ଆଉ ଏଠି ବି ଏଇ ସମୟରେ ଏମିତି ହେବାର ଥିଲା ।

ଟୁନି ଘରେ ସେଦିନ ସମସ୍ତେ ହସଖୁସିରେ ରାତ୍ର ଭୋଜନ କଲେ । ଅରୁଣା ତା’ ବିବାହ ଯୋଜନା ବିଷୟରେ ଗପି ସମସ୍ତଙ୍କ ମନୋରଞ୍ଜନ କରୁଥିଲା । ସମସ୍ତେ କିନ୍ତୁ ଘଡ଼ିକୁ ଘଡ଼ି ବି.ଜି.ଇ.ର ୱେବ୍‌ସାଇଟ୍ ଦେଖୁଥାନ୍ତି ଓ କେତେବେଳେ ବିଜୁଳି ଆସିବ ଚେକ୍ କରୁଥାନ୍ତି । ଘଣ୍ଟାଏ ଆଗରୁ ଲେଖୁଥିଲା ରାତି ସାଢେ ଆଠଟା ବେଳକୁ ବିଜୁଳି ଆସିଯିବ । ହେଲେ ଏବେ ସେଇଟା ପରିବର୍ତ୍ତନ ହୋଇ ସାଢେ ଦଶ ହୋଇଗଲା । ତେଣୁ ଏମିତି ଅନିଶ୍ଚିନ୍ତତା ଭିତରେ ପିଲାମାନେ ସ୍ଥିର କଲେ ସେଇଠି ଟୁନି ପାଖରେ ରହିଯିବେ । ଆସନ୍ତା କାଲି ମହେଶର ଫେରିଯିବାର ଥିଲା । ସିଏ ୱାଶିଂଟନ୍ ଡିସିର ସ୍ମିଥ୍‌ସୋନିଆନ୍ ଏୟାର ଆଣ୍ଡ ସ୍ପେସ୍ ମ୍ୟୁଜିଅମ୍ ଦେଖିବ ବୋଲି ଟିକେଟ୍ କରିଦେଲା ଓ ଆସନ୍ତା କାଲିର ଯୋଜନା ସ୍ଥିର କରିଦେଲା । ଯେତେବେଳେ ଆଠଟା ବାଜିଲା, ଛନ୍ଦା ଓ ଆକାଶ ଫେରିଆସିବାକୁ ସ୍ଥିର କଲେ । କାଳେ ଯଦି ବାଟ ବନ୍ଦ ହୋଇଥିବ, ହୁଏତ ଦୂରରେ ଗାଡ଼ି ରଖି ଗୋଟିଏ ମାଇଲ୍ ଅନ୍ଧାରରେ ଚାଲିବାକୁ ପଡ଼ିପାରେ ।

ସେମାନେ ବାହାରି ଅଧା ମାଇଲ୍ ଦୂରରେ ଗୋଟିଏ ଶପିଙ୍ଗ୍ କଂପ୍ଲେକ୍‌ସ୍ ଦେଖିଲେ । ସେଇଠାରୁ ପାଣି କିଣି ଆଣିବାକୁ ମହେଶ ଦୋକାନ ଭିତରକୁ ଗଲେ ଓ କାର୍ ଭିତରେ ଛନ୍ଦା ଅପେକ୍ଷା କରି ରହିଲା । ପାଣି କିଣି ସାରି ଗାଡ଼ି ଭିତରେ ରଖିବା ସମୟରେ ଆକାଶଙ୍କ ଦୃଷ୍ଟି ଗାଡ଼ିର ବାମ ପଟର ପଛ ଚକା ଉପରେ ପଡ଼ିଲା । ସେ ଚକାଟି ପଙ୍କ୍‌ଚର୍ ହୋଇ ଯାଇଥିଲା । ଏବେ ପୁଣି ଲାଗିଲା ଆଉ ଗୋଟିଏ ଧନ୍ଦା । ଏବେ ସେ ଚକାକୁ ବାହାର କରି ଆଉ ଗୋଟିଏ ଚକା ଲଗାଉଲଗାଉ ସେଠି ଗଲା ଅଧଘଣ୍ଟାଏ । ମନରେ ଡର ଥାଏ । ହୁଏତ ଗାଡ଼ି ଅଧାବାଟରେ ରଖି ଚାଲିକି ଯିବାକୁ ପଡ଼ିପାରେ । ଏବେ ତ ଅନ୍ଧାର ହୋଇ ଯାଇଥିବ ।

କାହିଁକି କେଜାଣି ସବୁ ସମସ୍ୟା ଏକାବେଳେ ହିଁ ପହଞ୍ଚେ । ମଣିଷକୁ ଘୂରେଇ

ଘୂରେଇ ନାକେଦମ୍ ନକଲା ପର୍ଯ୍ୟନ୍ତ, ସମସ୍ୟା ଯାଏ ନାହିଁ। ଏବେ ସେମିତି ବେଳା ହିଁ ଚାଲିଛି।

ଘର ପାଖ ରାସ୍ତାରେ ପହଞ୍ଚି ଦେଖିବା ବେଳକୁ ଟେନ୍ ଓକ୍ସ୍ ରୋଡ୍‌ର ଡାହାଣ ପାଖ ରାସ୍ତା ଖୋଲି ଯାଇଥିଲା। ସେପଟ ସାହିର ସମସ୍ତଙ୍କ ଘରେ ବିଜୁଳି ଥିବାର ଜଣା ପଡୁଥିଲା। "ହେ ଭଗବାନ, ଆମର ବିଜୁଳି ଆସିଯାଇଥାଉ।"

କିନ୍ତୁ ସେମିତି କିଛି ଘଟି ନଥିଲା। ସେମିତି ଅନ୍ଧକାର। ସେଲ୍‌ଫୋନ୍‌ର ଆଲୁଅ ଲଗେଇ ସେମାନେ ଘର ଖୋଲି ପଶିଲେ। ଟର୍ଚ୍ଚ ଲଗେଇ ଜାମାପଟା ବଦଳେଇ ସେମିତି ସେଇଠି ସୋଫା ଉପରେ ପଡ଼ିଗଲେ। ଦେଖାଯାଉ, ଯଦି ସାଢେ ଦଶଟା ସୁଦ୍ଧା ବିଜୁଳି ଆସିଯାଏ ତ ଉଠି ଜମା ହୋଇଯାଇଥିବା ଅଇଁଠା ବାସନ ସବୁ ଡିସ୍ ୱାଶର୍‌ରେ ଭର୍ତ୍ତି କରିଦେବେ।

ସାଢେ ଦଶ ହୋଇ ବାରଟା ବାଜିଲା। ବିଜୁଳିର ଦେଖାଦର୍ଶନ ନାହିଁ। ସେହି ଅନ୍ଧାରରେ ଆକାଶ ବେସ୍‌ମେଣ୍ଟ୍‌କୁ ଚାଲିଗଲେ ଶୋଇବା ପାଇଁ। କାରଣ ସେଠି ଟିକେ ଥଣ୍ଡା ଲାଗେ। ଛନ୍ଦା ଉପରେ ଯାଇ ଶୋଇଲା।

ଆଜି ଅଗଷ୍ଟ ପନ୍ଦର, ଭାରତର ସ୍ୱାଧୀନତା ଦିବସ। ହ୍ୱାଟ୍‌ସ୍‌ଆପ୍‌ରେ କେତେକେତେ ମେସେଜ୍ ଓ ଭିଡ଼ିଓ ସମସ୍ତ ପ୍ରେରିତ ହୋଇ ଆସୁଥିଲା। କିନ୍ତୁ ଦେଖ ତ ଛନ୍ଦା ଓ ଆକାଶଙ୍କ ଅବସ୍ଥା। ସମୟ ଯେତେବେଳେ ଅନୁକୂଳ ଥାଏ, ସେତେବେଳେ ସବୁ ପର୍ବପର୍ବାଣୀ, ବିଶେଷ ଦିନ ମନେ ପଡ଼େ, ସାଙ୍ଗସାଥୀ ମନେ ପଡ଼ନ୍ତି, ପୂଜା, ପାର୍ବଣ ଓ ଉତ୍ସବର ଦିନ ସମସ୍ତ ମନକୁ ଆସେ। ହେଲେ ପ୍ରତିକୂଳ ପରିସ୍ଥିତିରେ ସେସବୁ ମନକୁ ଆସିଲେ ବି ଗୌଣ ମନେ ହୁଏ। ନିଜର ସମସ୍ୟା ନିକଟରେ ସେସବୁର ପ୍ରାଧାନ୍ୟ ହ୍ରାସ ପାଇଯାଇଥାଏ। ସେଇ ଏକା ଆନନ୍ଦର ଘଟଣାମାନ ମନରେ ବିରକ୍ତି ଜଗାଏ। ସେମିତି ହିଁ ଲାଗୁଥିଲା। ପ୍ରାତଃ ଭ୍ରମଣ ସମୟରେ ସେମାନେ ଯାଇ ଟେନ୍ ଓକ୍ସ୍ ରୋଡ୍‌ର ବାମପଟେ ଥିବା ଭଙ୍ଗା ବିଦ୍ୟୁତ୍ ଖୁଣ୍ଟ ଓ ରାସ୍ତା ଉପରେ ପଡ଼ିଥିବା ଗଛର ଅନୁସନ୍ଧାନ କରିଥିଲେ। ସେତେବେଳେ ବି.ଜି.ଇ.ର ଦୁଇଜଣ କର୍ମଚାରୀ ସେଠାରେ ମହଜୁଦ୍ ଥିଲେ। ସେମାନେ କହିଲେ, "ସକାଳେ ଲାଇନ୍ ଆସିଯିବ ବୋଲି ତ କହିହେବନି। ତେବେ ଆଜି ହିଁ ଲାଇନ୍ ଆସିଯିବ ବୋଲି କଥା ଦେଉଛୁ।"

ସେମାନଙ୍କଠାରୁ ଆଶ୍ୱାସନା ପାଇ ଘରକୁ ଫେରି ସେଇ ବିଜୁଳିର ପ୍ରତୀକ୍ଷାରେ ସମୟ କଟେଇଲେ ଛନ୍ଦା ଓ ଆକାଶ।

ଅପରାହ୍ଣ ଚାରିଟା ବେଳକୁ ବିଜୁଳି ଆସିଗଲା। ଘରେ ଆଲୁଅ ଜଳିଲା।

ପାଇପ୍‌ରେ ପାଣି ଆସିଲା। ଟିଭିରେ ସମ୍ବାଦ ଦେଖିହେଲା ଓ କଂପ୍ୟୁଟର୍‌ରେ କାମ କରିହେଲା। ଏବେ ଜୀବନ ପୁଣି ପୂର୍ବପରି ମନେ ହେଲା।

ହେଲେ ସେ ଯେଉଁ ଯୋଜନା ମାନ ସବୁ ପଣ୍ଡ ହୋଇଗଲା, ତାକୁ କଣ ଫେରେଇ ଆଣିହେବ ?

ଫେରେଇ ଆଣି ନହେଉ, କଣ ବେଦ ଅଶୁଦ୍ଧ ହୋଇଗଲା ? ସେମାନେ ତ ଚଳେଇ ନେଲେ ନା। ପୁଣି କେବେ ଭବିଷ୍ୟତରେ ସେମିତି ଏକ ମୁହୂର୍ତ୍ତ ହୁଏତ ସୃଷ୍ଟି କରିହେବ। ବିତି ଯାଇଥିବା ଦୁର୍ଭାଗ୍ୟକୁ ସ୍ମରଣ କରି ଦୁଃଖ କରିବାରେ କଣ ଅଛି ? ବରଂ ଯେତିକି ସୁଯୋଗ ହାତରେ ଅଛି, ଯେତିକି ସମୟ ହାତରେ ଅଛି, ସେସବୁର ଉତ୍ତମ ଉପଯୋଗ କରିବା ଶ୍ରେୟସ୍କର। ତାହେଲେ ଭବିଷ୍ୟତରେ ସୌଭାଗ୍ୟର ସମୟ ସୃଷ୍ଟି କରିହେବ; ଆନନ୍ଦର ମୁହୂର୍ତ୍ତମାନଙ୍କୁ ସଂଚାରିତ କରି ହେବ ଓ ଅବିସ୍ମରଣୀୟ ଘଟଣା ସବୁକୁ ରୂପ ଦେଇ ହେବ। ତେବେ ମନେ ରଖିବାର ଅଛି ଯେ, ଯୋଜନା କରିବା ତ ମଣିଷ ହାତରେ, କିନ୍ତୁ ଯୋଜନାକୁ ସଫଳ କରିବା ପାଇଁ ଈଶ୍ୱରଙ୍କ ଆଶୀର୍ବାଦ ନିହାତି ଲୋଡ଼ା। ତାଙ୍କ ଇଚ୍ଛା ନହେଲେ ଆମ ସ୍ୱପ୍ନ ସେମିତି ସ୍ୱପ୍ନ ହୋଇ ରହିଯିବ ସିନା, ବାସ୍ତବତାରେ ପରିଣତ ହୋଇପାରିବନି।

ଏ ବିଜୁଳି ଭଳି ଅମୂଲ୍ୟ ନିଧିର ଆଶୀର୍ବାଦ ପାଇଁ ଛନ୍ଦା ସେ ବି.ଜି.ଇ. କର୍ମଚାରୀଙ୍କୁ ମନେମନେ ଅନେକ ଧନ୍ୟବାଦ ଦେଲା ଓ ବିଶ୍ୱନିୟନ୍ତାଙ୍କ ପାଖରେ ପ୍ରଣତି ଜଣାଇଲା।

■

ଜେଜେମାର ଭାବ - ଜିନି ପ୍ରସଙ୍ଗ

ସେଦିନ ସୋମବାର ଥିଲା। ବଡ଼ଝିଅକୁ ଅପରାହ୍ନରେ ଦନ୍ତ ଚିକିତ୍ସକ ସହିତ ନିର୍ଦ୍ଧାରିତ ସମୟରେ ଦେଖାଇବାକୁ ନେବାର ଥିଲା। ଛନ୍ଦା ତେଣୁ ଅଧାଦିନ ଛୁଟି ନେଇ ଗୋଟାଏ ବେଳକୁ ଘରକୁ ଫେରିଆସିଲା। ଫେରି ଦେଖିବା ବେଳକୁ ଜିନି ରୋଷେଇଘର ପାଖରେ ଗୋଟିଏ ଚେୟାର୍ ଉପରେ ବସି ବୋଇତିକଖାରୁ ଫୁଲବରା ଖାଉଛି। ଛନ୍ଦାକୁ ଦେଖି ସିଏ ଫୁଲବରାର ସ୍ୱାଦ ବିଷୟରେ ବଖାଣି ବସିଲା। ଇଂରାଜୀରେ କହିଲା, "ଜେଜେମା ବହୁତ ସ୍ୱାଦିଷ୍ଟ ଚପ୍ ତିଆରି କରିଛନ୍ତି। ମୁଁ ଏମିତି କେବେ ବି ଖାଇନଥିଲି।"

ବୁଝିବାରୁ ଜଣାପଡ଼ିଲା ଜେଜେମା ଜିନିକୁ ଫୁଲବରା ଚାଖିବାକୁ ଦେଇଛି। ସେଇଟା ଓଡ଼ିଆ ଗୃହିଣୀମାନଙ୍କର ଗୁଣ। ସେମାନଙ୍କ ହାତ ତିଆରି ଖାଦ୍ୟପଦାର୍ଥ ସମସ୍ତଙ୍କୁ ଖୁଆଇବାର ପ୍ରବଳ ଇଚ୍ଛା। ସେଥିରୁ ଯେଉଁ ପରିତୃପ୍ତି ମିଳେ, ତାହାର ଅନୁଭବ ଅଦ୍ୱିତୀୟ। ହେଲେ ଜେଜେମା ଜିନିକୁ ଫୁଲବରା ଦେବାଟା ଟିକେ କେମିତି ଅଡୁଆଅଡୁଆ ଲାଗିଲା। ଏଥିପାଇଁ କି ଜିନି ହେଲା ଆମେରିକାନ୍ ଲୋକ। ସିଏ ଇଂରାଜୀ ଭାଷା ଛଡ଼ା ଅନ୍ୟ କିଛି ଭାଷା ବୁଝେନି। ହୁଏତ ସ୍ପାନିସ୍ କିଛି ବୁଝୁଥାଇ ପାରେ, ତେବେ ଭାରତୀୟ ଭାଷା ଜମା ବି ନୁହେଁ। ଏଣେ ଜେଜେମା କେବଳ ଓଡ଼ିଆ କହେ, ଓଡ଼ିଆ ବୁଝେ। ସିଏ ପୁଣି ଜିନି ସହିତ କଥାବାର୍ତ୍ତା କରିବା ଓ ତାକୁ ବୋଇତିକଖାରୁ ଫୁଲ ଭଜା ଯାଚିବା ବଡ଼ ଅଜବ ପରିସ୍ଥିତି ମନେ ହେଉଥିଲା। ତେବେ ସେଇଟା ସମ୍ଭବ ହୋଇଥିଲା।

ସେଇଦିନରୁ ଘରେ କିଛି ଭଲ ଜିନିଷ ତିଆରି ହେଲେ ଜେଜେମା ଜିନି ପାଇଁ ସାଇତି ରଖିଥାଏ। କହେ, "ଜିନି ପାଇଁ ଟିକେ ଛେନାପୋଡ଼ ରଖିବୁ ତ।" ତାର କାରଣ ହେଲା ଯେ ଘରକୁ କିଏ ସାଙ୍ଗସାଥୀ ଆସିଲେ, ଖାଦ୍ୟ ଯାହା ବଳକା ରହେ, ସମସ୍ତେ ବାଣ୍ଟିକୁଣ୍ଟି ନିଜ ଘରକୁ ନେଇଯାଆନ୍ତି ଏଇଆ ଭାବି କି କାଳେ ସମସ୍ତଙ୍କ ସ୍ନେହରେ ପ୍ରସ୍ତୁତ ଏମିତି ସୁସ୍ୱାଦୁ ଖାଦ୍ୟମାନଙ୍କୁ ଫୋପାଡ଼ିବାକୁ ପଡ଼ିବ। କାଳେ

ବଣ୍ଟାବଣ୍ଟିରେ ସେ ଖାଦ୍ୟ ସବୁ ସରିଯିବ, ସେଥିପାଇଁ ପ୍ରଥମେ ଜିନି ପାଇଁ କିଛିକିଛି ଓଡ଼ିଆ ଖାଦ୍ୟ, ଯଥା ବରା, ସିଙ୍ଗଡ଼ା, ଆଳୁଚପ୍ କି ମିଠାମିଠି ଯଦି ବଳିଲା, ସେସବୁ ସ୍ୟାଣ୍ଡଉଇଚ୍ ବ୍ୟାଗ୍ ମଧ୍ୟରେ ରଖାହେବାକୁ ଲାଗିଲା। ତା’ ପରଦିନ ଜିନି କାମକୁ ଆସିଲେ, ଜେଜେମା ତାକୁ ଅଳ୍ପ ଅଳ୍ପ କରି ପ୍ରଥମେ ଚାଖିବାକୁ ଦିଏ। ସିଏ ଯଦି ପସନ୍ଦ କରେ ତ ତାକୁ ଅଧିକ ଦିଏ ଓ ସିଏ ସବୁ ଖାଇ ଶେଷ କରିଦିଏ।

ଏବେ ଜିନିକୁ ଟିକେ ପରିଚିତ କରାଇବା ଆବଶ୍ୟକ। ଜିନି ଜଣେ ହ୍ୟାଣ୍ଡିମ୍ୟାନ୍, ମାନେ ସର୍ବକର୍ମକାର। ଘରେ ଟିକିନିଖି ଯାହା ମରାମତ କରିବାର ଥାଏ ଜିନିକୁ ଡକାଯାଏ। ତେବେ ସିଏ ବେସ୍‌ମେଣ୍ଟ୍ ଓ ଡେ଼କ୍ ବି ତିଆରି କରେ। ଏବେ ଛନ୍ଦା ଓ ଆକାଶଙ୍କର ବେସ୍‌ମେଣ୍ଟ୍ ଫିନିସିଙ୍ଗ୍ କାମ ଚାଲିଥିଲା। ଜିନି ସେସବୁ ଦାୟିତ୍ୱରେ ଥିଲା। ସିଏ ତା’ ଲୋକ ଲଗେଇ ଓ ବେଳେବେଳେ ନିଜେ ମଧ୍ୟ କାମ କରୁଥିଲା। ସେଇ ଅବସରରେ ତାର ଜେଜେମା ସହିତ ପରିଚୟ ହେଲା। ଜେଜେମା ସେତେବେଳେ ଆସି ଆମେରିକାରେ ତାଙ୍କ ନାତୁଣୀ ଓ ନାତୁଣୀ ଜୁଆଁଇଙ୍କ ପାଖରେ ରହୁଥିଲା। ନାତୁଣୀ ଛନ୍ଦା ଓ ନାତୁଣୀ ଜୁଆଁଇ ଆକାଶ ଉଭୟ କାମ କରନ୍ତି। ସେମାନଙ୍କର ତିନିଟି ସାନସାନ ଝିଅ। ବଡ଼ଝିଅ ମିଡ୍‌ଲ୍ ସ୍କୁଲରେ ପଢୁଥାଏ। ମଝିଆଁ ଝିଅ ଓ ସାନ ଝିଅ ଗୋଟିଏ ଶିଶୁ ଯତ୍ନ କେନ୍ଦ୍ରକୁ ଯାଉଥାନ୍ତି। ଘରେ ରହେ ଜେଜେମା। ଜିନି ଓ ତା କଂପାନୀରେ ଚାକିରି କରୁଥିବା ଶ୍ରମିକମାନେ ଆସି ବେସ୍‌ମେଣ୍ଟ୍‌ର କାମ କରୁଥାନ୍ତି। ଜେଜେମା ସେମାନଙ୍କ ପାଇଁ କବାଟ ଖୋଲିଦିଏ ଓ ସେମାନେ ଯିବା ପରେ କବାଟ ବନ୍ଦ କରେ।

ପ୍ରଥମେ ତ ସିଏ ସେମାନଙ୍କ ସହିତ ଏତେ କଥାବାର୍ତ୍ତା କରୁନଥିଲା। ତେବେ ଯେଉଁଦିନଠାରୁ ବୋଇତିକଖାରୁ ଗଛରେ ଫୁଲ ହେଲା ଓ ସେ ଫୁଲର ବରା ତିଆରି ହେବା ଆରମ୍ଭହେଲା, ଜିନିର ଘ୍ରାଣେନ୍ଦ୍ରିୟରେ କିଛିଟା ବାସ୍ନା ପଶିଗଲା। ତାପରେ ଯେବେ ଆକାଶଙ୍କ ସହିତ ତାର ବେସ୍‌ମେଣ୍ଟ୍ କାମ ବିଷୟରେ କଥାବାର୍ତ୍ତା ଚାଲୁଥିଲା, ସିଏ ମନ୍ତବ୍ୟ ଦେଲା, “ଜେଜେମା କଣ ଗୋଟିଏ ବୋଇତିକଖାରୁ ଫୁଲରେ ତିଆରି କରୁଛନ୍ତି ଯେ, ତାର ବାସ୍ନା ମହକାଇଦେଉଛି। ହୁଏତ ଗୋଟିଏ ଭାରି ସୁସ୍ୱାଦୁ ଜିନିଷଟିଏ ହୋଇଥିବ।”

ଆକାଶ ସେକଥା ତା’ ପରଦିନ ଜେଜେମା କାନରେ ପକେଇଦେଇଥିଲେ। “ଜିନି ତମ ଫୁଲବରାର ବାସ୍ନା ବିଷୟରେ ଭାରି ପ୍ରଶଂସା କରୁଥିଲା।” ସେଇଥିରୁ ଜେଜେମାକୁ ପ୍ରେରଣା ମିଳିଗଲା। ସିଏ ତା ପରଦିନ ଜିନିକୁ ଫୁଲବରା ଯାଚିଲା। ଆମେରିକାର ଅନେକ ବ୍ୟକ୍ତି ବହୁତ ଖୁସିମିଜାଜର ଓ ସେମାନେ ଅନ୍ୟ ସଂସ୍କୃତିକୁ

ଅନୁଭବ କରିବାର ସୁଯୋଗକୁ ହାତଛଡ଼ା କରନ୍ତିନି। ଜିନି ଜେଜେମାର ଠାର ବୁଝିଲା। ଫୁଲବରା ଚାଖିଲା। ତାକୁ ଭଲ ଲାଗିଲା ଓ ସିଏ ଆହୁରି ମାଗିକରି ଖାଇଲା। ସେଥିପାଇଁ ଓଡ଼ିଆ ଓ ଇଂରାଜୀ ଭାଷାର ବ୍ୟବଧାନ ଏତେ ଜଣାପଡ଼ିଲା ନାହିଁ। ସେମାନେ ସାଙ୍କେତିକ ଭାଷାରେ, ଆଖି ଓ ହାତ, ଗୋଡ଼ର ଭଙ୍ଗୀରେ ପରସ୍ପରକୁ ବୁଝିପାରିଲେ। ସେଇଠୁ ଚାଲିଲା ଜେଜେମାର ଜିନି ସହିତ ଭାବର ଆଦାନପ୍ରଦାନ।

ଏମିତି ଯେତେଦିନ ଜିନି ବେସ୍‌ମେଣ୍ଟ୍ ପାଇଁ କାମ କଲା, ଅଧା ସମୟରେ କିଛିନା କିଛି ଓଡ଼ିଆ ଖାଦ୍ୟ ଚାଖୁଥିଲା। ଜିନିକୁ ସିଙ୍ଗଡ଼ା ଭଲ ଲାଗୁଥିଲା। ଜେଜେମା ସିଙ୍ଗଡ଼ା କରି ଜାଣିନଥିଲା। ତେବେ ଯଦି କେବେ ସେମାନେ ଭାରତୀୟ ଭୋଜନାଳୟରୁ ସିଙ୍ଗଡ଼ା ମଗାଉଥିଲେ, ଜେଜେମା ଅନ୍ତତଃ ଗୋଟିଏ ଜିନି ପାଇଁ ସାଇତି ରଖିଥାଏ। ଜିନି ଆସିଲେ ସିଏ ତାକୁ ଦିଏ ଓ ସିଏ ଖାଇ ଖୁସି ହୁଏ।

ଏମିତି ଠାରରେ ଠାରରେ ଜିନି ବିଷୟରେ ଜେଜେମା ଅନେକ କିଛି ଜାଣିଗଲା। ତା' ସହିତ କାମ କରୁଥିବା ଲୋକଙ୍କ ବିଷୟରେ ବି ଅନେକ କିଛି ଜାଣିଗଲା। "ଏମାନଙ୍କର ଏଇ ଭଳିଆ ଠିକା କାମ। କାହା ଘରେ କାମ ମିଳିଲେ ରୋଜଗାର; ନ ମିଳିଲେ ନାହିଁ। ବିଚରା। ସେମାନେ ସବୁ କୁଆଡ଼େ ଗୁଡ଼ାଏ ଲୋକ ସାଙ୍ଗ ହେଇକି ରହୁଛନ୍ତି।"

ତା' ପରଠାରୁ ଜେଜେମାର ଇଂରାଜୀ ଶିଖିବାକୁ ଆଗ୍ରହ ଆସିଲା। ପିଲାମାନେ ତାକୁ ଇଂରାଜୀ ଶିଖାଇବାର ପ୍ରୟାସ କରି ବ୍ୟର୍ଥ ହେଲେ। ଏତେ ବୟସରେ ଏ, ବି, ସି, ଡି ଶିଖିବାର ମାନସିକତା ତାର ନଥିଲା। ଛନ୍ଦା କି ଆକାଶଙ୍କୁ ସମୟ ମିଳେନି। ତିନିତିନିଟା ଛୋଟପିଲାଙ୍କୁ ସମ୍ଭାଳିବା ଏତେଟା ସହଜ ହୁଏନି। ସେମାନେ ସମସ୍ତେ ଅତ୍ୟଧିକ ପରିମାଣରେ ବ୍ୟସ୍ତ ରହିଯାନ୍ତି।

ସେ ଦାୟିତ୍ୱ ଏବେ ଜିନି ଉପରେ ପଡ଼ିଲା। ଆକାଶ ଜିନିକୁ ସେଭଳି ଅନୁରୋଧ କରିଥିଲେ। ଏବେ ଠାରରେ ନ କହି ଜିନି ଜେଜେମାକୁ ପ୍ରଥମେ ଇଂରାଜୀରେ କହେ। "ହାଓ ଆର୍ ୟୁ ଟୁଡ଼େ ଗ୍ରାଣ୍ଡମା ?"

ଜେଜେମା ସେ ଶବ୍ଦଗୁଡ଼ିକ ବାରମ୍ବାର ଉଚ୍ଚାରଣ କରେ। ଜିନିକୁ ବାରମ୍ବାର ଅନୁରୋଧ କରେ, "କଣ କହିଲ, ଆଉଥରେ କହିଲ"। ସେ ଶବ୍ଦଗୁଡ଼ିକ ତା ତୁଣ୍ଡରେ ଠିକ୍ ଶୁଭିଲେ ଜିନି କୁହେ "ଗୁଡ଼୍"। ଜେଜେମା "ଗୁଡ଼୍"ର ଅର୍ଥ ଭଲରେ ବୁଝେ। ସେଥିରୁ ଜାଣେ ଯେ, ତା ଉଚ୍ଚାରଣ ଠିକ୍ ହେଲା। ପିଲାମାନେ ସ୍କୁଲ୍‌ରୁ ଫେରିଲେ, ଜେଜେମା ସେମାନଙ୍କୁ ପଚାରେ। "ଆଲୋ ହେ ମିନି, ଏ ହାଓ ମାନେ କଣ କହିଲୁ।" ମିନି ଓଡ଼ିଆ ଭଲ ବୁଝିପାରେ ଓ କହିପାରେ। ସିଏ ଜେଜେମାକୁ ବୁଝେଇଦିଏ। ଏମିତି

ଭାବେ ଜେଜେମା ଅନେକ ଇଂରାଜୀ ଶବ୍ଦ ଶିଖିଗଲା। ତାକୁ ସିଏ ଗୋଟିଏ ଖାତାରେ ଟିପିକରି ରଖେ। "ହାଓର ଅର୍ଥ ହେଲା - କେମିତି; ୟୁର ଅର୍ଥ ହେଲା - ତୁମେ; ଗ୍ରାଣ୍ଡ୍‌ମାର ଅର୍ଥ ହେଲା - ଜେଜେମା।" ସେଇଥିରୁ ସିଏ ଅଭ୍ୟାସ କରେ। ପିଲାମାନଙ୍କ ସହିତ ବେଳେବେଳେ ଇଂରାଜୀ କହିପକାଏ। ଭୁଲ୍ ହେଲେ ପିଲା ହସନ୍ତି। ମିନି ସୁଧାରିଦିଏ, "ଥାଙ୍କ୍ ଉ ନୁହେଁ, ଥ୍ୟାଙ୍କ୍ ୟୁ।" ଜେଜେମା ଘୋଷେ ଓ ସଂଶୋଧନ କରିବାର ଚେଷ୍ଟା ଜାରି ରଖେ। ପିଲାମାନଙ୍କୁ କହେ, "ଜାଣିଲ, ତମ ମାମାକୁ ପରା ମୁଁ ଛୋଟବେଳୁ ସେଇ ଶିକ୍ଷା ଦେଇଛି, ଘୋଷ ବିଦ୍ୟା ଘୋଷ, ନହେଲେ ଚାଳରେ ଖୋସ।"

ବେସ୍‌ମେଣ୍ଟ୍ କାମ ସରିଯିବା ପରେ ଜିନିର ଯିବାଆସିବା ବନ୍ଦ ହୋଇଗଲା। ତେବେ ଛୋଟମୋଟ ଘରକାମ କିଛି ଦରକାର ପଡ଼ିଲେ, ଆକାଶ ଜିନିକୁ ଡକାଇପଠାନ୍ତି ଓ ଜିନି ଆସେ। ଜିନି ଆସିବା ଖବର ପାଇଲେ, ଜେଜେମା ତା' ପାଇଁ କିଛି ଓଡ଼ିଆ ଖାଦ୍ୟ ନିଶ୍ଚୟ ସାଇତି ରଖିଥାଏ। ବୋଇତିକଖାରୁ ଫୁଲ ସିନା ଖରାଦିନ ପରେ ଆଉ ରହେ ନାହିଁ; କିନ୍ତୁ ପୋଇପତ୍ର ତ ବର୍ଷସାରା ଚାଇନିଜ୍ ଗ୍ରୋସୋରି ଷ୍ଟୋର୍‌ରେ ମିଳେ। ଜେଜେମା ପୋଇପତ୍ରର ବିଭିନ୍ନ ରକମର ବରା କରେ, କେତେବେଳେ ଚାଉଳ ଆସ୍ତରଣ ଦେଇ ତ କେତେବେଳେ ମଇଦା ଆସ୍ତରଣ ଦେଇ, ଆଉ କେବେକେବେ ବିରିବଟାର ଆସ୍ତରଣ ଦେଇ। ସବୁ ରକମର ଆସ୍ତରଣରେ ପୋଇପତ୍ର ବରା ବହୁତ ସୁସ୍ୱାଦୁ ଲାଗେ। ଜିନି ସେ ସ୍ୱାଦ ପସନ୍ଦ କରେ। ତେଣୁ ଜିନିକୁ ଯେବେ ଘରକାମ ପାଇଁ ଡକାହୁଏ, ଆକାଶ ଥଟ୍ଟା କରି ଜେଜେମାକୁ କହିଦିଅନ୍ତି, "କାଲି ତମ ଜିନି ଆସିବ, ତା ପାଇଁ କିଛି ବିଶେଷ ଖାଦ୍ୟ ରଖିଥିବ।"

ଜେଜେମାର ଭାବନା ବିସ୍ତାରିତ ହୁଏ। ଗତଥର ଜିନି କଣ ଖାଇଥିଲା। ଏଥର ଆଉକିଛି ଅଲଗା ତା' ପାଇଁ ତିଆରି କଲେ ହେବ। ଆକାଶ ଜେଜେମାର ବ୍ୟସ୍ତତାକୁ ଦେଖି ଆମୋଦିତ ହୁଅନ୍ତି। ଛନ୍ଦା ଜେଜେମାର ବ୍ୟସ୍ତତାକୁ ଦେଖି ଭାବେ, "ଏଇ ବୋଧହୁଏ ଆମ ଓଡ଼ିଆ ନାରୀର ପରିଚିତି; ଅନ୍ୟକୁ ଖୁଆଇବା ଓ ସେଥିରେ ସନ୍ତୋଷ ଲାଭକରିବା।"

କଣା ଭାଇ

ବହୁତ ଦିନ ପରେ କଣା ଭାଇଙ୍କ ସହିତ ଦେଖା। ମନରେ ବିଶ୍ୱାସ ବି ଆସୁନଥିଲା ଯେ ସେଦିନର ସମସ୍ତଙ୍କର ସେ ବୋଲକରା କଣା ଭାଇ ଆଜି ଦେଶର ଜଣେ ସୁପ୍ରସିଦ୍ଧ ବୈଜ୍ଞାନିକ। ବମ୍ବେ ସହରରେ ଜଣେ ପ୍ରତିଷ୍ଠିତ ଓଡ଼ିଆ ଓ ଦୁଇଟି ସଫଳ ଡାକ୍ତର ଏବଂ ଆଉ ଜଣେ ସଫଳ ବୈଜ୍ଞାନିକ ପୁତ୍ରଙ୍କର ଜନକ।

ମନି ପୁଣି ଥରେ କଣା ଭାଇଙ୍କ ମୁହଁକୁ ଚାହିଁଲା। ହାଇସ୍କୁଲ୍‌ର ସୁବର୍ଣ୍ଣ ଜୟନ୍ତୀ ପାଳନ ଉପଲକ୍ଷେ ହେଉଥିବା ସମ୍ବର୍ଦ୍ଧନା ସଭାରେ ଚାରିଜଣ ମୁଖ୍ୟ ଅତିଥି ମଞ୍ଚ ଉପରେ ଉପସ୍ଥିତ ଥିଲେ। କଣା ଭାଇ ଓରଫ କଳ୍ପତରୁ ମିଶ୍ର, ମନି ଅର୍ଥାତ୍ ମନସ୍ୱିନୀ ଦାଶ, ସ୍କୁଲ୍‌ର ପ୍ରଧାନ ଶିକ୍ଷୟିତ୍ରୀ ସୁନନ୍ଦା ଦାସ ଓ ଉଚ୍ଚଶିକ୍ଷା ବିଭାଗର ମନ୍ତ୍ରଣାଳୟର ଜଣେ ପଦସ୍ଥ କର୍ମଚାରୀ ପ୍ରମୋଦ ଶତପଥୀ। ମନ୍ତ୍ରୀଙ୍କର ଆସିବାର ଥିଲା। ହେଲେ ଗ୍ରାମର କେତେକ କଂଗ୍ରେସ ସମର୍ଥକ ଯୁବଗୋଷ୍ଠୀ ମନ୍ତ୍ରୀଙ୍କ ଆସିବାକୁ ନେଇ ଗଣ୍ଡଗୋଳ ଆରମ୍ଭ କରିଦେଇଥିଲେ। ମନ୍ତ୍ରୀଙ୍କୁ କେମିତି କଳାପତାକା ଦେଖେଇବେ ଓ ବିକ୍ଷୋଭ ପ୍ରଦର୍ଶନ କରିବେ ସେଥିପାଇଁ ସମସ୍ତ ପ୍ରସ୍ତୁତି କରିଥିଲେ। ସ୍କୁଲ୍‌ର ଶିକ୍ଷକ, ଶିକ୍ଷୟିତ୍ରୀ ମାନଙ୍କର ନିବେଦନକୁ ମଧ୍ୟ ଶୁଣିନଥିଲେ।

ମନ୍ତ୍ରୀ ଉପସ୍ଥିତ ଥିଲେ ହୁଏତ ଭଲ ହୋଇଥାନ୍ତା। ଗ୍ରାମର ଏ ବାଳିକା ହାଇସ୍କୁଲ୍‌ଟିକୁ ବିଶେଷ ପରିଚୟ ମିଳିଥାନ୍ତା। ସ୍କୁଲ୍‌ର ସମସ୍ତ ଅସୁବିଧାର ସୁବିଧା ହେବାପାଇଁ କିଛିଟା ସୁଯୋଗ ମିଳିଥାନ୍ତା। ତେବେ କଂଗ୍ରେସ ଯୁବଗୋଷ୍ଠୀର ପିଲାମାନଙ୍କୁ ବୁଝେଇବା ଏତେ ସହଜ ନୁହେଁ। ସେମାନଙ୍କୁ ମଦ ପିଏଇ, ମୁଗ୍ଧ କରି ରଖିବାର ଯେଉଁ ଅସ୍ତ୍ର ସବୁ ସଜିଲ୍ କରି ଆଜିକାଲିର ନେତାମାନେ ରଖିଛନ୍ତି, ସେସବୁ ଆକର୍ଷଣରୁ ଅଧିକ ଆକର୍ଷଣ ଯୋଗେଇବା ହିଁ ଆଜିକାଲି ସଚ୍ଚୋଟ ଲୋକଙ୍କ ପକ୍ଷେ ଅତି କଷ୍ଟକର।

ତେବେ କଣା ଭାଇ କୁଆଡ଼େ ପରାମର୍ଶ ଦେଇଥିଲେ, "ଦେଖନ୍ତୁ, ଆପଣମାନେ

ଏ ସ୍ୱତନ୍ତ୍ର ଦିନଟି ପାଇଁ ଏକ ସୁନ୍ଦର ଉତ୍ସବର, ସମାରୋହର ପରିକଳ୍ପନା କରିଛନ୍ତି। ତାକୁ ନେଇ ଅଶାନ୍ତି, ଅସନ୍ତୋଷ ଓ କ୍ରାନ୍ତି ଜମା ବି ଭଲ ଲାଗିବନି। ମନ୍ତ୍ରୀ ବରଂ ନ ଆସନ୍ତୁ। ଯଦି ତାଙ୍କ ଆସିବାରେ ଗାଁରେ ଏମିତି ଆନ୍ଦୋଳନ ସୃଷ୍ଟି ହେବାର ଧମକ ଆସୁଛି, ତେବେ ମନ୍ତ୍ରୀଙ୍କୁ ବାଦ ଦିଆଯାଉ। ଆମେମାନେ ଆପଣମାନଙ୍କ ସମସ୍ତ ନିବେଦନ ମନ୍ତ୍ରୀଙ୍କ ପାଖରେ ପହଞ୍ଚାଇଦେବୁ। ସେ ଦାୟିତ୍ୱ ମୁଁ ନେଉଛି।"

ତାପରେ ଆଉ ମନ୍ତ୍ରୀ ଆସିଲେନି। ମନ୍ତ୍ରୀଙ୍କ ବିନା ବି ସବୁକିଛି ସୁନ୍ଦର ଭାବେ, ସୁରୁଖୁରୁରେ ପାଳିତ ହେଲା। ତେବେ କଣା ଭାଇଙ୍କର ଏମିତି ଏକ ନୂଆ ରୂପ ମନିକୁ ବଡ଼ ବିସ୍ମିତ କରୁଥିଲା। ମନଟା ଖୁଜୁବୁଜୁ ହେଲା। ଏ କଣା ଭାଇ, ଯାହାଙ୍କୁ ଦିନେ ସାରା ଗାଁର ଲୋକ ନିଉନ କରି ଦେଖୁଥିଲେ, ସେମାନଙ୍କର ଭୃତ୍ୟ ଭଳି ବ୍ୟବହାର କରୁଥିଲେ, ସିଏ କେମିତି ଏତେ ଦୂରରେ ପହଞ୍ଚିଗଲେ ମ ? ବାପ୍‌ରେ ବାପ୍। କଣ ନ ଦିଶୁଛନ୍ତି କଣା ଭାଇ ଆଜି। ସୌମ୍ୟ, ସୁନ୍ଦର ବପୁଧାରୀ ଏକ ସୁଦର୍ଶନ, ଭଦ୍ରଲୋକ। ତାଙ୍କ ଆଖିକୁ ଭଲଭାବେ ନିରୀକ୍ଷଣ କରି ଦେଖିବାକୁ ଇଚ୍ଛା ହେଉଥିଲା ମନିର। ଆଜିବି ତାଙ୍କ ଆଖି ସେମିତି କଣା ଅଛି ନା, ସିଏ କିଛି ପ୍ଲାଷ୍ଟିକ୍ ସର୍ଜରୀ କରି ଠିକ୍ କରେଇଦେଇଛନ୍ତି ? ହେଲେ ସେ ସଭାମଞ୍ଚରେ ସେମିତି କିଛି ସୁଯୋଗ ମିଳିନଥିଲା। ସିଏ ମଧ୍ୟ ଚଷମା ପିନ୍ଧିଥିଲେ। ତାପରେ ଏମିତି ଏକ ବୟସରେ ସିଏତ ଆଉ ଯାଇ ତାଙ୍କ ପାଖରେ ଠିଆହୋଇ ପଚାରିନଥାନ୍ତା ନା, "ହେ କଣା ଭାଇ, ଦେଖେଇଲ, ଦେଖେଇଲ ତମ ଆଖି, ସେମିତି କଣା ଅଛି ନା ଠିକ୍ ହୋଇଯାଇଛି ?"

ହେଲେ ସଭା ସରିବା ପରେ କଣା ଭାଇ ହିଁ ନିଜ ତରଫରୁ ମନିକୁ ଡାକି ପଚାରିଥିଲେ, "ତୁ ରହୁଛୁ ତ କିଛିଦିନ ଗାଁରେ ? କାଲିର ଯେଉଁ ସଭା ଅଛି, ସେଇଟା ପାଇଁ ତୁ ରହିବୁ ନା ନାହିଁ ? ତୋ ସାଙ୍ଗରେ ଗପିବାକୁ ବହୁତ ଇଚ୍ଛା ହେଉଛି। ଆମେରିକାରେ ରହୁଛୁ ପରା। କେଉଁଠି ?"

"ମୁଁ ୱାସିଂଟନ୍ ଡିସି ପାଖରେ ରହେ। ମେରୀଲାଣ୍ଡ୍‌ରେ।"

"ତୋ ଠିକଣା ଦେବୁ ତ। ଫୋନ୍ ନମ୍ବର ଓ ଇମେଲ୍ ମଧ୍ୟ ଦେବୁ। ମୋ ପୁଅ, ବୋହୂ ବି ଆମେରିକାରେ ରହୁଛନ୍ତି। ନିୟୁର୍କ ରାଜ୍ୟରେ। ଆମେ ଗତବର୍ଷ ଯାଇଥିଲୁ। ହେଲେ ମୋ ପାଖରେ ତ ତୋର ଫୋନ୍ ନମ୍ବର ନଥିଲା। ତେଣୁ ଯୋଗାଯୋଗ କରିପାରିଲିନି।"

"ନିଶ୍ଚୟ କଣା ଭାଇ। ତମ ସହିତ କାଲି ନିଶ୍ଚୟ ଦେଖାହେବ। ଆମେ ସେଇଠି ବେଶି ଗପିବା। ତମକୁ ବି ଏମିତି ସଫଳ ଦେଖି ମତେ ଭାରି ଭଲ ଲାଗୁଛି। ଯେମିତି ଲାଗୁଛି ଗୋଟିଏ ପରୀ ରାଇଜର କାହାଣୀ। ମୁଁ ତ ବିଶ୍ୱାସ କରିପାରୁନି।"

"କଣା ଭାଇ" ବୋଲି ସମ୍ବୋଧନ କରିବା ପରେ ମନିକୁ କେଜାଣି କାହିଁକି ଦୋଷୀ ଦୋଷୀ ଲାଗିଲା। ଏବେ ବଡ଼ ଲୋକ। ତାଙ୍କୁ ସିଏ ଏମିତି ଭାବେ ସମ୍ବୋଧନ କରିବା କଣ ଠିକ୍ ହେଲା ? ସେଇଟା ତା ମୁହଁରେ ଦିଶିଗଲା। କଣା ଭାଇ ପଚାରିଲେ, "କଣ ଭାବୁଛୁ କି ? ତୋ ମୁହଁରେ ଏମିତି ପ୍ରତିଫଳନ। ଯେମିତି କିଛି ଗୋଟିଏ ମସ୍ତବଡ଼ ଭୁଲ୍ କରିଦେଇଛୁ। କୋଉଠି କିଛି ଛାଡ଼ିଆସିନୁ କି ଭୁଲିଯାଇନୁ ତ ?"

"ନା। ସେମିତି କିଛି ନୁହେଁ। ଅସଲ କଥା ହେଲା ....।"

"ମତେ କଣା ଭାଇ ବୋଲି କହିଦେଲୁ। ହେଲେ ମୁଁ ସେମିତି କିଛି ଭାବେନି। ଏ ଗାଁରେ ମୁଁ ତ କଣା ନାମରେ ପରିଚିତ ନା। ବରଂ ମୁଁ ଖୁସି ଅନୁଭବ କରୁଛି ଯେ ତୁ ଏତେଦିନ ପରେ ବି ମତେ ସେମିତି ଖୋଲା ହୃଦୟରେ, ନିଷ୍କପଟ ମନରେ ସମ୍ବୋଧନ କରିଛୁ। ଜାଣିଛୁ, ଡଲି ଅପା ମତେ ଏବେ କଣ ସମ୍ବୋଧନ କରୁଛି ?"

"କଣ ?" - ମନି ମନରେ କୌତୁହଳ।

"ଭାଇ କହ୍ନ, ମତେ କିଛି କହିଲ କି ?"

"ବାଃରେ କଣା ଭାଇ। ଡଲି ଅପା ସେମିତି କହୁଛି। ମୁଁ ତ ବିଶ୍ୱାସ କରିପାରୁନି।" - ମନି ମନରେ ଡଲି ଅପାର ସ୍ମୃତି ଆସିଗଲା ଓ ସିଏ ବହେ ହସିଲା।

ହଠାତ୍ ମନି ମନରେ ଆଉ ଗୋଟିଏ ପ୍ରଶ୍ନ ଆସିଲା, "ଆଛା କଣା ଭାଇ, ଡଲି ଅପା କଣ ପାଇଁ ଆସିନି ? ତମେ ତ ନିଶ୍ଚୟ ଜାଣିଥିବ।"

"ଡ଼ଲି ଅପାର ନୂଆ ନାତୁଣୀଟିଏ ହୋଇଛି। ସିଏ ତାର ସେବା କରୁଛି। ତାର ଭାରି ଇଛାଥିଲା ଆସିବାକୁ। କହୁଥିଲା, ମନି କେତେଦିନ ପରେ ଆସିବ, ଟିକେ ଦେଖିଥାନ୍ତି। ହେଲେ ଯୋଗକୁ ଏହି ସମୟରେ ତାର ନାତୁଣୀଟିଏ ହେଲା। ସିଏ ଏବେ ରାଉର୍‌କେଲାରେ ତା' ଝିଅ ପାଖରେ ଅଛି।"

ମନି ପୁଣି ପଚାରିଲା, "ତମେ କଣ ଆଜି ଆମ ଗାଁରେ ରହୁଛ ନା ତମ ଗାଁକୁ ଫେରିଯିବ।"

"ମୋ ଡ୍ରାଇଭର୍ ଗାଡ଼ି ନେଇ ଆସିବ। ମୁଁ ଆମ ଗାଁକୁ ଫେରିଯିବି। ଏଠିତ ମାମୁ ଘରେ କେହି ଏବେ ରହୁନାହାନ୍ତି। ଘର ସେମିତି ଖାଲି ପଡ଼ିଛି। ଅବଶ୍ୟ ମୋ ପୁତୁରା ପାଖରେ ଚାବି ଅଛି। ହେଲେ ଏକା କାହିଁକି ସେଠି ରହିବି ?"

"ହଉ ହେଲା, ତମେ ତାହେଲେ କାଲି ସକାଳେ ଆମ ଘରକୁ ଆସୁନ। ୯ଟା, ଦଶଟା ବେଳକୁ। ଆମେ ଭଲରେ ଘଣ୍ଟାଏ କଥା ହୁଅନ୍ତେ। ସ୍କୁଲ୍‌କୁ ଗଲେ ସେଠି ହଠାତ୍ ସମସ୍ତେ ଘେରିଯିବେ। ଭଲରେ କଥା ହୋଇପାରିବାନି। ତମଠାରୁ ବହୁତ କିଛି ଶୁଣିବାର ଅଛି।"

ମନିର ଅନୁରୋଧ ଏଡ଼ି ନପାରି କଣା ଭାଇ "ହଁ" ଭରିଲେ।

ଏହି ସମୟରେ ଜଣେ ଛାତ୍ରୀ ଆସି ସେମାନଙ୍କୁ ଭୋଜନ କରିବା ପାଇଁ ଭିତରକୁ ଡାକିନେଲା। ଭୋଜନ ସମୟରେ ସ୍କୁଲ୍‌ର ଅନ୍ୟାନ୍ୟ ଶିକ୍ଷକ, ଶିକ୍ଷୟିତ୍ରୀଙ୍କ ସହିତ ସ୍କୁଲ୍‌ର ଭବିଷ୍ୟତକୁ ନେଇ ଅନେକ ଆଲୋଚନା ଚାଲିଲା। ତେଣୁ କଣା ଭାଇଙ୍କ ସହିତ ବ୍ୟକ୍ତିଗତ କିଛି ଆଲୋଚନା କରିହେଲାନି।

ସେଦିନ ରାତିରେ କଣା ଭାଇଙ୍କର ଅନେକ ସ୍ମୃତି ମନକୁ ଆସିଲା। ତା ସହିତ ଡଲି ଅପାର ବି। ସିଏ ଚାଳିଶି ବର୍ଷ ତଳର କଥା। ସେତେବେଳେ କଣା ଭାଇ ଆସି ମନିର ଗାଁରେ ରହି ପାଠ ପଢୁଥିଲେ। ଡଲି ଅପା କଣା ଭାଇ ଠାରୁ ତିନି ବର୍ଷ ବଡ଼। ହେଲେ ଏମିତି ବ୍ୟବହାର କରେ ଯେମିତି ସିଏ କଣା ଭାଇର ଗାର୍ଡ଼ିଆନ୍, ବସ୍, ମାଲିକ ସବୁ କିଛି। କଣା ଭାଇ ପ୍ରକୃତରେ କଣା କି ନୁହେଁ ସେକଥା ଭଲଭାବେ ଜାଣିନି ମନି କି ତାଙ୍କ ଆଖିକୁ ଯାଇ ପରୀକ୍ଷା କରିନି। ହେଲେ ସିଏ ଏମିତି କାମ କରନ୍ତି ଯେ, ତାଙ୍କୁ କଣା ନକହି ରହିହେବନି। ସିଏ ଚାଲୁଥିବେ ତ ତେଲ ବୋତଲ ଆଗରେ ଥିବ ଜାଣିପାରିବେନି। ତେଲ ବୋତଲରେ ଗୋଡ଼ ମାରିଦେବେ, ସବୁ ତେଲ ଢାଳି ହେଇଯିବ। ସେଇଠି ଜିନିଷ ଥିବ, ତାଙ୍କୁ ଦେଖାଯିବନି। କେତେ କାଚଗ୍ଲାସ୍ ଭାଙ୍ଗିଛନ୍ତି। କପ୍, ପ୍ଲେଟ୍ ଭାଙ୍ଗିଛନ୍ତି। ଗାଳି ବି ଶୁଣନ୍ତି। ହେଲେ ଯେଉଁ କଥାକୁ ସେଇ କଥା। ତାଙ୍କ ମାମୁ କାହାଘରକୁ ପୂଜାପାଠ କରିଗଲେ କଣା ଭାଇକୁ ସାହାଯ୍ୟ କରିବା ପାଇଁ ନିଅନ୍ତି। ହେଲେ ସେଠି ସବୁ ଅଘଟଣ ଘଟାନ୍ତି କଣା ଭାଇ। ଥରେ ଦୀପରେ ଘିଅ ଦେବେ କଣ, ମହୁ ଢାଳିଦେଲେ। ଦୀପ ଜଳିବ କଣ, ଲିଭିଗଲା। ଗୃହସ୍ଥ ବଡ଼ ଚିଡ଼ିଲେ। "ଆପଣଙ୍କ ଭଣଜା କଣ ଅନ୍ଧ ନା କଣା, କିଛି ଜାଣି ପାରୁନାହାନ୍ତି ?" ତାଙ୍କ ମାମୁ ବି ଭାରି ଚିଡ଼ିଲେ, "ହଁ ସେଇଟା କଣା।" ସେଇଦିନରୁ ତାଙ୍କ ନା କଣା ହେଇଗଲା।

ଥରେ ମନେ ଅଛି ତୋଟାରେ କେମିତି ଡଲି ଅପା କଣା ଭାଇଙ୍କୁ ସମସ୍ତଙ୍କ ସାମନାରେ କାନଧରି ଉଠ୍‌ବସ୍ କରେଇଥିଲା। ମେ ମାସ। ତୋଟାରେ ଆମ୍ବ ଗଛ ସବୁ ପାଚିଲା ଆମ୍ବରେ ଭରା। ଟିକେ ପବନ ହେଲେ ସବୁ ଛୁଆ ଦୌଡ଼ିଯାଆନ୍ତି ତୋଟାକୁ। ଆମ୍ବ ପଡ଼ିବ ଓ ସେମାନେ ସାଉଁଟିକି ଆଣିବେ। ଡଲି ଅପା କଣା ଭାଇକୁ ନେଇ ଯାଇଥାଏ। ମନି ବି ତା' ବଡ଼ ଅପା ସହିତ ଯାଇଥାଏ। ଯେତେବେଳେ ଆମ୍ବଟିଏ ପଡ଼େ ସେମାନେ ସବୁ ଛକିକି ରହିଥାନ୍ତି। କିଏ ଯାଇ ଆମ୍ବକୁ ପ୍ରଥମେ ସଂଗ୍ରହ କରିବ। ମନି ବଡ଼ ଚତୁର। ତାକୁ ସବୁ ଆମ୍ବ ଦିଶେ ଓ ଆମ୍ବ ପଡ଼ିବାର ଶବ୍ଦ ବି ସିଏ ବାରିପାରେ। ହେଲେ କଣା ଭାଇଙ୍କୁ କିଛି ବି ଦେଖାହେବନି। ସିଏ ସେଇଠି ଥିବେ। ହେଲେ ଆମ୍ବ

ତାଙ୍କୁ ଦିଶିବନି। ମନି ଯାଇ ତାଙ୍କ ପାଦ ପାଖରେ ପଡ଼ିଥିବା ଆମ୍ବ ଗୋଟେଇ ଆଣିବ, ହେଲେ କଣା ଭାଇ ଅଣ୍ଡାଳି ହେଉଥିବେ। ଡଲି ଅପା ଭାରି ରାଗିଗଲା। କଣା ଭାଇଙ୍କୁ କହିଲା, "ଆଚ୍ଛା, ତୁ କଣ କରିବୁ ଜୀବନରେ କହିଲୁ? ତୁ ସେଇଠି ଠିଆ ହେଇଛୁ, ତୋ ପାଖରେ ଆମ୍ବ ପଡ଼ିଛି, ତତେ ଦେଖାଯାଉନି। ଖାଲି ଗେଫେଇବୁ। କୌଣସି କାମକୁ ନୁହେଁ। ପରବର୍ତ୍ତୀ ଆମ୍ବ ପଡ଼ିଲେ ତୁ ଯଦି ନ ପାଇଛୁ ନା, ତତେ ଏଠି କାନ ଧରି ଉଠ୍‌ବସ୍ କରେଇବି, ଆଉ ଏକଗୋଡ଼ିଆ କରି ଠିଆ କରେଇବି। ଆଜି ତୋର ଘରେ ଖାଇବାପିଇବା ବନ୍ଦ।"

ପରବର୍ତ୍ତୀ ଆମ୍ବ ବି ମନି ପାଇଲା। କଣା ଭାଇ ନୁହେଁ। ଡଲି ଅପା କଣା ଭାଇଙ୍କୁ ଦଣ୍ଡ ଦେଲା। କାନ ଧରି ଦଶଥର ଉଠ୍‌ବସ୍ କରେଇଲା। ତାପରେ ଏକଗୋଡ଼ିଆ କରି ଠିଆ କରେଇଲା। ତୋଟାର ମାଲିକ ଯେତେବେଳେ ଆସିଲେ, ସେତେବେଳେ ସମସ୍ତେ ତାଙ୍କୁ ଲୁଚି ଘରକୁ ପଳେଇଆସିଲେ। ହେଲେ ଏକଗୋଡ଼ିଆରେ ଠିଆ ହୋଇ ରହିଥିଲେ କଣା ଭାଇ। ତୋଟା ମାଲିକ ତାଙ୍କୁ ପଚାରିଲେ, "ଆରେ ତୁ ସେମିତି ଠିଆଟା କାହିଁକି ହେଇକି ରହିଚୁ? କାହିଁ, କୋଉଠି ଆମ୍ବ ସବୁ ରଖିଚୁ?" ଦେଖିଲା ବେଳକୁ ତାଙ୍କ ପାଖରେ ଆମ୍ବ କୁଆଡୁ ଆସିବ? ତୋଟା ମାଲିକ ଭାବିଲା ପିଲାଟା ବୋଧହୁଏ ସେଇ ବାଟ ଦେଇ କୁଆଡ଼େ ଯାଉଥିଲା କି କଣ, ପଡ଼ିପୁଡ଼ି ଗଲା। ସେଥିପାଇଁ ଆଉ କିଛି କହିଲାନି। ହେଲେ ସେଦିନ ଡଲି ଅପା ତାଙ୍କ ଖାଇବା ବନ୍ଦ କରିଦେଇଥିଲା। ଶେଷରେ, ନିଜେ ସଂଗ୍ରହ କରିଥିବା ଆମ୍ବରୁ ନେଇ ମନି ତାଙ୍କ ଘରେ କିଛି ଦେଇଆସିଲା ଓ କହିଲା, "ଡଲି ଅପା, ଏବେ ତ ତୁ କଣା ଭାଇଙ୍କୁ ଖାଇବାକୁ ଦେ। ବିଚରା ଭୋକିଲା ରହିବେ। ସମସ୍ତେ ତାଙ୍କ ଆଗରେ ଖାଇବ।" ଅସଲ କଥା ହେଲା, କଣା ଭାଇଙ୍କର ମାମୁ ସବୁବେଳେ ବାହାରେ ଥାଆନ୍ତି। ତାଙ୍କୁ ଘରର ଭିତର ଖବର ଜଣା ନଥାଏ। ଆଉ ତାଙ୍କ ମାଈଙ୍କର ବି ହଜାର କାମ ଥାଏ। କେତେବେଳେ ଧାନ ଉଁଷେଇବେ ତ କେତେବେଳେ ଗୋରୁଗାଈକୁ ଖାଇବାକୁ ଦେବେ, ପୁଣି ରୋଷେଇ କରିବେ। ତେଣୁ ଡଲି ଅପା ହିଁ ଘରର ମାଲିକାଣି। ଆଉ କଣା ଭାଇଙ୍କର ଭାଗ୍ୟ ସେଇ ଡଲି ଅପା ହାତରେ ହିଁ ଥାଏ। ସିଏ ଉଠ୍ କହିଲେ କଣା ଭାଇ ଉଠନ୍ତି, ବସ୍ କହିଲେ ବସନ୍ତି।

କଣା ଭାଇଙ୍କର ସରଳତା ପାଇଁ ଅନ୍ୟ ସମସ୍ତେ ବି ତାଙ୍କୁ ସେମିତି ବ୍ୟବହାର କରୁଥିଲେ। କିଏ କହିବ, "ଆରେ କଣା, ଟିକେ ଗୋଡ଼ଟା ମୋଡ଼ିଦେଲୁ।" କଣା ଭାଇ ବିନା ପ୍ରତିବାଦରେ ଗୋଡ଼ ମୋଡ଼ିଦେବେ। କିଏ କହିବ, "ଆରେ କଣା, ଟିକେ ଗଲୁ ଦୋକାନରୁ ତେଲ ନେଇଆସିବୁ।" ସିଏ ସେକଥା ବି କରିବେ। ଏମିତି

ବିଲରୁ ତରଭୁଜ ଆଣିବା ଠାରୁ ଆରମ୍ଭ କରି କୁଅରୁ ପାଣି କାଢ଼ିବା ପର୍ଯ୍ୟନ୍ତ କାମ ବି ସିଏ କରିଦିଅନ୍ତି। ମନିର ବେଳେବେଳେ ଦୟା ହୁଏ। ମନିକୁ ତା' ଜେଜେମା ଯେତେବେଳେ ଯାହା ଭଲ ଜିନିଷ ଖାଇବାକୁ ଦିଅନ୍ତି, ସିଏ ନେଇ ଅଧା ଡଲି ଅପାର ଅଜାଣତରେ କଣା ଭାଇଙ୍କୁ ଦେଇଆସେ। ତେବେ ଗୋଟିଏ ଗୁଣ କଣା ଭାଇଙ୍କର ଭଲ ଥିଲା। ସିଏ ସବୁ ପାଠ ବିଷୟ ଠିକ୍‌ରେ ଶୁଣନ୍ତି। ସେଥିପାଇଁ କ୍ଲାସ୍‌ରେ ଫାଷ୍ଟ୍ ହୁଅନ୍ତି। ମାଷ୍ଟର୍ ଯାହା ପଢାନ୍ତି, ସିଏ ସବୁ ମୁଣ୍ଡରେ ରଖିଥାନ୍ତି। ସେଇ ଗୋଟିଏ କାରଣ ପାଇଁ ତାଙ୍କ ମାମୁ ମାଇଁ ତାଙ୍କୁ ବାହାବା କରନ୍ତି। ସପ୍ତମ ଶ୍ରେଣୀରେ ବୃତ୍ତି ପାଇ କଣା ଭାଇ ସହରକୁ ପଢିବାକୁ ଚାଲିଗଲେ। ତା' ପରଠାରୁ ମନିର ଆଉ ତାଙ୍କ ସହିତ ଭଲରେ ଦେଖାହୋଇନି। କାରଣ, ମନି ବି ବଡ଼ ଝିଅଟିଏ ହୋଇଗଲା ଓ ସବୁ କଟକଣା ତା' ଉପରେ ଜାରି ହୋଇଗଲା। ପୁଅମାନଙ୍କ ସହିତ ଅତି ମିଳାମିଶା କରିବାକୁ ସେ ସମୟରେ ଭଲ ଦୃଷ୍ଟିରେ ନିଆ ଯାଉନଥିଲା। ଅତଏବ, କଣା ଭାଇ କେବେ ଗାଁକୁ ଆସିଲେ ବି ଏମିତି ଦେଖା ହେଉଥିଲା, ହେଲେ ମନି ଆଉ ବେଶି ଗପୁନଥିଲା କି ମିଶୁନଥିଲା। ସେମାନେ ଆଉ ସେ ବୟସରେ ତୋଟାକୁ ଆମ୍ବ ସାଉଁଟିବା ପାଇଁ ଯାଉନଥିଲେ।

ତାପରେ ମ୍ୟାଟ୍ରିକ୍ ପରୀକ୍ଷା ସରିବା ପରେ ମନି ମଧ୍ୟ ସହର ଯାଇ କଲେଜରେ ପଢ଼ିଲା। ଶେଷରେ ବାହା ହୋଇଗଲା ଓ ଆମେରିକା ଚାଲିଗଲା। ବିଗତ ଚାଳିଶି ବର୍ଷ ଭିତରେ କଣା ଭାଇ କଥା ସିଏ ଏତେଟା ଭାବିନଥିଲା କି ତାଙ୍କ ସହିତ ଭେଟ ହୋଇନଥିଲା। ଅସଲ କଥା ହେଲା ମନିକୁ ବି ନିଜ ଗାଁରେ ଅଧିକ ସମୟ କଟେଇବାକୁ ଅବସର ମିଳୁନଥିଲା। ବର୍ଷେ ଦୁଇବର୍ଷରେ କେବେ ଯଦି ଆମେରିକାରୁ ଫେରୁଥିଲା ତ, ଶାଶୁ ଘରେ ଓ ଶାଶୁଘରର ସଂପର୍କୀୟଙ୍କୁ ନେଇ ବିତି ଯାଉଥିଲା ସେସବୁ ସମୟ। ଛୁଟି ସରିଯାଉଥିଲା। ତାପରେ ତାଙ୍କ ଘରର ବି କେହି ଗାଁରେ ରହୁନଥିଲେ। ସମସ୍ତେ ଏବେ ଭୁବନେଶ୍ୱରରେ ହିଁ ରହୁଥିଲେ। ସାନ ଭାଇ ସେଠି ଡାକ୍ତର ଥିଲା। ବଡ଼ ଘରଟିଏ ତିଆରି କରେଇଥିଲା ଓ ବାପା, ବୋଉ ସେଇଠି ହିଁ ରହୁଥିଲେ। ସେତେବେଳେ ଗାଁକୁ ଆସିଲେ ଘଡ଼ିଏ, ଦୁଇଘଡ଼ି ପାଇଁ ଆସୁଥିଲା, ପୁଣି ସଞ୍ଜବେଳକୁ ଶାଶୁଘରକୁ ଫେରି ଯାଉଥିଲା। ତାପରେ କଣା ଭାଇଙ୍କର ତ ସେଇଟା ନିଜ ଗାଁ ନଥିଲା। ତାଙ୍କ ସହିତ ଦେଖା ବି କେମିତି ହୁଅନ୍ତା? ଏତେ ବର୍ଷ ପରେ ବାଳିକା ବିଦ୍ୟାଳୟର ସୁବର୍ଣ୍ଣ ଜୟନ୍ତୀ କରୁଥିବାରୁ ସେମାନେ ସେ ଅଞ୍ଚଳର ସମସ୍ତ ପ୍ରତିଷ୍ଠିତ ବ୍ୟକ୍ତିଙ୍କ ସହିତ ଯୋଗାଯୋଗ କରିଥିଲେ। ସେଇଥି ପାଇଁ କଣା ଭାଇଙ୍କୁ ବି ନିମନ୍ତ୍ରଣ କରାଯାଇଥିଲା ଓ ସିଏବି ଆସିବାକୁ ରାଜିହୋଇଯାଇଥିଲେ।

ତା' ପରଦିନ କଣା ଭାଇ ସତରେ ଦିନ ନଅଟା ବେଳକୁ ଆସି ମନି ଘରେ ପହଞ୍ଚିଲେ। ମନିର ଭାଉଜ ଚାହା ଓ ଜଳଖିଆ ସବୁ ପ୍ରସ୍ତୁତ କରିଥିଲେ ଓ ମନି ଏବଂ କଣା ଭାଇ ଡ୍ରଇଂରୁମ୍‌ରେ ବସି ଗପ ଜୋଡ଼ିଲେ। କଣା ଭାଇଙ୍କର ମନି ବିଷୟରେ ଜାଣିବାକୁ ଆଗ୍ରହ ଯେତିକି ଥିଲା, ମନିର ତାଙ୍କ ବିଷୟରେ ଜାଣିବାକୁ ତାଠାରୁ ଅଧିକ ଆଗ୍ରହ ଥିଲା। ଏମିତି ଏକ ଦୀନହୀନ ଭଳି ଶୈଶବ କଟେଇଥିବା ଛୁଆଟି ସତରେ କେମିତି ଏମିତି ପରିବର୍ତ୍ତନ ହୋଇଗଲା। ସେଇଟାକୁ ହିଁ ଭାଗ୍ୟ କୁହାଯାଏ।

ମନି କହିଲା, "କଣା ଭାଇ, ତମେ ଆରମ୍ଭ କର। ତମେ ତ ଛୋଟ ବେଳେ ମୋଠାରୁ ବି ଉଚ୍ଚତାରେ ଛୋଟ ଥିଲ। ହଠାତ୍ ଏତେ ଢ଼େଙ୍ଗା, ଏମିତି ଗୋରା, ପୁଣି ବିଶିଷ୍ଟ ବୈଜ୍ଞାନିକ, କେମିତି ହେଇଗଲ ଯେ? ମୁଁ ସେଥିପାଇଁ ବହୁତ ଖୁସି। ହେଲେ, ତମକୁ ନ ଦେଖିଥିଲେ ସତରେ ମୁଁ ବିଶ୍ୱାସ କରିନଥାନ୍ତି।"

କଣା ଭାଇ ହସିଲେ। "ତୁ ଠିକ୍ କହିଛୁ ମନି। ମୋ ଜୀବନ ସତରେ ଗୋଟିଏ ମିରାକଲ୍। ନହେଲେ ମୋ ଭଳି ପିଲାର ଭବିଷ୍ୟତ ତ କେବଳ ଏ ଚରଣ ଭଳି ହିଁ ହେବାର ଅନୁମାନ କରିହେବ।"

ଚରଣ କଣା ଭାଇଙ୍କର ଦାଦା ପୁଅ ଭାଇ। ସିଏ ତାଙ୍କ ଗାଁରେ ରହି ପାଠ ପଢୁଥିଲା। ସେ ସ୍କୁଲ୍‌ରେ ଭଲ ଅଧ୍ୟାପକ ନଥିଲେ। କଣା ଭାଇ ସିନା ଆସି ତାଙ୍କ ମାମୁଘରେ ରହି ପଢିଲେ, ହେଲେ ଚରଣ, ନିଜ ଗାଁରେ କିଛି ସୁଯୋଗ ପାଇଲାନି। କଷ୍ଟେମଷ୍ଟେ ତୃତୀୟ କ୍ଲାସ୍‌ରେ ମ୍ୟାଟ୍ରିକ୍ ପାସ୍ କରି ଘରେ ଗାଁରେ ରହୁଛି। ଅନ୍ୟପଟେ ଭଲ ସ୍କୁଲ୍‌ରେ ପଢିବାର ସୁଯୋଗ ପାଇ ଓ ବୃତ୍ତି ପାଇ କଣା ଭାଇ ପ୍ରଥମ ପାହାଚ ଉଠିଗଲେ। ତାପରେ ମ୍ୟାଟ୍ରିକ୍‌ରେ ଭଲ କରି ସ୍କଲାରସିପ୍ ପାଇ ଭଲ କଲେଜ୍‌ରେ ପଢିଲେ ଓ ଦ୍ୱିତୀୟ ପାହାଚ ଉଠିଲେ।

ମନି ପଚାରିଲା, "ତମେ କଣ ଏକା ଆସିଛ? ଭାଉଜ ଆସିନାହାନ୍ତି?"

"ସିଏ କଟକରେ ଅଛନ୍ତି। ହୋଟେଲ୍‌ରେ।"

"ସିଏ କଣ ଗାଁରେ ଚଳିପାରିବେନି ବୋଲି ଆସିଲେନି? ନହେଲେ ଏକା ହୋଟେଲ୍‌ରେ କାହିଁକି ଅଛନ୍ତି?"

"ସିଏ ଗୋଟିଏ କାହାଣୀ। ତୋ ଭାଉଜକୁ ଏ ଗାଁରେ ପଶିବାକୁ ଦିଆଯାଇନଥିଲା। ତାକୁ ଜୀବନରେ ମାରିଦେବାକୁ ସୁପାରି ଦିଆଯାଇଥିଲା। ସେଇଥିପାଇଁ।"

"ଏସବୁ କଣ କହୁଚ କଣା ଭାଇ। ନା ସେମିତି ଜୋକ୍ କରୁଛ। କାହିଁକି ସିଏ କଣ ଏମିତି କଲେକି?"

"ସିଏ ଖ୍ରୀଷ୍ଟ ଧର୍ମର ଝିଅ। କେଉଁଝର ଜିଲ୍ଲାର ଆଦିବାସୀ ପଲ୍ଲୀରେ ତାଙ୍କ ଘର।"

ମନିର ଆଖି ଦୁଇଟି ଉପରକୁ ହୋଇଗଲା। ଏତେ ରୋମାଞ୍ଚକର କାହାଣୀ। ପୁଣି କଣା ଭାଇଙ୍କ ଜୀବନରେ। ବାଃ, ଇଏତ ବଡ଼ ମଜାଦାର ଲାଗୁଛି। ଅବଶ୍ୟ ତାଙ୍କୁ ମାରିଦେବାକୁ ଯୋଜନା କରାହୋଇଥିବାଟା ଏତେ ଭଲକଥା ନୁହେଁ।

କଣା ଭାଇ କହି ଚାଲିଥିଲେ, "ମୁଁ ତାଙ୍କୁ କଲେଜରେ ଭେଟିଥିଲି। ସିଏ ମତେ ଭଲ ଲାଗିଥିଲେ। ତାପରେ ଆମେ ଯେତେବେଳେ ବାହା ହେବାକୁ ସ୍ଥିରକଲୁ, ଆମ ଘରେ ସମସ୍ତେ ବିଦ୍ରୋହ କଲେ। ବ୍ରାହ୍ମଣ ଘର ପୁଅ, ଧର୍ମ ନଷ୍ଟ କରିବ। ଏମିତି କରି ବହୁତ ଡ୍ରାମା ଚାଲିଲା। ହେଲେ ମୁଁ ଜିଦ୍ କରି ତାଙ୍କୁ ବିନା ଆଡ଼ମ୍ବରରେ କଟକରେ ବାହା ହୋଇପଡ଼ିଲି ଓ ଘରକୁ ନେଇଗଲି। ସେଦିନ ବଡ଼ବାପା ଦୁଇଜଣ ଗୁଣ୍ଡାଙ୍କୁ ଠିକ୍ କରି ରଖିଲେ ଯେ ଆମେ ଫେରିବା ସମୟରେ ଯେମିତି ତାଙ୍କୁ ସେମାନେ ଅପହରଣ କରି ନେଇଯିବେ ଓ ମାରିଦେବେ। କେବଳ ଡଲି ଅପା ତାଙ୍କୁ ବଞ୍ଚେଇଦେଲା।"

"କଣ କହୁଛନ୍ତି ଆପଣ ? ଇଏ ସତରେ ତ ଗୋଟିଏ ଉପନ୍ୟାସର ମାରାତ୍ମକ ଘଟଣା ଭଳି ଲାଗୁଛି।"

"ହଁ, ଡଲି ଅପା ଏ ସବୁ ଜାଣିଥିଲା। କାରଣ ବଡ଼ବାପା ମାମୁଙ୍କ ସହିତ ଏ ବିଷୟରେ କଥାବାର୍ତ୍ତା କରିବାକୁ ତାଙ୍କ ଘରକୁ ଯାଇଥିଲେ। ମାମୁ ଡଲିଅପାକୁ କହିଲେ। ଡଲିଅପା ଆମ ଘରକୁ ଆସିଲା ଓ ଫେରିବା ସମୟରେ ସେଇ ଗାଡ଼ିରେ ତା ଭାଉଜଙ୍କୁ ଧରି ତମ ଗାଁକୁ ଫେରିଆସିବା ବାହାନାରେ କଟକ ନେଇଗଲା।"

"ଇଏତ ଭୟାନକ କଥା। ହଁ, ସତରେ, ମୁଁ ବି ଭାଉଜଙ୍କ ସ୍ଥାନରେ ଥିଲେ ଠିକ୍ ସେଇଆ କରିଥାନ୍ତି। ଆପଣଙ୍କ ବଡ଼ବାପା ଏମିତି ନିଷ୍ଠୁର ?"

"ହଁ। ବାପା କି ଦାଦା ତାଙ୍କ ସାମନାରେ ପାଟି ଫିଟାନ୍ତିନି। ଏବେ ଅବଶ୍ୟ ସିଏ ଆଉ ନାହାନ୍ତି। ହେଲେବି ତୃପ୍ତି ମନରେ ସେମିତି ଡର ରହିଯାଇଛି। ତାର ଅନେକ ସାଙ୍ଗ କଟକରେ ଅଛନ୍ତି। ତେଣୁ ମୁଁ ଗାଁକୁ ଆସିଲେ ସିଏ କଟକରେ ସ୍ୱାଧୀନ ଭାବେ ରହିବ ବୋଲି ହୋଟେଲ୍‌ରେ ରହେ, ସାଙ୍ଗମାନଙ୍କ ସହିତ ବୁଲାବୁଲି କରେ, ବଜାର ଯାଇ ଲୁଗାପଟା କିଣାକିଣି କରେ ଓ ନିଜକୁ ଉପଭୋଗ କରେ।"

ମନି ଜାଣିଲା, କଣା ଭାଇଙ୍କ ପତ୍ନୀଙ୍କ ନାମ "ତୃପ୍ତି" ବୋଲି। ପଚାରିଲା, "ତୃପ୍ତି ଭାଉଜ କଣ କିଛି ଚାକିରି କରନ୍ତି ?"

"ହଁ, ସିଏ ଜଣେ ବହୁତ ଭଲ ଡାକ୍ତର। ସେଥିପାଇଁ ତ ଦୁଇଟି ପୁଅ ଡାକ୍ତର ହେଲେ। ସାନ ପୁଅ ହିଁ ମୋ ଭଳି ବିଜ୍ଞାନ ପଢିଲା, ଓ ଆମେରିକାରେ ଯାଇ ପି.ଏଚ୍.ଡ଼ି. କଲା।

ହଠାତ୍ ମନି ମନରେ ଗୋଟିଏ ଧାରଣା ଆସିଲା। ସିଏ କହିଲା, "କଣା ଭାଇ, ଆପଣ ଭାଉଜଙ୍କୁ ଫୋନ୍ କରି ଜଣାନ୍ତୁ ସିଏ ତାଙ୍କ ହୋଟେଲ୍‌ରେ ରହିବେ ବୋଲି। ଆମେ ଏବେ କଟକ ଯିବା ଓ ଭାଉଜଙ୍କୁ ଧରି ଅପରାହ୍ଣ ବେଳକୁ ଫେରିଆସିବା।"

"ତୋ ମୁଣ୍ଡ ଖରାପ ହେଲାଣି ନା କଣ? ପ୍ରଥମରେ ସିଏ ତ ଆସିବେନି। ଦ୍ୱିତୀୟରେ ସ୍କୁଲ୍‌ର ୧୧ଟା ବେଳେ ଯେଉଁ ମିଟିଙ୍ଗ୍ ଅଛି, ସେଇଟାରେ ରହିବୁନି ନା କଣ?"

"ସତରେ କଣା ଭାଇ। ମୁଁ ସିରିୟସ୍। ଏଇଟା ହିଁ ସୁଯୋଗ। ଭାଉଜଙ୍କୁ ଗାଁକୁ ଅଣେଇବାର। ତମେ ତାଙ୍କୁ ଖାଲି ଫୋନ୍ କରି କୁହ ସିଏ କୁଆଡ଼େ ନଯାଇ ହୋଟେଲ୍‌ରେ ଥିବେ। ଅନ୍ୟ ସବୁ କଥା ମୁଁ ସମ୍ଭାଳିବି।"

"ଇଏ କି ବାପ ରାଣ ଢିଙ୍କି ଗିଳି କଥା କହୁଚୁ ତୁ।" - କଣା ଭାଇ ଏକଦମ ହଡ଼ବଡ଼େଇ ଗଲେ।

ହେଲେ ମନି ନଛୋଡ଼ବନ୍ଧା। କଣା ଭାଇଙ୍କ ଡ୍ରାଇଭର୍ ବାହାରେ ଅପେକ୍ଷା କରିଥିଲା। ମନି ତାକୁ ଯାଇ କହିଲା, "ଆମେ ଏବେ ଏଇ ଭଳି ଭାବେ କଟକ ଯିବା ଓ ତୃପ୍ତି ଭାଉଜଙ୍କ ହୋଟେଲ୍‌କୁ ଯିବା।"

ଡ୍ରାଇଭର୍ ପ୍ରସ୍ତୁତ ହୋଇଗଲା। ସକାଳର ଜଳଖିଆ ତ ସେମାନେ ଖାଇଥିଲେ। ମନିର ଭାଉଜଙ୍କୁ ଜଣେଇ ସେମାନେ କଟକ ବାହାରିଗଲେ। ବାଟରେ କଣା ଭାଇ ତାଙ୍କ ପତ୍ନୀଙ୍କୁ ଫୋନ୍ କରି ଜଣେଇଦେଲେ ଯେ ସିଏ କଟକ ଫେରୁଛନ୍ତି। ତୃପ୍ତି ଭାଉଜ ହୋଟେଲ୍‌ରେ ରହିଥିଲେ। ଆଜିକାଲି ଗାଁ ଗହଳର ରାସ୍ତାଘାଟ ସବୁ ସିମେଣ୍ଟରେ ତିଆରି ହୋଇଛି ଓ ଅନେକ ମୁଖ୍ୟ ରାସ୍ତା ସବୁ ପ୍ରଶସ୍ତ ହୋଇଯାଇଛି। ତେଣୁ ଯେଉଁ କଟକରେ ପହଞ୍ଚିବାକୁ ଆଗେ ଦିନଟିଏ ଲାଗିଯାଉଥିଲା, ଏବେ ନିଜର ଗାଡ଼ି ଥିଲେ, ଦରକାର ପଡ଼ିଲେ, ନିଜ ଗାଁରେ ରହି ବି ଜଣେ କଟକରେ ପ୍ରତିଦିନ ଅଫିସ୍ କାମ କରିପାରିବ। ଏଇତ, ଜମା ଦେଢଘଣ୍ଟା କି ଦୁଇଘଣ୍ଟା ଲାଗିବ। ମନି ଓ କଣା ଭାଇ ଯାଇ ଗୋଟାଏ ବେଳକୁ ପହଞ୍ଚିଗଲେ। ତୃପ୍ତି ଭାଉଜଙ୍କୁ ଅନେକ ବୁଝାବୁଝି କରେଇ ମନି ତାଙ୍କୁ ଧରି ଗାଁକୁ ଫେରିଲା।

ପ୍ରଥମେ ତ ସିଏ କିଛି ବୁଝିପାରିଲେନି। ହେଲେ ମନି ବୁଝେଇଦେଲା। ସମାଜକୁ ଏମିତି ଡରି ରହିଲେ ସମାଜ ସେମିତି ଡରେଇ ରଖିବ। ଯେଉଁଟା କରଣୀୟ ଓ ଯୁକ୍ତିଯୁକ୍ତ, ତାହା କରିବା ଉଚିତ। ତାପରେ ଏତେବର୍ଷ ପୂର୍ବର ଚଳଣିକୁ ପ୍ରାଧାନ୍ୟ ଦେଇ, ଜଣେ ଉଚ୍ଚଶିକ୍ଷିତା ନାରୀ ଯଦି ଡରି ରହିବ, ତେବେ ଅନ୍ୟମାନେ ଶିଖିବେ କଣ? ସେଇ

ଉଦାହରଣ ନେଇ ନା, "ଝିଅ ଜନମ ତ ସେମିତି। ଅନ୍ୟର ଦୟାରେ, ଅନ୍ୟର ଅନୁଗ୍ରହରେ, ଅନ୍ୟର ବିଚାରରେ ହିଁ ତା ଜୀବନର ସଫଳତା ନିର୍ଭର କରୁଛି। ସିଏ ସମାଜର ଖେଳଣା କଣ୍ଢେଇଟିଏ ମାତ୍ର। ତାର ସ୍ୱତନ୍ତ୍ରତା ନାହିଁ। ସ୍ୱାଧୀନତା ନାହିଁ।"

"ହେଲେ ମୁଁ ସେଠି କରିବି କଣ? ମୋର ତ କିଛି ଭୂମିକା ନାହିଁ।" - ତୃପ୍ତି ଭାଉଜ କହିଥିଲେ।

ମନି ଅନୁରୋଧ କଲା, "ଆଜି ମଞ୍ଚରେ ମୋର ବକ୍ତବ୍ୟ ଦେବାର ଅଛି। ଛାତ୍ରୀମାନଙ୍କୁ ଉଦ୍‌ବୋଧନୀ ଦେବାର ଅଛି। ହେଲେ ମୁଁ ଚାହେଁ ଯେ, ଆପଣ ମୋ ବଦଳରେ ସେମାନଙ୍କୁ ଉଦ୍‌ବୋଧନୀ ଦେବେ। ସେ ବିଷୟରେ ମୁଁ ଆମ ସ୍କୁଲ୍‌ର ପ୍ରଧାନ ଶିକ୍ଷୟିତ୍ରୀଙ୍କ ସହିତ କଥା ହୋଇଯାଇଛି। ସିଏ ବି ଅନେକ ଖୁସି। ତାପରେ କଣା ଭାଇଙ୍କ ବଡ଼ବାପା, ମାନେ ଯିଏ ଆପଣଙ୍କୁ ଉତ୍ପୀଡ଼ନ ଦେଇଥିଲେ ଓ ଡରେଇଥିଲେ, ସିଏ ତ ଆଉ ନାହାନ୍ତି। ତାଙ୍କ ସମସାମୟିକ ବ୍ୟକ୍ତି ଅନେକ ସବୁ ମରିହଜି ଗଲେଣି। ସେ ସମୟର ସାମାଜିକ ଚଳଣି ବି ଅନେକଟା ବଦଳି ଗଲାଣି। ସେମାନେ ଟିଭି ଦେଖିପାରୁଛନ୍ତି। ଦେଶ, ବିଦେଶର ଖବର ଜାଣୁଛନ୍ତି। ସମସ୍ତଙ୍କ ମନରେ ତେଣୁ ସଚେତନତା ଆସିଯାଇଛି। ଅନ୍ୟ ଦେଶର ନାରୀମାନଙ୍କର ଜାଗରଣ ଓ ସ୍ୱାଧୀନତା ସେମାନେ ଦେଖିପାରୁଛନ୍ତି। ଆପଣ କଣ ସେଇ ଚାଳିଶି ବର୍ଷ ତଳର ସମାଜକୁ ଗ୍ରହଣ କରି ରହିଥିବେ ନା ବର୍ତ୍ତମାନର ସମାଜ ସହିତ ସାଲିସ୍ କରିବେ?"

ସେଦିନର ସାଂସ୍କୃତିକ କାର୍ଯ୍ୟକ୍ରମ ସନ୍ଧ୍ୟା ୬ଟା ବେଳକୁ ଆରମ୍ଭ ହେବାର ଥାଏ। ପ୍ରଥମେ, ଉଦ୍‌ବୋଧନୀ ସଭା ଓ ପରେପରେ ଡ୍ରାମା ହେବାର ଥାଏ। ସଭାରେ କେବଳ ମନିର ଭାଷଣ ଦେବାର ଥିଲା ଓ ତାପରେ ସାଂସ୍କୃତିକ କାର୍ଯ୍ୟକ୍ରମ ରହିଥିଲା। ହେଲେ ମନି ନେଇ ସମସ୍ତଙ୍କ ସାମନାରେ ତୃପ୍ତି ଭାଉଜଙ୍କୁ ଉପସ୍ଥାପିତ କରିଦେଲା। ପ୍ରାରମ୍ଭରେ ଜଣେଇଲା, "ଆଜି ଆମ ଗହଣରେ ମୋର ସାଙ୍ଗ, ଜଣେ ବିଶିଷ୍ଟ ମହିଳା ଡାକ୍ତର ତୃପ୍ତି ମିଶ୍ର ଅଛନ୍ତି। ସିଏ ନିଜେ ହିଁ ନାରୀ ଶକ୍ତିର ଉଦାହରଣ। ଆସନ୍ତୁ ତାଙ୍କଠାରୁ ଶୁଣିବା ଆମ ସ୍କୁଲ୍‌ର ଛାତ୍ରୀମାନଙ୍କ ପାଇଁ କିଛିଟା ପ୍ରେରଣାତ୍ମକ ଆତ୍ମବିଶ୍ୱାସର କଥା।"

ତାପରେ ତ ତୃପ୍ତି ଭାଉଜଙ୍କ ଭାଷଣ ସମସ୍ତଙ୍କ ମନ ମୋହି ନେଲା। କେହି ବି ଜାଣି ପାରିଲେନି ସିଏ କଣା ଭାଇଙ୍କ ପତ୍ନୀ ବୋଲି। ଗାଁରେ ତ କେହି ତାଙ୍କୁ ଦେଖିନଥିଲେ। ଆଉ କଣା ଭାଇଙ୍କ ପରିବାରର ଯେଉଁମାନେ ତାଙ୍କୁ ଦେଖିଥିଲେ, ସେମାନେ ସବୁ ସହରରେ ରୁହନ୍ତି। ଗାଁରେ ନଥିଲେ। ସଭାକାର୍ଯ୍ୟ ସମାପନ ହେବା ପରେ ଓ ସାଂସ୍କୃତିକ କାର୍ଯ୍ୟକ୍ରମ ଆରମ୍ଭ ହେବା ପୂର୍ବରୁ କେତେକେତେ ଛାତ୍ରୀମାନେ ଆସି ତୃପ୍ତି ଭାଉଜଙ୍କ ସହିତ କଥାବାର୍ତ୍ତା କଲେ ଓ ତାଙ୍କୁ ପ୍ରଶ୍ନରେ ପୋତି ପକାଉଥିଲେ।

ଏମିତି କି ସ୍କୁଲ୍‌ର ଅନ୍ୟାନ୍ୟ ଶିକ୍ଷୟିତ୍ରୀ ମାନେ ମଧ୍ୟ ତାଙ୍କୁ ପ୍ରଶଂସାରେ ପୋତି ପକାଉଥିଲେ। ଅନେକ ଆସି ମନିକୁ ବି ପ୍ରଶଂସାରେ ପୋତି ପକେଇଲେ, "ଯାହାହେଉ, ଆପଣ ଆପଣଙ୍କ ସାଙ୍ଗଙ୍କୁ ଆମ ସ୍କୁଲ୍‌କୁ ଆଣିଲେ, ଆପଣଙ୍କୁ ବହୁତ ଧନ୍ୟବାଦ।"

ମନି ମଧ୍ୟ ଅନେକଟା ପରିତୃପ୍ତି ପାଉଥିଲା। ଏତେଦିନ ପରେ ତାକୁ ଏକ ଅନନ୍ୟ ଓ ଉତ୍ତମ କାର୍ଯ୍ୟ କରିବାର ଅବସର ମିଳିଲା। ହୁଏତ ସିଏ ଏସବୁ କିଛି ବି କରିନଥାନ୍ତା। ଯେମିତି ସବୁ ସ୍ଥିର ହୋଇ ରହିଥିଲା, ସେମିତି ରହିଥାନ୍ତା। ମନି ସକାଳେ ସ୍କୁଲ୍‌ର ମିଟିଙ୍ଗ୍‌କୁ ଯାଇଥାନ୍ତା, ସ୍କୁଲ୍‌ରେ ମଧ୍ୟାହ୍ନ ଭୋଜନ କରିଥାନ୍ତା। ତାପରେ ଘରକୁ ଫେରି ଟିକେ ଶୋଇଥାନ୍ତା ଓ ସନ୍ଧ୍ୟା ଛଟା ବେଳକୁ ଯାଇ ସଭା ମଞ୍ଚରେ ଉଦ୍‌ବୋଧନୀ ଦେଇଥାନ୍ତା। ତାପରେ ସାଂସ୍କୃତିକ କାର୍ଯ୍ୟକ୍ରମ ଦେଖିଥାନ୍ତା ଓ ଆସନ୍ତା କାଲି ସକାଳୁ ଭୁବନେଶ୍ୱର ଫେରିଯାଇଥାନ୍ତା। ହେଲେ କଣା ଭାଇଙ୍କ ସହିତ ସକାଳ ଜଳଖିଆ ଖାଇବା ଓ ତାଙ୍କ ପତ୍ନୀଙ୍କ ବିଷୟରେ ଜାଣିବା ପରେ ସେଦିନର ରୁଟିନ୍ ପୁରାପୂରି ବଦଳିଗଲା। ପୁଣି ଏମିତି ଆଶ୍ଚର୍ଯ୍ୟଭାବେ ବଦଳିଗଲା ଯେ, ମନି ମଧ୍ୟ ନିଜକୁ ବିଶ୍ୱାସ କରିପାରୁନଥିଲା। ହଠାତ୍ ତା ମୁଣ୍ଡକୁ ଏମିତି ଖିଆଲ ଆସିଲା କେମିତି ?

ଏମିତି ଅନେକ ଖିଆଲ ସବୁ ମନି ମୁଣ୍ଡକୁ ହଠାତ୍ ଆସେ। ପାରିପାର୍ଶ୍ୱିକ ପରିସ୍ଥିତିର ପ୍ରଭାବରେ ବେଳେବେଳେ ତା ମସ୍ତିକ ହଠାତ୍ ତ୍ୱରାନ୍ୱିତ ହୋଇଯାଏ। ସେତେବେଳେ ନ ଭାବିପାରୁଥିବା ଖିଆଲ ତା' ମୁଣ୍ଡ ଭିତରକୁ ଆସିଯାଏ। ସବୁ ଖିଆଲ ଯେ ଠିକ୍ ଥାଏ, କହିହେବନି। ତେବେ କୌଣସି ସ୍ୱତନ୍ତ୍ର ଖିଆଲ ଆସିଲେ, ମନି ତାକୁ ହାତଛଡ଼ା କରେନି। ସେଇ ଖିଆଲରେ ହିଁ ମାତିଯାଏ। ବିପଦ ବିନା ଜୀବନ ଆଉ କଣ ? ନୂତନତା ବିନା ଜୀବନ ଆଉ କଣ ? ସେଇଥିପାଇଁ ତ ପ୍ରକୃତିର ଏ ଋତୁଚକ୍ର। ଅହରହ ପରିବର୍ତ୍ତନଶୀଳ ପ୍ରକୃତି। କିଛି ପୁରୁଣା ଜିନିଷ ହଜିଯାଏ। ନୂଆ ଜିନିଷ ମିଳିଯାଏ। ନୂଆ ଜିନିଷର ପ୍ରାପ୍ତିରେ ପୁରୁଣା ଜିନିଷ ହଜାଇବାର ଦୁଃଖ ନିଜେ ହଜିଯାଏ।

ସେଦିନ ତୃପ୍ତି ଭାଉଜ ମନିର ଘରେ ରାତ୍ରିଯାପନ କଲେ। ତାଙ୍କୁ କଣା ଭାଇଙ୍କ ଘରକୁ ନେଇ ହଠାତ୍ ସମସ୍ତଙ୍କୁ ଏତେ ବଡ଼ ଧକ୍‌କା ଦେଇ ବିସ୍ମିତ କରାଇବାକୁ ଚାହୁଁନଥିଲା ମନି। ସବୁ ଏମିତି ଧୀରେଧୀରେ ହେଉ। ଭଲଭାବେ ହେଉ। ସବୁ ପରିବର୍ତ୍ତନରେ କିଛିଟା ଧାରାବାହିକତା ରହୁ। ନହେଲେ ଘଟିଥିବା ଘଟଣାର ପରବର୍ତ୍ତୀ ଫଳାଫଳକୁ ହୁଏତ ସାମନା କରିହେବନି, ରୋକିହେବନି। ଆଉ ଯଦି ଫଳାଫଳ ଭୟାବହ ହୁଏ ତ, ମଣିଷ ଅଣନିଃଶ୍ୱାସୀ ହୋଇଯିବାର ସମ୍ଭାବନା ଅଛି।

ପରଦିନ ସକାଳେ ମନି ଓ ତା' ଭାଇ, ଭାଉଜଙ୍କ ସହିତ ତୃପ୍ତି ଭାଉଜ କଟକ ଫେରିଆସିଲେ। ଅବଶ୍ୟ କଣା ଭାଇ ବି ଫେରିଥିଲେ, କିନ୍ତୁ ଅଲଗା, ନିଜ ଗାଡ଼ିରେ। କଟକରେ ସେମାନେ ହୋଟେଲ୍‌ରେ କିଛି ସମୟ ବିଦାୟ ପୂର୍ବର ଶେଷ କଥା ହୋଇଥିଲେ। ତୃପ୍ତି ଭାଉଜ ମନିକୁ ଧନ୍ୟବାଦ ଦେଇ କହିଲେ, "ସତରେ ତମ ଖିଆଲକୁ ପ୍ରଶଂସା ନକରି ମୁଁ ରହିପାରୁନି। ଏମିତି ଏକ ଘଟଣା ଘଟିଯିବ ବୋଲି ମୁଁ କେବେ ବି ବିଶ୍ୱାସ କରିନଥିଲି। ଏମିତି କି ମୋ ଶାଶୁ, ଶ୍ୱଶୁର ବି ଅନେକ ଥର କହିଛନ୍ତି ଗାଁକୁ ଯିବାକୁ, ହେଲେ ମୁଁ ସେମାନଙ୍କୁ ମୋ ମନର ଭୟ ଜଣେଇ ଯାଇପାରିନଥଲି। ସେମାନେ ଆଉ ବାଧ୍ୟ କରିନଥିଲେ। ଏବେ ମୁଁ ନିଶ୍ଚୟ ଯିବି। କେବଳ ତମକୁ ଭାବି ହିଁ ଯିବି। ଆଉ ତମର ସେ ବାଳିକା ହାଇସ୍କୁଲ୍‌ର ଛାତ୍ରୀମାନଙ୍କ ପାଇଁ ଯିବି।"

ପରେ ମନି ଖବର ରଖିଥିଲା, ଗାଁରେ ସମସ୍ତେ ଏବେ ସେଦିନ ସୁବର୍ଣ୍ଣ ଜୟନ୍ତୀରେ ଭାଷଣ ଦେଇଥିବା ତୃପ୍ତି ଭାଉଜଙ୍କୁ ଚିହ୍ନି ସାରିଲେଣି। ସେମାନେ ମନିକୁ ଅନେକ ପ୍ରଶଂସା କରୁଛନ୍ତି। ଏମିତି କି ବାଳିକା ସ୍କୁଲ୍‌ରେ ପ୍ରତିବର୍ଷ ପୁରାତନ ଛାତ୍ରୀଙ୍କ ପାଇଁ ଡିସେମ୍ବର ମାସରେ ଏକ ସମାବେଶ ରଖିବା ପାଇଁ ସ୍ଥିର କରାଯାଇଛି। ଆସନ୍ତା ବର୍ଷରେ ସେ ସମାବେଶରେ ତୃପ୍ତି ଭାଉଜଙ୍କୁ ମୁଖ୍ୟ ଅତିଥି କରି ଆଣିବାକୁ ବି ନିମନ୍ତ୍ରଣ ପଠାଯାଇଛି ଓ ସେ ସ୍ୱୀକାର କରିଛନ୍ତି।

ଏବେ ସେ ଘଟଣାର ଚାରିବର୍ଷ ପୂରିଗଲାଣି। ଏଇ ଚାରିବର୍ଷ ଧରି କଣା ଭାଇ ଓ ତୃପ୍ତି ଭାଉଜଙ୍କ ସହିତ ମନିର ସଂପର୍କ ବଢିଛି। ସ୍କୁଲ୍ ପାଇଁ ସେମାନେ ମିଶି ଏକ ମେଧାବୃତ୍ତି ପ୍ରତିଷ୍ଠା କରେଇଛନ୍ତି। ମନି ତ ଆଉ ତାପରେ ଡିସେମ୍ବର ମାସରେ ଯାଇପାରିନି, ତେବେ ତୃପ୍ତି ଭାଉଜ ଓ କଣା ଭାଇ ପ୍ରତିବର୍ଷ ଯାଇ ଡିସେମ୍ବରର ସମାବେଶରେ ଯୋଗ ଦେଉଛନ୍ତି ଓ ଛାତ୍ରୀମାନଙ୍କୁ ପ୍ରେରଣା ଓ ଉତ୍ସାହ ଯୋଗାଉଛନ୍ତି।

ମନି ସବୁବେଳେ ସେମାନଙ୍କ ସହିତ କଥାବାର୍ତ୍ତା କରିବାବେଳେ ପଚାରେ, "ଆଉ ଆପଣମାନେ ଆମେରିକା କେବେ ଆସୁଛନ୍ତି ?"

ସିଏ ଏବେ ବି ଡକ୍‌ଟର୍ କଳ୍ପତରୁ ମିଶ୍ରଙ୍କୁ "କଣା ଭାଇ" କହି ସମ୍ବୋଧନ କରେ।

■

କି ହେବ ଶୁଆ ପୋଷିଲେ

ଯେତେବେଳେ ବାହାର ପୂର୍ଣ୍ଣ, ସେତେବେଳେ ଘର ଶୂନ୍ୟ। ଯେତେବେଳେ ବାହାର ଶୂନ୍ୟ, ସେତେବେଳେ ଘର ପୂର୍ଣ୍ଣ।

ଏମିତି ଏକ ବାକ୍ୟ କହି, ସଦାନନ୍ଦ ବିଶାଖାଙ୍କୁ ଚାହିଁଲେ। ହୁଏତ କିଛି ପ୍ରଶଂସା ଶୁଣିବାକୁ ଚାହୁଁଥିଲେ ସିଏ ବିଶାଖାଙ୍କ ଠାରୁ। ବିଶାଖା କିନ୍ତୁ ଅନ୍ୟ ଚିନ୍ତାରେ ବ୍ୟସ୍ତ ଥିଲେ। ଦିନେନା ଦିନେ ତ ଏ କରୋନା ନିଶ୍ଚୟ ଯିବ। ପ୍ରେସିଡ଼େଣ୍ଟ ବାଇଡ଼େନ୍‌ଙ୍କ ଘୋଷଣା ଅନୁଯାୟୀ ସମସ୍ତେ ୨୦୨୧ ମେ ମାସ ସୁଦ୍ଧା ଟୀକା ପାଇଯିବେ। ତାହେଲେ ତ ମନି, ଟୁନି ନିୟୁର୍କ ଫେରିଯିବେ ? ପୁଣି କେବେ ଘରକୁ ଆସିବେ କିଏ ଜାଣେ ? କାହିଁକି କେଜାଣି ଏକ ଦ୍ୱିବିଧ ଚିନ୍ତନ ମଧ୍ୟରେ ବିଶାଖାଙ୍କର ଆଖିରୁ ଲୁହ ଦୁଇଟୋପା ଖସି ପଡ଼ିଲା। ପିଲା ଦୁଇଟି ଏ କରୋନା ପାଇଁ ଆସି ଘରେ ଅଛନ୍ତି। ସେମାନେ ଘରେ ନ ରହିଲେ, ଘର ପୁଣି ଶୂନ୍ୟ ହୋଇଯିବ।

ମନେ ପଡ଼ିଯାଉଥିଲା ସେ ନିମାଇଁ ହରିଚନ୍ଦନଙ୍କର "କି ହେବ ଶୁଆ ପୋଷିଲେ" ଭଜନଟି। "ଘରକୁ ସୁନ୍ଦର ଦିଶେ ବାଳକ ଥିଲେ। ବାଳକ ଥିଲେ କି ହେବ, ବିଦ୍ୟା ଶିକ୍ଷା ନ କରିଲେ"। ପିଲାମାନଙ୍କ ବିନା ଘରର ସୁନ୍ଦରତା କଣ ଥାଏ ? ପିଲା ଦଉଡୁଥିବେ, ଏପଟସେପଟ ହେଉଥିବେ, ଚିଲୋଉଥିବେ, ହସୁଥିବେ। ତେବେ ଯାଇ ଘର ସୁନ୍ଦର ଦିଶେ। ପିଲାମାନଙ୍କ ବିନା ସେ ଘର ଫାଙ୍କା ପଡ଼ି ଯାଇଥିଲା। ହେଲେ ପିଲାମାନଙ୍କ ଆଗମନରେ ପୁଣି ହସିଉଠିଲା।

ଏ ଘର କିଣା ହୋଇଥିଲା ୨୦୦୬ ମସିହାରେ। ସେମାନଙ୍କର ପୁରୁଣା ଘରଟି ଛୋଟ ପଡ଼ିଗଲା। ପିଲା ତିନିଟି, ବାପା, ମା ଦୁଇଜଣ। ସମସ୍ତଙ୍କର କେତେକେତେ ସଉକ। ଝିଅ ସିତାର ବଜେଇବ, ଝିଅ ଓଡ଼ିଶୀ ନାଚ ଶିଖିବ। ଝିଅ ସ୍କୁଲ୍ ଡ୍ରାମାରେ ମିଶିବ, ଝିଅ ବିଭିନ୍ନ ବିଷୟର ଏପି କୋର୍ସ ନେବ। ବାପା, ମା

ଦୁହିଁଙ୍କର ବି ଆହୁରି ମେଞ୍ଚାଏ ସଉକ। ବାପା ତବଲା ଶିଖିବେ, ମା ହାର୍‌ମୋନିୟମ୍ ଶିଖିବ। ବାପା କୀର୍ତ୍ତନ କରିବେ, ମା ଓଡ଼ିଶା ସୋସାଇଟିରେ ବିଭିନ୍ନ ପୋଜିସନ୍‌ରେ ରହି ସ୍ୱେଚ୍ଛାସେବୀ କାମ କରିବ। ଏମିତି ସମସ୍ତଙ୍କର ସଉକକୁ ନେଇ ଠିକ୍ ଭାବେ ସବୁ କାଗଜପତ୍ର, ଆସବାବ ପତ୍ର ରଖି ହେଉନଥିଲା। ସିତାର କେଉଁଠି ରହିବ? ନାଚ ଅଭ୍ୟାସ କେଉଁଠି ହେବ? ତବଲା କେଉଁଠି ରହିବ? ଠାକୁର କେଉଁଠି ରହିବେ? ପୁଣି ସାଙ୍ଗସାଥୀ, ଅତିଥି କିଏ ଘରକୁ ଆସିଲେ, ଦିଲ୍ଲୀରୁ ଦୌଲତାବାଦ କାମ ଚାଲୁଥିଲା। ମାନେ ଏଠୁ ସେଠିକି, ସେଠୁ ଏଠିକି, ଯା ଉପରେ ତାକୁ ଗଦା, ତା ଉପରେ ଯାକୁ ଗଦା, ଏମିତି ଅନେକ ବିଶୃଙ୍ଖଳା। ତା ଭିତରେ ଅନେକ ଜିନିଷ ଏପଟସେପଟ ହୋଇଯାଏ। କେତେବେଳେ କିଛି ଖୋଜିଲେ ମିଳେନି। ସମସ୍ତେ ଇଚ୍ଛା କଲେ, ଏବେ ନୂଆ ଘରଟିଏ ଦରକାର। ଯେଉଁଠି ଜାଗା ଅନେକ ଥିବ। କୋଠରି ଅନେକ ଥିବ। ସମସ୍ତଙ୍କର ନିଜନିଜର ବାଥ୍‌ରୁମ୍ ନିଜ କୋଠରି ସହିତ ସଂଯୁକ୍ତ ହୋଇ ରହିଥିବ, ନାଚ ପାଇଁ ପ୍ରଶସ୍ତ ଜାଗା ଥିବ। ଠାକୁରଙ୍କ ପାଇଁ ସ୍ୱତନ୍ତ୍ର କୋଠରି ଥିବ। ଏମିତି ସବୁ ଅନେକ ତାଲିକା ହେଲା। ସେତେବେଳେ ଘର ଦାମ୍ ବଢୁଥିଲା। ବିଶେଷତଃ ଭଲ ସ୍କୁଲ୍ ଥିବା ଅଞ୍ଚଳ ମାନଙ୍କରେ। ଯେତେବେଳେ ଏମିତି ୨୦-୨୫ଟି ନୂଆ, ପୁରୁଣା ଘର ଦେଖିଦେଖି ମନକୁ ନ ପାଇଲା, ଶେଷରେ ସଦାନନ୍ଦ ଜାଗା କିଣି ନିଜେ ଘର ତିଆରି କରାଇବାକୁ ନିଷ୍ପତ୍ତି ନେଲେ। ସେଥିରେ ଖର୍ଚ୍ଚ ଟିକେ ହ୍ରାସ ହେବ, ହେଲେ କାମ ଓ ଦାୟିତ୍ୱ ଅନେକ। ସେ ଦାୟିତ୍ୱ ନେବାପାଇଁ ବି ସିଏ ମନ ସ୍ଥିର କଲେ। ସବୁ ହାଉସିଙ୍ଗ୍ ପ୍ରଦର୍ଶନୀ ଓ ଶୋ ଦେଖିବାକୁ ଗଲେ। ସେଠି ଅନ୍ୟାନ୍ୟ ସମାନ ବିଚାରଧାରାର ବ୍ୟକ୍ତି ମାନଙ୍କୁ ମଧ୍ୟ ଭେଟିଲେ। ତେବେ ଜଣେ ଗୁଜୁରାଟୀ ବ୍ୟକ୍ତି ଆକାର ପଟେଲ୍‌ଙ୍କ ସହିତ ତାଙ୍କର ବନ୍ଧୁତା ବଢିଗଲା।

ଆକାର ପଟେଲ୍ କ୍ଲାର୍କସ୍‌ଭିଲ୍‌ରେ ଗୋଟିଏ ଜାଗା କିଣିଥିଲେ। ସେ ଜାଗାଟିରେ ଘରଟିଏ ତିଆରି କରିବାକୁ ଚାହୁଁଥିଲେ। ସିଏ ସଦାନନ୍ଦଙ୍କ ପୂର୍ବରୁ ଅନେକ ହୋମ୍‌ୱାର୍କ କରିସାରିଥିଲେ। ସେସବୁ ବହୁତ କାମରେ ଆସିଲା। ୨୦୦୬ ମସିହା ଜୁନ୍ ମାସ ବେଳକୁ ଘର ପ୍ରସ୍ତୁତ ହୋଇଗଲା। ସବା ବଡ଼ ଝିଅ ବନି ସେତେବେଳକୁ କଲେଜ ଗଲାଣି। ହେଲେ ଘର ତିଆରି ପାଇଁ ସମୟ ଦେଇ ନ ପାରିଥିବାରୁ କେତେ ଗୁଡ଼ିଏ ଜିନିଷ ବିଶାଖାଙ୍କର ମନକୁ ପାଇନଥିଲା। ତା ପରକୁ ସାନ ଝିଅଟି ସବୁବେଳେ କାନ୍ଦିଲା। ପୁରୁଣା ଜାଗାରେ ପଡ଼ିଶାରେ ତାର ଅନେକ ସାଙ୍ଗସାଥୀ ଥିଲେ। ସିଏ ଯାଉଥିବା ସ୍କୁଲ୍‌ରେ ମଧ୍ୟ ଅନେକ ସାଙ୍ଗସାଥୀ ଥିଲେ। ସମସ୍ତଙ୍କୁ ଛାଡ଼ି ଏ ନୂଆ ସହରଟିରେ ନୂଆ ପରିବେଶରେ ପୁଣି ନୂଆ ସାଙ୍ଗସାଥୀ ଗଢିବା ସିଏ ଗ୍ରହଣ କରିପାରିଲାନି। ସବୁବେଳେ

କାନ୍ଦିଲା, ଚିଡ଼ିଲା ଓ ବଦମିଜାଜୀଭାବ ଦେଖେଇଲା। କିଛିଦିନ ପରେ ସ୍କୁଲ୍ ଖୋଲିବା ପରେ ଧୀରେଧୀରେ ସେସବୁ କମିଲା ଓ ବର୍ଷଟିଏ ଭିତରେ ତାର ଅନେକ ସାଙ୍ଗସାଥୀ ହୋଇଗଲେ।

ନୂଆ ଘରଟି ଅନେକ କାମରେ ଆସିଲା। ଏ ଭିତରେ ପରିବାରର ଅନେକ ପୁତୁରା, ଝିଆରୀ ଆମେରିକା ଆସିଥିଲେ ଓ ସେ ଘରେ ପାରିବାରିକ ମିଳନୀ ହେବାରେ ଲାଗିଲା। ବନ୍ଧୁବାନ୍ଧବଙ୍କ ଚର୍ଚ୍ଚା ପାଇଁ ଆଉ ଦିଲ୍ଲୀରୁ ଦୌଲତାବାଦ ପ୍ରକ୍ରିୟାର ପୁନରାବୃତ୍ତି ହେଲାନି। ସବୁ ଉପକରଣ ନିଜନିଜ ସ୍ଥାନରେ ରହିଲେ। ଏମିତ କିଛି ବର୍ଷ ଚାଲିଲା। ତଳେ ବେସ୍‌ମେଣ୍ଟ୍‌ରେ ଗୋଟିଏ ଛୋଟ ଧରଣର ମଞ୍ଚ ବି ତିଆରି କରାଗଲା। ସପ୍ତାହ ଶେଷରେ କିଛି ନା କିଛି କାର୍ଯ୍ୟକ୍ରମ ହେଉଥିଲା। ପିଲାମାନେ କେବେକେବେ ନିଜ ସାଙ୍ଗସାଥୀମାନଙ୍କ ସହିତ ମିଶି କାର୍ଯ୍ୟକ୍ରମ କରୁଥିଲେ ତ ସଦାନନ୍ଦ ଓ ବିଶାଖା ନିଜ ସାଙ୍ଗସାଥୀଙ୍କୁ ଡାକି କାର୍ଯ୍ୟକ୍ରମ କରୁଥିଲେ। ମୋଟ ଉପରେ ଘରଟି ମୁଖରିତ ହୋଇ ଉଠୁଥିଲା।

ତାପରେ ଦୁଇ ଝିଅ କଲେଜ ଚାଲିଗଲେ। କାର୍ଯ୍ୟକ୍ରମର ମାତ୍ରା କମିଗଲା। ବାପା, ମା ଅନେକ ସଉକ ଭିତରେ ମଜ୍ଜି ରହିଗଲେ। ଘରେ କେବଳ ଖାଇବା ଓ ଶୋଇବା ସମୟ ବ୍ୟତୀତ ତାଙ୍କର ଅନେକ ସମୟ ବାହାରେ କଟୁଥିଲା। ଧୀରେଧୀରେ ଓଡ଼ିଆଙ୍କ ସଂଖ୍ୟା ସେ ଅଞ୍ଚଳରେ ବଢୁଥିଲା। ପ୍ରତି ସପ୍ତାହ ଶେଷରେ କିଛିନା କିଛି କାର୍ଯ୍ୟକ୍ରମ ରହୁଥିଲା।

ପିଲାମାଙ୍କର କଲେଜ ଯିବା ପରଠାରୁ ଘରଟି ଅଧିକ ସମୟ ଶୂନ୍ୟ ହିଁ ରହୁଥିଲା। ସପ୍ତାହର ପାଞ୍ଚ ଦିନ, ସଦାନନ୍ଦ ଓ ବିଶାଖା ସକାଳେ କାମକୁ ଯାଉଥିଲେ ଓ ସନ୍ଧ୍ୟାରେ ଫେରୁଥିଲେ। ସପ୍ତାହ ଶେଷର ଦୁଇଦିନ, କେବେ ଦୋକାନ ବଜାର କରୁଥିଲେ ତ କେବେ କାହାର ପାର୍ଟିରେ ଯୋଗଦେବା ପାଇଁ ଚାଲିଯାଉଥିଲେ। କେବେ ତବଲା ଶିଖିବାକୁ ସଦାନନ୍ଦ ଯାଉଥିଲେ ତ କେବେ ବ୍ୟାୟାମ ଶିଖିବାକୁ ବିଶାଖା ଯାଉଥିଲେ। ଘରଟି ସେମିତି ରହିଥିଲା, ଅନେକ ସମୟ ଏକୁଟିଆ।

ଏ କରୋନା ଯେତେବେଳେ ମହାମାରୀ ଭାବେ ଘୋଷିତ ହେଲା, ଓ ସମସ୍ତେ ନିଜନିଜ ଘର ଭିତରେ ରହିବାକୁ ଓ ବାହାରକୁ ନ ବାହାରିବାକୁ ନିର୍ଦ୍ଦେଶ ଆସିଲା, ସେତେବେଳେ ଉଭୟ ସଦାନନ୍ଦ ଓ ବିଶାଖା ବିବ୍ରତ ହୋଇଗଲେ। "ବାହାରକୁ ଯାଇପାରିବାନି ! ତେବେ ଘର ଭିତରେ କଣ କରିବା ? ସବୁବେଳେ ଘରେ କେମିତି ବସି ରହିବା ?" - ବିଶାଖାଙ୍କର ପାଟିରୁ ବାହାରିଗଲା।

ହେଲେ ଗୋଟିଏ ସପ୍ତାହ ରହିବା ପରେ ଭଲ ବି ଲାଗିଲା। ଏବେ ଆଉ

ଟ୍ରାଫିକ୍‌ରେ ପଡ଼ି ହନ୍ତସନ୍ତ ହେବାର ଝଞ୍ଜଟ ନାହିଁ। ଅପରାହ୍ନରେ ସୋଫା ଉପରେ ବସି ପତି, ପତ୍ନୀ ଚାହା ପିଇବାର ଗୋଟିଏ ରୁଟିନ୍ ଆରମ୍ଭ କରିଦେଲେ। ହେଲେ ପନ୍ଦର ଦିନର ଯେଉଁ ଲକ୍‌ଡ଼ାଉନ୍ ହୋଇଥିଲା, ଏବେ ସେ ସମୟ ଅନିର୍ଦ୍ଦିଷ୍ଟ କାଳ ପର୍ଯ୍ୟନ୍ତ ବଢିଗଲା। ଆମେରିକାର ସବୁ ରାଜ୍ୟରେ କରୋନା ରୋଗୀଙ୍କ ସଂଖ୍ୟା ଅଣାୟତ ଭାବେ ବଢିବାକୁ ଲାଗିଲେ। ନିୟୁର୍କ ରାଜ୍ୟରେ ଅବସ୍ଥା ଅସମ୍ଭାଳ ହୋଇଗଲା। ଏହି ସମୟରେ ଝିଅ ଦୁଇଜଣ ନିୟୁର୍କରୁ ଆସି ଘରେ ରହିଲେ। ପ୍ରଥମ ଚଉଦ ଦିନ ବେସ୍‌ମେଣ୍ଟ୍‌ରେ ସଙ୍ଗରୋଧରେ ରହିଲେ। ତାପରେ ନିଜନିଜ ରୁମ୍‌କୁ ଆସିଲେ। ଘରେ ଗହଳି ଲାଗିଗଲା। ପିଲାମାନଙ୍କ ପାଇଁ ସେମାନଙ୍କ ପସନ୍ଦ ମୁତାବକ ଖାଦ୍ୟ ପ୍ରସ୍ତୁତି କରିବାରେ ଆଗ୍ରହ ଲାଗିଗଲା ବିଶାଖାଙ୍କର। ୟୁଟିଉବ୍‌ରୁ ଦେଖି ନୂଆନୂଆ ଡିସ୍ ମାନଙ୍କର ପରୀକ୍ଷଣ ଆରମ୍ଭ ହେଲା ଓ ସମସ୍ତେ ପାରିବାରିକ ଜୀବନ ଉପଭୋଗ କରୁଥିଲେ।

ଘର ଏବେ ହସୁଥିଲା। କିଛିଦିନ ଧରି ବିକ୍ଷିପ୍ତ ହୋଇ ପଡ଼ି ରହିଥିବା ଆସବାବପତ୍ର ପୁଣି ଥରେ ସେମାନଙ୍କ ମାଲିକାଣୀ ମାନଙ୍କର ହାତର ସ୍ପର୍ଶ ଲାଭ କଲେ, ସେମାନଙ୍କ ଖାଉନ୍ଦାଣୀ ମାନଙ୍କର ଧ୍ୟାନ ଆକର୍ଷଣ କଲେ। ଏବେ ଘରର ସବୁ କୋଠରି, ସବୁ କୋଣ, ଅନୁକୋଣ ମୁଖରିତ ହୋଇଉଠିଲା। ବଡ଼ ଝିଅ ମୁନି ବେସ୍‌ମେଣ୍ଟ୍‌ଟିକୁ ସଂପୂର୍ଣ୍ଣ ରୂପେ ଅଧିକାର କଲା ତା ଟିଚିଙ୍ଗ୍ କାମ ପାଇଁ। ଟୁନି ଅଧିକାର କଲା ସନ୍‌ରୁମ୍‌କୁ ତା ଅଫିସ୍ କାମ ପାଇଁ। ସଦାନନ୍ଦ ଡାଇନିଙ୍ଗ୍ ରୁମ୍‌ର ବଡ଼ ଟେବୁଲ୍‌ଟିକୁ ନିଜ କାର୍ଯ୍ୟକ୍ଷେତ୍ର ରୂପେ ବାଛିଲେ। ବିଶାଖା ରଖିଲା ଅଫିସ୍ ରୁମ୍‌ଟିକୁ।

ନିଜ ଅଫିସ୍‌କୁ ଆରାମଦାୟକ କରିବା ପାଇଁ ସାନ ଝିଅ ସରଞ୍ଜାମ ସବୁ ଅନ୍‌ଲାଇନ୍‌ରେ ମଗେଇବାକୁ ଲାଗିଲା। ଏବେ ସନ୍‌ରୁମ୍‌ରେ ଗୋଟିଏ ଅଫିସ୍ ଡ଼େସ୍କ୍ ପଡ଼ିଲା। ଯେତେବେଳେ ଜୁନ୍ ମାସ ଆସିଲା, ସନ୍‌ରୁମ୍‌ରେ ସୂର୍ଯ୍ୟାଲୋକର ପ୍ରକୋପ ବଢିଲା। ସେଥିପାଇଁ ସନ୍‌ରୁମ୍‌ର ଝରକା ସବୁକୁ ବନ୍ଦ କରେଇ ଛାଇ କରେଇବାକୁ ପରଦା ବି ଅନ୍‌ଲାଇନ୍‌ରେ ଅର୍ଡ଼ର କରାଗଲା। ଏହା ବ୍ୟତୀତ ତାର କଫି ପିଇବାର ସରଞ୍ଜାମ ସମସ୍ତ ବି ଆସିଲା। ସଦାନନ୍ଦ ଓ ବିଶାଖା କଫି ପିଅନ୍ତିନି। ସେ ସାନ ଝିଅଟି ହିଁ ପିଏ। କିଛିଦିନ ପରେ ତାର ଦରକାର ପଡ଼ିଲା ବ୍ୟାୟାମ କରିବା ପାଇଁ ଯନ୍ତ୍ରଟିଏ। ସେମାନଙ୍କର ଯେଉଁ ବାୟାମ ବାଇକ୍ ଥିଲା, ସେଇଟା ତାର ପସନ୍ଦ ହେଲାନି। ଏମିତି ଦେଖୁଦେଖୁ ସନ୍‌ରୁମ୍‌ରେ ଗୋଟିଏ ଅଲ୍-ଇନ୍-ଓ୍ୱାନ୍ ଅଫିସ୍ ସେଟ୍ ହୋଇଗଲା।

ପ୍ରତିଦିନ ସକାଳେ ସମସ୍ତେ ପ୍ରାତଃଭୋଜନ ସାରି ନିଜନିଜ ଅଫିସ୍ କାମ ନିମନ୍ତେ ଉଦ୍ଦିଷ୍ଟ ସ୍ଥାନମାନଙ୍କୁ ଯାଉଥିଲେ ଓ ଅନ୍ୟକୁ "ମୁଁ ଏବେ ମୋ କାମକୁ ଯାଉଛି। ଯଦି ମୋ ରୁମ୍‌ର କବାଟ ବନ୍ଦ ଅଛି, ତେବେ କେହି ସେ କବାଟ ଖୋଲି ମତେ

ଡିଷ୍ଟର୍ବ କରିବନି। ଯଦି କବାଟ ଖୋଲା ଥାଏ, ତେବେ ଦରକାର ଥିଲେ, ଅନ୍ୟମାନେ ତୁମ୍‌କୁ ଆସିପାରିବେ।"

ଏମିତି ସମସ୍ତେ ଶୃଙ୍ଖଳା ରକ୍ଷାକରି ନିଜନିଜର ବ୍ୟବସାୟିକ କାମ କରୁଥିଲେ ଓ ଅନ୍ୟାନ୍ୟ ସଉକ ସମ୍ବନ୍ଧୀୟ କାର୍ଯ୍ୟକଳାପ ମଧ୍ୟ କରୁଥିଲେ। ଯଥା ସାନଝିଅ ଜଣେ ଅଟିଷ୍ଟିକ୍ ପିଲାକୁ ସ୍ୱେଚ୍ଛାସେବୀ ଭାବେ ପ୍ରତି ମଙ୍ଗଳବାର ଓ ଗୁରୁବାର ଦିନ ଅଧଘଣ୍ଟାଏ ଲେଖାଏଁ ନୃତ୍ୟ ଶିଖାଉଥିଲା। ଘର ପୂର୍ଣ୍ଣ ଦିଶୁଥିଲା। ହେଲେ ରାସ୍ତାକୁ ବାହାରିଗଲେ ସବୁ ଖାଁ ଖାଁ। ଯେମିତି ହଠାତ୍ ସମୟ ରଥର ଚକାଟି କେଉଁ କାଦୁଅ, ପଙ୍କରେ ଲାଖିଗଲା, ଆଉ ବାହାରିପାରୁନି।

ପ୍ରତିଦିନ ଟୁନିର ଆବଶ୍ୟକତା ବଢୁଥିଲା ଓ ସିଏ ଅନ୍‌ଲାଇନ୍‌ରେ କିଛିନା କିଛି ମଗାଉଥିଲା। ସଦାନନ୍ଦ ବେଳେବେଳେ କହିଦେଉଥିଲେ, "କେତେ ଦିନର କଥା। ଏ କରୋନା ତ ପୁଣି ଚାଲିଯିବ। ତମେମାନେ ନିୟୁର୍କ ଫେରିଯିବ। ଏତେ ଜିନିଷ କାହିଁକି ମଗୋଉଛୁ। ଏସବୁର ପୁଣି କଣ ହେବ ?"

ହେଲେ ଆଜିକାଲିର ପିଲା କୌଣସି ସମୟରେ ବି ସେମାନଙ୍କର ରୁଚି ସହିତ ଆପୋଷ ବୁଝାମଣା କରିପାରିବେନି। ସେମାନଙ୍କର ଆରାମ ପାଇଁ ଯାହା ଆବଶ୍ୟକ, ସେସବୁ ଦରକାର। ମନେମନେ ବେଳେବେଳେ ହସନ୍ତି ବିଶାଖା। "ଆରାମ' ଶବ୍ଦ ଓ "ମୋର ଦରକାର" ଶବ୍ଦ ସହିତ କେବେ ବି ପରିଚିତ ନଥିଲେ ସିଏ ଛୋଟବେଳୁ।

ମନେ ପଡ଼ି ଯାଉଥିଲା ବିଶାଖଙ୍କାର ନିଜ ବାପଘର କଥା। ଘର ବୋଲି କଣ, ଗୁଞ୍ଜିଗାଞ୍ଜି ହୋଇ ପାଞ୍ଚଟି ସାନସାନ ବଖରା। ସେ ବଖରାରୁ ଗୋଟିଏ ବଖରା ସାନ ଖୁଡ଼ିର। ସେ ବଖରାର ଗୋଟିଏ ଭାଗ ହାଣ୍ଡିଶାଳ। ସେ ବଖରାରେ ଖିଆପିଆ ମଧ୍ୟ ହୁଏ। ତେବେ ସାନ ଖୁଡ଼ିର, ଦାଦାଙ୍କର ଓ ସେମାନଙ୍କ ପିଲାମାନଙ୍କର ସମସ୍ତ ଲୁଗାପଟା, ବାକ୍ସପତ୍ର ସେ ବଖରାରେ ଥାଏ। ଆଉ ଗୋଟିଏ ବଖରା ସାନବୋଉର। ସେ ବଖରାଟି ସଜ୍ଜିତ ହୋଇ ସବୁବେଳେ ଥାଏ ଓ ପରିଷ୍କାର, ପରିଚ୍ଛନ ଥାଏ। ସାନବୋଉର କିଛି ପିଲାପିଲି ନଥିଲେ। କୁଣିଆ, ମଇତ୍ର ଘରକୁ ଆସିଲେ, ସେ ବଖରାରେ ବସନ୍ତି, ଶୁଅନ୍ତି। ତାଙ୍କୁ ଜଳଖିଆ ସେ ବଖରାରେ ଦିଆହୁଏ। ଆଉ ଗୋଟିଏ ବଖରା ବଡ଼ବୋଉର। ସେଠି ବି ଗୋଟିଏ ଖଟ ପଡ଼ିଥାଏ। ହେଲେ ସେ ବଖରାର ଅନ୍ୟ ଏକ ଭାଗ ଭଣ୍ଡାର ଘର ଭାବେ ବ୍ୟବହୃତ ହେଉଥାଏ। ବଡ଼ବୋଉର ବଖରାକୁ ଲାଗି ଗୋଟିଏ ଛୋଟ ଆଟୁଘର ଥାଏ। ସେ ବଖରାଟି ବିଶାଖାଙ୍କର ବାପାବୋଉଙ୍କ ବଖରା। ଆଉ ଗୋଟିଏ ବଖରା ଦାଣ୍ଡ ଘର। କିଏ ବାହାର ଲୋକ ଆସିଲେ, ସେଇ ଘରେ ବସନ୍ତି। ଜେଜେମା ସେ ଘରେ ଶୁଏ। ସେ ଘରେ ରହୁଥିଲେ ତେଇଶି ଜଣ ଲୋକ।

ବଡ଼ବାପା, ବଡ଼ବୋଉ ଓ ତାଙ୍କର ସାତଟି ସନ୍ତାନ। ଦାଦା, ଖୁଡ଼ୀ ଓ ତାଙ୍କର ପାଞ୍ଚଟି ସନ୍ତାନ। ବିଶାଖାଙ୍କର ବାପା, ବୋଉ, ସିଏ ନିଜେ ଓ ତାଙ୍କ ସାନ ଭାଇ। ସାନ ବୋଉ ଓ ସାନ ବାପା। ତାପରେ ଥିଲା ଜେଜେମା। ଘରର ଅଧିକାଂଶ ଲୋକ, ଆ, ତା ଘରେ ଶୁଅନ୍ତି। ଏମିତି ସବୁ ଗାଁରେ ଚାଲେ। ବିଶାଖା ତା ଧରମ ପିଉସୀ ଶାନ୍ତି ଦେଇ ଘରେ ହିଁ ଶୁଏ। ଜେଜେମା ଶାନ୍ତି ଦେଇକୁ ଧରମ ଝିଅ କରିଥିଲା। ଶାନ୍ତି ଦେଇ ଘରେ ଅଳ୍ପ ଲୋକ। ଘର ଅତି ବଡ଼ ନହେଲେ ବି, ତଳେ ମଶିଣା କି ସପଟିଏ ପକେଇ ଶୋଇପଡ଼ିବା କଥା ତ।

ଏମିତି ଥିଲା ଘର ଗାଁରେ। ସବୁବେଳେ ଗହଳଚହଳ, ମଣିଷ ଖୁନ୍ଦାଖୁନ୍ଦି। ଯେତେ ରୋଷେଇ ହେଲେ ବି ଭଲକରି ତରକାରୀ କେବେ ବି ଭାଗରେ ପଡ଼େନି। ଗୋପନୀୟତା କି ଏକାନ୍ତ ପରିବେଶ କେବେ ବି ମିଳେନି। ସେତେବେଳେ ବିଶାଖା ମନେମନେ ସ୍ୱପ୍ନ ଦେଖୁଥିଲେ ଏକ ଛୋଟ ପରିବାର, ସୁଖୀ ପରିବାର। ଭଲ ହେଲା ଯେ ବୋଉ ତାଙ୍କୁ ଓ ତାଙ୍କ ଭାଇକୁ ମାମୁଘର ପଠେଇଦେଲା ପଢିବା ପାଇଁ। କାରଣ ସେ ଘରେ ରହି ପଢାପଢି କରିବା ଜମା ବି ସମ୍ଭବ ନଥିଲା। ସେଇଥି ପାଇଁ ବୋଧହୁଏ, ବଡ଼ବାପାଙ୍କ ପିଲାମାନେ କେହି ଉଚ୍ଚଶିକ୍ଷିତ ହୋଇ ପାରିଲେନି। ମାମୁ ଘରେ ଏତେ ଗହଳି ନଥିଲା। ସେମାନଙ୍କର ଦୁଇଟି ସନ୍ତାନ, ଅଜା, ଆଈ, ମାମୁ, ମାଇଁ। ସେଇଥିପାଇଁ ବିଶାଖା ବୋଉ ପ୍ରତି କୃତଜ୍ଞତା ଜ୍ଞାପନ କରନ୍ତି। ନହେଲେ ରାଧା ଦେଇ ଭଳି ସିଏ ଆଜି କେଉଁ ପଲ୍ଲୀର ଅବଗୁଣ୍ଠନମତୀ ବୋହୂଟିଏ ହୋଇ ରହିଯାଇଥାନ୍ତେ। ଏବେ ଅବଶ୍ୟ ଗାଁରେ ସମସ୍ତେ ଅଲଗା ଅଲଗା ଘର କଲେଣି।

ତେଣୁ ଗୋଟିଏ ବଡ଼ ଘର, ଖୋଲା ଘରର ସ୍ୱପ୍ନ ସବୁବେଳେ ବିଶାଖାଙ୍କର ମନରେ ଥିଲା। ସେ ସ୍ୱପ୍ନ ପୂରଣ ହୋଇଥିଲା ଏ ଦେଶରେ। ଦୁଇ ବର୍ଷ ତଳେ ପିଲାମାନେ କହୁଥିଲେ, "ଏଡ଼େ ବଡ଼ ଘର ଭିତରେ ତମେ ଜମା ଦୁଇଜଣ ରହୁଛ। ଘର ବିକି ସହର ମଝିରେ ଗୋଟିଏ କଣ୍ଡୋମିନିୟମ୍ କିଣି ରହୁନ। ତାହେଲେ ରକ୍ଷଣାବେକ୍ଷଣ ପାଇଁ ଚିନ୍ତା ନଥିବ। ଆମେମାନେ ତ ଏଠି ରହିବୁନି। ଆମ ନିଜ ଘର କିଣି ରହିବୁ। ଦି ଜଣଙ୍କ ପାଇଁ ଏଡ଼େ ବଡ଼ ଘର ରଖି କଣ କରିବ ?"

ବିଶାଖା ଓ ସଦାନନ୍ଦ ବି ବେଳେବେଳେ ସେମିତି ଭାବୁଥିଲେ। ହୁଏତ ଆଉ କିଛି ବର୍ଷ ପରେ ଏ ଘରର ଯତ୍ନ ନେବାକୁ ସେମାନଙ୍କର ସାମର୍ଥ୍ୟ ନଥିବ। ତାପରେ ଟିକସ ବି ଅନେକ ପଡୁଛି। ଛୋଟ ଘରେ ଟିକସ କମ୍। ତଥାପି ଏ ଘର ବଦଳେଇବା କଥା ଭାବିବା ବେଳକୁ ମୁଣ୍ଡରେ ଅଧିକ ଟେନ୍‌ସନ୍ ଆସିଯାଉଥିଲା। କଣ କମ୍ ଜିନିଷ ଖୁନ୍ଦି ହେଇଚି ଏ ଘରେ। ଏବେବି ପୁରୁଣା ଘରର କିଛି ପ୍ୟାକ୍ ତଥାପି ଖୋଲା ନହୋଇ

ରହିଯାଇଛି। ପୁଣି ଏ ଘରେ ଯାହା ସବୁ ନୂଆ କିଣାଯାଇଛି, ତାକୁ ପ୍ୟାକ୍ କରିବ କିଏ ?

ହେଲେ ଯେବେ କରୋନା ଆସିଲା, ପିଲାମାନଙ୍କୁ ସଙ୍ଗରୋଧରେ ରହିବାକୁ ପଡ଼ିଲା, ସେତେବେଳେ ମନେହେଲା ଏ ଘରଟିର ସଦୁପଯୋଗ ହୋଇପାରିଛି। ଏ ଘରେ ପରସ୍ପର ମଧ୍ୟରେ ଦୂରତା ରକ୍ଷା କରି ରହିବାରେ କିଛି ଅସୁବିଧା ନାହିଁ। ଛ ଫୁଟ୍ କଣ, କୋଡ଼ିଏ ଫୁଟ୍ ଦୂରତା ରକ୍ଷା କରି ବି ଲୋକ ଉପର, ମଝି ଓ ତଳ ମହଲାରେ ରହିପାରିବେ।

ସାନ ଝିଅ ଥରେ ସେମିତି ପଚାରିଦେଲା, "ତମେ କଣ ଇଚ୍ଛା କରୁଛ, ଆମେ ସବୁବେଳେ ଏମିତି ତମ ପାଖରେ ରହୁଁ।" ଏ ପ୍ରଶ୍ନର ସଠିକ୍ ଉତ୍ତର ବିଶାଖାଙ୍କ ପାଖରେ ନଥିଲା। ପିଲାମାନେ ବଡ଼ ହେଲେ ନିଜନିଜର ସଂସାର ଗଢିବେ, ନିଜନିଜର ଘର କରିବେ। ସବୁବେଳେ କଣ ବାପା, ମା'ଙ୍କ ପାଖରେ ରହିବେ ? ସେଇଟା କଣ ବାପା, ମା' ହୋଇ ସେମାନେ ଚାହିଁ ପାରିବେ ? ତଥାପି ମା' ମନ ତ। ଇଚ୍ଛା ରହୁଥିଲା ପିଲାଙ୍କୁ ପାଖରେ ଦେଖିବା ପାଇଁ, ସେମାନଙ୍କ ସହିତ ହସଖୁସିରେ ସମୟ ବିତେଇବା ପାଇଁ, ସେମାନଙ୍କ ପାଇଁ ଭଲଭଲ ରାନ୍ଧି ଖୁଆଇବା ପାଇଁ। ମନପସନ୍ଦ ଖାଦ୍ୟ ଖାଉଥିବା ସମୟରେ ଯେଉଁ ପରିତୃପ୍ତିର ଛିଟା ପିଲାମାନଙ୍କ ମୁହଁରେ ପ୍ରତିଫଳିତ ହୁଏ, ତାକୁ ଦେଖି ଯେଉଁ ଖୁସି ମିଳେ, ତାହା ସବୁ ମା' ମାନେ ନିଶ୍ଚୟ ଅନୁଭବ କରିଥିବେ।

ବେଳେବେଳେ ଯୁକ୍ତିତର୍କ ବି ହୁଏ। ଅଭ୍ୟାସ ଅନୁଯାୟୀ, ବିଶାଖା ଓ ସଦାନନ୍ଦ ବେଳେବେଳେ ଭୁଲିଯାନ୍ତି ଯେ ପିଲାମାନେ ପ୍ରାପ୍ତବୟସ୍କ ହୋଇଗଲେଣି। ଟିକେ କିଛି ଭୁଲ୍ ଦେଖିଲେ ରୋକି ଦିଅନ୍ତି। "ଏମିତିକା ଟିଭି ସିରିୟଲ୍ ଦେଖୁଛୁ କଣ ? ବେକାରିଆ କଥା। ଖାଲି ଲଙ୍ଗଳାମୁକୁଳା ହେଇ ସେ ଝିଅଗୁଡ଼ା ବୁଲୁଛନ୍ତି।"

ଝିଅ କହେ, "ତମେ କୋଉ ଦେଶରେ ରହୁଚ, ଜାଣି ପାରୁଛ ତ ମାମା ? ଇଏ ହେଲା ଆମେରିକା। ହଁ, ଏ ଦେଶ କଥା ଛାଡ଼, ତମେ ଆଜିକାଲିର ବଲିଉଡ୍ ମୁଭି ଦେଖୁଚ ପରା। ସେଠି କଣ ଲଙ୍ଗଳାମୁକୁଳା ହୋଉନାହାନ୍ତି ?"

ବିଶାଖା ଚୁପ୍ ପଡ଼ିଯାଆନ୍ତି।

ବେଳେବେଳେ ସ୍ନେହର ବିଶେଷ ମୁହୂର୍ତ୍ତ ବି ଆସେ। ଯେମିତି ମଦର୍ସ୍ ଡ଼େ, ଫାଦର୍ସ୍ ଡ଼େ, ସେମାନଙ୍କର ବିବାହ ବାର୍ଷିକୀ, ଟୁନିର ଜନ୍ମଦିନ, ମୁନିର ଜନ୍ମଦିନ। ସେତେବେଳେ ବଡ଼ ଝିଅ ବନି ମଧ୍ୟ ତା' ସ୍ୱାମୀ ସହିତ ଆସି ଯୋଗ ଦିଏ। ଏମିତି ଦେଖୁଦେଖୁ ମାସମାସ ବିତିଗଲା ସେ ଘରେ। ଯେମିତି ପୂର୍ଣ୍ଣତା ଛାଇଯାଉଥିଲା। ବୈକୁଣ୍ଠ ସମାନ ଆହା ଅଟେ ସେହି ଘର; ପରସ୍ପର ସ୍ନେହ ଯହିଁ ଥାଏ ନିରନ୍ତର। ସେ ସମୟରେ ସଦାନନ୍ଦ ଓ ବିଶାଖାଙ୍କର ଘରଟି ବୈକୁଣ୍ଠ ପାଲଟି ଯାଇଥିଲା।

ନୂଆବର୍ଷ ଆସିଲା । ଯୁକ୍ତରାଷ୍ଟ୍ର ଆମେରିକାରେ ରାଜନୈତିକ ପରିବର୍ତ୍ତନ ବି ଆସିଲା । ପ୍ରେସିଡ଼େଣ୍ଟ୍ ବାଇଡ଼େନ୍‌ଙ୍କର ପଣ । ଏ କରୋନାକୁ ସାବାଡ଼୍ କରିବାକୁ ପଡ଼ିବ । ସ୍କୁଲ, କଲେଜ୍ ଖୋଲିବାକୁ ପଡ଼ିବ । ଦୋକାନ, ବଜାର, ଭୋଜନାଳୟ, ଚର୍ଚ୍ଚ ସବୁକୁ ପୁଣି ସେମିତି ଜୀବନ୍ତ କରିବାକୁ ପଡ଼ିବ । ତାଙ୍କ ପଣ ସାଙ୍ଗକୁ ଟୀକା ପ୍ରସ୍ତୁତ କରୁଥିବା କଂପାନୀ ମାନଙ୍କ ପାଖରୁ ଶୁଭ ଖବର ବି ପହଞ୍ଚିଲା । ସେମାନଙ୍କ ଦ୍ୱାରା ପ୍ରସ୍ତୁତ ଟୀକା କରୋନା ଭୂତାଣୁକୁ ରୋକିବାରେ ସକ୍ଷମ ଅଟେ । ଚାଲିଲା ଟୀକା କରଣର ପର୍ବ । ମନିର ସ୍କୁଲ୍‌ରୁ ଖବର ଆସିଲା, ସେମାନେ ଏବେ ସ୍କୁଲ୍ ଖୋଲିବାକୁ ନିଷ୍ପତ୍ତି ନେଇଛନ୍ତି । ସେଥିପାଇଁ ସବୁ ଶିକ୍ଷକ, ଶିକ୍ଷୟିତ୍ରୀ ମାନଙ୍କୁ ଟୀକା ନେବାପାଇଁ ଆପଏଣ୍ଟ୍‌ମେଣ୍ଟ୍ ନେବାକୁ ପଡ଼ିବ । ତା' ସ୍କୁଲ୍ ତରଫରୁ ତାକୁ ଗୋଟିଏ ଆପଏଣ୍ଟ୍‌ମେଣ୍ଟ୍ ସମୟ ନିର୍ଦ୍ଧାରଣ କରିବାକୁ ଚିଠି ଆସିଲା । ସେଥିରେ ସିଏ ଜାନୁୟାରୀ କୋଡ଼ିଏ ତାରିଖକୁ ଆପଏଣ୍ଟ୍‌ମେଣ୍ଟ୍ ରଖିଲା । ଏବେ ତାକୁ ଘର ଛାଡ଼ିବାକୁ ପଡ଼ିବ । ଟୁନି ବି ଜିଦ୍ ଧରିଲା, ଯଦି ମୁନି ଘରେ ନରହେ, ସିଏ ବି ନିୟୁର୍କ ଫେରିଯିବ ।

"ତୁ କାହିଁକି ଫେରିଯିବୁ ? ତୋର ତ ଜୁନ୍ ୨୦୨୧ ପର୍ଯ୍ୟନ୍ତ ଘରୁ ରହି କାମ କରିବାକୁ ଅନୁମତି ଅଛି ନା !" - ସଦାନନ୍ଦ ପଚାରିଲେ ।

"ମତେ ଏକା ଭଲ ଲାଗିବନି ।" - ଟୁନି କହିଲା ।

"ତତେ ନିଜ ଘରେ ଭଲ ଲାଗିବନି । ଆଉ ତୋ ଆପାର୍ଟମେଣ୍ଟ୍‌ରେ ସେ ରୁମ୍‌ମେଟ୍ ସହିତ ଏକାଏକା କଟେଇବାକୁ ଭଲ ଲାଗିବ ?"

ମୁନି ଜାନୁୟାରୀ ୧୯ ତାରିଖରେ ଫେରିଯିବା ପାଇଁ ପ୍ରସ୍ତୁତି କରୁଥିଲା । ପ୍ରାୟ ତିରିଶି ରକମର ଖେଳ ସିଏ ସଂଗ୍ରହ କରିଥିଲା । ଅନେକ ତାକୁ କ୍ରିଷ୍ଟ୍‌ମାସ୍ ପାଇଁ ଉପହାର ଭାବେ ମିଳିଥିଲା । ସେ ଖେଳ ସବୁ ଦୁଇ ଭଉଣୀ ଫ୍ୟାମିଲି ରୁମ୍‌ରେ ଗଦା କରି ରଖିଥିଲେ । ବିଶାଖା କହିଲେ, "ଏ ଖେଳ ସରଞ୍ଜାମ ସବୁ ନେଇଯିବୁ । ଏଠି ରହି କଣ ହେବ ?"

"ଏସବୁ ନେଇ ମୁଁ କୋଉଠି ରଖିବି । ମୋ ଆପାର୍ଟମେଣ୍ଟ୍‌ରେ ତ ଏତେ ଜାଗା ନାହିଁ ।"

ମୁନିର ଉତ୍ତରରେ ରାଗିଲେ ବିଶାଖା । "ତାହେଲେ ଏତେ ଖେଳ ସବୁ କିଣୁଥିଲୁ କାହିଁକି ? ଏବେ ଏଠି ସେମିତି ପଡ଼ି ରହିବ ।"

"ତମେ ତ ଏତେ ବଡ଼ ଘର ରଖିଚ, କୋଉଠି ରଖିଦେବ । ଆମେ ଯେବେ ପୁଣି ଘରକୁ ଆସିବୁ, ବ୍ୟବହାର କରିବୁ ।"

"ଏ ଘରକୁ ତ ବିକିଦେବାକୁ କହୁଚ। ପୁଣି ହଜାର ଜିନିଷ କିଣୁଛ। ଏ ଘର ବିକିଲେ, ସେସବୁ ଜିନିଷ ରହିବ କେଉଁଠି ?" - ସଦାନନ୍ଦ ପଚାରିଲେ।

ଝିଅ ମାନଙ୍କ ପାଖରେ ଉତ୍ତର ନଥିଲା। ତେବେ ମୁନିର ଜାନୁୟାରୀ ୨୦ ତାରିଖର ଆପଏଣ୍ଟମେଣ୍ଟ କ୍ୟାନ୍‌ସଲ୍ ହୋଇଗଲା। ସେମାନଙ୍କର ଟୀକା ସରିଯାଇଥିଲା। ଏବେ ତାର ଦ୍ୱିତୀୟ ଥର ପାଇଁ ଆପଏଣ୍ଟମେଣ୍ଟ ରଖିଲା ଜାନୁୟାରୀ ୨୮ ତାରିଖ ପାଇଁ। ସିଏ ୨୭ ତାରିଖରେ ଫେରିଗଲା। କିନ୍ତୁ କଣ ଭାବିକି କେଜାଣି ଟୁନି ଘରେ ରହିଲା।

ଫେବୃୟାରୀ ୧୪ ତାରିଖ। ରବିବାର, ଭାଲେଣ୍ଟାଇନ୍‌ସ୍ ଡ଼େ। ଟୁନି ତାର ସମସ୍ତ ସାଙ୍ଗସାଥୀଙ୍କୁ ଡାକି ଭାଲେଣ୍ଟାଇନ୍‌ସ୍ ଡ଼େର ଶୁଭେଚ୍ଛା ଜଣାଉଥିଲା। ରାତିବେଳକୁ ହଠାତ୍ କହିଲା, "ମୁଁ କାଲି ନିୟୁର୍କ ଫେରିଯିବି।"

"କଣ ବାପରାଣ ଡିଙ୍କି ଗିଳି ଭଳି କଥା କହୁଚୁ। ହଠାତ୍ ଏମିତି ଚିନ୍ତା କାହିଁକି ତୋ ମୁଣ୍ଡକୁ ଆସିଲା ?" - ବିଶାଖା ପଚାରିଲେ।

"ମୋ ରୁମ୍‌ମେଟ୍ କାଲି ଆମ ଆପାର୍ଟମେଣ୍ଟକୁ ଫେରିଯିବାକୁ ଚାହୁଁଚି। ସିଏ ବି ମତେ ତା' ସହିତ ନେଇଯିବ। ମତେ କିଏ ଯଦି ବେଲ୍ ଏୟାର୍ ପାଖରେ ଛାଡ଼ିଦେବ, ତାହେଲେ ସିଏ ମତେ ସେଠାରୁ ପିକ୍‌ଅପ୍ କରି ନେଇଯିବ।"

ଟୁନିର ଜିଦ୍ ଅଟଳ। ସିଏ ଯେଉଁ କଥାଟି ମନରେ ଭାବିଥିବ, କରିକି ହିଁ ରହିବ। ଶେଷରେ ସଦାନନ୍ଦ ରାଜିହେଲେ ତାକୁ ନେଇ ବେଲ୍ ଏୟାର୍‌ରେ ଛାଡ଼ିବେ।

ବିଶାଖା ପଚାରିଲେ, "ଆଉ ତୋ ଡ଼େସ୍କ, ତୋ ଲାପ୍‌ଟପ୍ ଷ୍ଟାଣ୍ଡ, ତୋ କଫି ମେକର୍ ଏସବୁ ନେଇକି ଯିବୁ ନା ନାହିଁ।"

"ମୋ ଆପାର୍ଟମେଣ୍ଟରେ ସେସବୁ ଅଛି।" - ଟୁନି କହିଲା।

"ତେବେ ଆମେ ଏସବୁ କଣ କରିବୁ? କୋଉଠି ରଖିବୁ?"

"ରଖିବାକୁ କଣ ଜାଗା ନାହିଁ? ଏତେ ବଡ଼ ଘର ପଡ଼ିଛି। ସେସବୁ ଯେଉଁଠି ଅଛି, ସେଇଠି ଥାଉ। ଏବେ ତ ଘରକୁ କେଉଁ ଅତିଥିଙ୍କର ଯିବାଆସିବା ହେବନି। ଯାହା ଯେଉଁଠି ଅଛି, ସେମିତି ପଡ଼ିଥାଉ।" - ଟୁନି ଏମିତି ଜବାବ ଦେଇଦେଲା। ତାପରେ ଫେବୃୟାରୀ ୧୫ ତାରିଖ ଦିନ ସିଏ ତା' ନିୟୁର୍କ ଆପାର୍ଟମେଣ୍ଟକୁ ଫେରିଗଲା।

ଏବେ ଘର ପୁଣିଥରେ ଶୂନ୍ୟ।

ସଦାନନ୍ଦ ଓ ବିଶାଖା ଯଦିଓ ସପ୍ତାହର ସାତଦିନ କାଳ ଘରେ ହିଁ ରହୁଛନ୍ତି ଓ ଘରଟି ସେମାନଙ୍କର ଉପସ୍ଥିତିରେ ନିଜକୁ ଧନ୍ୟ ମନେ କରୁଛି, ତେବେ "ଘରକୁ ସୁନ୍ଦର ଦିଶେ ବାଳକ (ବାଳିକା) ଥିଲେ"। ପିଲାମାନଙ୍କ ଅନୁପସ୍ଥିତିରେ ବେଳେବେଳେ ଜୀବନ ଶୂନ୍ୟ ଲାଗୁଛି।

ମାର୍ଚ୍ଚ ୧୪ ତାରିଖ, ରବିବାର। ବାହାରେ ପୂରା ଖରାଦିନ ଭଳି ଖରା ପଡ଼ିଛି। ତାପମାତ୍ରା ବି ୭୦ ଡିଗ୍ରୀ ଫାରେନ୍‌ହାଇଟ୍। ସେଦିନ ଡ଼େ ଲାଇଟ୍ ସେଭିଙ୍ଗ୍ ସମୟ। ସଦାନନ୍ଦ ଯେଉଁ ସମୟରେ ପ୍ରତିଦିନ ଉଠନ୍ତି, ସେ ସମୟରେ ଉଠି ଯାଇଥିଲେ। ବିଶାଖା ଉଠିବା ମାତ୍ରେ ଜଣେଇଲେ, "ଜାଣିଚ, ଟୁନି ଟେକ୍‌ସ୍‌ଟ୍ ପଠେଇଛି, ତା ସ୍ପ୍ରିଙ୍ଗ୍ ବ୍ରେକ୍ ଆରମ୍ଭ ହୋଇଗଲାଣି। ସିଏ ମାର୍ଚ୍ଚ ୧୭ ତାରିଖରେ ଘରକୁ ଆସିବ, ସପ୍ତାହଟିଏ ରହିବ।"

କେଜାଣି କେଉଁଠୁ ପୁଣି ପ୍ରେରଣା ଜାଗ୍ରତ ହେଲା। ବିଶାଖା ଓ ସଦାନନ୍ଦ ଉଭୟ ଯେମିତି ହଠାତ୍ ଶକ୍ତିଶାଳୀ ହୋଇଉଠିଲେ। ସଦାନନ୍ଦ କହିଲେ, "ମୁଁ ଆଜି ଗ୍ରୋସୋରି ଦୋକାନ ଯିବି, ଟୁନି ପାଇଁ ବ୍ରକୋଲି ଧରି ଆସିବି। ତୁ ତା' ରୁମ୍ ଟିକେ ସଫା କରିଦେ। ନହେଲେ ସିଏ ଆସିଲେ ପାଟିତୁଣ୍ଡ କରିବ।"

■

ଶଙ୍କିତ ସକାଳ

ସେତେବେଳକୁ ସକାଳ ଆଠଟା ହେବ କି କଣ ? ଛନ୍ଦାର ନିଦ ଛାଡ଼ିନଥାଏ। ସିଏ ତଥାପି ବିଛଣାରେ ଶୋଇ ରହିଥାଏ। ଜୋର୍‌ରେ ତାକୁ ଡାକିଲେ ଆକାଶ। "ଟିକେ ଜଲ୍‌ଦି ଉଠି ୯୧୧ ଡାକିଲୁ। ମତେ କିଛି ଭଲଲାଗୁନି। ହୁଏତ ଷ୍ଟ୍ରୋକ୍ ହେଇପାରେ କି କଣ।" "ଷ୍ଟ୍ରୋକ୍" ଶବ୍ଦଟା ଯେମିତି କାନରେ ପଡ଼ିଲା, ଅଧା ସୁପ୍ତ, ଅଧା ଜାଗ୍ରତ ଅବସ୍ଥାରେ ଉଠିଲା ଛନ୍ଦା। ତା' ଦେହ ବି ଥରୁଥାଏ। ଏବେ କଣ କରିବା ଉଚିତ୍। ସିଏ ସିଧା ୯୧୧ ନମ୍ବର୍ ଲଗେଇଲା। ଏଇ ସମୟରେ ଆକାଶ ଗାଧୁଆଘରର ଚଟାଣରେ ତଳେ ପଡ଼ିଗଲେ। ଛନ୍ଦାର ମୁଣ୍ଡ ଆହୁରି ବିଗିଡ଼ିଗଲା। ଛନ୍ଦା ଏପଟେ ୯୧୧ ଷ୍ଟାଫ୍‌ଙ୍କ ସହିତ କଥା ହେଉଥାଏ ଓ ତା' ସହିତ ଆକାଶଙ୍କୁ ଜାଗ୍ରତ ରଖିବାକୁ ଚେଷ୍ଟିତ ଥାଏ। ସେତିକି ହିଁ ସିଏ ଜାଣିଥିଲା। ସେପଟୁ ୯୧୧ ଷ୍ଟାଫ୍ ଦୁନିଆ ପ୍ରଶ୍ନ ପଚାରୁଥାଆନ୍ତି।

"ତୁମ ସ୍ୱାମୀ ଏବେ କଣ କରୁଛନ୍ତି।"

"ସିଏ ଗାଧୁଆଘର ଚଟାଣରେ ତଳେ ପଡ଼ିଗଲେ। ସିଏ ସିଧା ଠିଆ ହୋଇ ପାରୁନାହାନ୍ତି।"

"ତାଙ୍କ ମୁହଁକୁ ଛୁଇଁ କୁହ, ସିଏ ସବୁ ଅନୁଭବ କରୁଛନ୍ତି କି ନାହିଁ।"

"ହଁ, ଅନୁଭବ କରୁଛନ୍ତି।"

"ସିଏ ସବୁ କଥା ବୁଝୁଛନ୍ତି, ଚାହିଁ ରହିଛନ୍ତି କି ନାହିଁ ?"

"ହଁ ସେସବୁ ଠିକ୍ ଅଛି।"

"ଏସବୁ କେତେବେଳେ ଆରମ୍ଭ ହେଲା।"

"ଏଇ ସକାଳେ। ଦଶ ମିନିଟ୍ ତଳେ।"

"ତାଙ୍କ ଦେହରେ ଉତ୍ତାପ ଅଛି କି ?"

"ନା।"

"ସିଏ ଟିକା ନେଇଛନ୍ତି ?"

"ହଁ।"

"କୋଭିଡ୍-୧୯ ଭୂତାଣୁ ଜନିତ କିଛି ଲକ୍ଷଣ ଅଛି କି ?"

"ନା।"

ଛନ୍ଦା ସେତେବେଳକୁ ବ୍ୟସ୍ତ ହୋଇଗଲାଣି। ଏମାନେ ଏବେ ଶୀଘ୍ର ଆସି ପହଞ୍ଚିବା କଥା। ତା' ପରିବର୍ତ୍ତେ ହଜାର ପ୍ରଶ୍ନ ପଚାରୁଛନ୍ତି। ଏ ସମୟ ଭିତରେ ଯଦି କିଛି ଘଟିଗଲା ?"

ଏମିତି କିଛି ପ୍ରଶ୍ନ ପଚାରି ସେମାନେ ଘରର ଠିକଣା ନେଲେ ଓ ଦଶ ମିନିଟ୍ ଭିତରେ ପହଞ୍ଚିବେ ବୋଲି କହିଲେ। ସେଥିପାଇଁ ଆକାଶଙ୍କର ସମସ୍ତ ଔଷଧପତ୍ର ପ୍ରସ୍ତୁତ କରି ରଖିବାକୁ କହିଲେ।

ସେଇ ଦଶ ମିନିଟ୍ ଭିତରେ ଛନ୍ଦା ଦାନ୍ତ ଘଷି ପକେଇଲା ଓ ଜାମାପଟା ବଦଳେଇଦେଲା। କିଛି ମୁଖା ଓ ହ୍ୟାଣ୍ଡ୍ ସାନିଟାଇଜର୍ ଗୋଟିଏ ଛୋଟ ବ୍ୟାଗ୍‌ରେ ଆକାଶଙ୍କ ପାଇଁ ରଖିଦେଲା। ସିଏ ଯେଉଁ ସବୁ ଔଷଧ ଖାଉଥିଲେ, ସେସବୁ ମଧ୍ୟ ରଖିଦେଲା। ଆକାଶ ଉଠିକରି ଉପର ମହଲାରୁ ତଳ ମହଲାକୁ ଆସିଲେ ଓ ସୋଫା ଉପରେ ବସିଲେ। ଦଶ ମିନିଟ୍ ଭିତରେ ଆମ୍ବୁଲାନ୍‌ସ୍ ଆସି ଛନ୍ଦାର ଘର ସାମନାରେ ପହଞ୍ଚିଗଲା। ସେଥିରୁ ଦୁଇଜଣ କର୍ମୀ, ଜଣେ ସ୍ତ୍ରୀ ଲୋକ ଓ ଜଣେ ପୁରୁଷ ଲୋକ ଇ.କେ.ଜି ଯନ୍ତ୍ର ଓ ଅନ୍ୟାନ୍ୟ ଯନ୍ତ୍ର ଧରି ଘର ଭିତରକୁ ଆସିଲେ। ସେମାନେ ପ୍ରଥମେ ଆକାଶଙ୍କର ରକ୍ତଚାପ ମାପିଲେ। ତାଙ୍କ ଶରୀରର ଉତ୍ତାପ ମାପିଲେ। ତାପରେ ଇ.କେ.ଜି ଯନ୍ତ୍ର ସାହାଯ୍ୟରେ ହୃତ୍‌ପିଣ୍ଡର ସ୍ଥିତି ସମସ୍ତ ମାପି ଦେଖିଲେ। ସ୍ତ୍ରୀ ଲୋକ ଜଣକ କହିଲେ, "ସେମିତି କିଛି ଅସୁବିଧା ଥିବାର ଜଣା ପଡୁନି। ତେବେ ଇ.କେ.ଜିରେ ସାମାନ୍ୟ ଏପଟସେପଟ ଦେଖାଉଛି, ଯେଉଁଟାକୁ ଚେକ୍ କରିଦେବା ଉଚିତ୍। ଏହି ସମୟରେ ଆକାଶ କହିଲେ, "ମତେ ଏବେ ଟିକେ ଭଲ ଲାଗୁଛି। ହୁଏତ ହସ୍‌ପିଟାଲ୍ ଯିବାର ଆବଶ୍ୟକତା ନାହିଁ।"

ସେ ନର୍ସ ଜଣକ କିନ୍ତୁ ସମ୍ମତି ଦେଲେନାହିଁ। "ନା, ଆପଣଙ୍କୁ ଆମେ ଏମର୍‌ଜେନ୍‌ସୀକୁ ନେବୁ। ଡାକ୍ତର ପରୀକ୍ଷା କରିଦିଅନ୍ତୁ। ତାପରେ ସିଏ ଯାହା କହିବେ।" ଏମିତି କହି ସେମାନେ ଆକାଶଙ୍କୁ ଷ୍ଟ୍ରେଚର୍ ଆଣି ସେଥିରେ ଶୁଆଇ ଆମ୍ବୁଲାନ୍‌ସ୍ ଭିତରେ ଭର୍ତ୍ତି କଲେ। ତାଙ୍କ ସହିତ ରହିବାକୁ ବି ଛନ୍ଦାକୁ ଅନୁମତି ଦେଲେନି।"

ସେତେବେଳକୁ ଆକାଶ ସାଧାରଣ ଲୋକଙ୍କ ଭଳି କଥାବାର୍ତ୍ତା କରୁଥିଲେ।

ଛନ୍ଦାକୁ ଗାଡ଼ି ଧରି ଅଲଗା ଆସିବାକୁ କହି ସେମାନେ ଆମ୍ବୁଲାନ୍ସ୍‌ରେ ଗଲେ। ଛନ୍ଦା ନିଜ ପର୍ସ ଧରି, ମୁଖା ଓ ହ୍ୟାଣ୍ଡ ସାନିଟାଇଜର୍ ପ୍ୟାକ୍ କରି, ହାର୍ୱାର୍ଡ଼ କାଉଣ୍ଟି ଜେନେରାଲ୍ ହସ୍‌ପିଟାଲ୍ ଅଭିମୁଖେ ଘର ଛାଡ଼ିଲା। ଛନ୍ଦା ସେଠି ପହଞ୍ଚି ବାହାରେ କିଛି ସମୟ ଅପେକ୍ଷା କଲା। ଆକାଶ ଟେକ୍‌ସ୍ଟ୍ କରି ଜଣେଇଲେ ଯେ, ତାଙ୍କୁ ରୁମ୍ ମିଳିଗଲା ପରେ ସିଏ ପୁଣି ଟେକ୍‌ସ୍ଟ୍ କରି ଜଣେଇବେ। ସେତେବେଳେ ଛନ୍ଦା ଭିତରକୁ ଯାଇପାରିବ। ପ୍ରାୟ କୋଡ଼ିଏ ମିନିଟ୍ ଅପେକ୍ଷା କରିବା ପରେ ଆକାଶ ଟେକ୍‌ସ୍ଟ୍ କରି ଜଣେଇଲେ ଯେ ସିଏ ଏବେ ରୁମ୍ ନମ୍ବର୍ ୭ରେ ଅଛନ୍ତି। ଇନ୍‌ଫରମେସନ୍ କାଉଣ୍ଟର୍‌ରେ ନିଜର ପରିଚୟ ପତ୍ର ଚେକ୍ କରେଇ ଛନ୍ଦା ଭିତରେ ପଶିଲା। ସେଠି ରୁମ୍ ନମ୍ବର୍ ୭ରେ ସେତେବେଳକୁ ଆକାଶ ମୁହଁ ଉପରକୁ କରି ଶୋଇଥାନ୍ତି। ତାଙ୍କ ଦେହରେ ସାଲାଇନ୍ ଲାଗିଥାଏ। ସିଏ ଠିକ୍ ଦିଶୁଥାନ୍ତି। ତଥାପି ଛନ୍ଦା ମନରେ ଭୟ ଥାଏ।

ଏ ଭିତରେ ତାଙ୍କୁ ଚେକ୍ କରିବାକୁ ଜଣେ ନର୍ସ ଆସିଲା। ସିଏ ରକ୍ତଚାପ ଆଉଥରେ ମାପିଲା ଓ କହିଗଲା ଯେ ଏବେ ସେମାନେ ତାଙ୍କୁ ଅବ୍‌ଜରଭେସନ୍‌ରେ ରଖିବେ। ତାପରେ ଏମ୍.ଆର୍.ଆଇ. କରିବେ। ଏମ୍.ଆର୍.ଆଇ. ଫଳାଫଳ ଆସିବା ପର୍ଯ୍ୟନ୍ତ ଅପେକ୍ଷା କରିବେ। ତାପରେ ସ୍ଥିର କରିବେ ପରବର୍ତ୍ତୀ ସ୍ଥିତି।

"ସେସବୁ କେତେ ସମୟ ଲାଗିବ?"

"ଏବେ ଦୁଇଘଣ୍ଟା ତ ଅବ୍‌ଜରଭେସନ୍‌ରେ ରହିବେ। ଆଉ ସମୁଦାୟ ଯାଞ୍ଚ ସରୁସରୁ ହୁଏତ ଚାରିଘଣ୍ଟା ଲାଗିବ।"

ଆକାଶ ଛନ୍ଦାକୁ କହିଲେ, "ତୁ ତେବେ ଘରକୁ ଚାଲିଯା। ଏଠି ତ କିଛି କରିବାର ନାହିଁ କେବଳ ଅପେକ୍ଷା ଛଡ଼ା। ଏଠି ରହି ଲାଭ କଣ? ମତେ ଏବେ ଭଲ ଲାଗୁଛି। ମତେ ଲାଗୁଛି ହୁଏତ ସେ ବ୍ଲଡ଼୍‌ପ୍ରେସର୍ ମେଡ଼ିସିନ୍‌ଟା ରିଆକ୍ଟ୍ କଲା।"

ଛନ୍ଦା ଘରକୁ ଫେରିଲା। ଆକାଶ ସକାଳୁ ଗାଧୋଇନଥିଲେ। ତେଣୁ ଠାକୁର ପୂଜା ହୋଇନଥିଲା। ଛନ୍ଦା ଗାଧୋଇ ସାରି ଠାକୁର ପୂଜା କରିବାବେଳେ ଅନେକ କାନ୍ଦିଲା। ଠାକୁରଙ୍କୁ ଆକାଶଙ୍କର ମଙ୍ଗଳ ମନାସି ପ୍ରାର୍ଥନା କଲା। ଏଇ କିଛିଦିନ ହେଲା ଆକାଶ ଅନେକ ମାନସିକ ଚାପ ଭିତରେ ରହୁଥିଲେ। ପାରିବାରିକ କି ନିଜ ବ୍ୟବସାୟିକ କାମର ଚାପ ନୁହେଁ। ଗୋଟିଏ ମନ୍ଦିର ଗଢିବାର ଖିଆଲ ମୁଣ୍ଡରେ ପଶିଛି ଯେ, ସେଇଆକୁ ନେଇ ଯେତେ ଚିନ୍ତା, ଯେତେ ମାନସିକ ଚାପ, ଯାହାକୁ କି ଏଡ଼ାଯାଇପାରନ୍ତା। ହେଲେ, ମଣିଷ ସମସ୍ତେ ନିଜନିଜର ପ୍ରକୃତି ନେଇ ଜନ୍ମ ହୋଇଛନ୍ତି। ସେଇ ପ୍ରକୃତି ଅନୁଯାୟୀ ସେମାନେ କାମ କରନ୍ତି। କେତେକ ପ୍ରକୃତି ଅନୁକୂଳ ପରିସ୍ଥିତି ସୃଷ୍ଟି କରେ ତ ଆଉ କେତେକ ପ୍ରକୃତି ପ୍ରତିକୂଳ ପରିସ୍ଥିତି ସୃଷ୍ଟି

କରେ। ପ୍ରତିକୂଳ ପରିସ୍ଥିତିରେ ନିଜର ସଂଯମ ରକ୍ଷା କରିବା ଓ ଧୈର୍ଯ୍ୟ ରକ୍ଷା କରିବା ନିହାତି ଆବଶ୍ୟକ। ତାପରେ କର୍ମମୟ ଜୀବନରେ, ପାଞ୍ଚଦିନର ବ୍ୟବସାୟିକ କାମ ପରେ ଯେଉଁ ଦୁଇଦିନ ଛୁଟି ମିଳେ, ସେସବୁ ନିଜକୁ ବିଶ୍ରାମ ଦେବାକୁ। ହେଲେ ସେ ବିଶ୍ରାମ ସମୟକୁ ଅସମ୍ମାନ କରି ମଣିଷ ଯଦି ସେ ସମୟରେ ନିଜ ସଉକ ଜିନିଷ ଉପରେ ଏତେଟା ମଜ୍ଜିଯାଏ, ତେବେ ଜୀବନରେ ଆଉ ବିଶ୍ରାମ ରହିଲା କେଉଁଠି? ସବୁର ସୀମା ଅଛି। ଶରୀର ଓ ମନ ଯଦି ନିଜ ସହିବାର ସୀମା ଅତିକ୍ରମ କରିଯାଆନ୍ତି, ତେବେ ଫଳାଫଳ ଯାହା ହେବ, ତାହା ସହଜରେ ଅନୁମେୟ। ନିଜ ସ୍ୱାମୀର ସେଇ ଦୋଷଟି କେମିତି ସଂଶୋଧନ କରାଯାଇପାରିବ, ଛନ୍ଦା ମୁଣ୍ଡରେ ସେସବୁ ପଶେନି। ଅବଶ୍ୟ ଅନେକ ସେସବୁକୁ ଦୋଷ ରୂପେ ନଦେଖି ଗୁଣ ରୂପେ ଦେଖନ୍ତି। ଛନ୍ଦା ସେ ବିଷୟରେ କିଛି କହିଲେ, ସିଏ ଛନ୍ଦା ଉପରେ ରାଗିଯାଆନ୍ତି। "କଣ ମୁଁ ଛୋଟ ପିଲା ହେଇଛି, ତୁ ମତେ ଶିଖେଇବୁ। ମୁଁ କଣ କରିବି, କଣ ନ କରିବି, ସେସବୁ ବିଷୟରେ ନିଜେ ନିର୍ଣ୍ଣୟ କରିବାର ଜ୍ଞାନ ଓ ଶକ୍ତି ମୋର ଅଛି। ମତେ ଆଉ ଉପଦେଶ ଦେଏନି।" ବେଳେବେଳେ ସାଙ୍ଗସାଥୀ ମାନେ କହନ୍ତି, "ଆକାଶ ବାବୁ ଏ ବୟସରେ ଏମିତି ଖଟୁଛନ୍ତି କାହିଁକି? ଖରାରେ ବି ଯାଇ ସେ ଗଛ କାଟୁଛନ୍ତି। ମାଟି ହାଣୁଛନ୍ତି। ତମେ ତାଙ୍କୁ ଅଟକାଅ।" ସେ ସମୟରେ ଭାରି କାନ୍ଦ ମାଡ଼େ ଛନ୍ଦାକୁ। ସିଏ ଉତ୍ତର ଦିଏ, "ସେଇ ଜଗନ୍ନାଥ ହିଁ ଜଣେ, ଯିଏ ତାଙ୍କୁ ଠିକ୍ ବୁଦ୍ଧି ଦେବେ। ମୁଁ ତ ସାମାନ୍ୟ ମଣିଷ। ମୋ କଥାକୁ ସିଏ କଣ ମାନିବେ?"

ସେଇଟା ହିଁ ସତକଥା। କେବଳ ସେଇ ଠାକୁର ହିଁ ମଣିଷକୁ ଠିକ୍ ଗତିପଥ ଦେଖେଇପାରିବେ। ଛନ୍ଦା ଜାଣିଛି, ଏ ମନ୍ଦିର ବିଚାର ଯେତେଦିନ ମୁଣ୍ଡରେ ଥିବ, ସେ ଚିନ୍ତା, ସେ ମାନସିକ ଚାପ, ସେମିତି ରହିବେ। ଏମିତି ପରିସ୍ଥିତିରେ ଛନ୍ଦାକୁ ବି କିଛି ବୁଦ୍ଧି ଦିଶେନି। ସେଥିପାଇଁ ଠାକୁରଙ୍କୁ ଗୁହାରି ଜଣେଇ, ନିଜ ସ୍ୱାମୀଙ୍କ ମନ ଓ ଶରୀରର ସୁସ୍ଥତା ପାଇଁ ପ୍ରାର୍ଥନା କରି ସିଏ ନିଜକୁ ଚାପମୁକ୍ତ କଲା।

ଏବେତ କୋଭିଡ୍ ପାଇଁ ଘରୁ କାମ କରିବାର ଥିଲା। ସେତେବେଳକୁ ଦିନ ଦଶଟା ବାଜିଥାଏ। ସୋମବାର ଦିନ ମିଟିଙ୍ଗ୍ ସବୁ ଗୋଟାଏ ପରେ ଆରମ୍ଭ ହୁଏ। ଏଣୁ ଆଉ କିଛି ଅସୁବିଧା ହେଲାନି।

ହେଲେ ସେଇ ସମୟ ଭିତରେ ଛନ୍ଦା ମୁଣ୍ଡ ଭିତରେ ଅନେକ କିଛି ଖେଳିଗଲା। "ଯଦି ଅମକ ହୁଏ, ତେବେ, 'ଯଦି ସମକ ହୁଏ, ତେବେ?" ଏମିତି ଭାବିବା ବେଳକୁ ଦୁନିଆଟା ଅନ୍ଧାର ଦିଶିଲା। ଯଦି ସାଥୀ ନଥିବ, ତେବେ ଆଉ ଜୀବନରେ କି ସୁଖ? ଏକଥା ସତ ଯେ, ଜୀବନ ମରଣ ଉପରେ କାହାର ଆୟତ୍ତ ନାହିଁ। ଶରୀରର

ରୋଗ ଉପରେ ବି ଅନେକ ସମୟରେ ଆୟତ୍ତ ନଥାଏ। ତେବେ ଜଣେ ପ୍ରିୟ ମଣିଷର ବିଚ୍ଛେଦରେ ଜୀବନଟା ଯେ ମୂଲ୍ୟହୀନ ହୋଇଯିବ, ସେକଥା ଅକ୍ଷରେ ଅକ୍ଷରେ ସତ୍ୟ। କେମିତି କେଜାଣି ଅନେକ ଅଛନ୍ତି, ନିଜ ସ୍ୱାମୀ ମାନଙ୍କୁ ଛାଡ଼ି ଓଡ଼ିଶାରେ ତିନି ଚାରି ମାସ ଲେଖାଏଁ ରହିଯାଉଛନ୍ତି ସେମାନଙ୍କ ସ୍ୱପ୍ନର କାମ କରିବା ପାଇଁ। କିଏ ଯାଇ ଆଦିବାସୀ ମାନଙ୍କର ଉତ୍‌ଥାନ ପାଇଁ କାମ କରୁଛି ତ, କିଏ ଯାଇ ଅନାଥାଶ୍ରମ, ବସ୍ତି ପ୍ରଭୃତିରେ ଜୀବନଯାତ୍ରାର ସୁଗମତା ପାଇଁ ସ୍ୱେଚ୍ଛାସେବୀ ଭାବେ କାମ କଲାଣି। ହେଲେ ନିଜ ପ୍ରିୟ ମଣିଷ ବିଷୟ କେମିତି ଭୁଲିଯାଆନ୍ତି? ସେ ମଣିଷର ଦେହ, ଖାଇବା, ପିଇବା, ମାନସିକ ସୁଖ କେମିତି ଭୁଲିଯାଆନ୍ତି? ଆଦ୍ୟ ଜୀବନରେ ସେମିତି ବିଚ୍ଛେଦ ଦୁଃଖ ସହିଛି ଛନ୍ଦା, ସେଥିପାଇଁ ସିଏ ଅନୁଭବ କରିଛି ଏ ସବୁ କେତେ କଷ୍ଟକର। ସାଥୀଟିଏ ବିନା ଜୀବନ କେତେ ମୂଲ୍ୟହୀନ ଲାଗେ। ଯଦି ସଂପର୍କ ଗଢିଲ, ସେ ସଂପର୍କର ସମ୍ମାନ ତ ମେଣ୍ଟେଇବାକୁ ପଡ଼ିବ। ନହେଲେ ଜୀବନରେ ଏକୁଟିଆ ରହିବାର ସିଦ୍ଧାନ୍ତ ନେଇଯାଇଥାଆନ୍ତ। ଆଉ କାହା ଜୀବନରେ ଆସିବାର ଦରକାର କଣ ଥିଲା? ସେଇକଥା ହିଁ ସିଏ ସ୍ମରଣ କରେ। ଯଦି ଆଉ କାହା ଜୀବନରେ ଆସିଛ, ତା' ସହିତ ସାରାଜୀବନ ବିତାଇବାର ସଂକଳ୍ପ ନେଇଛ, ବେଦୀ ଉପରେ ଅଗ୍ନି ଦେବତାଙ୍କୁ ସାକ୍ଷୀ ରଖି ସାତଫେରି ନେଇଛ, ତେବେ ସେ ମଣିଷଟିକୁ ଆପଣାର କରି ରଖିବ, ନିଜ ପ୍ରତିଜ୍ଞା ପାଳିବ। ସାଙ୍ଗ ଜଣେଜଣେ ପ୍ରତିବାଦ କରନ୍ତି, "ମତେ ତ ବାପା ବାଧ୍ୟକରି ବାହା କରିଦେଲେ। ନହେଲେ ତ ମୋର ଜମା ବାହାଘର ପ୍ରତି ମନ ନଥିଲା। ପୁଣି ସେ ସମୟରେ ଆସି ସମସ୍ତଙ୍କୁ ଛାଡ଼ି ଏ ବିଦେଶରେ ଦିନ କଟେଇବା ଯେ କେତେ କଷ୍ଟ, ଯିଏ ଭୋଗିଛି, ସିଏ ଜାଣେ। ଆଜିକାଲି ଝିଅମାନେ ତିରିଶି ନ ପୂରିଲେ ବାହା ହେବା କଥା ଭାବୁ ନାହାନ୍ତି। ହେଲେ ମୋ ବାପା, ମୋର କଲେଜ ନ ସରୁଣୁ, ମତେ ବାହା କରେଇଦେଲେ।"

ଛନ୍ଦା ବୁଝେ। ଏମିତି ଏକ ସମୟ ଥିଲା, ଯେତେବେଳେ ଦୁରରେ ଥାଇ ପ୍ରିୟଜନଙ୍କ ସହିତ ସଂପର୍କ ରଖିବା କଠିନ ଥିଲା। ସେସବୁ ଏବେ ବଦଳିଯାଇଛି। ଗୋଟିଏ ଦୃଷ୍ଟିରୁ ସେଇଟା ଅତି ଭଲ ପରିବର୍ତ୍ତନ ଘଟିଛି।

ଆଉ ଅନେକଙ୍କ ଜୀବନରେ ଝଡ଼ଝଞ୍ଜା ଆସେ। ସଂପର୍କ ବଦଳିଯାଏ। ମଣିଷ ପରିବେଶ ଓ ପରିସ୍ଥିତିର ଆୟତ୍ତରେ ଆସିଯାଇ କେତେବେଳେ ଛୋଟବଡ଼ ଭୁଲ୍ କରିପକାଏ। ସେଇଠୁ ସଂପର୍କ ଭାଙ୍ଗିଯାଏ। ତାପରେ ଆଜିକାଲି ଯେମିତି ଡିଜିଟାଲ୍ ଯୁଗ ହେଲାଣି, ସେଠିତ ଲଗେଇଯଡେଇ ଘଟଣା ଘଟେଇବାକୁ ଅନେକ ଡିଜିଟାଲ୍

ମାଧ୍ୟମ ଅଛି, କୌଶଳ ଅଛି। କିଏ କାହାର ରାଗ ସୁଝେଇବାକୁ କେତେବେଳେ କଣ କରିପକାଉଛି ଯେ, ଆଉ ଜଣକର ଜୀବନ ସେଠି ଭାଙ୍ଗି ଚୁରମାର୍ ହୋଇଯାଉଛି।

ଘଣ୍ଟାରେ ବାରଟା ବାଜିଲାଣି। ଆକାଶ କାହିଁକି ଡାକୁନାହାନ୍ତି। କଣ ଏମ୍.ଆର୍.ଆଇ. ସରିନି ନା କଣ ? ଛନ୍ଦା ଟେକ୍‌ସ୍ଟ୍ କଲା। ଆକାଶ ଟେକ୍‌ସ୍ଟ୍ କରି ଜଣେଇଲେ, ଏମ୍.ଆର୍.ଆଇ. ସରିଯାଇଛି, ହେଲେ ତାର ଫଟୋ ସବୁ ଆସିନି। ଫଟୋ ଆସିବା ପରେ ଡାକ୍ତର ଆସି ଦେଖିବେ। ତାପରେ ସେମାନେ ଜଣେଇବେ।

"ମଲା, ଫଟୋଟା ଆସିବା ପାଇଁ ଏତେ ଡ଼େରି। ମୋର ମିଟିଙ୍ଗ୍‌ଟିଏ ଅଛି ଗୋଟାଏ ବେଳେ। ସେଠି ସବୁ କାମ ସରିଗଲେ ମତେ ଟେକ୍‌ସ୍ଟ୍ କରି ଜଣେଇବ।"

କେତେ ଭଲ ଲୋକ ସତରେ ନଥିଲେ ମ ଆକାଶ। ଏଇ ମନ୍ଦିର ଗଢିବା ନେଇ, ତାଙ୍କର ଆଚାର ବ୍ୟବହାର ମଧ୍ୟ ଅନେକଟା ବଦଳିଗଲାଣି। ବହୁତ ସମୟରେ ରୁକ୍ଷ ବ୍ୟବହାର କରୁଛନ୍ତି। ବେଳେବେଳେ ଭିକାରୀ ସାଜୁଛନ୍ତି ଯେଉଁଟାକି ଛନ୍ଦା ପାଇଁ ଅସହ୍ୟ ହୋଇପଡୁଛି। ଛନ୍ଦାର ମତରେ, "ଭଗବାନ ତ ଆମକୁ ହାତଗୋଡ଼ ଦେଇଛନ୍ତି। ମୁଣ୍ଡରେ ବୁଦ୍ଧି ବି ଦେଇଛନ୍ତି। ଆମର ଯେତିକି କ୍ଷମତା ଅଛି, ଆମେ ପରିଶ୍ରମ କରିବା, କାହା ଆଗରେ ହାତ ପତେଇବାନି। ଭଗବାନଙ୍କ ଅନୁଗ୍ରହରୁ ଆମର ଚାକିରି ଅଛି, ଆମେ ଭଲରେ ଅଛନ୍ତି। ଅନ୍ୟକୁ ଯେତିକି ସାହାଯ୍ୟ କରିବାର କ୍ଷମତା ଅଛି, କରି ପାରୁଛନ୍ତି। ଦାନ ଧର୍ମ ବି କରିପାରୁଛନ୍ତି। ଆଉ କଣ ଦରକାର ? ତେବେ ସତ କଥା ହେଲା, କେବଳ ଆମର ଆୟରେ ମନ୍ଦିର ତୋଳିବାର କ୍ଷମତା ଆମର ନାହିଁ। ଆମର ଯଦି ସେଇଭଳି ଆୟ ନାହିଁ ଆମେ ଆମ ଆୟ ବହିର୍ଭୂତ କାମରେ ମୁଣ୍ଡ ପୂରେଇବା କାହିଁକି ଓ ଭିକାରୀ ସାଜିବା କାହିଁକି ?"

ହେଲେ ଛନ୍ଦା କିଛି ବି କହିଲେ, ଆକାଶ ଏମିତି ପ୍ରଚଣ୍ଡ ରୌଦ୍ର ରୂପ ଧାରଣ କରୁଛନ୍ତି ଯେ, ଯିଏ କେହି ଭାବିବ ସତେକି ଆକାଶଟା ଖଣ୍ଡଖଣ୍ଡ ହୋଇ ତଳେ ପଡ଼ିଗଲା। ଯଦିଓ କୋଭିଡ୍ ପାଇଁ ବି ଲୋକଙ୍କର ଅନେକ ମନସ୍ତାତ୍ତ୍ୱିକ ପରିବର୍ତ୍ତନ ଦେଖାଦେଉଛି, ତେବେ ଏ କୋଭିଡ୍ ସମୟରେ ଏମିତି ମନ୍ଦିରର ପରିକଳ୍ପନା ଆଉ ଗୋଟିଏ ଚିନ୍ତାର ବିଷୟ। କିନ୍ତୁ ଏ ଆମେରିକା ଦେଶରେ ଅନେକ ବଡ଼ବଡ଼ କଥା ତ ସେଇ ଭିକ୍ଷାକୁ ସମ୍ବଳ କରି ହୁଏ। ଏ ଦେଶରେ ସେ ମାଧ୍ୟମର ନାଁ ହେଲା "ଫଣ୍ଡରେଜିଙ୍ଗ୍"। ଅନେକ ବଡ଼ବଡ଼ ସଂସ୍ଥା ସେଇ "ଫଣ୍ଡରେଜିଙ୍ଗ୍" ମାଧ୍ୟମକୁ ପାଥେୟ କରି ରାଷ୍ଟ୍ରୀୟ, ଅନ୍ତରାଷ୍ଟ୍ରୀୟ ସ୍ତରରେ ଅନେକ କଠିନ ସମସ୍ୟାର ସମାଧାନ କରାନ୍ତି। ସେଇ ସବୁ ଉଦାହରଣ ଦେଇ ଆକାଶ ବୁଝାନ୍ତି। "ଏଇଟା ଭିକ୍ଷା ନୁହେଁ, ଏଇଟା

ସମାଜର କାମ ପାଇଁ ସମସ୍ତଙ୍କର ସହଯୋଗର ପ୍ରଚେଷ୍ଟା, ମାନେ, ସମବାୟ ପ୍ରତିଷ୍ଠାନ।''

ମନେ ପଡ଼ିଯାଉଥିଲା ସେ ସ୍ତ୍ରୀ ଲୋକଟିର କଥା। ସିଏ ଆକାଶଙ୍କ ଗାଁ ପାଖ କେଉଁ ଗାଁର। ଆକାଶଙ୍କ ଭଉଣୀର ସାନ ଯା' ମେନକାର ଦୂର ସଂପର୍କୀୟ ଭଉଣୀ। ତା' ନାଁ ସୁଷମା। ତା' ମୁଣ୍ଡରେ ତାଙ୍କ ଗାଁରେ ଗୋଟିଏ ଜଗନ୍ନାଥ ମନ୍ଦିର ଗଢିବାର ଝୁଙ୍କ ପଶିଥିଲା। ଛନ୍ଦା ଓ ଆକାଶଙ୍କର ଗାଁକୁ ଆସିବା ଖବର ପାଇ ଚାଲିଆସିଥିଲା ଟଙ୍କା ସାହାଯ୍ୟ ମାଗିବାକୁ। ତା' ପାଟିରେ ବାଟୁଳି ବାଜୁନଥିଲା। ପୂରା ପାଗଳୀଙ୍କ ଭଳି ଗପି ଯାଉଥିଲା। "ସିଏ ପରା ମତେ ରାତିରେ ବି ଶୁଆଇ ଦେଉନାହାନ୍ତି। ଖାଲି ପଚାରୁଛନ୍ତି - ମନ୍ଦିର କେବେ ପୂରା କରିବୁ? ଉଠୁ, ଯା, ମନ୍ଦିର ପାଇଁ କାମରେ ଲାଗିଯା।" ଛନ୍ଦା ପଚାରିଥିଲା, "ସିଏ କିଏ?"। ସୁଷମା କହୁଥିଲା, "ସିଏ କିଏ? ମଲା, ସିଏ ପରା ସେଇ ଜଗନ୍ନାଥ। ତମେ ଏତିକି ଜାଣିପାରୁନ?"

ସତରେ ଛନ୍ଦା ବୁଝିପାରୁନଥିଲା। ଦୁନିଆରେ ଏତେ କରିବାପଣିଆର ମଣିଷ ଥାଉଥାଉ ଜଗନ୍ନାଥ ଏ ସୁଷମାକୁ ତାଙ୍କ ମନ୍ଦିର ତୋଳେଇବାକୁ କାହିଁକି ବାଛିଲେ। ତା' ପାଖରେ ଧନ ତ ନାହିଁ, ନା ଅଛି ଚାକିରି କି ଅନ୍ୟ କିଛି ଆୟ କରିବାର କ୍ଷମତା। ଏଣେ ତା' ସ୍ୱାମୀଟି ମଦୁଆ। ଏମିତି ମାଗିଯାଚି ମନ୍ଦିର କରିବା ପାଇଁ ଭଗବାନ ତା' ମୁଣ୍ଡରେ ବସା ବାନ୍ଧିଲେ। ତାକୁ ଖାଲି ସ୍ୱପ୍ନରେ ଦେଖା ଦେଉଛନ୍ତି।

ସେଇ କଥା କଥାବାର୍ତ୍ତା ହେଉଥିବା ବେଳେ, ଯା' ଜଣେ କହିଲେ, "କିଏ ଜାଣେ ଏ ଠାକୁରଙ୍କ ଲୀଳା। ମୀରାଙ୍କୁ ତ ସମସ୍ତେ ବାୟାଣୀ କହୁଥିଲେ ନା। ହେଲେ ସେ ଠାକୁରଙ୍କର ପ୍ରମୁଖ ଭକ୍ତ ହୋଇ ବାହାରିଲେ। ହୁଏତ ଇଏ ସେମିତି ଠାକୁରଙ୍କର ଆଉ ଏକ ଲୀଳା।"

ଏବେ ଆକାଶଙ୍କୁ ଦେଖିଲେ, ସେଇ ସୁଷମା କଥା ମନେ ପଡ଼ିଯାଏ ଛନ୍ଦାର। ସତରେ କଣ ଆକାଶଙ୍କୁ ଠାକୁର ବାଉଳା କରୁଛନ୍ତି? ଯଦିଓ ଠାକୁରଙ୍କ ଇଚ୍ଛା ବିନା ଏ ସଂସାରରେ କିଛି ବି ଘଟେ ନାହିଁ, ତେବେ ଠାକୁର ଯଦି ଆକାଶଙ୍କ ମୁଣ୍ଡରେ ଏମିତି ଏକ ଝୁଙ୍କ ପୂରେଇଛନ୍ତି, ତେବେ ସେ ଝୁଙ୍କଟିକୁ ସାର୍ଥକ କରେଇବାରେ ଏତେ ବାଧାବିଘ୍ନ କାହିଁକି ଆଣୁଛନ୍ତି? ଆଉ, ଛନ୍ଦା ମୁଣ୍ଡରେ କାହିଁକି ବିପରୀତ ବୁଦ୍ଧି ପୂରେଇଛନ୍ତି?

ସେଇ କଥା ଭାବି ଛନ୍ଦା ବାରମ୍ବାର ଠାକୁରଙ୍କୁ ସ୍ମରଣ କରୁଥିଲା ଓ ଆକାଶଙ୍କର ସୁସ୍ଥତା କାମନା କରୁଥିଲା। "ହେ ପ୍ରଭୁ, ତୁମର ଯଦି ତାଙ୍କ ଦ୍ୱାରା ମନ୍ଦିର କରାଇବାର ଅଛି ତେବେ କରାଅ। ହେଲେ ଏତେ ବାଧାବିଘ୍ନ ଆଣନି। ଜୀବନକୁ ଏମିତି ହନ୍ତସନ୍ତ କରନି। ଆମେ ଜାଣିଛୁ ତମେ ଜଣେ ହଟିଆ ଠାକୁର। ସେଇ କଥା କରେଇବ,

ହେଲେ ହଟ କରି କରେଇବ। ସେଇଥିରେ ତମେ ମଜା ନିଅ। ତେବେ ତମକୁ ମୋର ଏଇ ବିନତି ପ୍ରଭୁ, ଆଉ ଦୁଃଖ ଦିଅନି। ଅନେକ କଷ୍ଟ ସହିସହି ଆଜି ଆମେ ଏମିତି ଏକ ବୟସରେ ନିଜ ପାଇଁ କିଛିଟା ସୁଖ ଅନୁଭବ କରିବାର କାମନା କରିଥିଲୁ। ଆଉ ସେ ସମୟରେ ତମେ କରୋନାକୁ ଭିଆଇଲ। ତମ ଦ୍ୱାରା ପରିଚାଳିତ ଏ ପୃଥିବୀର ଅନନ୍ୟ ସୌନ୍ଦର୍ଯ୍ୟ ସବୁ ଦର୍ଶନ କରି ଯେଉଁ ସୁଖର ଆଶା ଆମେ ରଖିଥିଲୁ, ତାହା ତ ହେଉନି, ତା' ଭିତରେ ମନ୍ଦିରଟିଏ ଗଢ଼ି ସେଠି ସାତ୍ତ୍ୱିକ ବାତାବରଣରେ କିଛିଟା ସମୟ ବିତାଇ ଯେଉଁ ଆଧାତ୍ମିକ ସୁଖ ଅନୁଭବ କରିବାକୁ ଆଶା ପୋଷଣ କରିଥିଲୁ, ସେଥିରୁ ବି ବଞ୍ଚିତ କରୁଛ। କାହିଁକି ?"

ଏ ଭିତରେ ଛନ୍ଦା ଭାତ ବସେଇଦେଲା ଓ ବାଇଗଣ ସିଝେଇଦେଲା।

ଦିନ ସାଢେ ଗୋଟାଏ ବେଳକୁ ପୁଣି ଥରେ ଆକାଶ ଜଣେଇଲେ ଯେ, ଏବେ ଡାକ୍ତର ଏମ୍.ଆର୍.ଆଇ. ରିପୋର୍ଟ ଦେଖିସାରିଲେଣି। ସବୁ ଠିକ୍ ଅଛି। ଏବେ ଛନ୍ଦା ଆସିଲେ ସିଏ ଘରକୁ ଫେରିଆସିବେ। ଛନ୍ଦା ଘରୁ ବାହାରିଗଲା। ହସ୍‌ପିଟାଲ୍ ଜମା କୋଡ଼ିଏ, ପଚିଶି ମିନିଟ୍‌ର ବାଟ। ହସ୍‌ପିଟାଲ୍‌ରେ ପହଞ୍ଚି ସିଏ ଇନ୍‌ଫରମେସନ୍ କାଉଣ୍ଟରରେ ପଚାରିବାକୁ ଯାଉଛି ତ, ସେପଟେ ଦେଖିଲା ବେଳକୁ ଭିତରୁ ଆକାଶ ବାହାର ଆଡ଼କୁ ଆସୁଛନ୍ତି। ହଠାତ୍ ସିଏ ଅଟକି କାହା ସହିତ କଥାବାର୍ତ୍ତା କରିବାରେ ମଜ୍ଜିଗଲେ। ଛନ୍ଦା ଦେଖିବା ବେଳକୁ ସିଏ ଅରୁଣା। "ଆରେ ଅରୁଣା, ତମେ ଏଠି। କଣ ହେଇଛି ? ସବୁ ଠିକ୍ ଅଛି ତ ? ଏତେ ଦୁର୍ବଳ ଦିଶୁଛ ଯେ।"

ଅରୁଣାକୁ ଚିହ୍ନି ହେଉନଥିଲା। ସିଏ ବହୁତ ଝଡ଼ିଯାଇଥିଲା। ସିଏ କହିଲା, "ଅପା, ମୋ ଦେହରେ ହିମୋଗ୍ଲୋବିନ୍ ବହୁତ କମ୍। ସେଥିପାଇଁ ହୁଏତ ମୋର ରକ୍ତଦାନର ଆବଶ୍ୟକତା ପଡ଼ିପାରେ। ଆଜି ଡାକ୍ତର କଣ କହିବେ କେଜାଣି ?"

ଅରୁଣା ଆକାଶଙ୍କୁ ପଚାରିଲା, "ଆଛା ଭାଇନା, ଆପଣଙ୍କର କଣ ହେଲା ?"

"ନା, ସେମିତି କିଛି ନୁହେଁ। ଦେହଟା ଟିକେ ଖରାପ ଲାଗିଲା ତ ମୁଣ୍ଡରେ ଭୟ ପଶିଗଲା। ତାପରେ ବୟସ ହେଲାଣି। ତେଣୁ ଛୋଟଛୋଟ କଥା ବି ମନରେ ଭୟ ଜାଗ୍ରତ କରାଉଛି।"

ଏମିତି କହି ଅରୁଣାଠାରୁ ବିଦାୟ ନେଇ ସେମାନେ ଘରକୁ ଫେରିଲେ। ଘରେ ପହଞ୍ଚି ଆକାଶ ଗାଧୁଆପାଧୁଆ ଓ ଖିଆପିଆ କରି ବିଶ୍ରାମନେଲେ। ତାଙ୍କର ରକ୍ତ ଚାପ, ରକ୍ତ ଶର୍କରା ସବୁ ଠିକ୍ ଥିଲା। ଏବେ ଜଣା ପଡ଼ିଲା, ବ୍ଲଡ୍ ପ୍ରେସର୍ ମେଡ଼ିସିନ୍‌ର ପାର୍ଶ୍ୱ ପ୍ରତିକ୍ରିୟାର ପରିଣାମ ସ୍ୱରୂପ ଆଜି ସକାଳେ ସିଏ ଏମିତି ଅନୁଭବ କରୁଥିଲେ। ସେଦିନ ସନ୍ଧ୍ୟା ବେଳକୁ ପିଲାମାନଙ୍କ ସହିତ ଏ ବିଷୟ କହିବା ବେଳେ ଛନ୍ଦା କାନ୍ଦି ପକେଇଲା।

ଏବେ ବି ସେ ଧକ୍‌କାରୁ ନିଜକୁ ମୁକ୍ତ କରିପାରିନଥିଲା ସିଏ। ଯେତେବେଳେ ଆକାଶ କହିଲେ, "ମତେ କାହିଁକି କେମିତି କେମିତି ଲାଗୁଛି, ହୁଏତ ଷ୍ଟ୍ରୋକ୍ ହୋଇପାରେ" ଓ ତା ପରେ ଗାଧୁଆଘରର ଚଟାଣ ଉପରେ ପଡ଼ିଗଲେ, ସେ ମୁହୂର୍ତ୍ତରେ ମନେହେଲା, ଯେମିତି କିଛି ଗୋଟିଏ ବଡ଼ ବିପଦ ମାଡ଼ିଆସୁଛି। "ଏ ଘର, ଏ ଜୀବନ, ଯେତେ ସବୁ ସଂପର୍କ, ଯେତେ ସବୁ ଇଚ୍ଛା, ସେସବୁର ଅର୍ଥ ଆଉ କଣ, ଯଦି ଜୀବନର ରହିବା, ନରହିବା ହିଁ ପ୍ରଶ୍ନବାଚୀ।" ଯଦି ଜୀବନ ଅଛି, ତେବେ ସେସବୁର ଭୂମିକା ଅଛି, ଅର୍ଥ ଅଛି, ଆବଶ୍ୟକତା ଅଛି। ଯେତେବେଳେ ଜୀବନ ନାହିଁ, ସବୁ ମୂଲ୍ୟହୀନ।

ବଡ଼ ଝିଅ ବୁଝେଇଲା, "ତମେ କଣ ପାଇଁ ଏତେଟା ଦାୟିତ୍ୱ ନେବାକୁ ଚାହୁଁଚ? ଯେ କୌଣସି ଜିନିଷ ଯଦି ସମାଜ ପାଇଁ କରିବାକୁ ଚାହୁଁଚ, ତେବେ ସମାଜର ଅନ୍ୟ ଲୋକମାନେ ବି ତାହା ଚାହିଁବା ଉଚିତ ଓ ସେଥିରେ ନିଜନିଜର ଭୂମିକା ରଖିବା ଉଚିତ। ନହେଲେ, ତମେ କିଛି କରିଦେଲେ ବି ଯଦି କିଛିଦିନ ପରେ ତା' ଅବ୍ୟବହୃତ ହୋଇ ରହିବ, ସେ କରିବାରେ ଲାଭ କଣ? ଯେତେ ସବୁ ମନ୍ଦିର ସମ୍ବନ୍ଧୀୟ ଦାୟିତ୍ୱ, ସେସବୁକୁ ଭାଗ କରିଦିଅ ଓ ଅନ୍ୟ ଯେଉଁମାନେ ତମ ସହିତ ଅଛନ୍ତି, ସେମାନଙ୍କୁ ଦେଇଦିଅ। ଭାବ, ତମର ଯଦି କିଛି ହୋଇଯିବ, ତେବେ ତମେ ତ କିଛି କରିବନି। ଅନ୍ୟ ସବୁ କାମ କେମିତି ହେବ? ଏବେ ସେସବୁ କାମ ସେମିତି ହିଁ ହେଉ। ଯେମିତିକି ତମେ ନାହଁ ଓ ସବୁ କାମ ହେଉଛି।"

"ତୋର ଏତେ ଚିନ୍ତା କରିବାର ନାହିଁ। ସେସବୁ କିଛି ନୁହେଁ। ମଣିଷ ବୟସ ହେଲା, ଦେହରେ ତ ରୋଗ ଆସିବ। ସିଏ କଣ ଗୋଟିଏ ନୂଆ କଥା? ସମସ୍ତେ ପୁଣି ମେଡ଼ିସିନ୍ ଖାଇକି ଜୀବନ ସହିତ ଆଡ଼୍‌ଜଷ୍ଟ୍ କରି ରହୁଛନ୍ତି ନା ମୁଁ ଏକା? ସମସ୍ତେ ତ ମନ୍ଦିର କରୁନାହାନ୍ତି। ତାହେଲେ ସେମାନଙ୍କର ମାନସିକ ଚାପ କୁଆଡ୍ଡୁ ଆସୁଛି ଯେ ସେମାନଙ୍କର ଏତେ ସମସ୍ୟା ହେଉଛି। ଯାହାର ଯେତେଦିନ ଆୟୁଷ ଥିବ, ସେତେଦିନ ରହିବ, ନହେଲେ ଯେତେବେଳେ ଯିବାର ଥିବ ଯିବ।"

ଝିଅ ଆଉ କଣ କହିବ?

ଏ ମଣିଷ ବି ସେମିତି।

ଆକାଶ ବି କେତେକାଂଶରେ ଠିକ୍ କହୁଥିଲେ। ମନେ ପଡ଼ିଯାଉଥିଲା ଗଣ ଭାଇଙ୍କ କଥା। ଏଇତ ପନ୍ଦର ଦିନ ତଳେ ପ୍ରାଣ ତ୍ୟାଗ କଲେ। ବିଶ୍ୱାସ ବି ହେଉନଥିଲା, ଏତେ ସ୍ୱପ୍ନ ଦେଖୁଥିବା ମଣିଷଟା, ନିଜ ଝିଅ ବିଭାଘର ପାଇଁ ପ୍ରସ୍ତୁତି କରୁଥିବା ମଣିଷଟା ହଠାତ୍ ଏମିତି ହୃଦ୍‌ଘାତରେ ପ୍ରାଣ ହାରି ଦେବ। ହୃଦ୍‌ଘାତ ଏମିତି ଜିନିଷ କେତେବେଳେ କଣ ହୋଇଯିବ, ସାରା ଦୁନିଆଟା କ୍ଷଣକରେ ଓଲଟପାଲଟ ହୋଇଯିବ, ଜଣାପଡ଼ିବନି।

ଏମିତିରେ ଗଣ ଭାଇଙ୍କର ସେମିତି କିଛି ଲକ୍ଷଣ ନଥିଲା ଯେ ତାଙ୍କର ଏମିତି ଏକ ରୋଗ ଅଛି ବୋଲି କିଏ ଆଶଙ୍କା କରିବ। ସିଏ ସବୁବେଳେ ସ୍ୱାସ୍ଥ୍ୟ ସଚେତନ, ଖାଇବାରେ ବି ତାଙ୍କର ଯଥେଷ୍ଟ ନିୟନ୍ତ୍ରଣ, ଏପଟ ସେପଟ କରି ମୋଞ୍ଚାଏଁ ଲେଖା ଖାଇ ଯାଆନ୍ତିନି, ଠିକ୍ ବେଳେ ଖାଇବା, ଶୋଇବା, ଉଠିବା, ବସିବା। ସବୁବେଳେ ହସହସ। ନା ତାଙ୍କର ପେଟ ବାହାରିଥିଲା, ନା ସିଏ ଶକ୍ତିହୀନ ମନେ କରୁଥିଲେ। ସକାଳେ ଦୌଡୁଥିଲେ। ସନ୍ଧ୍ୟାରେ ନିୟମିତ ତାଙ୍କ ଘର ଜିମ୍‌ରେ ବ୍ୟାୟାମ କରୁଥିଲେ। ତାଙ୍କର ନିଶାପାଣି, ମଦ କିଛି ବି ଅଭ୍ୟାସ ନଥିଲା। ଏମିତି ଲୋକଙ୍କର ଏମିତି ଗୋଟିଏ ସାଂଘାତିକ ରୋଗ ଥିବ ବୋଲି କିଏ ବା ଜାଣିବ? ଲୋକଙ୍କର ଦୁନିଆଁ ଖରାପ ଅଭ୍ୟାସ ଥାଇ ବି ଭଲରେ ଅଛନ୍ତି, ଆଉ ଗଣ ଭାଇଙ୍କ ଭଳି ମଣିଷ, ଏତେ ସତର୍କ ରହି ମଧ୍ୟ, ହୃଦ୍‌ଘାତ ଭଳି ମାରାତ୍ମକ ରୋଗ ତାଙ୍କ ଜୀବନ ନେଇଗଲା?

ସେଇ କଥା ବୁଝିପାରେନି ଛନ୍ଦା। ବେଳେବେଳେ ଆକାଶଙ୍କ ଯୁକ୍ତି ତାକୁ ଠିକ୍ ଲାଗେ। ସାଧୁମାନେ କହନ୍ତି, "ସେସବୁ ପ୍ରାରବ୍ଧ କର୍ମ"। ବୈଜ୍ଞାନିକ ମାନେ କହନ୍ତି, "ସେଇଟା ଜେନେଟିକ୍ କୋଡ୍" ଅର୍ଥାତ୍ "ଆନୁବଂଶିକ ଢାଞ୍ଚା"।

ଠିକ୍ କଣ? ଭୁଲ୍ କଣ? ସିଏ ସବୁ ବିଶ୍ୱାସର କଥା। ଅନୁଭବର କଥା। ଯୁକ୍ତି କରି ତାକୁ ବୁଝିହୁଏନି କି ବୁଝେଇ ହୁଏନି। ଏବେ ସମସ୍ତଙ୍କୁ ନିଜ ବିଶ୍ୱାସ ଉପରେ ଛାଡ଼ିଦେବା ଉଚିତ୍।

ଯାହାବି ହେଉ, ଏ ଶଙ୍କିତ ସକାଳର ସମାପ୍ତି ଘଟିଲା। ସେଇଟା ହିଁ ଠିକ୍ ହେଲା।

■

ଫନ୍ଦି

ଦୀର୍ଘନିଃଶ୍ୱାସ ନେଲା ତନ୍ମୟ। ଆଜି ଏତେ ଗୁଳୁଗୁଳି ହେଉଛି ଯେ, କବାଟ ଖୋଲିବାକୁ ଭୟ ଲାଗୁଛି। ପ୍ରାୟ ଘଣ୍ଟାଏ ହେଲା ବିଜୁଳି ଗଲାଣି ଯେ, ଏ ପର୍ଯ୍ୟନ୍ତ ଆସିବାର ନାଁ ନାହିଁ। କଣ ନା ସ୍ମାର୍ଟ ସିଟି ଭୁବନେଶ୍ୱର। ସ୍ମାର୍ଟ ନା ଛେନା ଗୁଡ଼। ଏମିତି ସବୁ ବାହାରକୁ ବଡ଼ବଡ଼ କଥା। ହେଲେ ଭିତର ପୂରା ଫମ୍ପା। ମନେ ପଡ଼ିଲା ଅକ୍ଷୟ ମହାନ୍ତିଙ୍କର ଗୀତ, "ଭିତର ଫମ୍ପା ଉପର ଚକଚକିଆ।"

ଏବେ ତ ସିଏ ଫମ୍ପା। ଫମ୍ପା ନୁହେଁ ତ ଆଉ କଣ? କିଛି କାମକୁ ନୁହେଁ। କି କରୋନା ପଜିଟିଭ୍ ବାହାରିଲା ଯେ, ଏବେ ନିଜ ଘରେ ବି ସିଏ ଗୃହବନ୍ଦୀ। ଆମେରିକାରୁ ଧାଇଁ ଆସିଥିଲା ଏପ୍ରିଲ୍ ମାସରେ, ଫାଇଜର୍ ଟିକାର ଦୁଇଟି ଡୋଜ୍ ନେଇ ସାରିବା ପରେ। ଗତବର୍ଷ ବାପା ଚାଲିଗଲେ ଏପ୍ରିଲ୍ ୧୦ ତାରିଖରେ। କରୋନା ଭୂତାଣୁ ସହିତ ଅନେକ ଯୁଝିଥିଲେ। ଶେଷକୁ ଥକିପଡ଼ିଲେ। ଆସି ପାରିନଥିଲା ତନ୍ମୟ, ଆମେରିକାରେ ସେତେବେଳେ ନିୟୁର୍କ ରାଜ୍ୟର ଯେଉଁ ଭଳି ଅବସ୍ଥା, ସେଥିରେ ସମସ୍ତଙ୍କ ତାଟି କବାଟ ବନ୍ଦ। ଦେଶ ଦେଶ ଭିତରେ ଗମନାଗମନ, ବିମାନ ଚଳାଚଳ ସଂପୂର୍ଣ୍ଣ ବନ୍ଦ।

ଅସହାୟ ହୋଇ ଅନେକ କାନ୍ଦିଥିଲା ତନ୍ମୟ। ଦୁଇ ଭଉଣୀରେ ଗୋଟିଏ ଭାଇ ସିଏ। ଗୋଟିଏ ପୁଅ ବୋଲି ବାପା, ବୋଉଙ୍କର ମୁହଁରେ ଶେଷ ସମୟରେ ନିଆଁ ଦେବ ବୋଲି କେତେ ଭରସା। ହେଲେ ଏ କରୋନା ଭଳି ଦୁର୍ଦ୍ଦାନ୍ତ ଭୂତାଣୁ ପାଖରେ ନା ଦୟା, ନା ମାୟା। ତା' ପାଖରେ ସଂପର୍କ ସବୁ ଅର୍ଥହୀନ। ଖୁବ୍ ଜୋର୍‌ରେ ସେଦିନ କାନ୍ଦୁଥିବା ବେଳେ, ରେଖା ଆସି ପାଖରେ ବସି ଆଶ୍ୱାସନା ଦେଇଥିଲା। "ତମେ ଏମିତି ଅଧୈର୍ଯ୍ୟ ହୁଅନି। ଅବସ୍ଥା ସୁଧୁରିଗଲେ ଆମେ ସମସ୍ତେ ଓଡ଼ିଶା ଯାଇ ବୋଉଙ୍କ ପାଖରେ କିଛିଦିନ ରହିବା ଓ ତାଙ୍କୁ ଆମ ପାଖକୁ ନେଇଆସିବା।"

ସେଇ ଆଶା ରଖି ନିଜକୁ ସମ୍ଭାଳିବାକୁ ଚେଷ୍ଟା କରିଥିଲା ତନ୍ମୟ। ହେଲେ କରୋନା ପରିସ୍ଥିତି ନିୟନ୍ତ୍ରିତ ହୋଇନଥିଲା। ଏବେ ବର୍ଷଟିଏ ବିତିଗଲାଣି। ତେବେ ପ୍ରତିଷେଧକ ଟିକା ବାହାରିବା ପରେ ତନ୍ମୟ ସ୍ୱପ୍ନ ଦେଖିବା ଆରମ୍ଭ କରିଥିଲା। "ବାପାଙ୍କ ଶ୍ରାଦ୍ଧ ବେଳକୁ ନିଶ୍ଚୟ ଯିବି।" ମାର୍ଚ୍ଚ ୧୫, ୨୦୨୧ରେ ସେ ଫାଇଜର୍ ଟିକାର ଦ୍ୱିତୀୟ ଡ଼ୋଜ୍ ନେଇଥିଲା। ସେଥିପାଇଁ ଏପ୍ରିଲ୍ ୫ ତାରିଖରେ ସିଏ ଓଡ଼ିଶାରେ ପହଞ୍ଚିଥିଲା। ଭାବିଥିଲା ମାସେ ଖଣ୍ଡ ବୋଉ ପାଖରେ ରହିବ ଓ ମେ' ମାସ ୫ ତାରିଖରେ ଫେରିବ। ଝିଅର ହାଇସ୍କୁଲ୍ କ୍ଲାସ୍ କାମ ଥିବାରୁ, ସିଏ କେବଳ ଏକା ଓଡ଼ିଶା ଗଲା, ରେଖା ଓ ଝିଅ ଯାଇପାରିନଥିଲେ।

ଏପ୍ରିଲ୍ ୧୦ ତାରିଖରେ ବାପାଙ୍କର ଶ୍ରାଦ୍ଧ ଭଲରେ ହେଲା। ଯଦିଓ କରୋନାର ନୂଆ ଭାରିଆଣ୍ଟ୍ ରୂପ ଭାରତରେ ବ୍ୟାପିଲାଣି ବୋଲି ଶୁଣା ଯାଉଥିଲା, ତେବେ ବି ସିଏ ଶ୍ରାଦ୍ଧରେ ସାନବାପା, ଦାଦା, ମାମୁ, ମାଉସୀ ଅନ୍ୟାନ୍ୟ ବନ୍ଧୁବାନ୍ଧବଙ୍କୁ ଶଙ୍ଖୋଳିଥିଲା। ସମସ୍ତେ ମଧ୍ୟ ଆସିଥିଲେ। ତାର ଦୁଇଭଉଣୀ ବିନି ଦେଈ ଓ ନିନି ମଧ୍ୟ ଆସିଥିଲେ। ବାସ୍ ସେଇଥିରୁ ତ ଉପୁଜିଲା ସମସ୍ୟା। ଏତେ କମ୍ ଲୋକ ଥାଇ କି ବି, ସେ କରୋନା କେମିତି ପରିବାରକୁ ମାଡ଼ିଆସିଲା। ଏପ୍ରିଲ୍ ୨୦ ତାରିଖ ବେଳକୁ ନିନିର ସାନ ଝିଅକୁ ପ୍ରଥମେ ଜ୍ୱର, କାଶ ହେଲା। ସିଏ ଯାଇ କରୋନା ଟେଷ୍ଟ୍ କରାଇବାରୁ ତାର ପଜିଟିଭ୍ ବାହାରିଲା। ବାସ୍, ସେଇଠୁ ପରିବାରରୁ ପରିବାରକୁ ବ୍ୟାପିଲା। ଯଦିଓ ସିଏ ଦୁଇଟି ଟିକା ନେଇଥିଲା, ତଥାପି ସାଙ୍ଗ ଡାକ୍ତର ଆଦିତ୍ୟର ପରାମର୍ଶରେ ସିଏ ଟେଷ୍ଟ୍ କରେଇଦେଲା ଓ ତାର ପଜିଟିଭ୍ ବାହାରିଲା। ସେଇଦିନରୁ ତ ତା' ମୁଣ୍ଡ ଖରାପ। ଏବେ ତାକୁ ଘରେ ସଙ୍ଗରୋଧରେ ରହିବାକୁ ପଡ଼ିଲା। ମା'ର ବି ପଜିଟିଭ୍ ବାହାରିଲା। ହେଲେ, ସୌଭାଗ୍ୟବଶତଃ ତା' ଦେହ ବିଶେଷ କିଛି ଖରାପ ହୋଇନଥିଲା।

ଏଣେ କରୋନା ପଜିଟିଭ୍ ଖବର ସାଙ୍ଗକୁ ଆଉ ଗୋଟିଏ ଦୁଃଖ ଖବର ଆସି ପହଞ୍ଚିଲା। ନିନିର ଶାଶୁ କରୋନାରେ ଚାଲିଗଲେ। ଏମାନେ ଏତେ ବନ୍ଧୁବାନ୍ଧବ, ଏତେ ଲୋକ, କେହି ସେମାନଙ୍କର ଏ ଦୁର୍ଦ୍ଦିନରେ ପାଖରେ ଛିଡ଼ା ହୋଇପାରିଲେନି। ତନ୍ମୟକୁ ଏସବୁ ଖବର ଆହୁରି ବିବ୍ରତ କରୁଥିଲେ। କେବଳ ଗୋଟିଏ କଥା ଖୁସି ଦେଉଥିଲା, ପତ୍ନୀ ରେଖା ଓ ଝିଅ ରିନି ସହିତ ଗୁଗୁଲ୍ ମିଟ୍‌ରେ କଥା ହେବା। ସେମାନେ ଚିନ୍ତିତ ରହୁଥିଲେ ବି ତନ୍ମୟଙ୍କୁ ଆଶ୍ୱାସନା ଦେଉଥିଲେ। "ନିଜକୁ ଆଶାବାଦୀ କର ବାବା। ଭାବ ତ କେତେଲୋକ ବି କରୋନା ରୋଗରୁ ମୁକ୍ତ ହେଉଛନ୍ତି ନା ନାହିଁ। ତାପରେ ତମେ ତ ଦୁଇଟି ଡ଼ୋଜ୍ ଟିକା ନେଇଛ। ତମର କିଛି ବି ହେବନି।" ରିନିର

ଏମିତି ଆଶ୍ୱାସନା ତାକୁ ଆଶାବାଦୀ କରାଉଥିଲା। ସିଏ ଅପେକ୍ଷା କରୁଥିଲା, କେମିତି ଶୀଘ୍ର ଆମେରିକାକୁ ଫେରିଯିବ।

ହେଲେ ଏପ୍ରିଲ୍ ୨୮ ତାରିଖରେ ରଟ୍‌ଗର୍‌ସ୍ ୟୁନିଭର୍‌ସିଟିର ପ୍ରଫେସର୍ ରାଜେନ୍ଦ୍ର କାପିଲାଙ୍କ କରୋନାରେ ମୃତ୍ୟୁ ହୋଇଥିବାର ସମ୍ବାଦ ବ୍ୟାପିବା ପରେ ତାର ଆଶା ବି ଆଶଙ୍କାରେ ପରିଣତ ହୋଇଗଲା। ଏତେବଡ଼ ମେଡ଼ିକାଲ୍ ପ୍ରଫେସର୍, ସଂକ୍ରାମକ ରୋଗ ବିଶେଷଜ୍ଞ ଦୁଇଟି ଡ଼ୋଜ୍ ଟିକା ବି ନେଇଥିଲେ ଓ ନିଜ ପିତାଙ୍କର ଯତ୍ନ ନେବାକୁ ଭାରତ ଆସିଥିଲେ। ସେଭଳି ଜ୍ଞାନୀ, ଗୁଣୀ ଲୋକଙ୍କୁ ଯଦି କରୋନା ନିଜ ଅକ୍ତିଆରକୁ ନେଇଆସିଲା, ତେବେ ତନ୍ମୟ କଣ କି ଆଉ? ପୁଣି ଖବର ଆସୁଥିଲା ବ୍ଲାକ୍ ଫଙ୍ଗସ୍ ରୋଗ ବିଷୟରେ।

ଏବେ ଓଡ଼ିଶା ଲକ୍‌ଡ଼ାଉନ୍। କୌଣସି ଇଣ୍ଟରନେସ୍‌ନାଲ୍ ଫ୍ଲାଇଟ୍ ଯାଉନି। ତନ୍ମୟ ଫେରିବ କେମିତି? କଂପାନୀ କାମ ସିଏ ସେଠାରୁ କରିପାରୁଥିଲା। ହେଲେ ରିନିର ହାଇସ୍କୁଲ୍ ଗ୍ରେଡ୍ ୧୧ର ପାଠ୍ୟ କାର୍ଯ୍ୟକ୍ରମରେ କିଛି ସାହାଯ୍ୟ କରିନପାରୁଥିବାରୁ ତାକୁ ଅପରାଧୀ ଲାଗିଲା। ଯଦିଓ ସିଏ ଗୁଗୁଲ୍ ମିଟ୍‌ରେ ରିନିର କୋଣସି ବିଷୟରେ କିଛି ପ୍ରଶ୍ନ ଥିଲେ, ତାକୁ ବୁଝାଇ ପାରୁଥିଲା, ତଥାପି ସେଇଟା ଏତେଟା ନିଖୁଣ ନଥିଲା।

ଯେଉଁ ଓଡ଼ିଶାର ପର୍ବପର୍ବାଣୀ ଦିନକୁ ଝୁରି ହୋଇ ସିଏ ଦିନେ ଏସବୁ ପର୍ବପର୍ବାଣୀ ଅନୁଭବ କରିବା ପାଇଁ କିଛିଦିନ ଛୁଟି ନେଇ ଓଡ଼ିଶାରେ ରହିବ ବୋଲି ଭାବୁଥିଲା, ଏବେ ଓଡ଼ିଶାରେ ଥିଲେ ମଧ୍ୟ, ସିଏ କିଛି ବି ପର୍ବପର୍ବାଣୀକୁ ଉପଭୋଗ କରିପାରୁନଥିଲା। ସିଏ କଣ କରିବ, ସ୍ୱୟଂ ଜଗନ୍ନାଥଙ୍କ ମନ୍ଦିରରେ ତ ଠାକୁର ଏକାଟିଆ ସମୟ କଟାଉଥିଲେ। ନା' ଭକ୍ତ ଥିଲେ, ନା ତାଙ୍କ ଯାନିଯାତ୍ରା ଠିକ୍ ଭାବେ ହେଉଥିଲା। ଚନ୍ଦନଯାତ୍ରାର ନାବକେଳି ଉତ୍ସବ ସେମିତି ଧୀମାଧୀମା। କେମିତି ଅସ୍ତବ୍ୟସ୍ତ ଲାଗୁଥିଲା ତନ୍ମୟକୁ। ମନ କହୁଥିଲା ତାର ପକ୍ଷୀଙ୍କ ଭଳି ଡ଼େଣା ଥାଆନ୍ତା କି, ସିଏ ଉଡ଼ିଉଡ଼ି ଆମେରିକା ଫେରିଯାଆନ୍ତା, ତା' ରୂପସୀ ପତ୍ନୀ ପାଖକୁ, ଗେହ୍ଲି ଝିଅ ପାଖକୁ, ନିଜର ମଡ଼ର୍ଣ୍ଣ ଡିଜାଇନ୍‌ର ସୁନ୍ଦର ଘରକୁ। ମନେ ପଡୁଥିଲା ବନ୍ଦୀର ଆତ୍ମକଥାର ପଂକ୍ତି, "ଥାଆନ୍ତା ଯେବେ ମୋର ବିହଙ୍ଗ ପକ୍ଷ; ଲଂଘି ଭୀଷଣ ଗିରି ସମୁଦ୍ର ବକ୍ଷ। ଦେଖନ୍ତି ପ୍ରିୟଜନ ମୁଖ କମଳ, ହୁଅନ୍ତା ସନ୍ତାପିତ ପ୍ରାଣ ଶୀତଳ।"

ଏମିତି ଭାବୁଥିବା ବେଳେ ନିଜକୁ କେମିତି ଦୋଷୀଦୋଷୀ ଲାଗୁଥିଲା। "ଆରେ, ଏଇଟା ପରା ମୋ ଘର। ଏଇଠି ପରା ମୁଁ ଜନ୍ମ ହୋଇଛି, ବଢ଼ିଛି, ସ୍କୁଲ୍ ଯାଇଛି। ଏଇଠି ପରା ମୋ ବୋଉ ଏବେ ଅଛି। ତେବେ କାହିଁକି ଏ ଘର ମୋତେ ମୋ ଘର ବୋଲି ମନେ ହେଉନାହିଁ। କାହିଁକି ମୁଁ ମୋ ଆମେରିକାର ଘରକୁ ଝୁରୁଛି?"

କିଏ ଯେମିତି ମନ ଭିତରୁ କହୁଥିଲା, "ସମୟ ବଦଳିଲେ, ମନ ବି ବଦଳିଯାଏ। ଏ ଘର ତୋ ବାପାଙ୍କର। କିନ୍ତୁ ସେ ଘର ତୋର। ତୁ ସେ ଘର ନିଜ ଉପାର୍ଜନରେ କରିଛୁ, ନିଜ ମନ ଦେଇ ଘରକୁ ସଜାଇଛୁ; ଆଉ କାହାର ଉପାର୍ଜନରେ ନୁହେଁ।"

କିଛିଦିନ ପରେ ଯଦିଓ ତନ୍ମୟ ସଙ୍ଗରୋଧରୁ ବାହାରିଥିଲା, ତେବେ ସେଇ ଚାରିକାନ୍ଥ ଭିତରେ ହିଁ ଆବଦ୍ଧ ରହୁଥିଲା। ଲକ୍‌ଡ଼ାଉନ୍ ପାଇଁ ବାହାରକୁ ବାହାରୁନଥିଲା। ବିଶେଷ କରି ତାକୁ ସବୁବେଳେ ଚିଡ଼ିଚିଡ଼ା ଲାଗୁଥିଲା। ଭଗବାନଙ୍କ ଉପରେ ରାଗୁଥିଲା। କେମିତି ଏମିତି ଫନ୍ଦି କରି ତାକୁ ଛଟପଟ କରାଉଛନ୍ତି। କଣ ପାଇଁ ? କି ଅପରାଧରେ ?

ତନ୍ମୟର ଚିଡ଼ିଚିଡ଼ା ଭାବ ବୋଉ ବୁଝିପାରୁଥିଲା ଓ ତାକୁ ବୁଝେଇବାକୁ ଚେଷ୍ଟା କରୁଥିଲା। ସିଏ ବୋଉକୁ ବୁଝେଇବ କଣ, ବୋଉ ତାକୁ ବୁଝାଉଥିଲା। ନିଜକୁ ଏତେ ଅସହାୟ ସେ କେବେ ମନେକରିନଥିଲା। ଜୀବନ ଏମିତି ଭାବେ ଫନ୍ଦି ହୋଇଯିବ, ପରିସ୍ଥିତି ବଦଳିଯିବ। ଏସବୁ କଣ ଚାଲିଛି ? ଶେଷରେ ସ୍ଥିରକଲା ସମୟ କଟେଇବାକୁ କିଛି ଗୋଟିଏ ସକାରାତ୍ମକ କାମରେ ମନ ଲଗେଇଦେବା ଉଚିତ୍। ହଠାତ୍ ତା' ଚିନ୍ତାଧାରା ଭିତରକୁ ବାଡ଼ିପଟ ବଗିଚା ଆସିଲା। ଘରକୁ ଲାଗି ପଛପଟେ ସେମାନଙ୍କର ଛୋଟ ବଗିଚାଟିଏ ଥିଲା। ଜଣେ ମାଳି ସେ ବଗିଚାର ଯତ୍ନ ନେଉଥିଲା। ସେ ବଗିଚାର ଶେଷ ଆଡ଼କୁ ଆଉଟ୍‌ହାଉସ୍‌ଟିଏ ଥିଲା। ମାଳି ସେ ଆଉଟ୍ ହାଉସ୍‌ରେ ରୁହେ। ତାର ପରିବାରର ଯିଏ ଆସିଲେ ବି ଆଉଟ୍‌ହାଉସ୍‌ରେ ରୁହନ୍ତି। ହେଲେ ଏବେ ସିଏ ଆଉ ତାଙ୍କ ଗାଁରୁ ଫେରିପାରୁନି। ତେଣୁ ବଗିଚାରେ ଅନାବନା ଗଛ ଉଠି ଜଙ୍ଗଲ ପ୍ରାୟ ଦେଖାହେଲାଣି।

ଯଦିଓ ବିନି ଦେଈ ଓ ନିନି ଘଣ୍ଟାଏ, ଦୁଇଘଣ୍ଟା ଦୂରରେ ରୁହନ୍ତି, ସେମାନେ ଆସିପାରୁନଥିଲେ। ତେବେ ବିନି ଦେଈର ସାନ ପୁଅ, ମାନେ ତନ୍ମୟର ଭଣଜା ସୋନୁ ବୋଉ ପାଖରେ ରହୁଥିଲା ଓ ସେଇଠୁ କଲେଜ୍ ଯିବାଆସିବା କରୁଥିଲା। ସିଏ ବି.ଜେ.ବି କଲେଜ୍‌ର ଛାତ୍ର ଥିଲା। କଲେଜ୍ ତ ଏବେ ବନ୍ଦ। ସିଏ ଅନ୍‌ଲାଇନ୍‌ରେ କ୍ଲାସ୍ କରୁଥିଲା। ହେଲେ ଏବେ ସବୁ ଛୁଟି। ସିଏ ଅନ୍‌ଲାଇନ୍‌ରେ ଏବେ ସଫ୍‌ଟ୍‌ୱୟାର୍ ଟ୍ରେନିଙ୍ଗ୍ ନେଉଥିଲା। ବୋଉର ଦେଖାଶୁଣା କରିବା ପାଇଁ ବିନି ଦେଈ ଏମିତି ବ୍ୟବସ୍ଥା କରିଥିଲା। ଏବେ ତନ୍ମୟ ମନରେ ଗୋଟିଏ ଧାରଣା ଆସିଲା। ଆଉଟ୍‌ହାଉସ୍‌କୁ ଓ ବଗିଚାକୁ ସଫା କରିବାର ଓ ସଜାଡ଼ିବାର ନିଶା। ଏମିତି ବି ଘରେ ରହିରହି ସିଏ ମୋଟା ହେଇଆସିଲାଣି। ତା' ପରଦିନଠାରୁ ସିଏ ଲାଗିପଡ଼ିଲା ବଗିଚା ସଜାଡ଼ିବାରେ। ଭଣଜାକୁ ବି ଲଗେଇଦେଲା କାମରେ। ଶିଖେଇଦେଲା ତାକୁ ଅନେକ କାମ।

ଆମେରିକାରେ ରହିବା ପରେ ନିଜ ବଗିଚାର ଓ ଲନ୍‌ର ସମସ୍ତ କାର୍ଯ୍ୟ ନିଜେନିଜେ କରି ସିଏ ଅନେକ କିଛି ଶିଖିଥିଲା। ଏବେ ସେସବୁ ଶିକ୍ଷା କାମରେ ଆସିଲା।

ବହୁତ ବର୍ଷ ହେଲା ସିଏ ଆଉଟ୍‌ହାଉସ୍ ଯାଇନଥିଲା। ଆମେରିକାରୁ ଭାରତ ଆସିଲେ ସେମାନଙ୍କ ଦିନ ସବୁ ଏମିତି ବ୍ୟସ୍ତତାରେ କଟିଯାଉଥିଲା ଯେ ଆଉଟ୍‌ହାଉସ୍ ଯିବା କି ଆଉ କିଛି ସ୍ମୃତିମନ୍ଥନ କରିବାକୁ ସମୟ ହିଁ ମିଳୁନଥିଲା। ତାପରେ ମାଳିର ପରିବାର ବି ସେଠି ରହୁଥିଲେ। ଏବେ ଦିନେ ଆଉଟ୍‌ହାଉସ୍ ସଫା କରୁକରୁ ଦୃଷ୍ଟିପଡ଼ିଲା ତାର ଗୋଟିଏ ଟ୍ରଙ୍କ୍ ଉପରେ। "ଆରେ ଏଇଟା ତ ମୋ ଟ୍ରଙ୍କ୍। ଖଡ଼ଗପୁରରେ ପଢୁଥିବା ସମୟରେ ଏଇ ଟ୍ରଙ୍କ୍ ନେଇ ମୁଁ ଭୁବନେଶ୍ୱରରୁ ଯାଇଥିଲି। ଚାରିବର୍ଷ କାଳ ଏ ଟ୍ରଙ୍କ୍ ମୋ ସାଥୀରେ ଥିଲା।"

ସେ ଟ୍ରଙ୍କ୍ ଭିତରେ କଣ ସବୁ ଅଛି ବୋଲି ଦେଖିବାକୁ ତାର ଇଚ୍ଛା ହେଲା। ହେଲେ ସେଥିରେ ତାଲା ପଡ଼ିଥିଲା। "ଧେତ୍, ଏବେ ଏ ଚାବି ମିଳିବ କି ନାହିଁ କିଏ ଜାଣେ।" ଏମିତି କହି ସୋନୁକୁ ବୋଉ ପାଖକୁ ପଠେଇଲା। "ଗଲୁ ବୋଉକୁ ପଚାରିବୁ, ଏ ଟ୍ରଙ୍କ୍‌ର ଚାବି ତା' ପାଖରେ ଅଛି କି ନାହିଁ?"

ସୋନୁ ଗଲା ଓ କିଛି ସମୟ ପରେ ଚିତ୍କାର କରି ଫେରିଆସିଲା।

"ଆରେ ଏମତି କାହିଁକି ହେଉଛୁ? ଘରେ ଚୋର ପଶିଗଲା ଭଳି।"

"ସେଇ ଭଳିଆ କଥା ମାମୁ। କିଏ ଜଣେ ସ୍ତ୍ରୀ ଲୋକ ଆମ ଘର ଆଗପଟ କଲିଂ ବେଲ୍ ରିଙ୍ଗ୍ କରୁଛି। ଆଈ ତାକୁ ଜାଣିନି କି ମୁଁ ବି ତାକୁ ଜାଣିନି। ଆମେ ଡରି ଯାଇଛୁ।" - ଏତିକି କହି ସୋନୁ ପାଖରେ ପଡ଼ିଥିବା ଚେୟାର୍ ଉପରେ ବସିପଡ଼ିଲା।

"ହେଲେ ସେଥିରେ ଡରିବାର କଣ ଅଛି? ତାପରେ ସ୍ତ୍ରୀ ଲୋକଟିଏ କଣ କରିପକେଇବ?"

"ତମେ ଜାଣିନ ମାମୁ। ଏବେ ଏମିତି ଅନେକ କଥା ଘଟୁଛି। ଚୋର ମାନେ ସ୍ତ୍ରୀ ଲୋକ ବେଶରେ ନିଜର ନିରୀହ ପଣିଆ ଦେଖେଇ ଅନେକ ଘର ଲୁଟ୍ କଲେଣି। ତମେ ତ ଆମେରିକାରେ ଅଛ। ଏଠିକାର ସବୁ ଘଟଣା ଜାଣି ନଥିବ। ତାପରେ ଏଟା କରୋନା ବେଳ। କଣ ପାଇଁ କିଏ ଆମ ଘରକୁ ଆସିବ? ଆଈ ଡାକୁଛି, ତମେ ଚାଲ।"

ଆଉଟ୍ ହାଉସ୍ କାମ ସେମିତି ରଖି ତନ୍ମୟ ଘର ଭିତରକୁ ଗଲା। ରକ୍ଷା ଯେ ସେମାନଙ୍କର ଘର ଚାରିପଟେ ପାଚେରି ବୁଲିଯାଇଛି। ନହେଲେ ସେ ଅଜଣା ସ୍ତ୍ରୀ ଲୋକ ହୁଏତ ସେମାନଙ୍କୁ ଦେଖିପାରିଥାନ୍ତା। ମନେମନେ ବାପାଙ୍କ ଦୂରଦର୍ଶିତାକୁ ବାହାବା କଲା। ଏ ଘୋର କଳିକାଳରେ କାହାକୁ ଅବା ବିଶ୍ୱାସ?

ବୋଉ ସତରେ ଡରି ଯାଇଥିଲା ଓ ରୋଷେଇ ଘରେ କଣ ଖୋଜୁଥିଲା। ବାହାରୁ ସେମିତି କଲିଂବେଲ୍ ରିଙ୍ଗ୍ ହେଉଥିଲା। ବୋଉ ତନ୍ମୟକୁ ଦେଖି କହିଲା, "ସିଏ ସେମିତି ରିଙ୍ଗ୍ ହେଉଥାଉ। ତୁ କବାଟ ଖୋଲନା।"

ତନ୍ମୟ କହିଲା, "ମୁଁ କବାଟ ଖୋଲିବିନି। ହେଲେ ଭିତରୁ ଦେଖେ ତ କିଏ ଡାକୁଛି ?"

ତନ୍ମୟ ଭିତରୁ ଯେତିକି ଦେଖିଲା, ହଠାତ୍ ଆଶ୍ଚର୍ଯ୍ୟ ହେଇଗଲା। ଆରେ ଇଏ ତ କସ୍ତୁରୀ। ରେଖାର ସାଙ୍ଗ। ଆମେରିକାରେ ଥାଏ। ଇଏ ଏଠି କଣ କରୁଛି ? ଆଉ ଇଏ ଏ ଘର ଠିକଣା ଜାଣିଲା କେମିତି ?

ସାଙ୍ଗେସାଙ୍ଗେ ମାସ୍କଟିଏ ମୁହଁରେ ଲଗେଇ ସିଏ କବାଟ ଖୋଲିଲା। ବୋଉ ଯାଇ ତା' ରୁମ୍‌ରେ ପଶି କବାଟ ବନ୍ଦ କରିଦେଲା। ସୋନୁ ବି ତା' ନିଜ ରୁମ୍‌କୁ ଚାଲିଗଲା। ଏମାନଙ୍କର କରୋନାକୁ ଅନେକ ଭୟ। ବିଶେଷ କରି "ଯା' ପୁଅକୁ ସାପ କାମୁଡ଼େ, ତା' ମା' ପାଳ ଦଉଡ଼ି ଦେଖି ଡରେ" ଭଳି ଅବସ୍ଥା ସମସ୍ତଙ୍କର। କସ୍ତୁରୀକୁ ସେମିତି ବାହାରେ ଥାଇ ସିଏ ପ୍ରଶ୍ନ କଲା, "ତମେ କେମିତି ଏଠି ? ଆଉ ଆମ ଘର ଠିକଣା କେମିତି ଜାଣିଲ ?"

କସ୍ତୁରୀ କହିଲା, "ତମ ଠିକଣା ରେଖା ମତେ ଦେଲା। ପ୍ରକୃତରେ ମୁଁ ବି ତମ ଭଳି ଓଡ଼ିଶା ଆସି ଫସି ଯାଇଛି। ଫେରି ପାରୁନି। ଆମେ ତ ଏଠି ରହୁନୁ। ଏଇ ପଡ଼ୋଶୀରେ ମୋ ମାଉସୀ ରୁହନ୍ତି। ସକାଳୁ ମଉସାଙ୍କ ଦେହ ଭଲ ନାହିଁ। ତାଙ୍କ ପିଲାମାନେ ତ ସମସ୍ତେ ଦୂରରେ। ସିଏ ଡରିକରି ଆମକୁ ଡାକିଲେ। ମୁଁ ଏକଥାଟା ହ୍ୱାଟ୍‌ସ୍‌ଆପ୍‌ରେ ପକେଇଥିଲି ତ ରେଖା ଜଣେଇଲା ଯେ ତମେ ଏଠି ଅଛ। ଟିକେ ମଉସାଙ୍କୁ ହସ୍‌ପିଟାଲ୍ ନେବାରେ ସାହାଯ୍ୟ କରିପାରିବ ?"

ତନ୍ମୟ କଣ କରିବ କିଛି ବୁଝିପାରିଲାନି। ସିଏ ତ ଏଇ ଅଳ୍ପଦିନ ହେଲା ସଙ୍ଗରୋଧରୁ ବାହାରିଛି। ଦୁଇ ଡ଼ୋଜ୍ ଟିକା ନେଇଛି ବୋଲି ତାର ଯେଉଁ ସାହସ ଥିଲା, ସେ ସାହସର ବନ୍ଧ ବି ତାର ଭାଙ୍ଗି ଗଲାଣି। ଏବେ ତାର କଣ କରିବା ଉଚିତ୍। କଣ ଦରକାର ଥିଲା ରେଖାର କସ୍ତୁରୀକୁ ତାଙ୍କ ଘର ଠିକଣା ଦେବାର ?

"ଏ ପଡ଼ୋଶୀରେ ଯାହାକୁ ଡାକିଲେ କିଏ ବି କବାଟ ଖୋଲୁନାହାନ୍ତି। ସତରେ ଆମର ମାନବିକତା ସବୁ କୁଆଡ଼େ ଗଲା ? ମୁଁ ତ ବିଶ୍ୱାସ କରିପାରୁନି ଯେ ଏମିତି ସବୁ ଘଟୁଛି। ଏ କରୋନା ମଣିଷକୁ ପଥର କରିଦେଇଛି ସତେ କି।" କସ୍ତୁରୀ କହିଚାଲିଥାଏ।

ଘରେ ବୋଉ ଓ ସୋନୁ ଅଛନ୍ତି। ସେମାନଙ୍କ ଚିନ୍ତା ବି ତା' ମୁଣ୍ଡକୁ ଆସିଲା।

ସେମାନେ ହୁଏତ ଏ ଘଟଣା ସହଜରେ ନେବେନି। ତନ୍ମୟଙ୍କୁ ପୁଣି ଥରେ ସଙ୍ଗରୋଧରେ ରହିବାକୁ ପଡ଼ିପାରେ। ହେଃ, ଏତେ ଧନ୍ଦାରେ କିଏ ପଶିବ? ଏ ରେଖା ନା, ସବୁବେଳେ ତନ୍ମୟଙ୍କୁ ହାଣ ମୁହଁକୁ ଠେଲିଦେବ।

ହେଲେ ହୃଦୟ ଭିତରୁ କଣ ଗୋଟିଏ ଯେମିତି ଧିକ୍କାର କରିବାକୁ ଲାଗିଲା। "ଆରେ ତୁ ସେଇ ତନ୍ମୟ ତ? ଅନ୍ୟର ବେଳ ଅବେଳରେ ଯିଏ ସାହାଯ୍ୟ କରିବାକୁ ଆଗଭର ହେଇ ବାହାରିଆସୁଥିଲା। ଏବେ ଏତେ ଭୀରୁ ହେଇଯାଉଛୁ କାହିଁକି?"

ତାପରେ ଯାହା ଘଟିଗଲା ସବୁ ସ୍ୱୟଂଚାଳିତ ଭାବେ। କରୋନା ଜନିତ ସମସ୍ତ ସତର୍କତାର ସାମଗ୍ରୀ ରହିଥିବା ବ୍ୟାଗ୍ ଧରି, ବୋଉକୁ ଓ ସୋନୁକୁ ସତର୍କ ରହିବାକୁ କହି ବାହାରୁ କବାଟ ଦେଇ ଗାଡ଼ି ବାହାର କଲା ତନ୍ମୟ। କସ୍ତୁରୀକୁ କହିଲା, "ତମେ ଯାଅ। ମଉସାଙ୍କୁ ଡାକ୍ତରଖାନା ନେବାପାଇଁ ସବୁ ପ୍ରସ୍ତୁତି କର। ଆମେ ତାଙ୍କୁ ଏବେ ଡାକ୍ତରଖାନା ନେଇଯିବା।"

"ଧନ୍ୟବାଦ" କହି କସ୍ତୁରୀ ତା' ମାଉସୀଙ୍କ ଘରକୁ ଗଲା। କିଛି ସମୟ ପରେ ମଉସାଙ୍କୁ ଗାଡ଼ିରେ ବସେଇ ସେମାନେ ଡାକ୍ତରଖାନା ଅଭିମୁଖେ ଚାଲିଲେ। କ୍ୟାପିଟାଲ୍ ହସ୍‌ପିଟାଲ୍‌ଟା ସେମାନଙ୍କ ଘରଠାରୁ ପାଖ। ହେଲେ ହସ୍‌ପିଟାଲ୍ ପାଖରେ ପହଞ୍ଚି ସେମାନେ ଯାହା ଦେଖିଲେ, ମୁଣ୍ଡ ଗୋଳମାଳ ହୋଇଗଲା। ଏତେ ଲୋକ? ଏ ଗହଳି ଭିତରେ ତ ଭଲ ମଣିଷ ବି ଅସୁସ୍ଥ ହୋଇଯିବ।

ମଉସାଙ୍କୁ ନିଃଶ୍ୱାସ ନେବାରେ କଷ୍ଟ ହେଉଥିଲା। ହେଲେ ତାଙ୍କୁ ଜ୍ୱର କି କାଶ କିଛି ନଥିଲା।

ଏତିକି ବେଳେ ସାଙ୍ଗ ଆଦିତ୍ୟର କଥା ମନେପଡ଼ିଲା। ତନ୍ମୟ କହିଲା, "ମୁଁ ମୋ ସାଙ୍ଗ ଡାକ୍ତର ଆଦିତ୍ୟ ପ୍ରଧାନ ସହିତ କଥାବାର୍ତ୍ତା କରେ।"

ଆଦିତ୍ୟ ପରାମର୍ଶ ଦେଲା ତା' କ୍ଲିନିକ୍‌କୁ ଆଣିବାକୁ।

ସ୍ୱସ୍ତିର ନିଃଶ୍ୱାସ ନେଲା ତନ୍ମୟ। ଆଦିତ୍ୟର କ୍ଲିନିକ୍‌ରେ ପହଞ୍ଚିବା ପରେ ଆଦିତ୍ୟ କରୋନା ପାଇଁ ଗୋଟିଏ ସ୍ୱୀଡ଼୍ ଟେଷ୍ଟ୍ କରେଇନେଲା। ତାପରେ କେତେ ଜଣ ଷ୍ଟାଫ୍ ମଉସାଙ୍କୁ ପରୀକ୍ଷା କୋଠରିକୁ ନେଇଗଲେ। ସେଇଠୁ ଜଣାପଡ଼ିଲା ମଉସାଙ୍କର ରକ୍ତଚାପ ବଢିଯାଇଛି। ତାଙ୍କୁ ଔଷଧ ଦେଇ କିଛି ସମୟ ଅବ୍‌ଜରଭେସନ୍‌ରେ ରଖିବାକୁ ପଡ଼ିବ। ଆଦିତ୍ୟ କହିଲା, "ଯାହାହେଉ ତୁ ଠିକ୍ ସମୟରେ ନେଇଆସିଲୁ। ଟିକେ ଡ଼େରି ହୋଇଥିଲେ ଅବସ୍ଥା ହୁଏତ ନିୟନ୍ତ୍ରଣରେ ନଥାନ୍ତା। ଆଜିକାଲି ତାହାହିଁ ହେଉଛି। ଏ କରୋନା ଚକର୍‌ରେ ଲୋକ ଏମିତି ନର୍ଭସ୍ ଅଛନ୍ତି ଯେ, ସବୁକୁ କରୋନା ଭାବେ

ନେଇଯାଉଛନ୍ତି ଓ ଠିକ୍ ସମୟରେ ସାହାଯ୍ୟ କରୁନାହାନ୍ତି। ଫଳରେ ଅନ୍ୟ ରୋଗୀମାନେ ବି ଅକାଳରେ ଜୀବନ ହରାଉଛନ୍ତି।"

ତନ୍ମୟ କହିଲା, "ଧନ୍ୟବାଦ ସାଙ୍ଗ। ତୁ ଥିଲୁ ବୋଲି। ନହେଲେ ମୋ ଅବସ୍ଥା ବି ସେମିତି ଥିଲା। ହଁ, ମଣିଷ ଏତେ ଡରିଯାଇଛି ଯେ, ତାର ମାନସିକତା ବଦଳିଯାଇଛି। ଭଗବାନଙ୍କୁ ଧନ୍ୟବାଦ ଯେ ସିଏ ମତେ ଭଲବୁଦ୍ଧି ଦେଲେ। ମୁଁ ବି ଡରିଯାଇଥିଲି।"

ଆଦିତ୍ୟର ପରାମର୍ଶରେ କସ୍ତୁରୀର ମଉସା ତା' କ୍ଲିନିକ୍ ସହିତ ସଂଯୁକ୍ତ ଏକ ଛୋଟ ରୋଗୀ ସେବା ଗୃହରେ ଦୁଇଦିନ ରହିବାର ବ୍ୟବସ୍ଥା ହେଲା। ତନ୍ମୟ ଓ କସ୍ତୁରୀ ଫେରିଆସିଲେ। କସ୍ତୁରୀ ତା' ମାଉସୀଙ୍କ ଘରକୁ ଗଲା।

ଘରେ ପହଞ୍ଚି ତନ୍ମୟ ଗାଧୁଆ ଘରେ ପଶିଲା ଓ ପିନ୍ଧିଥିବା କପଡ଼ା ସବୁ ଧୋଇ ସଫା କଲା। ତାପରେ ନୂଆ ସାର୍ଟ ଓ ହାଫ୍ ପ୍ୟାଣ୍ଟ ପିନ୍ଧିଲା ଓ ଆଉ ଗୋଟିଏ ନୂଆ ମାସ୍କ ପିନ୍ଧି ବୋଉ ଓ ସୋନୁଙ୍କୁ ଡାକିଲା। ସେମାନେ ତଥାପି ଭୟଭୀତ ଥିଲେ। ସେମାନଙ୍କୁ ଆଶ୍ୱାସନ ଦେଇ ତନ୍ମୟ କହିଲା, "ଡ଼ରନି। ସେ ମଉସାଙ୍କର ବ୍ଲଡ଼୍‌ପ୍ରେସର୍ ବଢ଼ି ଯାଇଥିଲା। କରୋନା ନୁହେଁ। ଆଉ ତାଙ୍କୁ ନେଇ ମୁଁ ଆଦିତ୍ୟର କ୍ଲିନିକ୍‌କୁ ଯାଇଥିଲି। ଅନ୍ୟ କେଉଁଆଡ଼େ ନୁହେଁ।"

ତାପରେ ସେମାନେ ନିଜନିଜ ରୁମ୍‌ରୁ ବାହାରି ଡ୍ରଇଂରୁମ୍‌କୁ ଆସିଲେ। ବୋଉ ପଚାରିଲା, "କୋଉ ମଉସା କିରେ ?"

ତନ୍ମୟ କହିଲା, "ଦାମୋଦର ମଉସା। ଏଇ ପଡ଼ୋଶୀରେ ରୁହନ୍ତି। ଦୁଇବର୍ଷ ହେଲା ଏ ସାହିରେ ରହୁଛନ୍ତି।"

ବୋଉ କହିଲା, "ଦାମ ବାବୁ ! ହଁ, ହଁ, ଭାରି ଭଲ ଲୋକ। ହେଲେ ସେ ସ୍ତ୍ରୀ ଲୋକଟି ତ ଆମ ସାହିର ନୁହେଁ। ତୁ ତାକୁ କେମିତି ଜାଣିଲୁ ?"

"ସତ କହିଲୁ ବୋଉ। ସେ ସ୍ତ୍ରୀ ଲୋକଟି ଏ ସାହିର ନୁହେଁ। ସିଏ ରେଖାର ସାଙ୍ଗ। ଆମେରିକାରେ ରୁହେ। ଦାମ ମଉସା ତା'ର ମଉସା। ସିଏ ବି ମୋ ଭଳି ଓଡ଼ିଶା ଆସି ଫସି ଯାଇଛି। ଫେରି ପାରୁନି।"

ସେଦିନ ରାତିରେ ରେଖା ସହିତ କଥାବାର୍ତ୍ତା କରିବା ବେଳେ ରେଖାକୁ ଯେଉଁ ଗାଳିଦେବାକୁ ମନସ୍ଥ କରିଥଲା ତନ୍ମୟ, ସେଇଟା କରିପାରିଲାନି। ପ୍ରତି ବଦଳରେ ଧନ୍ୟବାଦ ଜଣେଇଲା, "ଜାଣିଲ ରେଖା, ଆଜି ତମ ପାଇଁ ଗୋଟିଏ ବହୁତ ଭଲ କାମ ହେଲା। ନହେଲେ କଣ ଯେ ହୋଇଥାନ୍ତା ?"

ରେଖା ବି କୃତକୃତ୍ୟ ହୋଇଗଲା। "ହଁ, ମୁଁ ଜାଣିଛି। କସ୍ତୁରୀ ମତେ ମେସେଜ୍

କରିଥିଲା। ଠାକୁର ସିନା ତମକୁ ଏ ଅସମୟରେ ଫନ୍ଦି ଦେଇଥିଲେ। ଦେଖ, ତମ ଦ୍ୱାରା ଗୋଟିଏ ସୁକର୍ମ କରେଇଲେ।"

ଦୁଇଦିନ ପରେ କସ୍ତୁରୀର ମଉସାଙ୍କୁ ସିଏ ନିଜ ଗାଡ଼ି ନେଇ ଘରକୁ ଫେରାଇ ଆଣିଥିଲା।

କସ୍ତୁରୀର ମା, ତା' ମଉସା ଓ ତା' ମାଉସୀଙ୍କ ମୁହଁରେ ସିଏ ସେଦିନ ଯେଉଁ କୃତଜ୍ଞତା ଓ ଆଶୀର୍ବାଦର ଝଲକ ଦେଖିଥିଲା, ତାହା ଯେମିତି ସାକ୍ଷାତ୍ ମହାପ୍ରଭୁଙ୍କ ଆଶୀର୍ବାଦର ଝର। ମଣିଷର ମୁହଁ ପୁଣି ଏତେ ସ୍ୱର୍ଗୀୟ ହୋଇପାରେ ?

ଏକ ସ୍ୱର୍ଗୀୟ ତୃପ୍ତିରେ ତନ୍ମୟର ହୃଦୟ ପୂରିଉଠିଲା।

ତଥାସ୍ତୁ

ଆଜି ଶନିବାରର ଏ ସୁନ୍ଦର ଅପରାହ୍ନ। ବସନ୍ତ ଆସିଛି ଅତି ସରାଗରେ। ଇଚ୍ଛା ହେଉଛି, ତମ ସହିତ ଡ଼େକ୍‌ରେ ବସି ଚାହା ପିଇବାକୁ। ହେଲେ ତମେ କୋଉ ଗୋଟିଏ ଜୁମ୍ ମିଟିଙ୍ଗ୍‌ରେ ବସିଛ ତ ବସିଛ, ତମକୁ ତର ନାହିଁ।

ତମେ ଏମିତି କାହିଁକି ବଦଳିଗଲ ମଞ୍ଜୁଳା ? ତମେ ସେ ଆଗ ଭଳି ରହିନ। ହଁ, କରୋନା ଭଳି ଏକ ମହାମାରୀ ଆସି ସମସ୍ତଙ୍କୁ ଆତଙ୍କିତ କରିଦେଲା। ଅନେକଙ୍କ ମନରେ ଜୀବନ ପ୍ରତି ଅବିଶ୍ୱାସ ଆସିଲା, ସଂସାର ପ୍ରତି ଉଦାସୀନତା ଆସିଲା। ହେଲେ ତମେ ହଠାତ୍ ସମାଜରେ ନିଜର ବିଶେଷତ୍ୱ ବଢାଇବାରେ ଆଗ୍ରହୀ ହେଲ। ଏମିତି ତ୍ୱରାନ୍ୱିତ ହୋଇଗଲ ଯେ, ତୁମ ମସ୍ତିଷ୍କରେ ଖାଲି ଫେସ୍‌ବୁକ୍, ଜୁମ୍, ଟିକ୍ ଟକ୍ ଭିଡ଼ିଓ, ହ୍ୱାଟ୍‌ସ୍‌ଆପ୍ ବସାବାନ୍ଧିଲେ। ତମେ ଭୁଲିଗଲ ଯେ ତୁମର ଦୁଇଟି ସନ୍ତାନ ଅଛନ୍ତି। ତୁମର ଗୋଟିଏ ସ୍ୱାମୀ ଅଛନ୍ତି। ଭାରତରେ ତୁମ ଶାଶୁ, ଶ୍ୱଶୁର, ନଣନ୍ଦ, ଦିଅର ତମ ସହିତ ଏଭଳି ପରିସ୍ଥିତିରେ ଟିକେ ମନଖୋଲି କଥାବାର୍ତ୍ତା ହେବାକୁ ଚାହାନ୍ତି।

ମୁଁ କେବେ ତମ ମନରେ ଦୁଃଖ ଦେବାକୁ ଚାହିଁନି। ତମର ସବୁ କଥା, ସବୁ ଇଚ୍ଛା, ସବୁ ଲକ୍ଷ୍ୟ ପୂରଣ ଦିଗରେ ମୁଁ "ତଥାସ୍ତୁ" କହିଛି। ତମ ମନରେ କଣ, କାହା ମନରେ କେବେ କଷ୍ଟ ଦେବାକୁ ମୁଁ ଚାହିଁନି। ସାତ ଭାଇ, ଭଉଣୀଙ୍କ ଭିତରେ ଘରର ବଡ଼ପୁଅ ହୋଇ ଜନ୍ମ ହେବାଟା ଗୋଟିଏ ବିଶେଷ ଗୁରୁ ଦାୟିତ୍ୱ। ସେ ଦାୟିତ୍ୱ ସମ୍ଭାଳିବାରେ ମୁଁ ଅବହେଳା କରିନି। ପିଲାବେଳେ ବାପାଙ୍କୁ ବିଲବାଡ଼ି କାମରେ ସାହାଯ୍ୟ କରିବା ସହିତ ବୋଉକୁ କୁଅରୁ ଆଣି ପାଣି କାଢିକରି ଦେବା, ପରିବା କାଟିଦେବା, ମସଲା ବାଟିଦେବା କାମରେ ସାହାଯ୍ୟ କରିଛି। ସାନ ଭାଇ, ଭଉଣୀ ମାନଙ୍କର ଦାୟିତ୍ୱ ନେଇଛି। ସେମାନଙ୍କୁ ଖୁଆଇଦେଇଛି, ଗାଧୋଇ ଦେଇଛି,

ସେମାନଙ୍କର ଗୁହମୁତ ସଫା କରିଛି, ପୁଣି ସେମାନେ ଟିକେ ବଡ଼ ହେବା ପରେ ନିଜେ ପଢେଇଛି, ବୁଝେଇଛି, ଅନେକ କଥା ଶିଖେଇଛି। ଆମେମାନେ ବହୁତ ଦୁଃଖରେ ଦିନ କଟାଇଛୁ। ତେବେ ଆଜି ସେମାନେ ସମସ୍ତେ ସୁଖରେ ଅଛନ୍ତି। ସେମାନେ ଯିଏ ଯାହା ଯେତେବେଳେ ମାଗିଛନ୍ତି, ନିବେଦନ କରିଛନ୍ତି, ମୁଁ ସେମାନଙ୍କୁ ବି "ତଥାସ୍ତୁ" କହିଛି। ସେଇଥିପାଇଁ ତମେ ମୋ ଉପରେ ଅନେକଥର ରାଗିଛ, ଅଭିମାନ କରିଛ ଯେ ସେମାନଙ୍କର ଏତେ ଭରପୁର ସଂସାର ଥାଇ ମଧ୍ୟ ସେମାନେ କଣ ପାଇଁ ମୋର ସାହାଯ୍ୟ ଲୋଡ଼ୁଛନ୍ତି ଓ ମୁଁ ସେମାନଙ୍କୁ କାହିଁକି ସାହାଯ୍ୟ କରୁଛି ବୋଲି। ମୁଁ ଛୋଟବେଳୁ ସେମିତି। ଦାୟିତ୍ୱ ନେବାରେ, ଅନ୍ୟକୁ ଦେବାରେ ଆନନ୍ଦ ପାଇଆସିଛି। ନିଜର କର୍ତ୍ତବ୍ୟ କରିବାରେ ଅବହେଳା କରିନି।

ମୋର ଗୋଟିଏ ଭଉଣୀ ଠିକ୍ ମୋ ତଳେ। ହେଲେ ବାପା ତାକୁ ଶୀଘ୍ର ବିଭା କରିଦେଇଥିଲେ। ସେତେବେଳକୁ ସିଏ ମ୍ୟାଟ୍ରିକ୍ ପାଶ୍ କରିଥାଏ। ମୁଁ ପ୍ରତିବାଦ କରିପାରିନଥିଲି। ମୁଁ ତ ପଢୁଥିଲି। ଖଡ଼ଗପୁରରେ ରହୁଥିଲି। ମୋତେ ବାପା କହିଥିଲେ, "ବାବୁ, ଯେତେ ପଢିବୁ ତୁ ପଢିଯା। ମନଦେଇ ପଢିବୁ, ଅନ୍ୟ କଥାରେ ମୁଣ୍ଡ ପୂରେଇବୁନି। କାରଣ, ତୁ ଯଦି ଯୋଗ୍ୟ ନ ହେବୁ, ତୋ ଭାଇ, ଭଉଣୀମାନେ ତୋତେ ହିଁ ଅନୁସରଣ କରିବେ। ମହତେ ଯାହା ଆଚରିବେ, ଇତରେ ତାହାହିଁ କରିବେ। ତୁ ତୋ ଭାଇ, ଭଉଣୀ ମାନଙ୍କର ଭବିଷ୍ୟତର ସ୍ୱରୂପ।"

ସେଇଆ ହିଁ ହେଲା। କେବଳ ବେଙ୍ଗ ସିନା ବାହା ହେଇଗଲା, ହେଲେ ଆଉ ସମସ୍ତେ ଭଲ ପାଠ ପଢିଲେ। ଯୋଗ୍ୟ ହେଲେ। ଏଇ ଗତବର୍ଷ ମୋ ସାନ ଭଉଣୀ ବି ବାଙ୍ଗାଲୋର୍‌ର ଏକ ବଡ଼ କଂପାନୀରେ ଚାକିରିରେ ଯୋଗଦେଲା। ମୁଁ ସେଥିପାଇଁ ଅନେକ ଆନନ୍ଦିତ।

ହେଲେ ତମେ ରାଗୁଥିଲ। ମୋର ମୋ ପରିବାର ପ୍ରତି ଏତେଟା କର୍ତ୍ତବ୍ୟପରାୟଣତା ତମେ ସହି ପାରୁନଥିଲ।

ପନ୍ଦର ବର୍ଷ ତଳର କଥା। ସେଇବର୍ଷ ବାପୁନୁ ଜନ୍ମ ହେଲା। ମୋ ବାପା ବୋଉଙ୍କର ଭାରି ଇଚ୍ଛା ଥିଲା ପ୍ରଥମ ନାତିନାତୁଣୀ ହେବ, ସେମାନେ ଆସି ଆଗରୁ ସାହାଯ୍ୟ କରିବେ। ତମେ କିନ୍ତୁ ରାଗିଲ। "ତମ ବୋଉ ତ ଗାଁରେ ରହିଲେ। ସିଏ କଣ ଆମେରିକାର ସିଷ୍ଟମ୍ ଜାଣିପାରିବେ ଯେ ମତେ ସାହାଯ୍ୟ କରିବେ। ବରଂ ମୋ ମମିଙ୍କୁ ମୁଁ କହୁଛି ସିଏ ଆସନ୍ତୁ। ତାହେଲେ ମୁଁ ଟିକେ ସହଜ ଅନୁଭବ କରିବି।" ମୋ ବୋଉ ସାତଟା ପିଲା ଜନ୍ମ କରି ବଡ଼ କରିଛି। ସମସ୍ତେ ଜୀବିତ ଓ ଯୋଗ୍ୟ। ହେଲେ ତମକୁ ସେକଥା ମୁଁ ସେତେବେଳେ କହିପାରିଲିନି।

ତମ କଥାରେ ମୁଁ "ତଥାସ୍ତୁ" କହିବାକୁ ବାଧ୍ୟ ହେଲି । କାରଣ, ସେତେବେଳେ ତମ ସହିତ ବ୍ୟାୟାମ କରିବାକୁ ଯାଇ ଓ ଅନ୍ୟାନ୍ୟ ସବୁ ତାଲିମ୍ କ୍ଷେତ୍ରକୁ ଯାଇ ମୁଁ ବୁଝିଥିଲି ଯେ, ଏ ସମୟରେ ମା' ହେବାକୁ ଯାଉଥିବା ନାରୀଟିର ମନକୁ ଜଗିବାର ଅଛି । ତା' ମନର ପ୍ରଭାବ ପିଲା ଉପରେ ପଡ଼ିବ । ତେଣୁ ତମର ସବୁ ଇଚ୍ଛା, ସବୁ କଟାଳ ମୁଁ ପୂରଣ କରୁଥିଲି । ପିଲା ଡିଉ ଡ଼େଟ୍‌ର ମାସକ ପୂର୍ବରୁ ତମ ମମି, ଡାଡ଼ି ଆସି ପହଞ୍ଚିଲେ । ବାପ୍‌ରେ, ତାପରେ ତ ମୁଁ ଘରର ଚାକର ହୋଇଗଲି । ଏବେ କେବଳ ତମର ନୁହେଁ, ତମ ମମି, ଡାଡ଼ିଙ୍କର ଫରମାସ୍ ବି ମତେ ପୂରଣ କରିବାକୁ ପଡ଼ିଲା ।

ବାପୁନୁ ଜନ୍ମ ହେବା ପରେ ତା' ମୁହଁ ଦେଖି ମୁଁ ସବୁ ସହି ଯାଉଥିଲି । ତମ ମମି ତ ମତେ ଉଠ୍‌ବସ୍ କରାଉଥିଲେ । ପ୍ରତିଦିନ କିଛି ନା କିଛି କାମରେ ଦୋକାନକୁ ଯିବା ଦରକାର ହେଉଥିଲା । ମନ ହେଉଥିଲା କହିଦେବାକୁ, "ଗୋଟିଏ ତାଲିକା କରି ଦେଉନାହାନ୍ତି କାହିଁକି ମମି । ସପ୍ତାହରେ ଗୋଟିଏ ଥର ଯାଆନ୍ତି, ନେଇ ଆସନ୍ତି ।" ହେଲେ ନା, ମୋ ଶାନ୍ତ ସ୍ୱଭାବ ସବୁ ଅଶାନ୍ତିକୁ ନିଜ ମନ ଭିତରେ ନୀଳକଣ୍ଠ ଭଳି ପିଇଦେଉଥିଲା । ସେତେବେଳେ ମୋର ଜୀବନ ବଡ଼ ହୀନସ୍ତାରେ କଟିଛି । ଏକୋଇଶା ବେଳକୁ ତମ ଦୁଇ ଭାଇ, ଭାଉଜଙ୍କ ପରିବାର ସମସ୍ତେ ନ୍ୟୁୟର୍କରୁ ଆସିଥିଲେ । ଲାଗୁଥିଲା ଯେମିତି ସେଇଟା ତମ ଘରର ଉତ୍ସବ । ଆମ ଘରର କେହି ନଥିଲେ । ସେଇଟା ମତେ ବାଧୁଥିଲା । ହେଲେ ମୁଁ ବାହାରକୁ ଦେଖୋଉନଥିଲି । ତମ ପରିବାରର ଯିଏ ଯାହା ବରାଦ କଲା, ସେସବୁ ମୁଁ ପୂରଣ କଲି । ମୋ ପାଖରେ ଅର୍ଥର ଊଣା ନଥିଲା । ହେଲେ ଏପଟସେପଟ ହେବାଟା ମତେ ବାଧୁଥିଲା ।

ଠିକ୍ ଏକୋଇଶା ପରଦିନ । ତମେ କହିଲ, "ଭାଇ, ଭାଉଜ ଓ ତାଙ୍କ ପିଲାଙ୍କୁ ନେଇ ଟିକେ ଆକୁଆରିୟମ୍ ଯାଉନ । ନହେଲେ ସେମାନେ କଣ ଭାବିବେ ।" ତାହାବି ମୁଁ କଲି । ସମସ୍ତଙ୍କ ପାଇଁ ଟିକେଟ୍ କାଟିଲି । ସମସ୍ତଙ୍କୁ ସାଙ୍ଗରେ ନେଇ ଗଲି । ତିନି ସପ୍ତାହ ତଳେ ମମି, ଡାଡ଼ିଙ୍କୁ ବି ନେଇ ଯାଇଥିଲି । ମତେ ଭିତରକୁ ଯିବାକୁ ଜମା ଇଚ୍ଛା ନଥିଲା । ଅର୍ଥ ଶ୍ରାଦ୍ଧ, ସମୟ ଶ୍ରାଦ୍ଧ । ସେଇ ସମୟ ତକ ବରଂ ଶୋଇଲେ ଭଲ ହୁଅନ୍ତା । ଛୋଟ ପିଲାଟା ରାତିସାରା କାନ୍ଦୁଥିଲା । ତେଣୁ ରାତିରେ ଭଲ ନିଦ ହେଉନଥିଲା । କିନ୍ତୁ ନା, ଇଚ୍ଛା ନଥିଲେ ବି ଭିତରକୁ ଯିବାକୁ ପଡ଼ିଲା । ନହେଲେ ସେମାନେ କଣ ଭାବିଥାନ୍ତେ ? ମନେ ପଡୁଥିଲା ସେ ଗପଟି, "ଲୋକେ ବୋଲିବେ କଣ ?"

ବାପୁନୁ ଜନ୍ମର ତିନିମାସ ପରେ ତମ ଡାଡ଼ି, ମମି ଫେରିଗଲେ । ମୋ ବାପା, ବୋଉଙ୍କୁ ଟିକେଟ୍ ଓ ଭିସା କରାଇ ଆମେରିକା ନେଇଆସିଲି । କାରଣ, ମତେ ମୋ ଚାକିରି ସହିତ, ଛୋଟ ପିଲାର କାମ ସହିତ, ଘରର ରୋଷେଇ ସବୁ ଦେଖିବା କଷ୍ଟ

ହେଉଥିଲା। ତେଣୁ ଭାବିଲି, ବାପା, ବୋଉ ଆସିଲେ, ଭଲ ତ ଖାଇବାକୁ ମିଳିବ। ତାପରେ ସେମାନଙ୍କ ନାତି ଦେଖା ଇଚ୍ଛା ବି ପୂରଣ ହେବ। ଛ ମାସରେ ପୁଅର ଖିରି ଚଟା କାମ ବି ସେମାନଙ୍କ ଫେରିବା ପୂର୍ବରୁ ହେଇଯିବ। ତମେ ଚାହୁଁନଥିଲ କି ମୋ ବାପା, ବୋଉ ଆସନ୍ତୁ। ତମକୁ ତାହେଲେ ଅନେକ ଆଡ୍‌ଜଷ୍ଟ୍ କରି ଚଳିବାକୁ ପଡ଼ିବ। ସେମାନେ ଆସିବା ପରେ ତମ ବ୍ୟବହାର ସେମାନଙ୍କ ପାଇଁ ରୁକ୍ଷ ହୋଇଉଠିଲା। ଏମିତି ତ ତମେ ମୁହଁରେ କହୁନଥିଲ, କିନ୍ତୁ ଆଚାର ବ୍ୟବହାରରେ ଫୁଟେଇ ଦେଖାଉଥିଲ। ବୋଉ ଖାଦ୍ୟ ତିଆରିକଲେ ତମେ ଖାଉନଥିଲ। ସିଏ କେତେ ଆଗ୍ରହରେ ଆରିସା, କାକରା, ଲବଙ୍ଗଲତା ଗଢୁଥିଲା। ତମେ କହୁଥିଲ, "ଏ ସମୟରେ ସେସବୁ ଖାଇଲେ ମୋ ଚେହେରା ମୋଟା ହୋଇ ରହିଯିବ।" ବୋଉ ପିଲାକୁ କୋଳରେ ଧରିଲେ, ତମେ କହୁଥିଲ, "ପିଲାକୁ ସ୍ୱାଧୀନ ଭାବେ କ୍ରିବ୍‌ରେ ଶୁଆଇଦେବା ଭଲ। ନହେଲେ, ସେମାନେ ସବୁବେଳେ ଅନ୍ୟ କୋଳରେ ବସିବା ଅଭ୍ୟାସ କରିଦେବେ ଆଉ ମତେ ଆପଣ ଯିବା ପରେ ହଇରାଣ ହେବାକୁ ପଡ଼ିବ।"

ତମର ବାପା, ବୋଉଙ୍କ ପ୍ରତି ଏମିତି ବ୍ୟବହାର ମତେ ପସନ୍ଦ ହେଉନଥିଲା। ହେଲେ ମୁଁ ଚଳେଇନେଇ କହୁଥିଲି, "ହଁ ଲୋ ବୋଉ, ମୁଁ ବି ମଞ୍ଜୁଳା ସହିତ ତାଲିମ୍ ନେଉଥିଲି। ଏସବୁ ଶିକ୍ଷା ସେ ଡାକ୍ତର ମାନଙ୍କର।"

ରାତି ଅନିଦ୍ରା ରହି କି କଣ, ମୋର ଏ ଭିତରେ ଏସିଡ଼ିଟି ବଢି ଯାଇଥିଲା। ହୁଏତ ଏତେଟା ଅସନ୍ତୋଷରେ ବାରମ୍ବାର ରହି ଓ ମନକଥା କାହାକୁ କିଛି ନ କହି ଏମିତି ହେଉଥିଲା। ସେମାନେ ଫେରିଯିବା ପରେ, ମୁଁ ଡାକ୍ତରଙ୍କ ପାଖକୁ ବାର୍ଷିକ ଚେକ୍‌ଅପ୍ ପାଇଁ ଯାଇଥିଲି। ସିଏ ପରାମର୍ଶ ଦେଲେ, "ଆପଣ ମନ ଭିତରେ କିଛି ଅସନ୍ତୋଷ ଚାପି ରଖନ୍ତୁନି। କାହାକୁ ବି ହେଲେ କହିଦିଅନ୍ତୁ। ଯାହାକୁ ଆପଣ ବିଶ୍ୱାସ କରୁଛନ୍ତି, ତା' ଆଗରେ ହୃଦୟ ଖୋଲିଦିଅନ୍ତୁ, ମୁହଁ ଖୋଲିଦିଅନ୍ତୁ।"

ପ୍ରଥମେ ଭାବିଲି ଏ କଥା ମୁଁ ତମକୁ କହିବି। ତାପରେ କାହିଁକି କେଜାଣି ମନରେ ଭୟ ଆସିଲା। ତେଣୁ ମୁଁ ଏକଥା ସବୁ ଛନ୍ଦା ଅପାଙ୍କୁ କହିଲି। ମୋ ମନ ଭିତରର ଯେତେ ଅସନ୍ତୋଷ ଥିଲା, ସବୁ ତାଙ୍କ ଆଗରେ ଖୋଲିଦେଲି। ତମେ ଏକଥା କେମିତି ଶୁଣିଦେଲ। ତାପରେ ତ ତମର ଚଣ୍ଡୀ ରୂପକୁ ଦେଖେ କିଏ ? ତମେ ଛନ୍ଦା ଅପାଙ୍କ ନାଁକୁ ମୋ ନାଁରେ ଲଗେଇ କେମିତି ଅସଭ୍ୟ ଭାବେ କହିଗଲ। ସେଇଟା ମତେ ଅସହ୍ୟ ହେଲା। ଛନ୍ଦା ଅପା ଆମ ଦୁଇଜଣଙ୍କୁ ଏତେ ସ୍ନେହ ଦେଉଥିଲେ। ତମ ପାଇଁ ବେବି ଶାୱାର୍ କରିଥିଲେ। ତମେ ତାଙ୍କ ନାଁରେ ଏମିତି ଅଶ୍ଳୀଳ ଭାଷା କହିପାରିଲ କେମିତି ? ଏତେଦିନ ନୀରବ ହୋଇ ରହିଥିବା ଜୀବଟା ହଠାତ୍ ଚିଡ଼ିଗଲା ଓ ତମ

ଉପରକୁ ତା' ହାତ ଉଠିଗଲା। ହୁଏତ ଏସିଡ଼ିଟି ପାଇଁ ବି ସେମିତି ହେଲା। ପରେ ମୁଁ ଅନୁତାପ କଲି। କ୍ଷମା ବି ମାଗିଲି। ହେଲେ ସେତେବେଳକୁ ଭୁଲ୍ ହୋଇସାରିଥିଲା।

ତା' ପରଦିନ ମୁଁ ଅଫିସ୍ ଯାଇଥିଲି। ଘରକୁ ଫେରିବା ବେଳକୁ ଘରେ କେହି ନାହାନ୍ତି। ତମେ ନାହଁ, ପୁଅ ବି ନାହିଁ। ମୋ ମୁଣ୍ଡ ଘୂରିଗଲା। କଣ ଚୋରି, ଡକାୟତି କିଛି ହେଲା ? ନା, ସବୁ ଜିନିଷ ନିଜନିଜ ସ୍ଥାନରେ ଥିଲେ। ମୁଁ ତମକୁ ଫୋନ୍ କଲି। ହେଲେ ତମେ ଫୋନ୍ କାଟି ଦେଉଥିଲ ବୋଧହୁଏ। ମୁଁ ଡରିଗଲି। ତମ ଭାଇଙ୍କୁ ଫୋନ୍ କଲି। ସିଏ କହିଲେ, "ମଞ୍ଜୁଳା ମୋ ପାଖକୁ ଆସିଛି।" ମୁଁ କହିଲି, "ଟିକେ ତାକୁ ଫୋନ୍ ଦିଅନ୍ତୁ ତ, ମୁଁ କଥା ହେବି।" ତମେ କିନ୍ତୁ କଥା ହେବାକୁ ଚାହିଁଲନି। ତାପରେ ଯେତେଥର ମୁଁ କଥାହେବାକୁ ଚାହିଁଲି, ତମେ କଥା ହେଲନି। ତମେ ନିଜେ ବି ଫେରିଲନି। ତାପରେ ଦିନେ ଶୁଣିଲି, ତମେ ପୁଅକୁ ଧରି ଓଡ଼ିଶାରେ ତମ ଘରକୁ ଚାଲିଯାଇଛ ?

ମୁଁ କଣ କରିବି ଜାଣି ପାରିଲିନି। ନିଜ ଉପରେ ମୋର ରାଗ ହେଲା। ମୋ ସାନ ଭାଇ ଭଉଣୀ ମାନଙ୍କର ଏ ଆଦର୍ଶ ଭାଇ ଏତେ ବଡ଼ ଭୁଲ୍ କାହିଁକି କଲା ? ମୁଁ ନିଜ ପାଖରେ ନିଜେ ଛୋଟ ହେଇଗଲି। ହେଲେ ଆମ ଭିତରର କଥା କେହି ଜାଣିନଥିଲେ। ସମସ୍ତେ ଭାବୁଥିଲେ, ତମେ ଖୁସିରେ ପିଲାକୁ ନେଇ ଓଡ଼ିଶା ଆସିଛ। ତମେ ତମ ମମି ଡାଡ଼ିଙ୍କୁ ବି କିଛି କହିନଥିଲ। ଆମ ଘରୁ ସମସ୍ତେ ପୁଅକୁ ଦେଖିବାକୁ ତମ ଘରକୁ ଗଲେ। ସେମାନେ ତମକୁ ଆମ ଘରକୁ ଆସିବାକୁ ଅନୁରୋଧ କରିଥିଲେ। ହେଲେ ତମେ ଗଲନି। କୈଫିୟତ୍ ଦେଲ କି ପୁଅ ଗାଁରେ ଚଳି ପାରିବନି। ଆଉ ଅନ୍ୟମାନଙ୍କ ବସାରେ ଏମିତି ଗହଳି ଯେ, ସେଠି ତାକୁ ଚଳିବାକୁ କଷ୍ଟ ହେବ।

ଏ କଥା ମୋ ବୋଉ ମତେ କହି କାନ୍ଦିଲା। "ତୁ ଟିକେ ବୁଝେଉନୁ। ଗାଁରେ ତା' ପାଇଁ ପିଲାମେଳା ଟିଏ କରିବାକୁ ଭାରି ମନ କରିଛି। ନହେଲେ ତୁ କିଛିଦିନ ଛୁଟି ନେଇ ଆସୁନୁ। ତାହେଲେ ତୋ ସହିତ ସିଏ ଆସନ୍ତା।"

ମୁଁ ବି ମୋ ପୁଅ ପାଇଁ ପାଗଳ ପ୍ରାୟ ହୋଇଗଲି। ପରାମର୍ଶ ନେଲି ଛନ୍ଦା ଅପାଙ୍କର। ସିଏ କହିଲେ, "ତମେ ନିଜେ ଯାଅ ମଞ୍ଜୁଳାର ଘରକୁ। ନହେଲେ ତା' ଅଭିମାନ ଭାଙ୍ଗିବନି। ତାକୁ ବୁଝେଇବ। ନିଜ ଭୁଲ୍ ପାଇଁ କ୍ଷମା ମାଗିବ। ଦେଖିବ, ସବୁ ଠିକ୍ ହୋଇଯିବ।"

ସେଇଆ ହେଲା। ତମ ପାଖରେ ମୁଁ ସେଦିନ ପ୍ରତିଜ୍ଞା କଲି। ଭୀଷ୍ମ ପ୍ରତିଜ୍ଞା। ତମର ସବୁ କଥାରେ "ତଥାସ୍ତୁ" କହିବି। ତମ ଉପରକୁ ହାତ ଆଉ ଦ୍ୱିତୀୟ ଥର ପାଇଁ କେବେ ଉଠିବନି। ତାପରେ ତମେ ସବୁ ସ୍ୱାଭାବିକ ଭାବେ କଲ ଓ ମୋ ସହିତ

କେତୋଟି ସର୍ତ୍ତ ବି ରଖିଲ। ଆମେ ଆମ ଗାଁକୁ ଗଲେ ଗୋଟିଏ ଦିନ ପାଇଁ। ପିଲାମେଳା ହେଲା। ବୋଉ ଖୁସିହେଲା। ତାପରେ ତମକୁ ଦେଇଥିବା କଥା ଅନୁଯାୟୀ, ଆମେ କଟକ ଫେରିଆସିଲେ। ହୋଟେଲ୍‌ରେ ରହିଲେ। ତମେ ମୋ ଭାଇ, ଭଉଣୀଙ୍କ ପରିବାର ସହିତ ଆଡ୍‌ଜଷ୍ଟ୍ କରି ରହିବାକୁ ପସନ୍ଦ କଲନି। "ସେ ଯେଉଁ ଅସନା ଟଏଲେଟ୍।" ମୋ ପୁଅର ଦେହ ଖରାପ ହୋଇଯିବ ସେଠି। ବରଂ ଆମେ ଏଠି ରହିବା ଓ ସେମାନଙ୍କ ସହିତ ହୋଟେଲ୍ ଲବିରେ କି ଡାଇନିଙ୍ଗ୍ ଏରିଆରେ ମିଳାମିଶା କରିବା। ସେଇଆ ହେଲା। ଅବଶ୍ୟ ସମସ୍ତେ ସେଥିରେ ଖୁସି ହେଲେ। ସେତେବେଳକୁ ସମସ୍ତେ ଏତେ ସ୍ୱଚ୍ଛଳ ନଥିଲେ। ତେଣୁ ଫାଇଭ୍‌ଷ୍ଟାର୍ ହୋଟେଲ୍ ଲବିରେ ସମୟ କଟେଇବା ଓ ଡାଇନ୍ କରିବା ସେମାନଙ୍କ ପାଇଁ ପ୍ରଥମ ଅନୁଭୂତି କହିଲେ ଅତ୍ୟୁକ୍ତି ହେବ ନାହିଁ। ସେମାନେ ସମସ୍ତେ ତୁମର ସ୍ୱାର୍ଥପରତା ନ ବୁଝି ତମକୁ ପ୍ରଶଂସା କଲେ। "ଭାଉଜଙ୍କ ପାଇଁ ଏତେ ବଡ଼ ହୋଟେଲ୍ ଦେଖିଲେ ଓ ସେଠି ଖାଇଲେ ଆମେ।"

ଆମେ ତାପରେ ଆମେରିକା ଫେରିଆସିଲେ। ଆମର ସଂପର୍କରେ ସ୍ୱାଭାବିକତା ଫେରିଆସିଲା। ତିନି ବର୍ଷ ପରେ ଆମର ଝିଅଟିଏ ହେଲା। ତମ ଡାଡ଼ି, ମମି ପୁଣି ଆସିଲେ। ମୁଁ ପୁଣି ତମ ମାନଙ୍କର ଚାକର ହୋଇ ରହିଲି କିଛିଦିନ ପାଇଁ। ତେବେ ସେତେବେଳକୁ ମୁଁ ଏସିଡ଼ିଟି ପାଇଁ ଔଷଧ ଖାଉଥିଲି ଓ ମନକୁ ନିୟନ୍ତ୍ରଣରେ ରଖିବାର ଗୋଟିଏ ଅନ୍‌ଲାଇନ୍ କୋର୍ସ ବି କରିଥିଲି। ତାପରେ ତମର ସବୁ କଥାକୁ ମାନିନେବାରେ ମୋର କିଛି ଅସୁବିଧା ହେଉନଥିଲା।

ଯେହେତୁ ତମେ ଆମର ମାଟି ଘରେ ରହିବାକୁ ପସନ୍ଦ କରୁନଥିଲ, ମୁଁ ମୋ ଭାଇମାନଙ୍କ ସହିତ କଥାବାର୍ତ୍ତା କରି ଗାଁରେ ଗୋଟିଏ ଭଲ କୋଠାଘର ତିଆରି କରିବା ପାଇଁ ଯୋଜନା କରୁଥିଲି। ସେତେବେଳକୁ ମୋ ଭାଇମାନେ କେହି ପାରିନଥିଲେ। ତେଣୁ ସବୁ ଖର୍ଚ୍ଚ କଣ ମୁଁ କରିନଥାନ୍ତି ? ସେଇଟା ତମର ପସନ୍ଦ ଆସିଲାନି। ଏମିତିକି ତମ ଡାଡ଼ି, ମମି ବି ଆମ ଘର ମାମଲାରେ ହସ୍ତକ୍ଷେପ କରିବାକୁ ବସିଥିଲେ। "ଗାଁରେ କିଏ ରହିବ ? ତମ ଭାଇମାନେ ତ ବାହାରେ ଚାକିରି କରି ସବୁ ସହରରେ ସେଟ୍‌ଲ୍ ହୋଇଯିବେ। ସାନ ଭଉଣୀଟି ବାହା ହେଇଯିବ। ବାପା, ମା ଆଉ କେତେଦିନ ରହିବେ ? ସେଥିପାଇଁ ଗାଁରେ ଏତେବଡ଼ ଘର କରିବା କଣ ଦରକାର ? ବରଂ ସେଇ ଟଙ୍କାରେ ଭୁବନେଶ୍ୱରରେ ଜାଗା ଖଣ୍ଡେ କି ଫ୍ଲାଟ୍ ଟିଏ କିଣିଲେ ଭବିଷ୍ୟତରେ ଦରକାର ଆସିବ।"

ମତେ ସେସବୁ କଥା ବାଧିଲା। ତମ ଡାଡ଼ି ମମିଙ୍କର ମୋ ପରିବାର ବିଷୟରେ ମତାମତ ଦେବା କଣ ଦରକାର ? ହେଲେ ମୁଁ ତାଙ୍କୁ କିଛି କହିଲିନି। ମୋର ସ୍ୱପ୍ନ

ଥିଲା ଗାଁରେ କୋଠାଘରଟିଏ କରିବା। ସେଇଟା କଲି। ସବୁ ଭାଇ, ଭଉଣୀ ମାନଙ୍କର ଗୋଟିଏ ଗୋଟିଏ ବଖରା। ବାପା, ବୋଉଙ୍କର ଗୋଟିଏ ବଖରା। ଠାକୁରଙ୍କ ପାଇଁ ବଡ଼ କୋଠରିଟିଏ। ପୂରା ଘରଟା ଦୁଇ ମହଲା ରହିଲା। ରୋଷେଇଘରଟା ବି ବଡ଼ ରହିଲା। ଡ୍ରଇଂ ରୁମ୍‌ଟିଏ ବି ରହିଲା। ପୂରା କାମ ସରୁସରୁ ତିନି ବର୍ଷ ଲାଗିଗଲା। ତମେ ପଚାରିଲ, "ସବୁ ଖର୍ଚ୍ଚ ତ ତମେ କଲ। ହେଲେ ଘରଟା ବାପାଙ୍କ ନାରେ କାହିଁକି କଲ ? ସବୁ ଭାଇ ଭଉଣୀ ସେଥିରେ ଭାଗ ବସେଇବେ।"

ମୁଁ ତମକୁ ବୁଝେଇଲି। "ମୋ ବାପା, ବୋଉ ଯେଉଁ କେତେଦିନ ବଞ୍ଚିବେ, ଆନନ୍ଦରେ, ସୁଖରେ ଅତିବାହିତ କରନ୍ତୁ। ତମେ ଯେମିତି ଆମ ଗାଁକୁ ଯିବାକୁ ଚାହୁଁନ, ସେକଥା ମୋ ସାନ ଭାଇମାନଙ୍କର ସ୍ତ୍ରୀ ମାନେ ବି କହିବେ। ସେଇଟା ନ ହେଉ। ସମସ୍ତଙ୍କର ବାହାଘର ବୟସ ହୋଇଗଲାଣି। ଯାହାକୁ ଜୁଟିଯିବ, ଗୋଟିଏ ଗୋଟିଏ ବାହାଘର ଏବେ ସବୁ ଚାଲିବ। ଘର ନଥିଲେ ସେସବୁ ସୁବିଧା ହେବନି।"

କହୁକହୁ ତା ପରବର୍ଷ ମୋ ତଳ ଭାଇ, ମାନେ ମୋ ବାପାଙ୍କର ଦ୍ୱିତୀୟ ପୁତ୍ର ଶାରଦାପ୍ରସନ୍ନର ବିଭାଘର ହେଲା। ତାକୁ ସେଇବର୍ଷ ଆଇ.ଏ.ଏସ୍ ମିଳିଗଲା ଓ ତା' ସ୍ତ୍ରୀକୁ ଆଲାଏଡ୍। ଉଭୟଙ୍କର ପ୍ରେମ ବିବାହ ହେଲା। ଦୁଇଜଣ ଯାକ ଏତେ କୃତକୃତ୍ୟ ହୋଇଗଲେ ଯେ, ମୋତେ ସେମାନେ ପ୍ରଶଂସାରେ ପୋତି ପକେଇଲେ। "ଯାହାହେଉ ଭାଇ, ଆପଣ ଏ ଘରଟି କରେଇ ବହୁତ ଭଲ କଲେ। କେତେ ବଢିଆ ଲାଗୁଛି ନା, ଆମେ ସମସ୍ତେ ସାଙ୍ଗରେ ଅଛନ୍ତି ଓ ସୁବିଧାରେ ଅଛନ୍ତି।" ତମେ ବି ସେଠି ଥିଲ। ତମେ ହସିଦେଲ। ଶାରଦା କହିଲା, "ଭାଇ, ତମେ ଆମ ପାଇଁ ବହୁତ କଲଣି। ଏବେ ମୋର ତ ଚାକିରି ଲାଗିଗଲାଣି। ଏବେ ସବୁ ଘର ପାଇଁ ମୁଁ ଓ ଅନୁଷ୍କା ମିଶି କରିବୁ। ତମେ ଖାଲି ଆମକୁ କହିବ।" ତମେ ସେକଥା ଶୁଣି ଖୁସି ହେଲ। ତମ ଦିଅର ଜଣେ ଆଇ.ଏ.ଏସ୍ ଅଫିସର୍, ସେ ନେଇ ତମେ ଖୁସି ଥିଲ। ହେଲେ ସେଇ ଦିଅର ଯେତେବେଳେ କିଛି କାମ ନକରି ଆଇ.ଏ.ଏସ୍ ପାଇଁ ଭୁବନେଶ୍ୱରରେ ଘର ଭଡ଼ା ନେଇ ରହୁଥିଲା ଓ ପରୀକ୍ଷା ପାଇଁ ପ୍ରସ୍ତୁତି କରୁଥିଲା, ତମେ ମତେ ଅନେକ କଥା ଶୁଣେଇଛ। "ସିଏ ଗାଁରେ ରହୁନାହାନ୍ତି। ଭୁବନେଶ୍ୱରରେ ଭଡ଼ା ନେଇ କାହିଁକି ରହିବେ ? ଆଉ ତାଙ୍କ ଖର୍ଚ୍ଚ ତମେ ଦେବ। ତମ ଭଳି ଲୋକ ନା, ନିଜ ପାଇଁ କେବେ କିଛି କରିପାରିବନି।"

ମୁଁ କହୁଥିଲି, "ମୋ ଭାଇ ଯେଉଁଦିନ ଆଇ.ଏ.ଏସ୍ ପାଇଯିବ ଓ ଅଫିସରଟିଏ ହେବ, ସେଇଟା କଣ ମୋ ନିଜ ପାଇଁ କରିବା ହେବନି ?"

ତମେ ମୁହଁ ବୁଲେଇ ଚାଲି ଯାଇଥିଲ।

ଏ ଭିତରେ ଆମ ଘରର ଅବସ୍ଥା ଖୁବ୍ ସୁଧୁରିଛି। ମୋର ଅନ୍ୟ ତିନି ଭାଇ ମଧ୍ୟ ସମସ୍ତେ ଯୋଗ୍ୟ ହୋଇଛନ୍ତି। ଦୁଇଟି ଭାଇ ବାଙ୍ଗାଲୋର୍‌ରେ ଇଞ୍ଜିନିଅର୍ ଅଛନ୍ତି। ସେମାନଙ୍କର ବିଭାଘର ସରିଛି। ସବୁଠାରୁ ସାନ ଭାଇଟି ଡାକ୍ତରୀ କରିସାରିଛି ଓ ଏବେ ପିଜି କରୁଛି। ତା ବିଭାଘର ହୋଇନି କି ସାନ ଭଉଣୀଟିର ବିଭାଘର ହୋଇନି। ତେବେ ଶାରଦା ନିଜ କର୍ତ୍ତବ୍ୟ କରୁଛି। ସେମାନଙ୍କୁ ସିଏ ଦରକାର ବେଳେ ସାହାଯ୍ୟ କରୁଛି।

ଏଠି ଆମେରିକାରେ ଆମ ଜୀବନରେ ସବୁ କିଛି ଠିକ୍ ନ ଚାଲିଥିଲେ ବି ଠିକ୍ ଭଳି ମନେ ହେଉଥିଲା। ପାଞ୍ଚ ବର୍ଷ ତଳେ ତମେ କହିଲ କଂପ୍ୟୁଟର୍ କୋର୍ସ କରିବାକୁ। ତମର ସାଙ୍ଗ ମାନେ ସେ କୋର୍ସ କରି ସମସ୍ତେ ଚାକିରି କଲେଣି। ଏବେ ତ ପିଲା ଦୁଇଟି ବଡ଼ ହୋଇ ସ୍କୁଲ୍ ଗଲେଣି। ତମେ ଦିନ ସାରା ଘରେ ରହି ବୋର୍ ହେବ କାହିଁକି ? ଭଲ କଥା। ତମେ କୋର୍ସ କଲ। ସବୁଥିରେ ଏ ଗ୍ରେଡ୍ ପାଇଲ। ମୁଁ ପିଲାମାନଙ୍କର ହୋମ୍‌ୱାର୍କ, ତାଙ୍କ ଏକ୍‌ସ୍‌ଟ୍ରା କରିକୁଲାର୍ ଆକ୍‌ଟିଭିଟି ସବୁର ଦାୟିତ୍ୱ ନେଲି। ବେଳେବେଳେ ତମ ହୋମ୍‌ୱାର୍କ ଥିଲେ ରୋଷେଇ ବି କରୁଥିଲି। ଦୁଇବର୍ଷ ପରେ ତମ କୋର୍ସ ସରିଲା। ତମେ ଗୋଟିଏ କଂପାନୀରେ ଚାକିରି ବି ପାଇଗଲ। ତମକୁ ସଂପୂର୍ଣ୍ଣ ସ୍ୱାଧୀନତାର ମାଧ୍ୟମ ମିଳିଗଲା।

ହେଲେ ଏ କରୋନା ମହାମାରୀ ଆସିବା ଦିନଠାରୁ କରୋନା ସମସ୍ୟା ସହିତ ଅନ୍ୟ ସମସ୍ୟା ବି ଆରମ୍ଭ ହେଲା। ତମେ ହଠାତ୍ ସକ୍ରିୟତାବାଦୀ ପାଲଟିଗଲ। ତମର ଫେସ୍‌ବୁକ୍, ଟୁଇଟର୍, ଟିକ୍ ଟକ୍ ଭିଡ଼ିଓରେ ଆଗ୍ରହ ବଢିଲା। ତମେ ସବୁଦିନ "ଲାଇକ୍" ସଂଖ୍ୟା ଗଣୁଥିଲ। ହ୍ୱାଟ୍‌ସ୍‌ଆପ୍ ଓ ଜୁମ୍ ମିଟିଙ୍ଗ୍ ମାନଙ୍କରେ ବ୍ୟସ୍ତ ରହୁଥିଲ। କାମ ତ ଘରୁ କରୁଥିଲ। ହେଲେ ସନ୍ଧ୍ୟାବେଳେ ରୋଷେଇ କରିବ କଣ, ତମର ଜୁମ୍ ମିଟିଙ୍ଗ୍ ରହୁଥିଲା। ତମେ ନିଜକୁ ଜଣେ ଜୁମ୍ ଷ୍ଟାର୍ କି ଜୁମ୍ କୁଇନ୍ ଭାବୁଥିଲ। ପ୍ରତି ସପ୍ତାହରେ ପାଞ୍ଚ, ସାତଟା ଜୁମ୍ ମିଟିଙ୍ଗ୍ ଆଟେଣ୍ଡ୍ ନକଲେ ତମର ଅଜୀର୍ଣ୍ଣ ହେଉଥିଲା। ଯେତେ ସବୁ ବିଶିଷ୍ଟ ବ୍ୟକ୍ତିଙ୍କ ଜନ୍ମଦିନ, ତିରୋଧାନ ଦିବସ ସବୁ ଏବେ ତମ ମନକୁ ଆସିଲା। ତମେ ସେସବୁ ଜୁମ୍‌ରେ ପାଳନ କରୁଥିଲ। ପୁଅ ଝିଅଙ୍କର ହାଇସ୍କୁଲ୍ ପାଠ ଆଡ଼େ ଧ୍ୟାନ ଦେଉନଥିଲ। କହୁଥିଲ, "ତମେ ତ ଏତେ ବିଦ୍ୱାନ। ସେମାନଙ୍କ ପାଠପଢା କାମ ତମେ ଯେତେ ଭଲ ଭାବେ ବୁଝିପାରିବ ଓ ବୁଝେଇପାରିବ, ମୁଁ କଣ ପାରିବି ? ସେ ଦାୟିତ୍ୱ ତମେ ନିଅ।" ଏମିତି ତେଲେଇ ଦେଇ ମତେ କହୁଥିଲ। ସେକଥା ସତ ଓ ମତେ ଭଲ ଲାଗୁଥିଲା। ହେଲେ ମୁଁ ସେମାନଙ୍କ ପଢାପଢି ଦେଖିଲେ, ତମେ ଟିକେ ରୋଷେଇ ଦାୟିତ୍ୱ ନିଅନ୍ତନି। ଲଣ୍ଡ୍ରି କରିଦିଅନ୍ତ ନି ? ଟ୍ରାସ୍ ଟିକେ ରଖିଦିଅନ୍ତନି। ନା, ସେ କଥା ବି ତମେ କରିବନି।

ବିଶେଷତଃ ୨୦୨୦ରେ ମେ ମାସ ପରଠାରୁ ତମେ ଅନେକଟା ପରିମାଣରେ ନେତ୍ରୀ ହୋଇଗଲ। ପିଲାମାନେ ବି ତମକୁ ସପୋର୍ଟ କରୁଥିଲେ। ବର୍ଷବର୍ଷ ଧରି ନିଷ୍ପେଷିତ ହୋଇ ରହିଥିବା ଆଫ୍ରିକାନ୍ ଆମେରିକାନ୍ ମାନଙ୍କର ଦାବୀ ବିଷୟରେ ତମେ ବଢିଆ ବଢିଆ ବ୍ଲଗ୍ ସବୁ ଲେଖିଲ। ଫେସ୍‌ବୁକ୍‌ରେ ବି ଲେଖିଲ। ଏଇ ସମୟରେ ତମେ ଅନେକ ନୂଆ ନୂଆ ସଂସ୍ଥାର ସଭ୍ୟ ବି ହେଇଗଲ। ତମକୁ ମୁଁ ବୁଝେଇଥିଲି, "ଦେଖ, ଏତେ ସବୁ ଜିନିଷରେ ମୁଣ୍ଡ ପୂରେଇଲେ ତମ ଉପରେ ଚାପ ପଡ଼ିବ। ସମୟ ତ ସୀମିତ। ସେଇ ସମୟ ଭିତରେ ନିଜ ଚାକିରିର କାମ କରି, ଅନ୍ୟ ସମୟରେ ଘରକଥା ବୁଝିବା ଓ ବିଶ୍ରାମ ନେବା ନିଜ ଶରୀର ଓ ମନ ପାଇଁ ନିହାତି ଆବଶ୍ୟକ। ତୁମେ ଏତେ ସଂସ୍ଥାରେ ମିଶ ନାହିଁ। ରାତିରାତି ଅନିଦ୍ରା ରୁହନାହିଁ।"

ତମେ କିନ୍ତୁ ଶୁଣୁନଥିଲ। ବରଂ ମତେ କହିଲ, "ତମେ ମତେ ଇର୍ଷା କରୁଛ। ମୁଁ ଏତେ ପ୍ରସିଦ୍ଧ ହେଉଛି ବୋଲି ତମ ପୁରୁଷତ୍ୱ ଉପରେ ଆଞ୍ଚ ଆସୁଛି। ସତ କହିଲି ନା !" ମୋ ଭିତରଟା ପ୍ରତିବାଦ କରିଆସିଲା। ତଥାପି ମୁଁ ନୀରବ ରହିଲି, ଏବଂ ଉତ୍ତରରେ କହିଲି, "ସରି, ତମେ ମତେ ଭୁଲ୍ ବୁଝିଲ। ମୁଁ ଏକଥା ତମ ଭଲ ପାଇଁ କହୁଥିଲି।"

ତମେ କହିଲ, "ଏସବୁରେ ମିଶି ମୁଁ ତ ଖୁସି ରହୁଛି। ସେଇଟା କଣ ତମେ ଚାହଁ ନାହିଁ? ମୋ ଖୁସି ରହିବାଟା ତମର ସହ୍ୟ ହେଉ ନାହିଁ?"

ମୁଁ ଆଉ କିଛି କହିଲିନି। ଘର ପାଇଁ ଯେ ତମର ଦାୟିତ୍ୱ ରହିଛି, ସେଇଟା କଣ ମତେ ତମକୁ ମନେ ପକେଇଦେବାକୁ ପଡ଼ିବ? ସତ କହିବାକୁ ଗଲେ, ତମ ଜୁମ୍ ମିଟିଙ୍ଗ୍‌ରେ ସେ ରାକେଶ୍ ଶାହାକୁ ମୁଁ ସବୁବେଳେ ଦେଖୁଥିଲି। ପ୍ରାୟଃ ସବୁଦିନ ତମେ ତା' ସହିତ କଥା ହେଉଥିଲ। କଣ କଥା ହୁଅ ତା' ସହିତ ତମେ? ହଁ, ମୋ ମନରେ ବି ବେଳେବେଳେ ସନ୍ଦେହ ଆସିଛି ଯେ ତମର ସେ ରାକେଶ ଶାହା ସହିତ କିଛି ଆଫେୟାର୍ ଚାଲୁଛି। ହେଲେ ମୁଁ ତମକୁ ପଚାରିପାରିନି।

ତମ ବିରୁଦ୍ଧରେ ତ ମୁଁ କାହାକୁ ବି କିଛି କହିପାରିବିନି। ଏକଥା ବିଶ୍ୱାସ ବା' କରିବ କିଏ? ପୁରୁଷ ବିରୁଦ୍ଧରେ ନାରୀ କିଛି କହିଲେ ଦୁନିଆ ତାର ସାଥୀରେ ରହିବ। ତାକୁ ସପୋର୍ଟ ଦେବ। ନାରୀ ସଶକ୍ତୀକରଣ ନାଁ ଦେଇ ହୋ ହଲ୍ଲା କରିବ। ହେଲେ ନାରୀ ବିରୁଦ୍ଧରେ ପୁରୁଷ କହିଲେ, ଲୋକ ହସିବେ। ଅଭିଲା କଥା ଭାବି ଜୋକ୍ କରିବେ।

ମତେ ଲାଗୁଛି, ହୁଏତ ଦିନେ ତମେ ମୋ ସହିତ ବିବାହ ବିଚ୍ଛେଦ ଓ ରାକେଶ ସହିତ ନୂଆ ସଂପର୍କ ଗଢିବାର ପ୍ରସ୍ତାବ ଧରି ଆସିବ ଓ ମୁଁ ମୋ ଭୀଷ୍ମ ପ୍ରତିଜ୍ଞା ମାନି

"ତଥାସ୍ତୁ" କହିଦେବି। ତାପରେ କଣ ହେବ? ମୁଁ ଗୋଟିଏ ଜୋକ୍ ପାଲଟିଯିବିନି ତ? ହେଲେ ତମ ଉପରେ ମୋର ବିଶ୍ୱାସ ଅଛି। ଏମିତି କେବେ ହେବନି ବୋଲି ମନ କହୁଛି। ତେବେ ଆଖି ଯାହା ଦେଖିଛି, ସେ ବିଷୟ କଣ ଭୁଲ୍?

ବରଦା ଏମିତ ବସି ଭାବୁଥିବା ସମୟରେ ଭିତରୁ ଡ଼େକ୍‌କୁ ଲାଗିଥିବା କବାଟ ଖୋଲି ମଞ୍ଜୁଳା ଆସିଲା। ତା ହାତରେ ଟ୍ରେ ଟିଏ ଥିଲା ଓ ସେଥିରେ ଦୁଇ କପ୍ ଚାହା ସହିତ କିଛି ପକୋଡ଼ି ଓ ବିସ୍କୁଟ୍ ଥିଲା। ମଞ୍ଜୁଳା ପଚାରିଲା, "ତମେ କଣ ଯେ ଏତେ ବସି ଏକାଏକା ଭାବୁଛ? ମୁଁ ତମକୁ କେତେ ଡାକିଲିଣି। ଟିକେ ଚାହା ଓ ପକୁଡ଼ି କରିବ ବୋଲି ଡାକୁଥିଲି। ଶେଷରେ ନିଜେ କଲି। ଏ ଆଦ୍ୟ ବସନ୍ତର ଏ ଅପରାହ୍ନଟା, ସତରେ ବଡ଼ ରୋମାଣ୍ଟିକ୍ ହେଇଛି। ହେଲେ ମୋ ଡାକ କାହିଁକି ତମ କାନରେ ପଶିଲାନି? କଣ ଆଉ କେହି ଅନୁରାଗିଣୀ ତମ ମନକୁ ଚୋରି କରି ନେଇଗଲାଣି ନା କଣ? ଦେଖ, ସେକଥା ଯେମିତି ମୋ ଜୀବନ କାଳ ଭିତରେ ନ ହୁଏ?"

ସ୍ୱଭାବ ବଶତଃ ବରଦା କହିଲା, "ତଥାସ୍ତୁ"।

ଝୁଲନ୍ତା ଚକ

ରାତି ବାରଟା। ମୁଖ୍ୟ ରାସ୍ତା ହାଇୱେ ୧୬, ଜାଆଁଳା-ଭୁବନେଶ୍ୱର ରୋଡ୍‌ରେ ଗଣିଦେବା ଭଳି କେତୋଟି ଗାଡ଼ି ଯିବାଆସିବା କରୁଥିଲେ। ଝିଆରୀର ଡ୍ରାଇଭର୍ ଅତନୁ ଗାଡ଼ି ଚଲାଉଥିଲା। ସେମାନେ ଭୁବନେଶ୍ୱରର ପଟିଆ ପଟୁ ଆସୁଥିଲେ। ଡ୍ରାଇଭର୍ ତ ଜି.ପି.ଏସ୍ ଲଗେଇଥିଲା, ହେଲେ ବୋଧହୁଏ ସିଏ ରାସ୍ତା ଭୁଲିଗଲା କି କଣ? ସେମାନେ କିଛିଦୂର ଆଗକୁ ଚାଲିଗଲେ। ତାପରେ ପୁଣି ଯେତେବେଳେ ଡ୍ରାଇଭର୍ ଅନ୍ୟଦିଗରୁ ଗାଡ଼ି ଫେରେଇ ଆଣିଲା, ସେତେବେଳେ ବାମ ପଟରେ "ଚନ୍ଦ୍ରିକା ମାର୍ବଲ ଗ୍ରାନାଇଟ୍ ମାର୍ଟ" ଦୋକାନ ଦେଖି ଛନ୍ଦା ଜାଣିପାରିଲା। ଡ୍ରାଇଭରକୁ କହିଲା, "ଏବେ ଟିକେ ପଛକୁ ନିଅ। ପଛକୁ ନେଇ ତାପରେ ବାମକୁ ଯିବ। ଭୁବନେଶ୍ୱର ଦିଗରୁ ଗାଡ଼ି ଆସୁଥିଲେ, ଆମେ ଟିକେ ଆଗରୁ ମେନ୍‌ରୋଡ୍‌ରୁ ବାହାରି ଆସୁ ଓ ଏ "ଚନ୍ଦ୍ରିକା ମାର୍ବଲ ଗ୍ରାନାଇଟ୍ ମାର୍ଟ" ଦୋକାନ ପରେ ଡାହାଣ ରାସ୍ତା ନେଉ।"

ଡ୍ରାଇଭର ପଛକୁ ଗାଡ଼ି ଚଳେଇ ବାମକୁ ଦେଖିଲା ହେଡ୍‌ଲାଇଟ୍‌ର ଆଲୁଅରେ କୁଞ୍ଜ ବିହାର ବୋଲି ଲେଖା ହୋଇଥିଲା। ଏବେ ଛନ୍ଦା କହିଲା, "ହଁ, ଏହି ରାସ୍ତା। ସେମିତିରେ ତ ରାସ୍ତା ଏତେ ଭଲ ନୁହେଁ। ହେଲେ ଯିବାଆସିବା ଚାଲିଛି।"

ଡ୍ରାଇଭର୍ ଗାଡ଼ି ବଙ୍କେଇ ସେ ପାର୍ଶ୍ୱ ରାସ୍ତାକୁ ନେବାକୁ ଯାଉଛି ତ ତାର ଆଗପଟ ବାମ ଚକାଟି ଶୂନ୍ୟରେ ଦୋହଲିବା ଭଳି ଲାଗିଲା। ଗାଡ଼ି ଆଉ ଆଗକୁ ଗଲାନି କି ପଛକୁ ବି ଚାଲିଲାନି। ଖାଲି ଇଞ୍ଜିନ୍ ଘର୍‌ର, ଘର୍‌ର ହୋଇ ଯାହା ଶବ୍ଦ କରୁଥିଲା। ଡ୍ରାଇଭର୍ ଗାଡ଼ି ବନ୍ଦ କରି ବାହାରକୁ ଗଲା। ଚକାର ପରିସ୍ଥିତିକୁ ଦେଖି ତାର ବୁଦ୍ଧି ବି ବଣା ହୋଇଗଲା। କଥାହେଲା ଯେ ସେଇ ରାସ୍ତା ତଳେ ଗୋଟିଏ କେନାଲ ପ୍ରବାହିତ ହେଉଛି। ଧୂଳି, ଗୋଡ଼ି ପକେଇ ସେ ଅସ୍ଥାୟୀ ରାସ୍ତାଟି କରାଯାଇଛି ସତ, ହେଲେ ଟିକେ ଭୁଲ୍ ହୋଇଗଲେ, ଟିକେ ଡାହାଣ କି ବାମକୁ ମାଡ଼ିଗଲେ,

ଗାଡ଼ି କେନାଲ ଭିତରକୁ ଖସିଯିବାର ସମ୍ଭାବନା ଅଛି। ଭାଗ୍ୟ ଭଲ ଯେ ଗାଡ଼ିର ଅନ୍ୟ ତିନିଟି ଚକ ମାଟି ଉପରେ ଅଛି। କେବଳ ଗୋଟିଏ ଚକ ସେମିତି ଶୂନ୍ୟରେ ଦୋହଲିବା ଭଳି ରହିଛି।

ଡ୍ରାଇଭର୍ କିଛି ଇଟା, ପଥର ସେ ରାସ୍ତାର ପାଖଆଖରୁ ଯେଉଁଠି ଯାହା ପାଇଲା ଆଣି ସେ ଶୂନ୍ୟରେ ଝୁଲି ରହିଥିବା ଚକ ଆଗରେ ପକେଇବାକୁ ଲାଗିଲା। ତାପରେ ଗାଡ଼ି ପୁଣି ଷ୍ଟାର୍ଟ କଲା। ହେଲେ ଗାଡ଼ି ସେମିତି ହିଁ ରହିଲା। ଆଗକୁ କି ପଛକୁ ଯାଇପାରିଲାନି। ଏପର୍ଯ୍ୟନ୍ତ ଛନ୍ଦା ଭିତରେ ବସିଥିଲା। ସିଏ ବାହାରକୁ ଆସି ଯେତେବେଳେ ସବୁକଥା ଦେଖିଲା, ତା ମୁଣ୍ଡ କଣ ହୋଇଗଲା। ଏଇଠାରୁ ଚାଲିକି ଗଲେ ସିଏ ହୁଏତ ସାତ, ଆଠ ମିନିଟ୍ ଭିତରେ ତା' ଭାଇର ଘରେ ପହଞ୍ଚିଯିବ। ହେଲେ ରାସ୍ତାରେ ଆଲୁଅ ନାହିଁ। ଦୁଇପଟ ଯାକ ବିଲ। ଏମିତି ସ୍ଥଳେ ଚାଲିକରି ଯିବା ସମ୍ଭବ ନୁହେଁ। ଯେଉଁ କେତୋଟି ଗାଡ଼ି ସେଇବାଟ ଦେଇ ଯାଉଥିଲେ, ଛନ୍ଦା ସେ ଗାଡ଼ିମାନଙ୍କ ଉଦ୍ଦେଶ୍ୟରେ ହାତ ହଲେଇଲା। ସେମାନେ କାହିଁକି ରହିବେ? କେହି ଅଟକିଲେନି। କେହି ଦେଖିପାରୁଥିଲେ କି ନାହିଁ ବି ସନ୍ଦେହ। ଛନ୍ଦା ପଚାରିଲା, "ଏଠି କିଛି ଟ୍ରାଫିକ୍ ପୋଲିସ୍‌ଙ୍କ ନମ୍ବର ଅଛି କି ଆମେ ସାହାଯ୍ୟ ପାଇଁ ଡାକିପାରିବା ?"

ଡ୍ରାଇଭର୍ କହିଲା, "ନା। ହେଲେ ପୋଲିସ୍‌କୁ ଡାକିଲେ ସେମାନେ ଆହୁରି ଝମେଲା କରିବେ।"

"କଣ ପାଇଁ ଝମେଲା କରିବେ? ଏ ରାସ୍ତାଟା ସେମିତି ହେଇଛି। ରାତିରେ ଭଲଭାବେ ଦେଖା ବି ଯାଉନି। ଭୁଲ୍ ତ ହେଇଯିବ ନା।"

ଡ୍ରାଇଭର୍ କହିଲା, "ଭୁବନେଶ୍ୱର ପୋଲିସ୍‌କୁ ବିଶ୍ୱାସ ନାହିଁ ଆଜ୍ଞା। ସେମାନେ ସାହାଯ୍ୟ କଣ କରିବେ, ଆହୁରି ସୁଯୋଗ ପାଇ ହଇରାଣ କରିବେ। କହିବେ, ମଦ ପିଇକରି ଗାଡ଼ି ଚଲାଉଥିଲୁ, ସେଥିପାଇଁ ଭୁଲ୍ କଲୁ। ତାପରେ ଟଙ୍କା ଫାଇନ୍ କରିବେ, ଜେଲ୍‌ରେ ପୂରେଇବେ। ବହୁତ ହଇରାଣ କରିବେ।"

ଛନ୍ଦା ଆଉ କଣ କହିବ। "ନଈକେ ବାଙ୍କ୍, ଦେଶକେ ଫାଙ୍କ୍।" ଏଇ ରାଜ୍ୟ ତାର ଜନ୍ମ ସ୍ଥାନ ହେଲେ ବି ସିଏ ଏ ରାଜ୍ୟର ଆଦବକାଇଦା ବିଷୟରେ ଅଜ୍ଞାନୀ। ବିଶେଷତଃ ଦୁନିଆଁ ଯେମିତି କ୍ଷିପ୍ରଗତିରେ ଆଗେଇଚାଲିଛି, ସେଠି ଛନ୍ଦାର ଅଭିଜ୍ଞତାରେ ଥିବା, ଗ୍ରାମ୍ୟ ଜୀବନ, ସହରୀ ଜୀବନ ସବୁ ଅନେକ ପରିମାଣରେ ବଦଳିଗଲାଣି। ତାପରେ ସତରେ ଯଦି ରକ୍ଷକ ଭକ୍ଷକ ହୁଏ, ତେବେ ମଣିଷର ଆଉ ଚାରା କଣ? ବିଶେଷତଃ ଏ ସମୟରେ ଅର୍ଚ୍ଚନା ନାଗକୁ ନେଇ ଯେଉଁ ଭଳି ତଥ୍ୟ ସବୁ ଓଡ଼ିଶାର ସମସ୍ତ ସଂଚାର ମାଧ୍ୟମରେ ପ୍ରତିଦିନ ପ୍ରସାରିତ ହେଉଛି, ସେସବୁ ଘଟଣାବଳୀକୁ

ନେଇ ଏବେ ସମସ୍ତଙ୍କର ଅଜଣା ବ୍ୟକ୍ତିମାନଙ୍କ ପ୍ରତି ଅବିଶ୍ୱାସ, ସନ୍ଦେହ ଘନୀଭୂତ ହେଉଛି। ଏମିତି ଅର୍ଦ୍ଧରାତ୍ରିରେ ଜଣେ ଡ୍ରାଇଭରର ଭୁଲ୍‌କୁ କେହି ବି ସହଜ ମନରେ ଗ୍ରହଣ କରିବେ ନାହିଁ। ଛନ୍ଦା ସିନା ଜାଣିଛି, କାରଣ ଏ ଡ୍ରାଇଭର୍ ତା ଝିଆରୀର ବ୍ୟକ୍ତିଗତ ଡ୍ରାଇଭର୍। ଆଉ ଏ ଭୁଲ୍ ତାର ତିନିଟି କାରଣରୁ; ସମୟ ରାତ୍ରି, ରାସ୍ତା ଏତେ ଆଲୋକିତ କି ସ୍ପଷ୍ଟ ନୁହେଁ, ଏବଂ ରାସ୍ତା ଅତ୍ୟନ୍ତ ସଂକୀର୍ଣ୍ଣ। ହେଲେ ଏସବୁ ବୁଝାଇବାକୁ ଯୁକ୍ତି ଥିଲେ ବି, ଯୁକ୍ତିକୁ ଖଣ୍ଡନ କରିବାପାଇଁ ବି ପୋଲିସ୍‌ର ଯୁକ୍ତି ରହିପାରେ। ଏଣୁ ଯଦିଓ ଟ୍ରାଫିକ୍ ପୋଲିସ୍‌ର ସାହାଯ୍ୟ ନେବାଟା ଛନ୍ଦାକୁ ଯୁକ୍ତିଯୁକ୍ତ ଲାଗୁଥିଲା, ସିଏ ଚୁପ୍ ରହିଲା।

ଆଜି କି ଯୋଗରେ କେଜାଣି ଏମିତି ହଟହଟା ହେବାର ଥିଲା। ସଙ୍କଟ ସମୟରେ, ଦୁର୍ଯୋଗ ସମୟରେ ଭାଗ୍ୟକୁ ନିନ୍ଦା କରି ବସିରହିଲେ କିଛି ଲାଭହେବାର ନାହିଁ। ବରଂ ଧୈର୍ଯ୍ୟ ରଖି ସମାଧାନର ଉପାୟ ଚିନ୍ତା କରିବା ଉଚିତ।

ଏଣୁ ଆଉ ପୋଲିସ୍‌କୁ ଡାକିବା ଉପଦେଶ ନଦେଇ ସିଏ ଡ୍ରାଇଭର୍‌କୁ କହିଲା, "କାହାକୁ ତ ହେଲେ ଡାକ। ତମର ସାଙ୍ଗସାଥୀ, ଅନ୍ୟ ଡ୍ରାଇଭର୍ ଯାହାକୁ ଜାଣିଥିବ। ନହେଲେ ତମେ ଏକା ଏ ସମସ୍ୟାର ସମାଧାନ କରିପାରିବ ବୋଲି ମତେ ତ ଜଣାପଡୁନି।"

ଯଦିଓ ନିଜ ଭାଇର ଘର ଚାଲିଚାଲି ଗଲେ ଦଶ ମିନିଟ୍‌ରୁ କମ୍ ଲାଗିବ, ହେଲେ ଛନ୍ଦା ଚାଲିକି ଯିବ ବା କେମିତି। ଏଇଟା ତ ଅନ୍ଧାର ରାସ୍ତା। ସେଥିରେ ସେ ସ୍ତ୍ରୀ ଲୋକଟା ଏକା କେମିତି ଚାଲିକରି ଯିବ। ତାପରେ ଦୁଇପାଖରେ ବିଲ। ସରୀସୃପ ମାନଙ୍କର ଆଶଙ୍କା ବି ଥାଏ। ସରୀସୃପ କଥା ଛାଡ଼, ମଣିଷ କଣ କମ୍ କି ? ସିଏ ଯାହା ବି ଭାଇକୁ ଡାକନ୍ତା, ହେଲେ, ତା ଫୋନ୍‌ଟା ଆମେରିକାର ଫୋନ୍। ଇଣ୍ଟରନେଟ୍ ଥିଲେ ହ୍ୱାଟ୍‌ସ୍‌ଆପ୍ ଲଗେଇ ସିନା ଅନ୍ୟମାନଙ୍କୁ ଡାକିହେବ, ବିନା ହ୍ୱାଟ୍‌ସ୍‌ଆପ୍‌ରେ ସିଏ ଅଚଳ। ହଠାତ୍ ମନେପଡ଼ିଲା ଯେ ଡ୍ରାଇଭର୍ ପାଖରେ ତା' ଭାଇର ଫୋନ୍ ନମ୍ବର ଅଛି। ତେଣୁ ସିଏ ଡ୍ରାଇଭର୍‌କୁ କହିଲା, "ଆଚ୍ଛା ମୋ ଭାଇ ପାଖକୁ ଫୋନ୍ ଲଗାଅ। ପଚାର, ଯଦି କିଛି କରିହେବ।"

ଡ୍ରାଇଭର୍ ଫୋନ୍ ଲଗେଇବାରୁ ଅଜୟ ଶାବଳଟିଏ ଧରି ନିଜ ସେଲ୍‌ଫୋନ୍ ଲାଇଟ୍ ବ୍ୟବହାର କରି ଚାଲିଚାଲି ତା' ଘରୁ ଆସିଲା। ନିଜ କାର୍ ବି ସିଏ ଆଣିପାରିଥାନ୍ତା, ହେଲେ କାଳେ ଏ ଗାଡ଼ିଟି ରାସ୍ତା ବନ୍ଦ କରିଦେଇଥିବ ଓ ଆଉ ଗୋଟିଏ ଗାଡ଼ି ବୁଲେଇବାକୁ ଅସୁବିଧା ହେବ, ସେ ବିଚାର କରି ସିଏ ତା' ଗାଡ଼ି ଆଣିଲାନି। ସିଏ ଆସିବା ପରେ ଡ୍ରାଇଭର୍ ସହିତ ମିଶି, ସେ ଝୁଲନ୍ତା ଚକାକୁ ଆଉଥରେ

ଯାଞ୍ଚ କଲା। ପ୍ରାୟ ପନ୍ଦରମିନିଟ୍ ଖଣ୍ଡେ ସବୁ ଚେଷ୍ଟା କରି ବି ସେମାନେ କିଛି ଠିକ୍ କରିପାରିଲେନି। ମୁଖ୍ୟ ରାସ୍ତା ସେପଟରେ, ପ୍ରାୟ ପାଞ୍ଚମିନିଟ୍ ଚାଲି କରି ଗଲେ, ଗୋଟିଏ ଗ୍ୟାସ୍ ଷ୍ଟେସନ୍ ଦେଖା ହେଉଥିଲା। ଅଜୟ ଡ୍ରାଇଭରକୁ ପରାମର୍ଶ ଦେଲା, ଟିକେ ଗ୍ୟାସ୍ ଷ୍ଟେସନ୍‌କୁ ଯାଇ ଦେଖ ଯଦି କିଏ ଥିବେ, ତାଙ୍କୁ ଡାକିଆଣିବ।" ହେଲେ ସେ ଡ୍ରାଇଭରକୁ ରାସ୍ତା ପାର କରି ଯିବାକୁ ଡର ଲାଗୁଥିଲା। କାରଣ, ଦୁଇପାଖରୁ କିଛିକିଛି ଗାଡ଼ି ସବୁ ଚାଲୁଥିଲା। ଆଉ ଅନ୍ଧାରରେ ସେମାନଙ୍କୁ ଚଳନ୍ତା ମଣିଷ ଦେଖାହେବେ ବୋଲି ଡ୍ରାଇଭରର ବିଶ୍ୱାସ ନଥିଲା। ପାଖଆଖରେ ଆଉ ସେମିତି କିଛି ଦୋକାନ ଖୋଲାନଥିଲା। ଏବେ କଣ କରିହେବ ?

ଅଜୟ କହିଲା, "ଆମ ପଡ଼ୋଶୀରେ ରାମବାବୁ ଅଛନ୍ତି। ସିଏ ଆଗେ ମିଲିଟାରୀରେ ଥିଲେ। ତାଙ୍କର ସବୁ ଅସୁବିଧାକୁ ସମାଧାନ କରାଇବାରେ ଦକ୍ଷତା ଅଛି। ମୁଁ ତାଙ୍କୁ ଡାକେ। ସିଏ ଯଦି କିଛି ପରାମର୍ଶ ଦେଇପାରିବେ।"

ଅଜୟ ତାର ପଡ଼ୋଶୀଙ୍କୁ ଡାକିବାରୁ, ସିଏ ତତ୍‌କ୍ଷଣାତ୍ ଆସିବା ପାଇଁ ରାଜି ହୋଇଗଲେ। ଛନ୍ଦା ଆଶ୍ଚର୍ଯ୍ୟ ହେଲା ସତ, ତେବେ ଓଡ଼ିଶାରେ ସେଇଟା ଗୋଟିଏ ବଡ଼ ଜିନିଷ। ସୁବିଧା ଅସୁବିଧାରେ ପଡ଼ୋଶୀ ମାନେ ଏମିତି ଭାବେ ସାହାଯ୍ୟ କରିବାକୁ ବାହାରିଆସନ୍ତି ଯେ ଅନୁଭବ ନକଲେ ବୁଝିହେବନି। ସେ ମହାଶୟ ଘରୁ ବାହାରିଲେ ବୋଲି ଖବରଦେଲେ। ଅଜୟ ଛନ୍ଦାକୁ କହିଲା, "ତୁ ଏବେ ଯାହା ଜିନିଷପତ୍ର ଅଛି ମତେ ଦେ, ଆମେ ଚାଲିକରି ଘରକୁ ଯିବା।"

ଛନ୍ଦାର ମନରେ ଭୟ ଜାଗ୍ରତ ହେଲା। "ଏ ଅନ୍ଧାରରେ ବିଲ ରାସ୍ତାରେ ଚାଲିକି ଯିବା ?"

"ମୋ ପାଖରେ ସେଲଫୋନ୍ ଅଛି। ସେ ଆଲୁଅ ଯଥେଷ୍ଟ। ମୁଁ ତତେ ଘରେ ଛାଡ଼ି ମୋ ଗାଡ଼ି ନେଇ ପୁଣି ଆସିବି। ଦେଖିବା, ଏ ଡ୍ରାଇଭରଙ୍କୁ କେମିତି ସାହାଯ୍ୟ କରିହେବ।"

ଏବେ ବାଧ୍ୟ ହୋଇ ଛନ୍ଦାକୁ ଗାଡ଼ିରୁ ଜିନିଷପତ୍ର ବାହାର କରି ଚାଲିଚାଲି ଆସିବାକୁ ପଡ଼ିଲା। ସେମାନେ ଆସୁଥିବା ସମୟରେ ରାମବାବୁ ତାଙ୍କ ଘରପଟରୁ ଅନ୍ୟଦିଗରେ ଚାଲିଚାଲି ଟର୍ଚ୍ଚ ଧରି ଆସୁଥିଲେ। ତାଙ୍କୁ ଅଜୟ ସବୁକଥା ବୁଝେଇଲା ଓ ସିଏ ଭଉଣୀକୁ ଘରେ ଛାଡ଼ି ଗାଡ଼ି ଧରି ଆସିବ ବୋଲି ଜଣେଇଲା। ସେମାନେ ଘରେ ପହଞ୍ଚିବା ବେଳକୁ ଘରେ ସମସ୍ତେ ଚେଇଁକରି ଅଛନ୍ତି। ସେମାନଙ୍କ ମନରେ ଭୟ। ଛନ୍ଦାକୁ ଖରାପ ଲାଗିଲା। ତା' ପାଇଁ ଘରେ ଆଜି ସମସ୍ତେ ଅନିଦ୍ରା। ଅଧିକ ଖରାପ ଲାଗୁଥିଲା ସେ ଡ୍ରାଇଭରଟା ପାଇଁ। ବିଚରା, ଏବେ ସିଏ ତା' ଘରକୁ ଫେରି

ଶୁଅନ୍ତାଣି । କି ଯୋଗରେ ଛନ୍ଦାକୁ ଗାଡ଼ିରେ ବସେଇ ଆଣିଲା ଯେ, ଏମିତି ଅସୁବିଧା ହେଲା । ତା' ସ୍ତ୍ରୀ, ଛୁଆପିଲା ବି ତା' ବାଟ ଚାହିଁ ଅପେକ୍ଷା କରିଥିବେ । ଛନ୍ଦା ଭଗବାନଙ୍କୁ ପ୍ରାର୍ଥନା କରିବାକୁ ଲାଗିଲା ।

ଏତେଦିନ ଧରି ସବୁକିଛି ଠିକ୍‌ଠାକ୍ ଚାଲିଥିଲା । ଏମିତି କି ବର୍ଷା ମଧ୍ୟ ଭଗବାନଙ୍କ ଦୟାରୁ ବନ୍ଦ ହୋଇଯାଇଥିଲା । ନହେଲେ ଅକ୍ଟୋବର ନଅ/ଦଶ ତାରିଖର ବର୍ଷା ପରେ ବନ୍ୟାର ଯେଉଁ ଚିତ୍ର ଅଜୟ ହ୍ୱାଟ୍‌ସ୍‌ଆପ୍‌ରେ ପଠେଇଥିଲା, ତାକୁ ଦେଖି ଓଡ଼ିଶା ଆସିବ କି ନାହିଁ ବୋଲି ଛନ୍ଦା ଦୋଦୋପାଞ୍ଚ ଥିଲା । ଯଦି ରାସ୍ତା ଏମିତି ହୁଏ, ସିଏ ତେବେ ତ କୁଆଡ଼େ ଯାଇଆସି ପାରିବନାହିଁ । ଏମିତି କି ଏୟାର୍‌ପୋର୍ଟରୁ ଭାଇର ଘରକୁ ଯାଇପାରିବ କି ନା । ଇଣ୍ଟରନେଟ୍‌ରେ ସବୁ ପାଣିପାଗ ସମ୍ବନ୍ଧୀୟ ୱେବ୍‌ସାଇଟ୍ ଯାଇ ଦେଖିବା ବେଳକୁ ସବୁଦିନେ ବର୍ଷାହେବାର ଦେଖିଲା । ତା' ସାଙ୍ଗକୁ ଅକ୍ଟୋବର ୨୨-୨୩ ତାରିଖରେ ବାତ୍ୟା ହେବ ବୋଲି ମଧ୍ୟ ଦେଖେଇଲା । ଏସବୁ ଦେଖି ହୃଦୟ ଭିତରେ ଭୟ ତ ଥିଲା, ହେଲେ ଭଗବାନଙ୍କୁ ସ୍ମରଣ କରି ସିଏ ଓଡ଼ିଶା ଆସିଲା । ଏୟାର୍ ଇଣ୍ଡିଆରେ ଯାତ୍ରା ବି ଭଲ ରହିଲା । ତେର ତାରିଖ ଦିନ ଭୁବନେଶ୍ୱରର ପାଗ ମଧ୍ୟ ଭଲ ଥିଲା । ସେମାନେ ଯେତେବେଳେ ସେଦିନ ଏୟାର୍‌ପୋର୍ଟରୁ ଅଜୟର ଘରକୁ ଆସିଲେ, ଓ ମେନ୍‌ରୋଡ଼୍‌ରୁ ଯେତେବେଳେ ତା' ଘର ଦିଗକୁ ନିର୍ଦ୍ଧାରିତ ରାସ୍ତାକୁ ବଙ୍କେଇଲେ, ସେ ରାସ୍ତାକୁ ଦେଖି ଛନ୍ଦାର ମୁଣ୍ଡ କଣ ହୋଇଗଲା ।

ତେର ତାରିଖ ଦିନ ରାତିରେ ତ ଏତେ ଭଲଭାବେ କିଛି ଦିଶୁନଥିଲା । ହେଲେ ଚଉଦ ତାରିଖ ଦିନ ସକାଳେ ସେ ରାସ୍ତାକୁ ଦେଖି ବିସ୍ମିତ ହେଲା ଛନ୍ଦା । ସେ ରାସ୍ତାରେ ଏତେ ଖାଲ, ଢିପ, ଖାଲ ଜାଗାରେ ଅନେକ ସ୍ଥାନରେ ବର୍ଷାପାଣି ତଥାପି ଜମି ରହିଥିଲା । କିନ୍ତୁ ଯେଉଁ କେତୋଟି ଘର ସେଠାରେ ତିଆରି ହୋଇଥିଲା, ସବୁ ଘର ଅନେକ ସୁନ୍ଦର ଭାବେ ତିଆରି ହୋଇଥିଲା । ଏମିତି ଦେଖିଲେ ଜାତୀୟ ରାଜପଥ ଜମା ୯/୧୦ ମିନିଟ୍‌ର ଚଲା ରାସ୍ତା । ହେଲେ ଗାଡ଼ି ଯିବା ପାଇଁ ସେ ରାସ୍ତା ବଡ଼ ମାରାତ୍ମକ । ଦକ୍ଷ ଡ୍ରାଇଭର୍ ନହେଲେ ଏମିତି ଖାଲଢିପ ଦେଇ ଗାଡ଼ି ଚଲେଇବା ବଡ଼ କଷ୍ଟକର କଥା । ସେଥିରେ ଟାୟାର୍ କେମିତି ଅକ୍ଷତ ରହେ କେଜାଣି ?

ଆମେରିକାରେ ଏତେଦିନ ରହିବା ପରେ, ସେ ଦେଶର ପଦ୍ଧତିରେ ମନ ପରିଚିତ ହୋଇଯାଇଛି । ଓଡ଼ିଶାରେ ବି ଏବେ ଜମିବାଡ଼ି ବିଭାଗ ବାହାର ଦେଶ ଭଳି ବ୍ୟବସାୟ କରୁଛି ବୋଲି ସିଏ ଶୁଣିଥିଲା । ବିଶେଷତଃ ତାର ଝିଆରୀ ଫ୍ଲାଟ୍ କିଣିବା ବେଳେ, ଯେମିତି ଭାବେ କ୍ରୟ, ବିକ୍ରୟ ଓ ଟଙ୍କା ଜମା ଇତ୍ୟାଦି ହେଉଥିଲା, ସେଇଥିରୁ ସିଏ ବୁଝିଥିଲା, ଓଡ଼ିଶାରେ ବି ଏବେ ଜମିଜମା କାରବାର ଉନ୍ନତ ଉପାୟରେ

କରାଯାଉଛି। ଯେମିତି ଆମେରିକାରେ ଯେଉଁ ସଂସ୍ଥା ଘର ତିଆରି କରି ବିକେ କି ଘରପାଇଁ ଜାଗା ବିକେ, ସେ ଘରକୁ, ସେ ଜାଗାକୁ ରାସ୍ତା କରି ଦେଇଥାଏ। ସେଇକଥା ଭାବି ଛନ୍ଦା ଅଜୟକୁ ପଚାରିଥିଲା, "ତମମାନଙ୍କୁ ଯିଏ ଘର ପାଇଁ ଜମି ବିକିଥିଲା, ସିଏ କଣ ରାସ୍ତା କରେଇବାକୁ କିଛି ପ୍ରତିଶ୍ରୁତି ଦେଇନଥିଲା ?"

"ସିଏ ରାସ୍ତା କରିଦେବ ବୋଲି କହିଥିଲା। ହେଲେ ଜମି କିଣିଥିବା ଲୋକମାନେ ସମସ୍ତେ ଘର କରୁକରୁ କାହାକୁ କେତେବର୍ଷ ଲାଗିଗଲା। ଏମିତିରେ ତ ଆମେମାନେ ସତର ବର୍ଷ ପରେ ଘର କଲୁ। ସେ ଭିତରେ ଜମିର ମାଲିକ ବଦଳ ହୋଇ କେତେକଣ ପରିବର୍ତ୍ତନ ହୋଇଗଲାଣି। ଏବେ କାହାକୁ କହିଲେ କିଏ ଶୁଣିବ, ସେସବୁ ଜଣା ନାହିଁ। ତେବେ ସରକାର ଶୀଘ୍ର ଏ ରାସ୍ତା କରିଦେବ ବୋଲି ଆଶା ଅଛି। କାରଣ ଏପଟେ ଏବେ ଅନେକ ଶିକ୍ଷାନୁଷ୍ଠାନ ସବୁ ଖୋଲିଲାଣି। ସେସବୁ ଶିକ୍ଷାନୁଷ୍ଠାନ ସହିତ ହଷ୍ଟେଲ୍, ଗେଷ୍ଟହାଉସ୍ ଓ ଶପିଙ୍ଗ୍ ସେଣ୍ଟର୍ ସବୁ ଧୀରେଧୀରେ ଖୋଲିଯିବ। ସେଥିପାଇଁ ଏସବୁ ରାସ୍ତା ବି ହୋଇଯିବ।"

ତେବେ ଭଗବାନଙ୍କର ଅଶେଷ କରୁଣା। ଚଉଦ ତାରିଖ ଦିନ, ଦିନ ବାରଟା ବେଳକୁ ବର୍ଷା ଆସିଲା ଓ ଅସରାଏ ବର୍ଷିଗଲା ସତ, କିନ୍ତୁ ଅପରାହ୍ନ ବେଳକୁ ପୁଣି ଖରା ପଡ଼ିଲା। ସେମିତି ପନ୍ଦର ତାରିଖ ଦିନ ବି ହେଲା। ହେଲେ ତାପରେ ସବୁଦିନ ପାଗ ଭଲ ରହୁଛି। ଆଜି ବି ତ ଥିଲା। ବାତ୍ୟା କୁଆଡ଼େ ଉତ୍ତର ପୂର୍ବ ଦିଗକୁ ଚାଲିଗଲା। ଆଉ ଭୁବନେଶ୍ୱରରେ ବାତ୍ୟା ହେବନି। ସେଥିପାଇଁ ଆଜି ଦିନଟା ସାରା ଏତେ ଗୁଡ଼ିଏ କାର୍ଯ୍ୟକ୍ରମରେ ସାମିଲ୍ ହୋଇହେଲା। କିନ୍ତୁ ଏମିତିରେ ଦେଖିଲେ ଯୋଗାଯୋଗରେ କେମିତି କିଛି ଫାଙ୍କା ରହିଯାଇଥିଲା।

ବ୍ଲାକ୍ ଇଗଲସ୍ ସେଣ୍ଟର୍‌ରେ ଯେଉଁ ପୁସ୍ତକ ଉନ୍ମୋଚନ ହେବାର ଥିଲା, ସେଇଟା ହେଲା। କିନ୍ତୁ ଯେଉଁଭାବେ ହେବାର ଥିଲା, ସେମିତି ଭାବେ ହେଲାନି। ପ୍ରଥମେ, ଶନିବାର ଦିନଟା ଯେ ଏଠି ଛୁଟି ନୁହେଁ, ସେ କଥା ଛନ୍ଦା ଭୁଲିଯାଇଥିଲା। ସେଥିପାଇଁ କିଛି ସାଙ୍ଗ ଆସିପାରିଲେନି। ତାପରେ ସି.ଆର୍.ପି. ସ୍କୋୟାର୍‌ରେ ଯେଉଁ ଠିକଣା ସିଏ ରଖିଥିଲା, ଗୁଗୁଲ୍ ମ୍ୟାପ୍ ସେ ଠିକଣା ଠଉରାଇ ପାରିଲାନି ଓ ଏପଟେ ସେପଟେ ପୂରେଇଲା। ସେତେବେଳକୁ ବାରଟା ବିତି ସାଢେ ବାରଟା ହେଲାଣି। ଛନ୍ଦାକୁ ଖରାପ ଲାଗୁଥାଏ। କିଏ ସବୁ ଆସି ଯଦି ପହଞ୍ଚି ଯିବେଣି, ତେବେ ସେମାନେ ଖରାପ ଭାବୁଥିବେ। ଏମିତିରେ ଛନ୍ଦା କୌଣସି ଜିନିଷ ଡ଼େରି କରେଇ କରିବା ସପକ୍ଷରେ ନୁହେଁ। ସିଏ ବରଂ ନ ଖାଇବ, ଅନ୍ୟ କିଛି କାମ ଛାଡ଼ିଦେବ, ହେଲେ ଯେଉଁ ସମୟରେ ଯେଉଁ କାମ ପାଇଁ ଦାୟିତ୍ୱ ନେଇଥିବ, ସେ ସମୟରେ ପହଞ୍ଚିବ ମାନେ

ପହଞ୍ଚିବ। କିନ୍ତୁ ଆଉ କଣ କରିହେବ ? ରାସ୍ତାର ଟ୍ରାଫିକ୍‌କୁ, ଅଜଣା ରାସ୍ତାକୁ ତ ଆଉ କିଛି କରିହେବନି। ଛନ୍ଦା ପହଞ୍ଚିବା ବେଳକୁ ତାର କିଛି ସାଙ୍ଗ ପହଞ୍ଚି ସାରିଥିଲେ। ସେମାନେ ଆଉ କାହାକୁ ଅପେକ୍ଷା ନକରି କାର୍ଯ୍ୟକ୍ରମ ଆରମ୍ଭ କରିଦେଲେ। ଅଳ୍ପ ଲୋକ ଥିଲେ ମଧ୍ୟ କାର୍ଯ୍ୟକ୍ରମ ଭଲ ରହିଲା। ହେଲେ ଜଳପାନ ବେଳକୁ ମହାପ୍ରସାଦ ଆସିନି। ସେଠିକାର ଦାୟିତ୍ୱରେ ଥିବା ଶ୍ୟାମ ବାବୁ କହିଲେ, ଅଧଘଣ୍ଟାଏ ଭିତରେ ମହାପ୍ରସାଦ ପହଞ୍ଚିବ। ହେଲେ ଅଧଘଣ୍ଟାଏ ବିତି, ଘଣ୍ଟାଏ ଗଲାଣି। ଝୁନୁର କ୍ଲାସ୍ ଥିଲା। ସିଏ ଆଉ ଅପେକ୍ଷା ନକରି ଚାଲିଗଲା। ସେମିତି ଅମିତାର ଝିଅ ଅନନ୍ୟା, ଯିଏ କି ବାଣୀବିହାରରେ ପଢାଏ, ତାର ବି ଦିନ ତିନିଟା ବେଳକୁ କ୍ଲାସ୍ ଥିଲା। ସିଏ ସାଢେ ଦୁଇଟା ବେଳକୁ ପଳେଇଗଲା। ସେ ଦୁଇଜଣ ଉପାସରେ ଗଲେ। ମହାପ୍ରସାଦ ପାଇଁ ଯେ ଏମିତି ଭାବେ ସମୟ ଲାଗିବ, ସେ ହିସାବ ଛନ୍ଦା ମୁଣ୍ଡରେ ପଶିନଥିଲା। ସିଏ ଭାବିଥିଲା, ପୁସ୍ତକ ଉନ୍ମୋଚନ କାର୍ଯ୍ୟକ୍ରମ ଶୀଘ୍ର ସାରି, ସମସ୍ତେ ଦୁଇଟା ପୂର୍ବରୁ ମହାପ୍ରସାଦ ସେବନ ସାରିଦେବେ। ତାପରେ ଯିଏ ଯୁଆଡ଼େ ନିଜନିଜ କାମରେ ଯିବେ। ସବୁ କାମ ସରିଲେ ସେମାନେ ଟିକେ ଶପିଙ୍ଗ୍ କରି ଅମୃତଧାରାର କାର୍ଯ୍ୟକ୍ରମରେ ଯୋଗଦେବାକୁ ଯିବେ। ଏଇ ଅନୁଭୂତିରୁ ଆଉ ଗୋଟିଏ ଶିକ୍ଷା ବି ମିଳିଲା। ସବୁ ଜିନିଷର ସବିଶେଷ ବିବରଣୀ ରଖିବା ଉଚିତ। କେଉଁ ଜିନିଷ କେତେ ସମୟ ଲାଗିବ, ସେ କଥା ବିଶେଷ ଭାବେ ବୁଝିବା ଉଚିତ। ଏମିତି, "ଭାବିଥିଲି", "ମନେ କରିଥିଲି" କହିଦେଲେ ହେବନି।

ଏବେ ମହାପ୍ରସାଦ ପାଇଁ ଅପେକ୍ଷା କରୁକରୁ ଦୁଇଘଣ୍ଟା ବିତିଗଲା। ଏକଥା ଆଗରୁ ଜାଣିଥିଲେ, ସେମାନେ ସମସ୍ତେ ପୁସ୍ତକ ଉନ୍ମୋଚନ ପରେ ପାଖରେ ଥିବା ଆନ୍ନା ରେଷ୍ଟୁରାଣ୍ଟ୍‌ରେ ମଧ୍ୟାହ୍ନ ଭୋଜନ କରିପାରିଥାନ୍ତେ ଓ ତା' ପାଇଁ ଅପେକ୍ଷା କରିବାକୁ ପଡ଼ିନଥାନ୍ତା। ଏବେ ଅନ୍ୟମାନଙ୍କ ପାଇଁ ବ୍ୟସ୍ତ ଲାଗୁଥିଲା। କାରଣ ସେମାନେ ସମସ୍ତେ ଅନ୍ୟ କିଛି କାମ ପାଇଁ କାହାକୁ ପ୍ରତିଶ୍ରୁତି ଦେଇଥିବେ, ଏବେ ମହାପ୍ରସାଦ ପାଇଁ ଅପେକ୍ଷା କଲେ। ଯାହାହେଉ, ପ୍ରାୟ ତିନିଟା ବେଳକୁ ମହାପ୍ରସାଦ ଆସିଲା ଓ ଯେଉଁମାନେ ଥିଲେ, ସମସ୍ତେ ମନ ଭରି ପ୍ରସାଦ ସେବନ କଲେ। ତଥାପି ଅନେକ ବଳିଲା ଓ ଯେଉଁ କେତେଜଣ କିଛି ନେଇପାରିଲେ ନେଲେ। ହେଲେ ଯେହେତୁ ଛନ୍ଦାର ଅମୃତଧାରା କାର୍ଯ୍ୟକ୍ରମରେ ଯୋଗଦେବାର ଥିଲା, ଅଜୟ ମହାପ୍ରସାଦ ନେବାକୁ ମଙ୍ଗିଲା ନାହିଁ। ଅତଏବ, ସେମାନେ ମହାପ୍ରସାଦ ସେବନ ପରେ ସିଧା ଅମୃତଧାରାର କାର୍ଯ୍ୟକ୍ରମରେ ଯୋଗଦେବାକୁ ପଟିଆ ଗଲେ। ସେ ସ୍ଥାନ ପାଉପାଉ ଓ ଗାଡ଼ି ପାର୍କ କରୁକରୁ କିଛି ସମୟ ଗଲା।

ଅସଲରେ, ଭୁବନେଶ୍ୱରର ଡିଜାଇନ୍ ହିଁ ସେମିତି। ସମସ୍ତେ ଭଲ ଘର ତ କରିଛନ୍ତି, ହେଲେ ଘରକୁ କିଏ ଯିବାଆସିବା କଲେ ପାର୍କିଙ୍ଗ୍ ପାଇଁ ବିଶେଷ ଯାଗା ନାହିଁ। ଯାହାବି ହେଉ, ଅମୃତଧାରାର କାର୍ଯ୍ୟକ୍ରମରେ ଯେ ସେମାନେ ଯୋଗ ଦେଇପାରିଲେ, ସେଇଟା ଭଲ ହେଲା। ସେଠି ସଙ୍ଗୀତା ଗୋସାଇଁ ବି ଥିଲେ। ସିଏ ପୁସ୍ତକ ଉନ୍ମୋଚନକୁ ଯାଇ ପାରିଲେନି ବୋଲି ଦୁଃଖ ପ୍ରକାଶ କଲେ। ହେଲେ ଛନ୍ଦା ଜାଣିଛି, ଏଠି ଗୋଟିଏ କାର୍ଯ୍ୟକ୍ରମରୁ ଆଉ ଗୋଟିଏ କାର୍ଯ୍ୟକ୍ରମକୁ ଯାଇ ଠିକ୍ ସମୟରେ ପହଞ୍ଚିବା କେତେ କଷ୍ଟକର। କାରଣ କୌଣସି କାର୍ଯ୍ୟକ୍ରମ ଠିକ୍ ସମୟରେ ଆରମ୍ଭ ହୋଇ ଠିକ୍ ସମୟରେ ସରିଲେ ସିନା। ଅମୃତଧାରାର କାର୍ଯ୍ୟକ୍ରମ ସରିବା ପରେ ସେମାନେ ସସ୍ମିତାର ଘର ଦେଖିବାକୁ ଗଲେ। ସେଠି ଅଜୟକୁ ଅନେକ ଥକ୍କା ଲାଗିଲା ଓ ସିଏ ଶୋଇପଡ଼ିଲା। ସସ୍ମିତା ଅତି ସୁନ୍ଦର ଭାବରେ ତା ଘର ଡିଜାଇନ୍ କରିଛି। ଘର ସହିତ ଟେରାସ୍ ଗାର୍ଡେନ୍ ଡିଜାଇନ୍ ତାର ଅତ୍ୟନ୍ତ ମନଲୋଭା। ଜଣେ ସେଥିପାଇଁ ଯତ୍ନଶୀଳ ହୋଇ ନ ଭାବିଲେ, ଏମିତି ଭାବେ ଏକ ସୁଚିନ୍ତିତ ସୁନ୍ଦର ଘରର ଡିଜାଇନ୍ କରିପାରିବନି। ସେମାନଙ୍କ ଘର ଦେଖିସାରିବା ପରେ, ଅଜୟ ଛନ୍ଦାକୁ ତା' ଝିଆରୀ ଘରେ ଛାଡ଼ିଦେଇ ନିଜ ଘରକୁ ଗଲା। ଝିଆରୀ ଘରକୁ ସେଦିନ ନଣନ୍ଦ ଓ ତାଙ୍କ ପୁଅ ବି ଆସିଥାନ୍ତି। ସେଠି ସେମାନଙ୍କ ସହିତ ଗପଶପ କରି, ରାତ୍ରଭୋଜନ ସରିବା ବେଳକୁ ରାତି ଦଶ। ତାପରେ ଟିକେ ଗପୁଗପୁ ଏଗାରଟା ବାଜିଲା। ଝିଆରୀ କହୁଥିଲା ଅଟକି ଯିବାକୁ ଓ ସକାଳୁ ଫେରିବାକୁ। ହେଲେ ସକାଳୁ ଗାଆଁକୁ ଯିବାର ଯୋଜନା ଥିଲା। ତେଣୁ ରାତିରେ ଫେରିବାକୁ ଚାହିଁଲା ଛନ୍ଦା। ତାପରେ ଲୁଗାପଟା ବଦଳେଇବାକୁ ବି ତ କିଛି ନେଇନଥିଲା ସିଏ।

ଆଜି ଏ ୨୦୨୨ ମସିହାର ଅକ୍ଟୋବର ୨୨ ତାରିଖ ଦିନଟି ସତରେ ଛନ୍ଦାର ଜୀବନରେ ସ୍ମରଣୀୟ ହୋଇ ରହିବ। ଆଜି ଗୋଟିଏ ଦିନ ଭିତରେ ଏତେ କାର୍ଯ୍ୟକ୍ରମ ? ସେସବୁକୁ ହ୍ରାସ କରାଯାଇପାରିଥାନ୍ତା। ହେଲେ କେଉଁଟା ହ୍ରାସ କରିଥାନ୍ତା, କେଉଁଟା ରଖିଥାନ୍ତା ? ସେସବୁ ଏତେ ସହଜ ନୁହେଁ। ଆଜିର କାର୍ଯ୍ୟକ୍ରମ ସହିତ ଅନେକଙ୍କର ଭାବନା ଜଡ଼ିତ ହୋଇ ରହିଥିଲା। କିଛିକୁ ନା କରିଦେବା ଅର୍ଥ କାହାର ଭାବନାରେ କୁରାଢୀ ଚୋଟଟିଏ ମାରିବା। ସେ ଚୋଟ କଣ ମାରିପାରିଥାନ୍ତା ଛନ୍ଦା ? ଅବଶ୍ୟ ଦିନଟିଏ ଆସିବ, ସେମିତି ସବୁ କରିବାକୁ ପଡ଼ିବ। ଯେତେବେଳେ ଶରୀରରେ ଶକ୍ତି ହ୍ରାସ ହେବ, ମନରେ ଇଚ୍ଛାଶକ୍ତି କମିଯିବ, ସେତେବେଳେ କାହାକୁ ନା କହିଦେବାଟା ଆଉ କଷ୍ଟ ଲାଗିବନି।

ବାସ୍। ଝିଆରୀ ତା' ଡ୍ରାଇଭର୍ ଅତନୁକୁ ଡାକି ଛାଡ଼ିଦେବାକୁ କହିଲା। ଆଉ

ସେ ଡ୍ରାଇଭର୍ ବି ଭଲରେ ଭଲରେ ଏତେବାଟ ଆଣିଲା । କିଏ ଜାଣିଥିଲା ଏମିତି ଗୋଟିଏ ଅଘଟଣ ଘଟିଯିବ ବୋଲି ?

ଛନ୍ଦାକୁ ଘରେ ଛାଡ଼ି, ଅଜୟ ଗାଡ଼ି ନେଇ ପୁଣି ସେ ଅଟକି ରହିଥିବା ଗାଡ଼ିପାଖକୁ ଗଲା । ଛନ୍ଦାକୁ ନିଦ ହେଉନଥାଏ । ସିଏ ଖାଲି ନିଜ କୋଠରିର ଝରକା ଫାଙ୍କରେ ରାସ୍ତା ଆଡ଼କୁ ଚାହିଁଥାଏ । କେତେବେଳେ ଅଜୟ ଫେରିବ ଓ ଶୁଭ ସମ୍ବାଦ ଦେବ ।

ଏବେ ରାତି ଦୁଇଟା । ଅଜୟ ତଥାପି ଫେରିନଥାଏ । ଛନ୍ଦାର ଭାବନାରେ ୧୯୯୯ ମସିହାର ଡିସେମ୍ବର ୨୪ ତାରିଖର ଘଟଣା ପ୍ରତିଫଳିତ ହେଲା । ସେଇଟା ସେବର୍ଷର କ୍ରିଷ୍ଟମାସ୍‌ର ପୂର୍ବଦିନ । ସେବର୍ଷ ନୂଆକରି ଚାକିରିରେ ଯୋଗ ଦେଇଥାଏ ଛନ୍ଦା । ସେଥିପାଇଁ ଅଧୀକାଂଶ ଲୋକ ସେଦିନ ଛୁଟି ନେଇ ଘରେ ପରିବାର ସହିତ କଟାଉଥିବା ସମୟରେ, ଛନ୍ଦା କିନ୍ତୁ କାମକୁ ଯାଉଥିଲା । ରୁଟ୍ ୩୨ରୁ ରୁଟ୍ ୨୯୫କୁ ବାହାରିଥିବା ରାସ୍ତାରୁ ବରଫ ଭଲଭାବେ ସଫା ହୋଇନଥାଏ । ହଠାତ୍ ଛନ୍ଦାର ଗାଡ଼ି ରାସ୍ତାରୁ ରାସ୍ତାକଡ଼ ତଳକୁ ଖସିଗଲା । ସେଠାରୁ ଯେତେ ଚେଷ୍ଟା କଲେ ବି ଗାଡ଼ି ନା ଆଗକୁ ଆସିଲା, ନା ପଛକୁ ଗଲା । ଖାଲି ଇଞ୍ଜିନ ଘିରିଘିରି ଶବ୍ଦ କରୁଥାଏ ଓ କିଛି ହେଉନଥାଏ । କାଳେ ଇଞ୍ଜିନ୍ ଏମିତି ଚାଲିଲେ ଗାଡ଼ିର କିଛି ଖରାପ ହେବ, ସେ ଭୟରେ ଛନ୍ଦା ଇଞ୍ଜିନ୍ ବନ୍ଦ କରିଦେଲା । ସେତେବେଳେ ସେଲ୍‌ଫୋନ୍‌ର ଏତେ ପ୍ରଚଳନ ନଥିଲା । ଏବେ ଖାଲି ଭଗବାନ ଭରସା । ଯଦି ଟ୍ରାଫିକ୍ ପୋଲିସ୍ ଏଇ ବାଟ ଦେଇ ଯାଉଥିବେ ତ ସେମାନଙ୍କ ନଜର ପଡ଼ିବ ଓ ସେମାନେ ସାହାଯ୍ୟ କରିବେ । ସେଦିନ ଖୁବ୍ କମ୍ ଲୋକ ଯିବାଆସିବା କରୁଥାନ୍ତି । ପ୍ରଥମେ ତ ଛୁଟିର ସମୟ । ସମସ୍ତେ ପରିବାର ସହିତ ସମୟ କାଟୁଥାନ୍ତି । ଛନ୍ଦା ଭଳି ଯେଉଁ କେତେଜଣଙ୍କର ନୂଆନୂଆ ଚାକିରି, ଛୁଟି ଏତେ ନଥାଏ ଓ କାଳେ ଚାକିରିରୁ କିଏ ଛଟେଇ କରିଦେବ, ସେଥିପାଇଁ ଡରଥାଏ, ସେଇମାନେ ହିଁ କାମ କରିବାକୁ ଯାଆନ୍ତି । ନହେଲେ ଏଭଳି ପାଗରେ ଘରୁ କଣ କିଏ ବାହାରିବାକୁ ସାହସ କରେ ? ବାହାରେ ବହୁତ ଥଣ୍ଡା ଥାଏ । ଯଦିଓ ଛନ୍ଦା ଜ୍ୟାକେଟ୍ ପିନ୍ଧିଥିଲା, ତଥାପି ଏତେ ସମୟ ବାହାରେ ରହିରହି ତା' ଦେହ ଥଣ୍ଡା ପଡ଼ି ଆସିଲାଣି । ଏହି ସମୟରେ ସେଇବାଟ ଦେଇ ଯାଉଥିଲେ ଦୁଇଜଣ ବ୍ୟକ୍ତି । ସେମାନେ ତାଙ୍କ ଗାଡ଼ି ସାଇଡ଼୍‌କୁ ରଖି ଛନ୍ଦାର ଗାଡ଼ି ପାଖକୁ ଆସିଲେ । ଛନ୍ଦାଠାରୁ ପରିସ୍ଥିତି ବୁଝି ସେମାନେ ନିଜ ଗାଡ଼ି ଭିତରୁ କିଛି ବାଲି ବାହାର କରି ଆଣିଲେ ଓ ଛନ୍ଦା ଗାଡ଼ିର ଆଗ ଚକା ଆଗରେ ପକେଇଲେ । ଜଣେ ବ୍ୟକ୍ତି ଛନ୍ଦାଠାରୁ ଚାବି ନେଇ ଇଞ୍ଜିନ୍ ଷ୍ଟାର୍ଟ କଲା ଓ ଆଉ ଜଣେ ବ୍ୟକ୍ତି ପଛରୁ ଟିକେ ଠେଲିଲା । ସେ ଲୋକ ଛନ୍ଦାଠାରୁ ଯେବେ ଚାବିନେଲା, ସେତେବେଳେ ଛନ୍ଦା ମନରେ ଡର ପଶିଗଲା ।

କାଳେ ଗାଡ଼ି ନେଇ ଚାଲିଯିବ ? ହେଲେ ସେମିତି କିଛି ହେଲାନି। ସେମାନେ ଗାଡ଼ିକୁ ଠିକ୍‌ଭାବେ ଆଗକୁ ଚଳେଇନଲେ ଓ ଗାଡ଼ିକୁ ଟଲୁ ନେଇ ରାସ୍ତା ଉପରେ ଛାଡ଼ିଲେ। ସେଠି ପାର୍କରେ ରଖି ଛନ୍ଦାକୁ ଚାବିଦେଲେ ଓ 'ହାପି ହଲିଡ଼େ' କହି ଚାଲିଗଲେ। ଆଜିବି ସେକଥା ମନେପଡ଼ିଲେ ସେଇ ଅଜଣା ଲୋକଙ୍କ ପାଇଁ ଛନ୍ଦା ଭଗବାନଙ୍କ ନିକଟରେ ପ୍ରାର୍ଥନା କରେ। ଛନ୍ଦା ପାଇଁ ସିନା ସେମାନେ ଅଜଣା। ହେଲେ ଭଗବାନଙ୍କୁ ତ ସବୁ ଜଣା। ଭଗବାନ ସେମାନଙ୍କୁ ନିଶ୍ଚୟ ଜାଣନ୍ତି। ତେଣୁ ସେମାନଙ୍କ ପାଇଁ ଛନ୍ଦାର ଶୁଭକାମନାକୁ ଭଗବାନ ନିଶ୍ଚୟ ସେମାନଙ୍କ ଜୀବନରେ କରୁଣା କରି ଝରାଇବେ।

ଏଇ ସମୟରେ ଝରକା ବାଟେ ଆସୁଥିବା ଗାଡ଼ିର ଆଲୁଅ ଛନ୍ଦାର ଭାବନାରେ ଛେଦ ପକେଇଲା। ଛନ୍ଦା ଝରକାବାଟେ ଦେଖିଲା, ଅଜୟ ଏବେ ଗେଟ୍ ତାଲା ଖୋଲି ଭିତରେ କାର୍ ଭର୍ତ୍ତିକରୁଛି। ଛନ୍ଦା ଅପେକ୍ଷା କରି ରହିଲା। ଅଜୟ ଉପର ମହଲାକୁ ଆସିବା ପରେ ରୁମ୍ କବାଟ ଖୋଲି ଅଜୟକୁ ପଚାରିଲା, "କଣ ହେଲା ?"

ଅଜୟ ଉତ୍ତରରେ କହିଲା, "ସେ ଡ୍ରାଇଭର୍ ତା ଭାଇକୁ ଡାକିଲା। ତା ଭାଇ କିଛି ଯନ୍ତ୍ରପାତି ଧରି ଆସିଲା। ଆମେ ସମସ୍ତେ ଟିକେଟିକେ ସାହାଯ୍ୟ କଲୁ। ଗାଡ଼ିକୁ ରାସ୍ତା ଉପରକୁ ଉଠେଇଦେଲୁ। ଡ୍ରାଇଭର୍ ଗାଡ଼ି ନେଇ ଫେରିଗଲା।"

'ଯା ହେଉ, ଭଲହେଲା। ହେଲେ ଏଭଳି ଅଜଣା ଜାଗାକୁ ରାତିରେ ଗାଡ଼ି ଧରି ଆସିବା, ସତରେ ଏକ ମସ୍ତବଡ଼ ଭୁଲ୍। ମୁଁ ବି ଏ ଘଟଣା ସବୁଦିନ ପାଇଁ ମନେରଖିବି।" - ଏମିତି କହି ଛନ୍ଦା ନିଜ ରୁମ୍‌ର କବାଟ ବନ୍ଦ କଲା ଓ ଶୋଇବାକୁ ପ୍ରସ୍ତୁତ ହେଲା।

■

ବର୍ଷର ଶେଷମାସ ଓ ଓମିକ୍ରନ୍

ଡିସେମ୍ବର ମାସ ଆରମ୍ଭ ହେବା ମାତ୍ରେ ସମସ୍ତଙ୍କ ମନରେ ଫୂର୍ତ୍ତି ଜାଗିଗଲା। କିଏ କେଉଁଠିକୁ ବୁଲିଯିବ, କିଏ କେଉଁ ପାର୍ଟି ଯିବ, କାହାପାଇଁ କେମିତି ଉପହାର କିଣାଯିବ, ଏସବୁ ଭାବିବାରେ, ଯୋଜନା କରିବାରେ, ଆମେରିକା ଦେଶର ସମସ୍ତେ ସକ୍ରିୟ ହୋଇପଡ଼ିଲେ। କାରଣ ଏହିମାସଟି ବର୍ଷର ଶେଷମାସ। ଦୁଇଟି ବିଶେଷ ଛୁଟି ପଡ଼େ, କ୍ରିଷ୍ଟ୍‌ମାସ୍ ଓ ନୂଆବର୍ଷ। ଡିସେମ୍ବର ମାସର ଶେଷ ସପ୍ତାହ ଦୁଇଟିରେ ଅନେକ ଅଫିସ୍ ସବୁ ନିୟମ କୋହଳ କରିଦେଇଥାନ୍ତି। କିଏ କ୍ରୁଜ୍‌ରେ ଯାଏ ତ କିଏ ଅନ୍ୟ କେଉଁ ଦେଶ ଭ୍ରମଣ କରେ। ସମସ୍ତଙ୍କ ଘରସଜା ଆରମ୍ଭ ହୋଇଯାଏ, ବାହାରେ ଆଲୁଅସଜା ଆରମ୍ଭ ହୋଇଯାଏ। ଅନେକ ପରିବାରରେ କ୍ରିଷ୍ଟ୍‌ମାସ୍ ଗଛ ଅର୍ଥାତ୍ ପାଇନ୍ କି ସେଇ ଜାତିର ଗଛଟିଏ ରଖି ତାକୁ ବିଭିନ୍ନ ଆଲୋକମାଳାରେ, କଣ୍ଢେଇରେ ଓ ଅନ୍ୟାନ୍ୟ ଫୁଲ, ଛୋଟଛୋଟ ଖେଳନା ଇତ୍ୟାଦିରେ ସଜେଇଦିଆଯାଏ। ସେ ଗଛର ତଳେ ସମସ୍ତେ ନିଜନିଜର ଉପହାର ରଖିଦିଅନ୍ତି। କ୍ରିଷ୍ଟ୍‌ମାସ୍ ଦିନ ସେସବୁ ଉପହାର ଖୋଲାଯାଏ। କିଏ କ୍ରିଷ୍ଟିଆନ୍ ହେଉ କି ନହେଉ, ଖୁସି ପାଇଁ ପ୍ରାୟତଃ ଅନ୍ୟ ସଂପ୍ରଦାୟର ଲୋକମାନେ ମଧ୍ୟ ନିଜ ଘରକୁ ସଜେଇ ଦିଅନ୍ତି। ପ୍ରତି ସହରରେ ନୂଆନୂଆ ସାଂସ୍କୃତିକ କାର୍ଯ୍ୟକ୍ରମ, ନାଟକ, ସଂଗୀତ ପ୍ରୋଗ୍ରାମ୍ ଇତ୍ୟାଦି କେତେ କଣ ମନୋରଞ୍ଜନ କାର୍ଯ୍ୟକ୍ରମ ଆରମ୍ଭ ହୋଇଯାଏ। ଏ ବର୍ଷଟି ସ୍ୱତନ୍ତ୍ର ଥିଲା। ପ୍ରାୟଃ ଦେଢବର୍ଷର ଶଙ୍କିତ ଜୀବନଯାପନ ପରେ, ଲୋକମାନେ ସ୍ୱପ୍ନ ଦେଖିଆସୁଥିଲେ। ସମସ୍ତେ ପ୍ରାୟ ଦୁଇଟି ଟିକା ନେଇସାରିଥିଲେ। ଅନେକ ମଧ୍ୟ ବୁଷ୍ଟର୍ ନେଇଥିଲେ ଓ ସେଥିପାଇଁ କୋଭିଡ୍ ସଂକ୍ରମଣର ଭୟ ଏତେଟା ନଥିଲା। ସମସ୍ତଙ୍କ ମନରେ ଆନନ୍ଦ, ଆଗ୍ରହ ଭରିଆସୁଥିଲା। ହେଲେ ଏ ସମୟରେ ଏମିତି ହେବାର ଥିଲା ?

ଓମିକ୍ରନ୍, କରୋନା ଭୂତାଣୁର ନୂଆ ଏକ ପ୍ରଜାତି ବିଷୟରେ ଶୁଣାଯାଉଥିଲା।

କିନ୍ତୁ ସେଇଟା ଏତେଶୀଘ୍ର ଯେ ଆମେରିକା ଦେଶରେ ବ୍ୟାପିଯିବ ତାହା କଳ୍ପନାତୀତ ଥିଲା। ଡିସେମ୍ବର ୧୨ ତାରିଖ ରବିବାର ଦିନ, ହିନ୍ଦୁ ମନ୍ଦିରରେ ମହାମନ୍ତ୍ର ଓ ଛପନ ଭୋଗ ଅର୍ପଣର କାର୍ଯ୍ୟକ୍ରମ ଥିଲା। ସେଥିପାଇଁ ତୃପ୍ତି ଦାୟିତ୍ୱ ନେଇଥିଲା। ସେତେବେଳକୁ ଗୁଗୁଲ୍ ପୃଷ୍ଠାରେ ଅଧିକ ଲୋକ କେହି ଭୋଗ ତିଆରି କରିବାକୁ ଲେଖିନଥିଲେ। ସେଇକଥା ପଚାରିବାକୁ ଛନ୍ଦା ତୃପ୍ତିକୁ ୧୧ ତାରିଖ ଦିନ ଫୋନ୍ କଲା। ତୃପ୍ତି ଜଣେଇଲା, "ଝିଅକୁ ଜ୍ୱର ହୋଇଛି। କରୋନା ବୋଲି ସନ୍ଦେହ କରାଯାଉଛି। ମୁଁ ତାକୁ ଯାଇ ତା କଲେଜ୍ ଡର୍ମରୁ ଆଣିଲି। ତାକୁ ସଙ୍ଗରୋଧରେ ରଖିଛି। କାଲି କରୋନା ଟେଷ୍ଟ୍ କରେଇବି। ତେଣୁ ମୁଁ ମନ୍ଦିର ଯାଇପାରିବି କି ନା ଜାଣିନି।"

ଛନ୍ଦା ଆଶ୍ୱାସନା ଦେଲା। "ହଉ, ତମେ ବ୍ୟସ୍ତ ହୁଅନି। କଲେଜ୍, ୟୁନିଭର୍‌ସିଟିରେ ତ ସବୁବେଳେ ଅନ୍ୟମାନଙ୍କ ସଂସ୍ପର୍ଶରେ ଆସିବାକୁ ପଡ଼େ। ସେଇଥିପାଇଁ ବୋଧହୁଏ ତା ଦେହ ଏମିତି ଖରାପ ଅଛି। ମୁଁ ଅନ୍ୟମାନଙ୍କ ସହିତ କଥା ହେଉଛି। ଆମେ ଚଳେଇ ନେବୁ।"

ଏମିତି ଭାବି ଯେଉଁ ଯେଉଁ ଭୋଗ ପଦାର୍ଥ ପାଇଁ କେହି ନାଁ ଲେଖିନଥିଲେ, ଛନ୍ଦା ସେସବୁରୁ କିଛିରେ ନିଜ ନାମ ଲେଖିଦେଲା। ତାପରେ ଅନ୍ୟମାନଙ୍କ ସହିତ ବି ଟିକେ କଥା ହୋଇଗଲା ଓ ତୃପ୍ତିର ପରିସ୍ଥିତି ବିଷୟରେ ଜଣେଇଦେଲା।

ରବିବାର ଦିନ ମନ୍ଦିରରେ ତୃପ୍ତି ଅନୁପସ୍ଥିତ ରହିଲା। ସୋମବାର ଦିନ ତୃପ୍ତି ଜଣେଇଲା ଯେ ତା' ଝିଅର ଘରେ କରିଥିବା ଆଣ୍ଟିଜେନ୍ ଟେଷ୍ଟ୍ ନେଗେଟିଭ୍ ଆସିଛି। "ଯାହାହେଉ, ଭଲ ହେଲା" କହି ଛନ୍ଦା ତାକୁ ଅଭିନନ୍ଦନ ଜଣେଇଲା।

ହେଲେ ଦୁଇଦିନ ପରେ ତୃପ୍ତି ପୁଣି ଜଣେଇଲା ଯେ ତା' ଝିଅର ପିସିଆର୍ ଟେଷ୍ଟ୍ କରୋନା ପଜିଟିଭ୍ ଆସିଲା। ସେ ସମୟ ବେଳକୁ କରୋନାର ଓମିକ୍ରନ୍ ପ୍ରତିରୂପ ଆମେରିକାରେ ଅନେକ ଲୋକଙ୍କୁ ସଂକ୍ରମିତ କରିସାରିଲାଣି। ବିଶେଷତଃ ନିୟୁର୍କ ସହରରେ ଅତି ବେଗରେ ବ୍ୟାପୁଥିବାର ଖବର ପହଞ୍ଚୁଥିଲା। ମଝିଆଁ ଝିଅ ମିନୁର ଜନ୍ମଦିନ ଥିଲା ଡିସେମ୍ବର ୧୫ ତାରିଖରେ। ସେଥିପାଇଁ ସିଏ ରାତିରେ ଦୁଇଜଣ ସାଙ୍ଗଙ୍କ ସହିତ ରାତ୍ରଭୋଜନ ପାଇଁ ଏକ ଭୋଜନାଳୟ ଯିବ ବୋଲି କହୁଥିଲା। ତା' ସହିତ ବି ଟିନୁ ଓ ତା ସାଙ୍ଗ ଜନ୍ ଯିଏ ଲଣ୍ଡନ ସହରରୁ ଆସିଥିଲା ଓ ନିୟୁର୍କରେ ସେ ସମୟରେ ରହୁଥିଲା, ସେମାନେ ଯୋଗଦେବାର ଥିଲା। ଛନ୍ଦା ସେମାନଙ୍କୁ ସାବଧାନରେ ରହିବାକୁ କହିଥିଲା।

ଡିସେମ୍ବର ୧୬ ତାରିଖରେ ଟିନୁ ଜଣେଇଲା ଯେ ତା ସାଙ୍ଗ ଜନ୍‌ର କୋଭିଡ୍ ଟେଷ୍ଟ୍ ପଜିଟିଭ୍ ଆସିଛି। ତେଣୁ ସିଏ ଆଉ ଲଣ୍ଡନ ଫେରିପାରିବନି। ସିଏ ଏବେ

ଟିନୁର ଆପାର୍ଟମେଣ୍ଟ୍‌ରେ ସଙ୍ଗରୋଧରେ ରହୁଛି। ହେଲେ ଟିନୁର ସବୁ ନେଗେଟିଭ୍ ଆସିଛି। ସେଥିପାଇଁ ଟିନୁ ତାର ଆଉ ଜଣେ ସାଙ୍ଗର ଆପାର୍ଟମେଣ୍ଟ୍‌ରେ ରହୁଛି। ଛନ୍ଦା ଓ ଆକାଶ ଜନ୍‌କୁ ଡାକି ତା' ସହିତ କଥା ହେଲେ। ଆକାଶ ଅନେକଗୁଡ଼ିଏ ଉପଦେଶ ଦେଲେ, ଯଥା କାଢ଼ା ତିଆରି କରି ପିଇବା, ବିଶ୍ରାମ ନେବା, ନିୟମିତ ଭାବେ ପାଣି ପିଇବା, ଥଣ୍ଡା ଜିନିଷ ନ ଖାଇବା ଇତ୍ୟାଦି। ଜନ୍‌ର ସ୍ୱାସ୍ଥ୍ୟ ସମ୍ବନ୍ଧରେ ପଚାରିବାରୁ ସିଏ ଜଣେଇଲା ଯେ ତାକୁ ଅଧିକ କିଛି ଜଣାପଡୁନି। କେବଳ ଥଣ୍ଡା ହେଲେ ଯେମିତି ଜଣାପଡ଼େ ସେମିତି ଲାଗୁଛି। ଯଦି ଅନ୍ତର୍ଜାତୀୟ ଯାତ୍ରା କରିବାର ନିୟମ ପାଇଁ କୋଭିଡ୍ ଟେଷ୍ଟ୍ କରିନଥାନ୍ତା, ତେବେ ଜାଣିନଥାନ୍ତା ତାର କୋଭିଡ୍ ହୋଇଛି ବୋଲି।

ଛନ୍ଦା ଓ ଆକାଶ ତାକୁ କୋଭିଡ୍‌ର କାରଣ କଣ ହୋଇପାରେ ପଚାରିବାରୁ ସିଏ ଉତ୍ତରଦେଲା ଯେ ସେମାନେ ଦୁଇଦିନ ତଳେ ଟିନୁର ଜଣେ ସାଙ୍ଗ ସହିତ ଭୋଜନାଳୟରେ ମିଶି ଖାଇଥିଲେ। ସେଇ ସାଙ୍ଗର ତା' ପରଦିନ କୋଭିଡ୍ ଲକ୍ଷଣ ଦେଖାଦେଇଥିଲା। ସିଏ ବି ସେ ଭୂତାଣୁ ତାର ଅନ୍ୟ ଜଣେ ସାଙ୍ଗଠାରୁ ଆଣିଥିଲା। "ଆରେ ବାପ୍‌ରେ, ଏ କୋଭିଡ୍ ତ ଅତି ଭୟଙ୍କର। ଦୁଇଦୁଇଟି ଟିକା ନେଇକି ବି ଏମିତି ମାଡ଼ିବସୁଛି ?" - ଏମିତି କହି ଜନ୍‌ର ଶୀଘ୍ର ଆରୋଗ୍ୟ କାମନା କରି ସେମାନେ ଫୋନ୍ ରଖିଥିଲେ।

ଏମିତି ଚତୁପାର୍ଶ୍ୱରେ ସବୁ ଘଟଣା ଘଟିଯାଉଥିଲା। ସବୁଦିନ କିଛିକିଛି ନୂଆ ଘଟଣା, କିଛିକିଛି ବିସ୍ମୟକର ଓ କିଛିକିଛି ଭୟ ପ୍ରଦାୟକ। ଆଜି ଅମକର କୋଭିଡ୍ ହେଲା, କାଲି ସମକର ହେଲା, ଏମିତି ନିତିଦିନିଆ ଖବର ସବୁ ପହଞ୍ଚୁଥିଲା। ଏଣେ ସାରାଦେଶରେ କ୍ରିଷ୍ଟ୍‌ମାସ୍ ପାଳିବେ ବୋଲି ସମସ୍ତେ ପ୍ରସ୍ତୁତ ହେଉଥିଲେ। ନିଜନିଜର ସାଙ୍ଗସାଥୀ ମାନଙ୍କୁ ଡାକି ଦିନବାର ସ୍ଥିର କରୁଥିଲେ।

ଡିସେମ୍ବର ୨୦ ତାରିଖରେ ଟିନୁ ଖବରଦେଲା ଯେ ତାର କୋଭିଡ୍ ଟେଷ୍ଟ୍ ପଜିଟିଭ୍ ଆସିଲା। ତାକୁ ବି ପୂର୍ବଦିନ ରାତିରେ ଜ୍ୱର ହୋଇଥିଲା ଓ କାଶ ଥିଲା। ସିଏ କ୍ଳାନ୍ତି ଅନୁଭବ କରୁଥିଲା ଓ ସେଥିପାଇଁ ନିଜ ଆପାର୍ଟମେଣ୍ଟ୍‌କୁ ଫେରିଆସିଥିଲା। ଏବେ ତାହେଲେ କଣ ହେବ ? ଟିନୁ ତ ଆଉ କ୍ରିଷ୍ଟ୍‌ମାସ୍ ବିତେଇବାକୁ ଆସିପାରିବନି ?

ଯେହେତୁ ଟିନୁର ଆଉ ୭ ଦିନ ପର୍ଯ୍ୟନ୍ତ ଆସିବାର ନଥିଲା ଓ ମିନୁର ଛୁଟି ଥିଲା, ସେଥିପାଇଁ ମିନୁକୁ ୨୧ ତାରିଖ ଦିନ ଘରକୁ ଆସିବାକୁ ଛନ୍ଦା ଓ ଆକାଶ ପରାମର୍ଶ ଦେଲେ। ମିନୁ ରାଜିହେଲା ଓ ୨୧ ତାରିଖ ଦିନ ଅପରାହ୍ଣରେ ନିୟୁର୍କରୁ ବାହାରି ସିଏ ସନ୍ଧ୍ୟାବେଳକୁ ମେରୀଲାଣ୍ଡରେ ପହଞ୍ଚିବ ବୋଲି ଜଣେଇଲା। ତେବେ ସିଏ ଆସିଲେ ପ୍ରଥମେ କୋଭିଡ୍ ଟେଷ୍ଟ୍ କରିବ। ଯଦି ନେଗେଟିଭ୍ ଦେଖାଏ, ତେବେ

ସିଏ ତା' ନିଜରୁମ୍‌ରେ ଆସି ରହିବ ଓ ସମସ୍ତଙ୍କ ସହିତ ମିଶାମିଶି କରିବ। ନହେଲେ ତଳେ ବେସ୍‌ମେଣ୍ଟ୍‌ରେ ରହିବ।

ସେଇ ଅନୁଯାୟୀ ୨୧ ତାରିଖ ମଙ୍ଗଳବାର ସକାଳେ ଅଧାଦିନ ଛୁଟି ନେଇ ଛନ୍ଦା ବେସ୍‌ମେଣ୍ଟ୍ ସଫାସଫି କଲା ଓ ମିଡ଼ିଆରୁମ୍‌ଟିକୁ ମିନୁ ପାଇଁ ସଜେଇଦେଲା। ହେଲେ ଘରେ କୋଭିଡ୍ ଆଣ୍ଟିଜେନ୍ ଟେଷ୍ଟ୍ କରାଇବା ପାଇଁ ଟେଷ୍ଟ୍ କିଟ୍ ମେରୀଲାଣ୍ଡ୍‌ର ସବୁ ଦୋକାନ ଖୋଜିଖୋଜି କେଉଁଠି ବି ମିଳିଲାନି। ୱାଲଗ୍ରିନ୍‌ସ୍, ସିଭିଏସ୍, ଟାର୍ଗେଟ୍ ଷ୍ଟୋର୍, ଜାଏଣ୍ଟ୍ ଫାର୍ମାସୀ, ସବୁଠି ଖୋଜିଖୋଜି ଅନେକ ସମୟ ବିତିଗଲା। ସବୁଠି ନିଜ କ୍ରେଡ଼ିଟ୍ କାର୍ଡ଼ ନମ୍ବର ପକେଇ କେତେ ଜାଗାରେ ରିଜର୍ଭ କରି ମଧ୍ୟ, ସେସବୁ ଦୋକାନରୁ ଖବର ଆସିଲା ଯେ ଟେଷ୍ଟ୍ କିଟ୍ ସବୁ ସରିଯାଇଛି। ଏମିତିକି ଘରଠାରୁ ୪୦-୫୦ ମାଇଲ୍ ଦୂରରେ ଥିବା ଦୋକାନ ମାନଙ୍କରେ ମଧ୍ୟ ଚେଷ୍ଟା କରିଥିଲା ଛନ୍ଦା। ଏବେ ତାହେଲେ ହବ କଣ? ମିନୁର ତ ଆଉ ଘରେ ଟେଷ୍ଟ୍ କରିହେବନି। ଟେଷ୍ଟ୍ ସେଣ୍ଟର୍‌ମାନଙ୍କରେ ସବୁ ଏତେ ଲମ୍ବା ଧାଡ଼ି ରହୁଥିଲା ଯେ, ସେଠି ଠିଆ ହୋଇ ଅନ୍ୟମାନଙ୍କ ସଂସ୍ପର୍ଶରେ ଆସି କୋଭିଡ୍ ହୋଇଯିବାର ସମ୍ଭାବନା ବି ରହୁଥିଲା।

ହେଲେ ସେ ସମସ୍ୟାର ସମାଧାନ ଏମିତି ଭାବେ ହେଲା। ବଡ଼ଝିଅ ରେଣୁ ସେ ସମୟରେ ପେନ୍‌ସିଲ୍‌ଭାନିଆରୁ ଫେରୁଥିଲା। ସେଠି ତା' ଶାଶୁଘର ଓ ତା' ଶ୍ୱଶୁରର ସତୁରିତମ ଜନ୍ମବାର୍ଷିକୀ ପାଇଁ ସେମାନେ ଯାଇଥିଲେ। ସିଏ ଖବରଦେଲା ଯେ ସେଠି ସବୁ ଫାର୍ମାସୀରେ କୋଭିଡ୍ ଟେଷ୍ଟ୍ କିଟ୍ ମିଳୁଛି। ତେଣୁ ସିଏ କିଛି କିଟ୍ ନେଇଆସିପାରିବ। ଛନ୍ଦା ଓ ଆକାଶ ତାକୁ ୧୫-୨୦ଟି ଟେଷ୍ଟ୍ କିଟ୍ ନେଇଆସିବାକୁ କହିଲେ। ଏହାର କାରଣ ହେଲା, ଆସନ୍ତା ସପ୍ତାହ ଭିତରେ ଆଉ କିଛି ବନ୍ଧୁମିଳନୀରେ ଯୋଗଦାନ କରିବାର ଥିଲା।

ଡିସେମ୍ବର ୨୧ ତାରିଖରେ ମିନୁ ଘରେ ଆସି ୫ଟା ବେଳେ ପହଞ୍ଚିଲା। ପ୍ରଥମେ ସିଏ ଯାଇ ବେସ୍‌ମେଣ୍ଟ୍‌ରେ ରହିଲା। ସେଇଠି ତାକୁ ଜଳଖିଆ ଖାଇବାକୁ ଦେଇ ସେମାନେ ରେଣୁର ଆସିବା ସମୟ ପର୍ଯ୍ୟନ୍ତ ଅପେକ୍ଷା କରିବାକୁ କହିଲେ। ରେଣୁର ପହଞ୍ଚିବାର ସମୟ ଥିଲା ରାତି ୭ଟା। ରେଣୁ ପହଞ୍ଚିବା ପରେ ସେଥିରୁ ଗୋଟିଏ ଟେଷ୍ଟ୍ କିଟ୍ ବାହାର କରି ମିନୁକୁ ଟେଷ୍ଟ୍ କରିବାକୁ ଦିଆଗଲା। ପନ୍ଦର ମିନିଟ୍ ପରେ ସେ ଟେଷ୍ଟ୍ ନେଗେଟିଭ୍ ଆସିଲା ବୋଲି ମିନୁ ଜଣେଇଲା।

ତା' ପରର ଆନନ୍ଦ ଦେଖେ କିଏ। ମିନୁ ଏବେ ଉପର ମହଲାକୁ ଆସିଲା। ତା' କୁକୁର ଲିଓ ବି ଅତ୍ୟନ୍ତ ଆନନ୍ଦିତ ହୋଇଗଲା। ଏବେ ସମସ୍ତେ ସାଙ୍ଗ ହୋଇ ରାତ୍ରଭୋଜନ କଲେ। ଟିନୁକୁ ବି ଫୋନ୍ ଲଗେଇଦେଲେ। ଗୋଟିଏ ଦିନ ଭିତରେ

ଟିନୁର ଅବସ୍ଥାରେ କିଛିଟା ପରିବର୍ତ୍ତନ ଆସିଥିଲା। ସିଏ ସୁସ୍ଥତା ଅନୁଭବ କରୁଥିଲା ବୋଲି ଜଣେଇଲା।

ଏବେ ବିନା ଟିନୁରେ କ୍ରିଷ୍ଟ୍‌ମାସ୍‌ର ଉପହାର ଖୋଲିବା ପର୍ବଟି କେମିତି ପାଳନ କରାଯିବ, ସେଇ ବିଷୟରେ ଆଲୋଚନା ହେଲା। ଟିନୁ ପରାମର୍ଶ ଦେଲା ଯେ ସୁସ୍ଥ ହେବାପରେ ଓ ତାର ଘର କୋଭିଡ୍ ଟେଷ୍ଟ୍ ନେଗେଟିଭ୍ ଆସିବା ପରେ ସିଏ ଆସନ୍ତା ସପ୍ତାହରେ ଘରକୁ ଆସିବ। ତେଣୁ ସବୁ ଉପହାର ଖୋଲିବାର କାର୍ଯ୍ୟକ୍ରମ ସିଏ ଆସିବା ପରେ ହେବ। ସମସ୍ତେ ଟିନୁର ପରାମର୍ଶ ମାନିଲେ। ସେଇଟା ହିଁ ଉତ୍ତମ ହେବ।

ମିନୁର ଜଣେ ସାଙ୍ଗ ଯିଏ କାଲିଫର୍ଣ୍ଣିଆରୁ ଆସି ଡିସେମ୍ବର ୨୮ ତାରିଖରେ ପହଞ୍ଚିବାର ଥିଲା, ସିଏ ଓମିକ୍ରନ୍ ସଂକ୍ରମଣ ପାଇଁ ଟିକେଟ୍ କ୍ୟାନ୍‌ସଲ୍ କରିଦେଲା ବୋଲି ଜଣେଇଦେଲା। ତାକୁ ନେଇ ଯେତେ ପ୍ରୋଗ୍ରାମ୍ ସବୁ କରାଯାଇଥିଲା, ସେସବୁ ବାତିଲ୍ କରାଗଲା। ଏବେ କ୍ରିଷ୍ଟ୍‌ମାସ୍ ଇଭ୍, ଡିସେମ୍ବର ୨୪ ତାରିଖ ଦିନ ରେଣୁ ତା' ଘରକୁ ସମସ୍ତଙ୍କୁ ଡାକିଥିଲା। ସେଠି ଟିନୁକୁ ଫୋନ୍‌ରେ ରଖାଗଲା ଓ ସିଏ ସମସ୍ତଙ୍କ ସହିତ ସେମିତି ଭାବେ କ୍ରିଷ୍ଟ୍‌ମାସ୍ ବିତେଇଲା। ତା' ପରଦିନ ବି ଛନ୍ଦା ଓ ଆକାଶଙ୍କ ଘରେ କ୍ରିଷ୍ଟ୍‌ମାସ୍ ପାଇଁ ରେଣୁ ଓ ତାର ସ୍ୱାମୀ ଆସିଲେ। ସାରାଦିନ ଖାଇବାପିଇବା, କଲମ୍ବିଆର ଆଲୁଅସଜ୍ଜା ଦେଖିବାକୁ ଯିବା ଓ ଘରେ ସାଙ୍ଗ ହୋଇ ଗୋଟିଏ ଭଲ ସିନେମା ଦେଖିବାରେ କଟିଗଲା। ତାପରେ ରେଣୁ ଓ ତାର ସ୍ୱାମୀ ବିଦାୟନେଲେ।

ଏବେ ସବୁଦିନ ଟିନୁ ସହିତ ଫୋନ୍‌ରେ ଖବର ଦିଆନିଆ ଚାଲିଥିଲା ପଜିଟିଭ୍, ନେଗେଟିଭ୍ ଫଳାଫଳ ବିଷୟରେ। ଶେଷରେ ସେ ଖୁସିର ଦିନ ଆସିଲା। ଡିସେମ୍ବର ୨୭ ତାରିଖ ସୋମବାର ଦିନ ତାର ଟେଷ୍ଟ୍ ନେଗେଟିଭ୍ ଆସିଲା ବୋଲି ଟିନୁ ଜଣେଇଲା ଓ ତା' ପରଦିନ ଘରକୁ ଆସିବାକୁ ଚାହିଁଲା। ଆକାଶ ପ୍ରଥମେ ଡରିଲେ। "ତୋ ଆପାର୍ଟମେଣ୍ଟ୍‌ରେ ସବୁ ଜିନିଷ ସାନିଟାଇଜ୍ କରିଛୁ ନା ନାହିଁ, ନହେଲେ ସେଥିରୁ ଜୀବାଣୁ ଆମ ଘରକୁ ଆସିବେ।"

ଟିନୁ ଜଣେଇଲା, "ହଁ, ମୁଁ ସବୁ ସାନିଟାଇଜ୍ କରିଛି। ତମେ ଡରନି।"

ଡିସେମ୍ବର ୨୮ ତାରିଖ ମଙ୍ଗଳବାର ଦିନ ଆକାଶ ନିୟୁର୍କ ଗଲେ ଓ ଟିନୁକୁ ଧରି ସନ୍ଧ୍ୟାବେଳେ ପହଞ୍ଚିଲେ। ଟିନୁ ଆସିବା ପରେ ପରବର୍ତ୍ତୀ ଦିନମାନଙ୍କ ପାଇଁ ପ୍ରୋଗ୍ରାମ୍ ତିଆରି କରାହେଲା। ଡିସେମ୍ବର ୨୯ ତାରିଖ, ବୁଧବାର ଦିନ ରାତିରେ ମିନୁର ଜନ୍ମଦିନ ପାଳନ କରାଯିବ। ରେଣୁ ଓ ତା' ସ୍ୱାମୀ ଆସି ସେଦିନ ରାତିରେ ରହିଯିବେ। ଡିସେମ୍ବର ୩୦ ତାରିଖ ସକାଳେ କ୍ରିଷ୍ଟ୍‌ମାସ୍‌ର ସମସ୍ତ ଉପହାର ଖୋଲାଯିବ। ସେଦିନ ଲଞ୍ଚ୍ ସମସ୍ତେ ଏକତ୍ର କରିବେ। ତାପରେ ସେମାନେ କିଛି ସମୟ ସାଙ୍ଗ

ହୋଇ କଟେଇବେ। ଡିସେମ୍ବର ୩୧ ତାରିଖରେ ନୂଆବର୍ଷ ପୂର୍ବଦିନ ପାଇଁ ରାତିରେ ମିନୁ ଓ ଟିନୁ ରେଣୁର ଘରକୁ ଯିବେ। ନୂଆବର୍ଷ ଦିନ ଅପରାହ୍ଣରେ ସେମାନେ ନିୟୁର୍କ ଫେରିଯିବେ।

ସେମିତି ହିଁ ସବୁ କିଛି ଘଟିଲା ଓ କେତେକ ଘଟିଲାନି। ଓମିକ୍ରନ୍‌ର ସଂକ୍ରମଣ ପାଇଁ ଡିସେମ୍ବର ୩୧ ତାରିଖରେ ଛନ୍ଦା ରଖିଥିବା ଦିନବେଳର ଭଜନ ସମାରୋହଟି ସ୍ଥଗିତ ରହିଲା। ଯାହା ସହିତ କଥା ହେବାବେଳକୁ ସେମାନେ କହିଲେ ସେମାନେ ଓମିକ୍ରନ୍ ଏକ୍ସ୍‌ପୋଜଡ୍। ପରିବାରରୁ କିଏ କୌଣସି ପାର୍ଟିକୁ ଯାଇଥିଲେ। ସେଠି କାହାକୁ ଭେଟିଥିଲେ। ସେ ଲୋକର ଦେହ ଖରାପ। ସେଇ ଦୃଷ୍ଟିରୁ ସମସ୍ତେ ସାବଧାନତା ଅବଲମ୍ବନ କରୁଛନ୍ତି। "ଠିକ୍ କଥା। ଆଉ କଣ କରିବା ? ଏ ଓମିକ୍ରନ୍‌କୁ ଏଇ ସମୟରେ ଆସିବାର ଥିଲା ?"

ଯାହା ଯେମିତି ହେଉ, ନୂଆବର୍ଷ ଦିନ ଜଗନ୍ନାଥ ମନ୍ଦିରରେ ପୂଜା କିନ୍ତୁ ଅତି ଭଲରେ ହେଲା। ପୂଜା ସମୟ ଥିଲା ୧୦ଟାରୁ ଦୁଇଟା। ଅଧଘଣ୍ଟାଏ ପାଇଁ ଯାଇ ଫେରିଆସିବାକୁ ଭାବିଥିଲା ଛନ୍ଦା। ହେଲେ ସିଏ ୧୧ଟା ୩୦ରେ ପହଞ୍ଚିବା ବେଳକୁ ସେଠି କେହି ନାହାନ୍ତି। ତିନିଟି ପରିବାର ବସି ଭଜନ କରୁଛନ୍ତି। ଛନ୍ଦା ପହଞ୍ଚିବା ପରେପରେ ଯଜ୍ଞ ଆରମ୍ଭହେଲା। ଯଜ୍ଞ ଅଧଘଣ୍ଟାଏରେ ସରିଲା ଓ ତାପରେ ପୁଣି ଥରେ ଭଜନ ଓ ଭଜନ ପରେ ମହାମନ୍ତ୍ର ଆରମ୍ଭହେଲା। ଦିନ ଗୋଟାଏ ବେଳକୁ ଅନେକ ଭକ୍ତ ପହଞ୍ଚିଗଲେ। ଗହଳି ବଢିଗଲା। ସେଥିପାଇଁ ଛନ୍ଦା ଡରିଗଲା ଓ ସମସ୍ତଙ୍କଠାରୁ ଦୂରେଇଦୂରେଇ ରହିଲା। ଛନ୍ଦା ସବୁ ସମୟରେ ପିଲାମାନଙ୍କ ମେସେଜ୍ ଦେଖୁଥାଏ। କାଲେ ସେମାନେ ଫେରିଆସିବେ। ସେମାନେ କିନ୍ତୁ ଫେରିନଥିଲେ। ଯଦିଓ ସେମାନଙ୍କ ପାଇଁ ସକାଳେ ରାନ୍ଧିଦେଇ ଯାଇଥିଲା ସିଏ, ତେବେ ସେମାନେ ନିୟୁର୍କ ଫେରିଯିବା ପୂର୍ବରୁ ତ ଟିକେ ଦେଖାହେବା ଉଚିତ୍।

ମନ୍ଦିରରୁ ସାଢେ ଗୋଟାଏ ବେଳେ ଫେରିଲା ଛନ୍ଦା। ପ୍ରାୟ ସାଢେ ଦୁଇଟା ବେଳକୁ ଫେରିଲେ ଟିନୁ ଓ ମିନୁ। ସେମାନଙ୍କର ତଥାପି ନିଜ ଜିନିଷ ପ୍ୟାକିଙ୍ଗ୍ ସରିନଥିଲା। ଆକାଶ ୩ଟା ବେଳକୁ ମନ୍ଦିରରୁ ଫେରିଲେ। ସେତେବେଳକୁ ପାଗ ଖରାପ ହୋଇଆସିଲା। ଛନ୍ଦା ମିନୁ ଓ ଟିନୁକୁ ସେଦିନଟା ରହିଯିବାକୁ କହିଲା ଓ ୨ ତାରିଖ ଦିନ ଭୋରୁଭୋରୁ ଫେରିବାକୁ ପରାମର୍ଶ ଦେଲା।

ତା' ପରଦିନ ଅର୍ଥାତ୍ ରବିବାର ଦିନ ସକାଳେ ଟିନୁ ଓ ମିନୁ ନିୟୁର୍କ ଫେରିଗଲେ। ସୋମବାର ଦିନ ଯେବେ ଅଫିସ୍ ଖୋଲିଲା ଓ ଗୁଗୁଲ୍ ମିଟ୍‌ରେ ଛନ୍ଦାର ନିଜ ସହକର୍ମୀମାନଙ୍କ ସହିତ ବର୍ଷରେ ପ୍ରଥମ ମିଟିଙ୍ଗ୍ ହେଲା, ସମସ୍ତେ ଓମିକ୍ରନ୍ କାହାଣୀ

ଆରମ୍ଭକଲେ। କାହାର ଝିଅକୁ ହୋଇଥିଲା ତ କାହାର ପୁଅକୁ। କିଏ ନିଜେ ସଂକ୍ରମିତ ହୋଇଥିଲା ତ କାହାର ସାଙ୍ଗ ସଂକ୍ରମିତ ହୋଇଥିଲା। ଛନ୍ଦାର ଜଣେ ଭଲ ସାଙ୍ଗ ମାଇକ୍ ସେ ସମୟରେ ଅନୁପସ୍ଥିତ ଥିଲା। ଜଣାପଡ଼ିଲା କୋଭିଡ୍‌ରେ ତା' ଜେଜେମାଙ୍କର ଦେହାନ୍ତ ହୋଇଗଲା ଓ ତା' ମା' ଏବେ ହସ୍‌ପିଟାଲ୍‌ରେ ପଡ଼ିଛନ୍ତି। ସେଦିନ ମନଟା ଭାରାକ୍ରାନ୍ତ ଲାଗିଲା। କେଉଁ ଏକ ଅଜଣା ଭୟରେ, କୋଭିଡ୍‌ର ପୁଣି କେଉଁ ନୂଆ ପ୍ରତିରୂପର ଆଶଙ୍କାରେ ଦେହ ଶିହରି ଉଠିଲା।

ନଭେମ୍ବର ମାସର ତୃତୀୟ ସପ୍ତାହଟି ଅତ୍ୟନ୍ତ ଆନନ୍ଦରେ କଟିଥିଲା। ହ୍ୟୁଷ୍ଟନ୍ ସହରରେ ହିଲ୍‌ଟନ୍ ହୋଟେଲ୍‌ରେ ସାଙ୍ଗସାଥୀଙ୍କ ମେଳରେ, ପରିବାରର ସମସ୍ତଙ୍କ ମେଳରେ ଅନେକ ଦିନ ପରେ ପୁଣି ହସଖୁସି, ମିଳିମିଶି ଖିଆପିଆ, ଫଟୋ ଉଠେଇବା, ନାଚଗୀତ, ମଉଜରେ ସମୟ କେମିତି ବିତିଗଲା, ଜଣାପଡ଼ିଲାନି। ସେଇଟା ଥିଲା ଜଣେ ସାଙ୍ଗର ପୁଅର ବିବାହ ଉତ୍ସବ। ସେ ସମୟର ପରିସ୍ଥିତିକୁ ଆଧାର କରି, ଡିସେମ୍ବର ମାସ ପାଇଁ କେତେ କଣ ସ୍ୱପ୍ନ ଦେଖିଥିଲା ଛନ୍ଦା। ଭାବିଥିଲା, ଛୁଟି ତ ଅନେକ ଅଛି; ବର୍ଷର ଏ ଶେଷମାସଟିକୁ ଅତି ମଉଜ, ମଜ୍‌ଲିସ୍‌ରେ କଟେଇବ। ଗୋଟିଏ ସପ୍ତାହ ଛୁଟି ନେଇ ସିଏ ନିୟୁର୍କରେ ଝିଅ ପାଖରେ ରହିବ। ପ୍ରତିଦିନ ଗୋଟିଏ ଗୋଟିଏ ବ୍ରୋଡ୍‌ୱେ ଶୋ ଦେଖିବ, ନିୟୁର୍କ ସହରର ସାଜସଜ୍ଜା ବୁଲି ଦେଖିବ। ହେଲେ ଏବର୍ଷ ବି ସେ ସ୍ୱପ୍ନ ସ୍ୱପ୍ନରେ ରହିଗଲା। ହୁଏତ ଆସନ୍ତା ବର୍ଷ ସେ ସ୍ୱପ୍ନ ପୂରଣ ହେବ? ଏଇତ ଜୀବନ। ଆଗାମୀ ଭବିଷ୍ୟତର ସୁଖ ଆଶାରେ ବର୍ତ୍ତମାନର ଦୁଃଖ ଓ ଆଶଙ୍କାକୁ ଭୁଲିଯିବାର ପ୍ରୟାସ ତ ଜୀବନର ଅସଲ ମଞ୍ଜି।

ଆସନ୍ତା ବର୍ଷ ପାଇଁ ସ୍ୱପ୍ନ ଦେଖୁଦେଖୁ ଛନ୍ଦାର ଆଖି ଲାଗିଯାଇଥିଲା। ଆକାଶଙ୍କ ଚିତ୍କାରରେ ତା' ନିଦ ଭାଙ୍ଗିଗଲା। ସିଏ ଚମକିପଡ଼ିଲା। ଆକାଶ କହୁଥିଲେ, "ସାଢେ ପାଞ୍ଚଟା ବାଜିଲାଣି। ଆଜି କଣ ଚାହା ଦେବୁନି ନା କଣ?"

ଓଡ଼ିଆରେ ଏକ ପ୍ରବାଦ ଅଛି, "ଜୀବ ଥିବା ଯାଏ ଲୋଭ ଅଛି"। ତେଣୁ ଏ ଜୀବନ ଥିବା ଯାଏ, ଖାଇବାପିଇବାର ଲୋଭକୁ କଣ ଅଟକାଇ ହେବ? ଏମିତି ଭାବି ଛନ୍ଦା ଚାହା ତିଆରି କରିବାକୁ ଉଠିଲା।

■

ସାରଥୀ

୨୦୨୨ ମସିହା, ନଭେମ୍ବର ୫ ତାରିଖ, ଅପରାହ୍ଣ।

ଗାଡ଼ି ସବୁ ଆଇ-୪୯୫ରେ ଏମିତି ଖୁନ୍ଦାଖୁନ୍ଦି ହୋଇ ଚାଲିଛି ଯେ ପିମ୍ପୁଡ଼ି ଗଳିବାକୁ ଜାଗା ନାହିଁ। ତା' ଭିତରେ ଲୋକ ସବୁ ଏମିତି ଅଥୟ ହେଉଥାନ୍ତି ଯେ, ପୁରା ଡାହାଣରୁ ବାମ ପଟ ଲେନ୍‌କୁ ଓ ବାମ ପଟରୁ ଡାହାଣ ପଟ ଲେନ୍‌କୁ ଖାଲି ବଦଳାଉଥାନ୍ତି। ସେମାନଙ୍କର ହାବଭାବ ଦେଖି ଡର ଲାଗୁଥାଏ। ନିଶା ଖାଇକି ଗାଡ଼ି ଚଲୋଉଛନ୍ତି ନା କଣ ମ? କାହା ସହିତ କେତେବେଳେ ଯେ ପିଟି ହୋଇଯିବେ, ସେକଥା କହିହେବନି। କାହା କଥା ତ ଛାଡ଼, ନିଜ ଜୀବନ ଯିବାର ବି ସମ୍ଭାବନା। ହେଲେ ମଣିଷ କେତେ ସେମିତି ଥାଆନ୍ତି। ନିୟମ, ଶୃଙ୍ଖଳା ପାଇଁ ଜମା ପରବାହ ନାହିଁ। ୱାସିଂଟନ୍ ଡିସିକୁ ଘେରି ରହିଥିବା ଏ ଆଇ-୪୯୫ ରାସ୍ତାଟିରେ ଚାରିଟା ଲେନ୍। କେତେବେଳେ କେଉଁଠି ସେ ନମ୍ବର ବଦଳିଯାଏ, ହେଲେ, ସେଇଟା ପ୍ରାୟତଃ ଚାରିଟା ଲେନ୍ ଅଧୀକାଂଶ ସମୟ ରହିଥାଏ।

ଏବେ ସେଇ ଆଇ-୪୯୫ ରେ ଯାଉଥିଲେ ବିଜୁଳି, ତାର ସ୍ୱାମୀ ଅନିରୁଦ୍ଧ ଓ ଝିଅ ଆନି। ସେମାନେ ସମସ୍ତେ ଭରଜିନିଆର ଆଲେକଜାଣ୍ଡ୍ରିଆ ସହରରେ ରହୁଥିବା ବଡ଼ ଝିଅ ମାନି ପାଖକୁ ଯାଉଥିଲେ। ଏବେ ଅନିରୁଦ୍ଧଙ୍କର ବି ସେମିତି ଝୁଙ୍କ ଆସିଲା। ସିଏ କହିଲେ, "ଦେଖେଦେଖେ ସିଏ କେମିତି ଏପଟସେପଟ ହୋଇ କେତେ ଆଗକୁ ଗଲାଣି। ଆମେ ଏ ଆଗଗାଡ଼ିର ପଛରେ ରହିଲେ ସେମିତି ବସି ରହିଥିବା।" ଏମିତି କହି ସିଏ ବି ଡାହାଣ, ବାମ ହେବାକୁ ଲାଗିଲେ। ତାଙ୍କୁ ଦେଖି ବିଜୁଳି ହସିଲା। "ଏମିତି ହନି ଡ୍ରାଇଭର୍ ଭଳି କଣ ହେଉଛ?" - ବିଜୁଳି ଏମିତି କହିଲା ଓ ପୁଣି ହସିବାରେ ଲାଗିଲା। ତା ହସ ଦେଖି ଅନିରୁଦ୍ଧ ବିସ୍ମିତ ହେଲେ ଓ କାହିଁକି ହସୁଛୁ

ବୋଲି ପ୍ରଶ୍ନ କଲେ। ଝିଅ ଆନି ବହି ପଢୁଥିଲା। ତାର ଧ୍ୟାନ ଭାଙ୍ଗିଗଲା ଓ ସିଏ ପ୍ରଶ୍ନ କଲା, "କଣ ହେଲାକି? ହନି ଡ୍ରାଇଭର୍ କିଏ?"

ସେମିତି ହସୁହସୁ ବିଜୁଳି କହିଲା, "ହନି ଡ୍ରାଇଭର୍ ଗୋଟିଏ ଦିନ ଆମର ସାରଥୀ ଥିଲା। ସିଏ ବି ଏମିତି ତୋ ପାପାଙ୍କ ଭଳି ଜିଦ୍ କରି ଅନ୍ୟମାନଙ୍କର ଗାଡ଼ିର ଗତି ବଢେଇବା ଦେଖି ନିଜ ଗାଡ଼ିରି ଗତି ବଢେଇ ଦେଉଥିଲା।"

ଆନି ବି ହସିଲା। "ସାରଥୀ ତ ରଥର ହୁଅନ୍ତି। ହେଲେ ତମ ଗାଡ଼ିର ସାରଥୀ ମାନେ କଣ? ଡ୍ରାଇଭର୍ ତ? ନା, ସିଏ ସତରେ ରଥ ଚଲାଉଥିଲା?"

ସେମିତି ହସିହସି ବିଜୁଳି କହିଲା, "ହଁ, ସିଏ ସେ ଡ୍ରାଇଭର୍। ହେଲେ ତାକୁ ଇଙ୍ଗିତରେ ଆମେମାନେ ସାରଥୀ ବୋଲି କହୁଥିଲୁ। ତାହେଲେ ତା' ବିଷୟରେ କଥାବାର୍ତ୍ତା ହେଉଥିଲେ ବି ସିଏ ଯେମିତି ବୁଝିପାରିବନି।"

ବିଜୁଳିର ଯେତେଯେତେ ହନି ଡ୍ରାଇଭର୍ କଥା ମନେପଡ଼ିଲା, ସିଏ ସେତେ ହସିଲା। କିଛି ସମୟପରେ ଯେତେବେଳେ ହସ ଉପରେ ଟିକେ ନିୟନ୍ତ୍ରଣ ଆସିଲା, ସେତେବେଳେ ହନି ଡ୍ରାଇଭର୍ ବୃତ୍ତାନ୍ତ ଅଳ୍ପରେ ଶୁଣେଇ କହିଲା, "ମାନି ଘରେ ପହଞ୍ଚିଲେ ପୂରା କାହାଣୀ ଶୁଣେଇବି। ତାହେଲେ ମାନି ବି ଶୁଣିବ।"

ହନି ଡ୍ରାଇଭର୍ ସହିତ ପରିଚୟ ହୁଏ ଅକ୍ଟୋବର ୧୭ ତାରିଖ, ସୋମବାର ଦିନ। ସେଇଦିନ ସେମାନଙ୍କର ଭୁବନେଶ୍ୱରରୁ ଭଦ୍ରକ ଯିବାର ଥିଲା। ସେଦିନଟି କାମ କରିବାର ଦିନ ଥିବାରୁ ଅଜୟ ଯାଇପାରିଲାନି। ତେଣୁ ସ୍ଥିର କରାଗଲା ଯେ ଗୋଟିଏ ଡ୍ରାଇଭର୍ ଯୋଗାଡ଼ କରିବାକୁ ପଡ଼ିବ। ସିଏ ଅଜୟର ଗାଡ଼ି ଡ୍ରାଇଭ୍ କରି ବିଜୁଳି ଓ ବିଜୁଳିର ଭାଉଜ ନମ୍ରତାକୁ ନେଇ ଭଦ୍ରକ ଯିବ। କଟକରୁ ବିଜୁଳିର ଉପର ଯା'ଙ୍କୁ ବି ନେଇଯିବ। ମଙ୍ଗଳବାର ଦିନ ସମସ୍ତେ ପୁଣି ଫେରି ଆସିବେ।

ଅଜୟର କାମର ଡ୍ରାଇଭର୍ ଗୋଟିଏ ଡ୍ରାଇଭର୍ ବ୍ୟବସାୟ କରୁଥିବା କଂପାନୀ ମାଧ୍ୟମରେ ଜଣେ ଡ୍ରାଇଭରଟିଏ ଯୋଗାଡ଼ କରିଦେଲା। ସେ ଡ୍ରାଇଭର୍ ପହଞ୍ଚୁ ପହଞ୍ଚୁ ସାଢେ ଦଶ ହୋଇଗଲା। ସେତେବେଳକୁ କଟକରୁ ଏମାନେ କେତେବେଳକୁ ବାହାରୁଛନ୍ତି ବୋଲି କଲ୍ୟାଣୀ ଅପା କେତେଥର ଫୋନ୍ କରିସାରିଲେଣି। ସେ ଡ୍ରାଇଭର୍‌କୁ ଦେଖି ପ୍ରଥମରେ ଗୋଟିଏ ଫୁଟ୍‌ବଲ୍ ଖେଳାଳି ବୋଲି ମନେହେଲା। ଉଚ୍ଚତା ପ୍ରାୟ ଛ ଫୁଟରୁ ଅଧିକ ହେବ। ହୃଷ୍ଟପୁଷ୍ଟ ଶରୀର। ବୟସ ୨୫, ତିରିଶ ଭିତରେ। ମୁହଁ ଗୋଲ। ଅଳ୍ପ କରି ଦାଢି ଥାଏ। ଜମା ହସୁନଥାଏ। ମୁହଁ ଗମ୍ଭୀର କରି ରଖିଥାଏ। ତା ହାବଭାବରୁ ସିଏ ଯେ ଗୋଟିଏ ଡ୍ରାଇଭର୍ ହୋଇଯିବ, ସେକଥାଟା ବିଶ୍ୱାସ ହେଲାନାହିଁ। ଅଜୟର ଡ୍ରାଇଭର୍ ସେ ଡ୍ରାଇଭରର ସମସ୍ତ ଦକ୍ଷତା ଓ ଡ୍ରାଇଭିଙ୍ଗ୍

ଲାଇସେନ୍ସ୍ ଆଦି ଚେକ୍ କରୁକରୁ ସେଠି ଚାଳିଶି ମିନିଟ୍ ବିତିଗଲା। ସେ ପର୍ଯ୍ୟନ୍ତ ସେ ସାରଥୀର କଂପାନୀରୁ କିଛି ଯୋଗାଯୋଗ ଆସୁନଥାଏ। ବିଜୁଳିକୁ ବି ବ୍ୟସ୍ତ ଲାଗିଲାଣି। ଯୋଜନା ଥିଲା ନଅଟାରୁ ବାହାରିବେ। ହେଲେ ଏବେ ଏଇଠିତ ବାରଟା ବାଜିଲାଣି। ଯାହାବି ହେଉ ଶେଷରେ ସବୁ କିଛି ଯାଞ୍ଚ ସରିଲା। ସେ ଡ୍ରାଇଭରକୁ ବେଶି ସ୍ପିଡ୍‌ରେ ଡ୍ରାଇଭ୍ ନ କରିବାକୁ ପରାମର୍ଶ ଦେଇ ଅଜୟ ଓ ଅଜୟର ଡ୍ରାଇଭର୍ ଏମାନଙ୍କୁ ବିଦାୟ ଦେଲେ।

ଏମାନେ ପ୍ରଥମେ ଅଶୋକ ନଗରକୁ ଯିବାର ଥିଲା। ସେଠି ବୟନିକାରୁ ପର୍ସ ସଂଗ୍ରହ କରିବାର ଥିଲା। ସେ ପର୍ସ ବିଜୁଳି ଗତକାଲି କିଣାକିଣି କରିବା ସମୟରେ ସେ ଦୋକାନରେ ଛାଡ଼ି ଆସିଥିଲା। ହେଲେ ଓଡ଼ିଶା ହ୍ୟାଣ୍ଡଲୁମ୍ ବିଭାଗରେ ଥିବା ଅଧିକାରୀ ନମ୍ରତାର ସାଙ୍ଗ ଓ.ଏସ୍. ଅଫିସର୍ ଲୁନା ସହିତ କଥାବାର୍ତ୍ତା କରି ସେମାନେ ବୁଝାବୁଝି କରିଥିଲେ ଓ ସେଠିକାର ମ୍ୟାନେଜର ସେ ପର୍ସକୁ ନିଜ ତତ୍ତ୍ୱାବଧାନରେ ରଖିଥିଲେ। ଯିବା ବାଟରେ ଡ୍ରାଇଭର୍ ସହିତ କଥାବାର୍ତ୍ତା କରି ବିଜୁଳି ଯାହା ବୁଝିଲା, ତାର ନାମ ହେଲା ହନି। ସିଏ ସେ ନାମଟିକୁ ତା ହାତରେ ଟାଟୁ କରିଥିଲା। ସିଏ ତା ହାତକୁ ପୁରା କଳା ରଙ୍ଗର ଲମ୍ବା ହାତମୋଜାରେ ଢାଙ୍କି ରଖିଥାଏ। ବିଜୁଳି ପଚାରିଲା, "ହାତରେ ଏମିତି କାହିଁକି ପିନ୍ଧିଛ?" ହନି କହିଲା, "ଏ ହାତକୁ ସୂର୍ଯ୍ୟ କିରଣରୁ ରକ୍ଷା କରିବା ପାଇଁ।" ପରେ ନମ୍ରତା ମନ୍ତବ୍ୟ ଦେଇଥିଲା, "ଷ୍ଟାଇଲକୁ ଦେଖ।"

ଚେହେରାରୁ ଓ ହାବଭାବରୁ ହନି ପୁରା ଗୁଣ୍ଡା ଭଳି ଦିଶୁଥାଏ। ହେଲେ କଥା କହୁଥାଏ ବୋକାଙ୍କ ଭଳି। ତାକୁ ଗୁଗୁଲ୍ ମ୍ୟାପ୍‌ରେ ଠିକଣା ଦେଖି ଠିକଣା ସ୍ଥାନକୁ କେମିତି ଯିବାକୁ ହେବ ଜଣାନଥିଲା। ତେବେ ଓଡ଼ିଶାରେ ଆଜିକାଲି ସମସ୍ତ ଡ୍ରାଇଭର୍ ସେକଥା ଜାଣନ୍ତି। ସେଇ ଭୁବନେଶ୍ୱର ସହରରେ ବି ଅଶୋକ ନଗରର ବୟନିକାକୁ ଜିପିଏସ୍‌ରେ ପକେଇ ସେ ଡ୍ରାଇଭର ଯାଇପାରିଲା ନାହିଁ। ନମ୍ରତାକୁ ଓ ବିଜୁଳିଙ୍କୁ ବାଟ ବତେଇବାକୁ ପଡ଼ିଲା। "ଇଏ କି ଡ୍ରାଇଭର୍ ହେଇଛି, ଭୁବନେଶ୍ୱରରେ କୌଣସି ସ୍ଥାନ ବି ଭଲରେ ଜାଣିନି। ଖଜୁରି ଗଛର କି ଗୁଣ ଗାଇବି, ମୂଳରୁ ପାହାଚ ପାହାଚ। ଇଏ ଆମକୁ ସତରେ ଭଦ୍ରକରେ ନେଇ ପହଞ୍ଚେଇବ କି ନାହିଁ ବିଶ୍ୱାସ ହେଉନି।" ସେମାନେ ବୟନିକା ଭିତରକୁ ଯିବା ସମୟରେ ନମ୍ରତା ଏହି ମନ୍ତବ୍ୟ ଦେଲା। ବୟନିକାରୁ ପର୍ସ ସଂଗ୍ରହ କରି ସେମାନେ ପଟିଆ ପଟ ଦେଇ ପ୍ରଥମେ କଟକ ଗଲେ। ବାଟରୁ କଲ୍ୟାଣୀ ଅପାଙ୍କୁ ଫୋନ୍ କରିଦେଇଥିଲେ। କଲ୍ୟାଣୀ ଅପା ଯେଉଁଠି ରୁହନ୍ତି ସେଇଟା ଗଳି। ସେ ଗଳି ଦେଇ ଗୋଟିଏ ଗାଡ଼ି ଯିବା ଓ ଫେରିବାରେ ଅଧଘଣ୍ଟାଏ ବି ବିତିଯାଇପାରିବ। ତେଣୁ ସିଏ ଆସି କନିକାରୋଡ୍‌ର ସନ୍ ହସ୍‌ପିଟାଲ୍ ସାମନା ରାସ୍ତାରେ ଠିଆ ହୋଇଥିବେ

ବୋଲି ଜଣେଇଲେ। ତିନି ଚାରିଥର ସେ ସନ୍ ହସ୍‌ପିଟାଲ ରାସ୍ତାରେ ବୁଲିବୁଲି ବି ସେମାନେ କଲ୍ୟାଣୀ ଅପାଙ୍କୁ ଦେଖିଲେନି। ତାପରେ ଫୋନ୍ କରିବାକୁ ଯାଉଛନ୍ତି ତ, ବିଜୁଳିର ନଜର ତାଙ୍କ ଉପରେ ପଡ଼ିଲା। ସେମାନେ ତାଙ୍କ ପାଖରେ ଗାଡ଼ି ରଖିଲେ। ସେଇଠି ଛକ ପାଖରେ ଗୋଟିଏ ଦୋକାନ ଥିଲା। ସେ ଦୋକାନରୁ କିଛି ମିକ୍‌ସ୍‌ଚର୍ ଓ ଆରିସା ପିଠା କିଣି ସେମାନେ କଟକରୁ ଭଦ୍ରକ ଅଭିମୁଖେ ଯାତ୍ରା ଆରମ୍ଭକଲେ।

ପ୍ରଥମରୁ ହିଁ ସେ ଡ୍ରାଇଭର୍ ପ୍ରତି ନମ୍ରତାର ଭୁଲ୍ ଧାରଣା ହୋଇଗଲା। ଡ୍ରାଇଭର୍ ଯଦି ଠିକଣା ଧରି ନିଜେ ଗାଡ଼ି ଚଲେଇ ନେଇପାରିବନି, ସିଏ ତାହେଲେ କି ଡ୍ରାଇଭର୍? ଭୁବନେଶ୍ୱରରୁ କଟକ ପର୍ଯ୍ୟନ୍ତ ରାସ୍ତା ବତେଇବା ଦାୟିତ୍ୱ ନମ୍ରତା ଓ ବିଜୁଳି ଉପରେ ପଡ଼ିଲା। ତାପରେ ସେ ହନି ଡ୍ରାଇଭର୍‌କୁ ଯେତେବେଳେ ଧୀର ଗତିରେ ଡ୍ରାଇଭିଂ କରିବାକୁ କୁହା ଯାଉଥିଲା, ସିଏ ଜୋର୍‌ରେ ଚଲାଉଥିଲା। ଏମିତିରେ ନମ୍ରତା ଟିକେ ବିରକ୍ତି ଓ ଟିକେ ଅନୁରୋଧ କରି କହୁଥିଲା, "ତମେ ଏତେ ଜୋର୍‌ରେ କାହିଁକି ଚଲାଉଛ? ଆମ ଘରକୁ ଫାଇନ୍ ପାଇଁ ବିଲ୍ ଆସିଯିବ।"

ହେଲେ ସେ ହନି ଡ୍ରାଇଭର୍ କେତେବେଳେ ଶୁଣୁଥିଲା ତ କେତେବେଳେ ଶୁଣୁନଥିଲା। ସେଥିପାଇଁ ମନେମନେ ନମ୍ରତା ତା' ଉପରେ ରାଗୁଥିଲା। ଯେତେବେଳେ କଲ୍ୟାଣୀ ଅପା କଟକରୁ ବସିଲେ, ସିଏ ରାସ୍ତା ବତାଇବା ଦାୟିତ୍ୱ ନେଲେ। ଏବେ ନମ୍ରତା ଓ ବିଜୁଳି ଟିକେ ଆଶ୍ୱସ୍ତ ହେଲେ। କଟକରୁ ଭଦ୍ରକ ଯିବା କଲ୍ୟାଣୀ ଅପାଙ୍କର ଅଭ୍ୟାସରେ ପଡ଼ିଯାଇଛି। ପ୍ରତି ମାସରେ ଅନ୍ତତଃ ଦୁଇଥର, ତିନିଥର ତାଙ୍କର ଭଦ୍ରକ ଯିବାଆସିବା ହୁଏ। ତେଣୁ ସିଏ ଠିକ୍ ରାସ୍ତା ବତେଇ ନେଉଥିଲେ। ଏବେ ମଧ୍ୟାହ୍ନ ଭୋଜନ ସମୟ ବିତିଯାଇଥିଲା। ବାଟରେ ଗାଡ଼ି କେଉଁଠି ରଖିଲେ, ସେମାନେ ମଧ୍ୟାହ୍ନ ଭୋଜନ କରିପାରନ୍ତେ ଓ ଡ୍ରାଇଭର୍ ବି କିଛି ଖାଇପାରନ୍ତା ଏମିତି ଭାବି ଟାଙ୍ଗୀ ପାଖରେ ସେମାନେ କିଛି ସମୟ ରହିଲେ। ହେଲେ ସେ ରେଷ୍ଟୁରାଣ୍ଟ୍ ସଫା ନଥିଲା। ହନିର ସେଇଠି ଖାଇବାକୁ ଇଚ୍ଛା ହେଲା। ନମ୍ରତା ପଚାରିଲା, "କେତେ ଟଙ୍କା ପଡୁଛି ଏଠି ଖାଇବାକୁ ଯାଇ ବୁଝି ଆସ।"

ହନି ଆସି କହିଲା, "ତିନି ଶହ ଟଙ୍କା।"

ନମ୍ରତା ତାକୁ ତିନି ଶହ ଟଙ୍କା ଦେଲା। ସିଏ ଖାଇବାକୁ ଯିବା ପରେ ଏମାନେ ଗାଡ଼ି ଭିତରେ ବସି ରହିଲେ। କଲ୍ୟାଣୀ ଅପା ପଚାରିଲେ, "ସିଏ କଣ ଖାଇବ କି ତିନି ଶହ ଟଙ୍କା ନେଲା? ଜଣା ପଡୁଛି ଏ ରେଷ୍ଟୁରାଣ୍ଟ୍ ମହଙ୍ଗା। ନହେଲେ ସିଏ ମଟନ୍ ବିରିୟାନି ଖାଉଥିବ କି କଣ?"

"ଯିବା ଆସିବା ବେଳେ ଗର୍ହିତ ଖାଦ୍ୟ ଖାଇବା କଣ ଭଲ? ଯଦି ପେଟ ଗୋଳମାଳ ହେଲା ତ?"

"ସେ ଡ୍ରାଇଭର୍ ମାନେ ସେମିତି। କିଛି ବୁଝନ୍ତିନି। ମାଗଣା ମିଳିଲେ, ଯାହା ନାହିଁ ତା' ଖାଇବେ। ପେଟ ଖରାପ ହେବା କଥା ତାଙ୍କ ମୁଣ୍ଡରେ ପଶେନି।"

ହନିକୁ ଅପେକ୍ଷା କରିକରି ଅଧଘଣ୍ଟାଏ ପରେ ବିତିଗଲା। "ସିଏ ସେଠି କଣ କରୁଛି କି? ଏତେ ସମୟ ଖାଉଛି?" ତାକୁ ଦେଖିବାକୁ ବିଜୁଳି ଗାଡ଼ିରୁ ବାହାରିଲା ଓ ରେଷ୍ଟୁରାଣ୍ଟ୍‌କୁ ଗଲା। ସେଠି ବିଭିନ୍ନ ରକମର ଖାଦ୍ୟ ସବୁ ରହିଥିଲା। ଶାକାହାରୀ ଥାଳି ୯୦ ଟଙ୍କା। ମାଛ, ମାଂସ ଖାଇଲେ, ୧୯୦ ଟଙ୍କା। ସେଠି ବିଜୁଳି ଦେଖିଲା ହନି ଖାଉଛି। ସିଏ ସେ ରେଷ୍ଟୁରାଣ୍ଟ୍‌ର ଅନ୍ୟ କୋଣରେ ବସି ଖାଉଥିଲା। ବିଜୁଳି ଆସି ଏକଥା ନମ୍ରତା ଓ କଲ୍ୟାଣୀ ଅପାଙ୍କୁ ଜଣେଇଲା। "ଜଣାପଡୁଛି ହନି ଡ୍ରାଇଭର୍ ମନ ଭରି ଅଧିକ କିଛି ଖାଉଛି। ନହେଲେ ୩୦୦ ଟଙ୍କା କାହିଁକି କହିଲା? ୯୦ ଟଙ୍କାରେ ତ ଖାଇପାରିଥାନ୍ତା।"

ନମ୍ରତା ବି ରାଗିଗଲା। "ମତେ ପ୍ରଥମରୁ ହିଁ ସେ ଡ୍ରାଇଭରଟା ଭଲଲାଗୁନି। ଏତେ ଜୋର୍‌ରେ ଗାଡ଼ି ଚଲାଉଛି ଯେମିତି କି କୋଉଠି ପିଟିଦେବ। ଏଣେ ୩୦୦ ଟଙ୍କାରେ ଲଞ୍ଚ୍ ଖାଇବ। ପୁଣି ୪୦ ମିନିଟ୍ ଖାଇବ।"

ବିଜୁଳି ବୁଝେଇଲା, "ରାଗିଲ, ରାଗିଲ, ମନ ଭିତରେ ରାଗକୁ ଚପେଇକି ରଖ। ସିଏ ଯେମିତି ବାରି ନ ପାରିବ। ନହେଲେ ସିଏ ତ ଆମର ଡ୍ରାଇଭର୍। ଆମ ରଥର ସାରଥୀ। ସିଏ ଯଦି କିଛି ଭୁଲ୍ ଭଟକା କରେ, କି ରାଗିଯାଏ, ଭୋଗିବା ଆମେ। ଅତଏବ୍ ତାକୁ କଥାବାର୍ତ୍ତାରେ ମଜେଇ, ବୁଝେଇ, ତା ସହିତ ଯିବାକୁ ପଡ଼ିବ।

ନମ୍ରତା କହିଲା, "ମୋର ତ ରାଗ ବାହାରିଯିବ। ତମେ ତା' ସହିତ ଟିକେ ଭଲରେ କେମିତି କଥାବାର୍ତ୍ତା କରି ବୁଝାଅ ଯେ ସିଏ ଯେମିତି ଏତେ ସ୍ପିଡ୍‌ରେ ଗାଡ଼ି ନ ଚଲାଉ।"

"ହୋଉ, ମୁଁ ସେ ଦାୟିତ୍ୱ ନେଲି।" - ବିଜୁଳି କହିଲା।

ଆରାମରେ ଖିଆ ପିଆ କରି ହନି ଡ୍ରାଇଭର୍ ଏବେ ଫେରିଲା। ବିଜୁଳି ପଚାରିଲା, "ଖାଦ୍ୟ କେମିତି ଥିଲା?"। ହନି କହିଲା, "ବହୁତ ସ୍ୱାଦିଷ୍ଟ।"

ବିଜୁଳି ପୁଣି ପଚାରିଲା, "କଣ ସବୁ ଖାଇଲ?"

"ମଟନ୍ ବିରିଆନି।"

"ହଉ ଭଲରେ ଖାଇଲ, ସେଇଟା ତ ଭଲକଥା। ହେଲେ ଏମିତି ଗରିଷ୍ଠ

ଖାଦ୍ୟ ଖାଇଲେ, ଟିକେ ହଜମ ହେବାକୁ ସମୟ ଲାଗେ। ଭଲଭାବେ ଏବେ ପାଣି ପିଅ। ଚାଲ।"

ହନି ନିଜର ପାଣି ବୋତଲ ରଖିଥିଲା। ସେଥିରୁ ଢକଢକ କରି ପାଣି ପିଇଲା। ତାପରେ ଗାଡ଼ି ଷ୍ଟାର୍ଟ କଲା।

ସେଠି ସବୁ ପାର୍କିଙ୍ଗ୍ ଏମିତି ଭାବେ ହୋଇଥାଏ ଯେ, ଗାଡ଼ି ବାହାର କରିବା ସହଜ ନୁହେଁ। ତଥାପି କିଛି ସମୟ ଚେଷ୍ଟା କରି ସେ ଗହଳିରୁ ଗାଡ଼ି ବାହାର କରି ପୁଣି ଭଦ୍ରକ ଅଭିମୁଖେ ସେମାନେ ଯାତ୍ରା କଲେ।

ଗାଡ଼ି ଜାତୀୟ ରାଜପଥ ୧୬ରେ ଚାଲିଥାଏ। ବାଟରେ ବେଳେବେଳେ ବିଜୁଳିକୁ ନିଦ ଆସୁଥାଏ। ସିଏ ଢୋଳେଇ ପଡୁଥାଏ। ପୁଣି ଟିକେ ଚେଇଁ ଉଠି ଦେଖୁଥାଏ, ଠିକ୍ ଭାବେ ହନି ଗାଡ଼ି ଚଲାଉଛି ନା ନାହିଁ।

ଏମିତିରେ ପ୍ରାୟ ତିନିଟା ବେଳକୁ ସେମାନେ ଭଦ୍ରକରେ ପହଞ୍ଚିଲେ। ହେଲେ ସେମାନେ ଯେଉଁ ପାର୍ଶ୍ୱ ରାସ୍ତା ନେଇ ମୁଖ୍ୟ ରାସ୍ତାରୁ ବାହାରିଥାଆନ୍ତେ ସେଇଟା ଅତିକ୍ରମ କରି ଚାଲିଗଲେ। ଯେତେବେଳେ ବୁଝିଲେ, ସେତେବେଳେ ମୁଖ୍ୟରାସ୍ତାରୁ ବାହାରି ଆସିଲେ। ହେଲେ ଜିପିଏସ୍ ଭୁଲ୍‌ଭାଲ୍ କହୁଥାଏ ଓ ସେମାନେ ଭୁତ ବୁଲେଇଲା ଭଳି ଏ ରାସ୍ତା, ସେ ରାସ୍ତା ହେଉଥାନ୍ତି। ଏମିତିକି କଲ୍ୟାଣୀ ଅପା ବି ଜାଣିପାରୁନଥାନ୍ତି। ଟିକେ ବାଟ ଯାଇ ଯାହାକୁ ଦେଖୁଥାନ୍ତି, ପଚାରୁଥାଆନ୍ତି, "ଟିକେ କହିବ କି ଭଦ୍ରକ କଲେଜ ଯିବାକୁ କେଉଁ ରାସ୍ତା।" ସେମାନେ ବତାଉଥାଆନ୍ତି, "ସେ ଡାହାଣକୁ ଯିବ, ତାପରେ ବାମକୁ ଯାଇ ଟିକେ ଆଗରେ ପୁଣି ଡାହାଣକୁ ନେବ। ଏମିତି ହୋଇ ସେମାନେ କୌଣସି ମତେ ନଣନ୍ଦଙ୍କର ଘରେ ପହଞ୍ଚିଗଲେ। ହେଲେ ସେମିତି ଗଳି ସମସ୍ୟା। ନଣନ୍ଦଙ୍କ ଘର ଗଳିରେ ଗାଡ଼ି ପଶିବା, ବାହାରିବା ବଡ଼ ହଟହଟା କଥା। ତେଣୁ ସେମାନେ ହନି ଡ୍ରାଇଭର୍‌କୁ ଗଳି ବାହାରେ ଅପେକ୍ଷା କରିବାକୁ କହିଲେ। "ଆମେ ଘଣ୍ଟାଏ ପରେ ଫେରିବୁ। ତମେ ଏଠି ଗାଡ଼ି ରଖି ଅପେକ୍ଷା କର। ବୁଲାବୁଲି କର।"

ନମ୍ରତା ହନିର ଫୋନ୍ ନମ୍ବର ରଖିଲା। ସେମାନେ ସମସ୍ତେ ଗାଡ଼ିରୁ ବାହାରି ଚାଲିଚାଲି ଗଳି ଭିତର ରାସ୍ତାରେ ପଶିଲେ ଓ ନଣନ୍ଦଙ୍କ ଘରେ ପହଞ୍ଚିଲେ। ସେଇଠି ଖିଆପିଆ ହେଲା। ଗପଶପ ହେଲା। ହେଲେ ସେଇଠି କଲ୍ୟାଣୀ ଅପା ପ୍ରଶ୍ନଟିଏ ଉଠେଇଲେ, "ଆଜି ରାତିରେ ହନି ଡ୍ରାଇଭର୍ କେଉଁଠି ରହିବ କହିଲୁ ?"

"ଅନ୍ୟ ଡ୍ରାଇଭର୍ ମାନେ ଯିଏ ଆସନ୍ତି, ସେମାନେ ସବୁ କେଉଁଠି ରହନ୍ତି ? ସିଏ ସେମିତି ରହିଯିବ ?"

"ଅନ୍ୟ ଡ୍ରାଇଭର୍ ମାନେ ପ୍ରାୟତଃ ସବୁ ଏ ପାଖାପାଖି ଗାଁର। ନହେଲେ

ସେମାନେ ସ୍କୁଲ୍‌ରେ ରହିଯାଆନ୍ତି। ହେଲେ ଇଏ ତ ନୂଆ, ଏମିତିରେ ଅଜଣା ବି। ଆମେ ଘରେ ପହଞ୍ଚୁପହଞ୍ଚୁ ରାତି ହୋଇଯିବ। ସେତେବେଳେ ତାକୁ ସ୍କୁଲ୍‌ରେ ଥଇଥାନ କରେଇଦେବାକୁ ଘରେ କେହି ନଥିବେ। ଆମ ଘର ଭିତରେ ରଖେଇବାକୁ ଭାଇ ଡରୁଛନ୍ତି। ତାପରେ ଘର ଭିତରେ ରହିଲେ, ଅଲଗା ବାଥ୍‌ରୁମ୍ ନାହିଁ ଶୌଚ ହେବାକୁ। ଘର ଭିତରୁ ବାହାରି ଆସି ବାହାରକୁ ଯିବାକୁ ପଡ଼ିବ।"

ଉପରୋକ୍ତ କଥାଟି ବହୁତ ଥର ଭାବିଛି ବିଜୁଳି। ଅନେକ ଥର ସେମାନେ ଯେଉଁଆଡ଼େ ଯାଆନ୍ତି, ଡ୍ରାଇଭର୍ ଟିଏ ନେଇ ଯାଆନ୍ତି। ବେଳେବେଳେ ନିଜ ଗାଡ଼ି, ବେଳେବେଳେ ଭଡ଼ାଗାଡ଼ି। ସେମାନେ ବନ୍ଧୁବାନ୍ଧବଙ୍କ ଘରେ ରୁହନ୍ତି। ହୋଟେଲ୍‌ରେ ରୁହନ୍ତି। କିନ୍ତୁ ଡ୍ରାଇଭର୍ ମାନେ ଗାଡ଼ି ଭିତରେ ଶୁଅନ୍ତି। ବେଳେବେଳେ ଅବଶ୍ୟ ହୋଟେଲ୍ ସବୁ ସେମାନଙ୍କୁ ଶୌଚାଳୟ ବ୍ୟବହାର କରିବାକୁ ଦିଅନ୍ତି, ହେଲେ ସେମାନଙ୍କ ବିଶ୍ରାମ ବିଷୟ ଭାବି ବିଜୁଳି ଅନେକ ସମୟରେ ବ୍ୟସ୍ତ ହୁଏ। ଡ୍ରାଇଭର୍ ହିଁ ତ ସାରଥୀ। ତାର ଭଲରେ ନିଦ ହେବା ଉଚିତ। ତାର ସ୍ୱାସ୍ଥ୍ୟ ଭଲ ରହିବା ଉଚିତ। ତାର ମନ ଭଲ ରହିବା ଉଚିତ। ଏସବୁ ଭଲ ରହିଲେ ସିନା ସିଏ ଯାତ୍ରୀମାନଙ୍କୁ ସୁରକ୍ଷା ଦେଇ, ଭଲରେ ଭଲରେ ଗନ୍ତବ୍ୟ ସ୍ଥଳରେ ପହଞ୍ଚାଇବ? ହେଲେ ଡ୍ରାଇଭର୍ ଯଦି ଭଲରେ ନ ଶୁଏ, ଭଲରେ ନ ଖାଏ, ଭଲ ପରିବେଶରେ ନ ରୁହେ, ତେବେ ଯାତ୍ରୀମାନଙ୍କ ସୁବିଧାର ଯତ୍ନ କିଏ ନେବ? ଆମେରିକାରେ ସିନା ସବୁ ଯାଗାରେ ଗ୍ୟାସ୍ ଷ୍ଟେସନ୍ ଥାଏ। ଚବିଶି ଘଣ୍ଟା ଖୋଲା ରହୁଥିବା କିଛି ଦୋକାନ ମଧ୍ୟ ଥାଏ। ତେଣୁ ଡ୍ରାଇଭର୍ ମାନଙ୍କୁ କି ଯାତ୍ରା କରୁଥିବା ଲୋକଙ୍କୁ କିଛି ସେସବୁ ଭାବିବାକୁ ପଡ଼େନି। ହେଲେ ଏବେ ଗାଁରେ ଏସବୁ ତ ସମ୍ଭବ ନୁହେଁ।

ଏବେ ହନି ଡ୍ରାଇଭର୍‌କୁ ନେଇ ସମସ୍ୟା ଉପୁଜିଲା। କଣ କରାଯିବ କିଛି ଉପାୟ ଜୁଟୁନଥିଲା। ସେପଟୁ ଅଜୟ ଫୋନ୍ କରି ଆଉ ଗୋଟିଏ ପ୍ରସ୍ତାବ ଦେଉଥିଲା। "ହନିକୁ ଭଦ୍ରକରେ ବସ୍‌ରେ ବସେଇ ଦିଅ। ସିଏ ଭୁବନେଶ୍ୱର ଫେରିଆସୁ। ମୋ ଡ୍ରାଇଭର୍ ବସ୍‌ରେ ଯିବ ଓ କାଲି ତମମାନଙ୍କୁ ଧରି ଫେରିବ।"

ଅଜୟର ଏ ପ୍ରସ୍ତାବ ମୂଳରେ ଦୁଇଟା କାରଣ ଥିଲା। ସିଏ ଜୋର୍‌ରେ ଗାଡ଼ି ଚଲାଉଥିବାରୁ ନମ୍ରତା ତାକୁ ଜମା ପସନ୍ଦ କରୁନଥିଲା। ଦ୍ୱିତୀୟରେ ଏ ଭଳି ଅସୁବିଧା। ସିଏ କୋଉଠି ରାତିରେ ରହିବ, ସେ ବିଷୟରେ ଚିନ୍ତା।

କଲ୍ୟାଣୀ ଅପା ଏବେ ମଝିଆଁ ଭାଇଙ୍କୁ ଫୋନ୍ କଲେ। ମଝିଆଁ ଭାଇ ବି କୌଣସି କାମକୁ ନେଇ ସେଦିନ କଟକରୁ ଭଦ୍ରକ ଆସିଥିଲେ ଓ ସେ ରାତିରେ ଫେରିବାର ଥିଲା। ସିଏ ତାଙ୍କ ଡ୍ରାଇଭର୍ ସାଥୀରେ ଆସିଥିଲେ। ତାଙ୍କ ଡ୍ରାଇଭର୍

ବହୁତ ଦିନର ପୁରୁଣା ଓ ସିଏ ଗାଁର ଗଳିକନ୍ଦି ସବୁ ଜାଣିଛି। ଅତଏବ ସ୍ଥିର କରାଗଲା ଯେ ସାରଥୀ ପରିବର୍ତ୍ତନ କରାଯିବ।

"ସେଇଟା କେମିତି ହେବ ?"

"ଆମେ ଯେତେବେଳେ ବଡ଼ଅପାଙ୍କ ପାଖକୁ ଯିବା, ମଝିଆଁ ଭାଇ ସେଇ ସମୟରେ ଆସି ସେଠି ପହଞ୍ଚିବେ। ତାଙ୍କ ଡ୍ରାଇଭର୍ ଆମକୁ ଏ ଗାଡ଼ିରେ ନେଇ ଗାଁକୁ ଯିବ। ହନି ଡ୍ରାଇଭର୍‌କୁ ନେଇ ସେମାନେ କଟକ ଯିବେ। ସେଇଠି କଟକ ବସ୍‌ଷ୍ଟାଣ୍ଡରେ ଭୁବନେଶ୍ୱରକୁ ଟିକେଟ୍ କରେଇ ତାକୁ ବସ୍‌ରେ ବସେଇଦେବେ। ଆଉ ତାର ଅନ୍ୟାନ୍ୟ କଥା ସବୁ ଅଜୟ ବୁଝାବୁଝି କରିବ।"

"ବାପ୍‌ରେ, ଇଏତ ନାସାର ସେଟ୍‌ଲାଇଟ୍ ପ୍ରୋଜେକ୍ଟ, ଭଳି ଲାଗୁଛି। ତେବେ ଯାହାହେଉ ଗୋଟିଏ ସମାଧାନ ତ ଅଛି।" - ବିଜୁଳି ମନ୍ତବ୍ୟ ଦେଲା।

ନମ୍ରତା କହିଲା, "ଭଲ ହେଲା। ସେ ହନି ଡ୍ରାଇଭର୍ ଯାଉ। ମାଲୋ, ତାକୁ ତ ଦେଖିଲେ ଡର ଲାଗୁଥିଲା। ହେଲେ ଚେହେରାଟା ଏମିତି ସିନା ପାଇଛି, ଅକଲ ପୂରା ଜିରୋ।"

ସେମାନେ ଖିଆପିଆ ସାରି ପାଞ୍ଚଟା ବେଳକୁ ନଣନ୍ଦଙ୍କର ଘରୁ ବାହାରିଲେ। ଗଳି ପାରକରି ଦେଖିଲେ ଗାଡ଼ି ଅଛି। ହନି ଡ୍ରାଇଭର୍ ବାହାରେ ଚଲାବୁଲା କରୁଥିଲା। ଏମାନଙ୍କୁ ଦେଖି ଗାଡ଼ି ପାଖକୁ ଆସିଲା। ଗାଡ଼ିରେ ବସି ସେମାନେ ବାଇପାସ୍ ଛକ ଆସିଲେ। ସେଇଠି ପହଞ୍ଚିବା ପରେ, ନମ୍ରତା ଅଜୟକୁ ଫୋନ୍ କଲା। ଅଜୟର ଡ୍ରାଇଭର୍ ହନିକୁ ଡାକି ସବୁକଥା ବୁଝେଇଦେଲା ଓ ପଇସାପତ୍ର କଥା ଭୁବନେଶ୍ୱରରେ ଛିଡ଼େଇବ ବୋଲି କହିଲା।

ପାଞ୍ଚମିନିଟ୍ ପରେ ମଝିଆଁ ଭାଇ ପହଞ୍ଚିଲେ। ଡ୍ରାଇଭର୍ ଅଦଳବଦଳ କରାଗଲା। ଏବେ ମଝିଆଁ ଭାଇଙ୍କ ଡ୍ରାଇଭର୍ ବନୁଆ ସେମାନଙ୍କୁ ଡ୍ରାଇଭ୍ କରି ଗାଁକୁ ନେଇଗଲା। ହନି ଡ୍ରାଇଭର୍ ମଝିଆଁ ଭାଇଙ୍କ ଗାଡ଼ି ଡ୍ରାଇଭ୍ କରି କଟକ ନେଇଗଲା। ମଝିଆଁ ଭାଇଙ୍କ ସହିତ ଆଉ ଜଣେ ସଂପର୍କୀୟ ମଧ୍ୟ ଥିଲେ।

ଗାଁରେ ପହଞ୍ଚିବାର ଦୁଇଘଣ୍ଟା ପରେ ମଝିଆଁ ଭାଇ ଫୋନ୍ କରି ଜଣେଇଲେ ଯେ ସେମାନେ ହନି ଡ୍ରାଇଭର୍‌କୁ ବସ୍‌ରେ ବସେଇ ଦେଇଛନ୍ତି ଓ ଭଲରେଭଲରେ କଟକ ଘରେ ପହଞ୍ଚି ଯାଇଛନ୍ତି।

ଗାଁରେ ତିନି ଯାଆ ଓ ନମ୍ରତା ରାତ୍ରଭୋଜନ ସମୟରେ ସେ ହନି ଡ୍ରାଇଭର୍‌ର ନକଲ କରି ବହୁତ ହସିଲେ, ମଜା କଲେ। ସେଦିନ ସକାଳରୁ ପରିସ୍ଥିତିରେ ଏତେ

ସବୁ ଜଟିଳତା ଆସିଲା। ହେଲେ ସେସବୁ ଜଟିଳତା ପୁଣି ସରଳ ହୋଇଗଲା। କାରଣ ବନୁଆ ତ ଚିହ୍ନା ଡ୍ରାଇଭର୍। ତାକୁ ନେଇ କିଛି ଚିନ୍ତିତ ହେବାର ନାହିଁ।

ସେଦିନ ସେମାନେ ନିଶ୍ଚିତ ମନରେ ଶୋଇଲେ। ବନୁଆ ଏମାନଙ୍କୁ ଘରେ ଛାଡ଼ି, ସ୍କୁଲ୍‌କୁ ଶୋଇବାକୁ ଚାଲିଗଲା। ବଡ଼ ଭାଇ ମନେ ପକେଇଦେଲେ, "ସମସ୍ତେ ଶୀଘ୍ର ଉଠିବ। ସାଢେ ଚାରିଟା ବେଳେ ଠାକୁରଙ୍କର ମଙ୍ଗଳ ଆଳତୀ ହେବ।"

ବିଜୁଳି କହିଲା, "ନମ୍ରତା, ସେଲ୍‌ଫୋନ୍‌ରେ ଟାଇମର୍ ଦେଇଦିଅ। ଠାକୁର ଆଜି ଆମର ଏତେ ମଙ୍ଗଳ କରିଛନ୍ତି ଯେ, ତାଙ୍କ ଋଣ ସୁଝିହେବନି। ଅନ୍ତତଃ ମଙ୍ଗଳ ଆଳତୀରେ ଯୋଗ ଦେଇ ତାଙ୍କୁ କୃତଜ୍ଞତା ଜଣେଇବା।"

ମାନିର ଘରେ ପହଞ୍ଚି ଉପରୋକ୍ତ କାହାଣୀ ବିଜୁଳି ଯେତେବେଳେ କହୁଥିଲା, ସମସ୍ତେ ତାକୁ ଆଗ୍ରହର ସହିତ ଚାହିଁଥିଲେ। ଏମିତିକି କାହାଣୀ ଶେଷ ବେଳକୁ ମାନିର ଚାରିମାସର ପୁଅ ତା' ବାଲ୍ୟତ ଭାଷାରେ ଶବ୍ଦ କରି ହସିଲା।

■

ଶାଶୁ

ପୁଣି ଗୋଟିଏ ସେମିତି ଘଟଣା ଘଟିଲା। ପୁଅର ଶାଶୁ, ମାନେ ଝିଅର ମା'ଙ୍କ ପାଇଁ ସ୍ୱାମୀ ସ୍ତ୍ରୀଙ୍କର ମନୋମାଳିନ୍ୟ, କଥା କଟାକଟି ଓ ଶେଷରେ ସ୍ୱାମୀ ନିଜ ଆପାର୍ଟମେଣ୍ଟ ଛାଡ଼ି, ନିଜର ଦୁଇବର୍ଷର ପୁଅ ଓ ସ୍ତ୍ରୀକୁ ଛାଡ଼ି ଅନ୍ୟ ଏକ ରାଜ୍ୟରେ, ଅଜଣା ସ୍ଥାନରେ କେଉଁଠି ବାସ କରୁଛି। ତାର ଏକା ଜିଦ୍, ସ୍ତ୍ରୀ ଯେହେତୁ ତାକୁ ଛାଡ଼ିଯିବା ପାଇଁ କହିଛି, ସେଇ ସ୍ତ୍ରୀ ହିଁ ତାକୁ ଫେରିବାକୁ ନ କହିଲେ, ସ୍ୱାମୀ ଫେରିବନି। ଏଣେ ସ୍ତ୍ରୀ କହୁଛି, "ସେ ଲୋକ ଯେମିତି ଭାବେ ମତେ ତୁଚ୍ଛ ଭଳି ବ୍ୟବହାର କରିଛି, ମୋ ଉପରେ ରାଗି, ମତେ କୁତ୍ସିତ ଭାଷା କହିଛି, ମୋ ମା'କୁ କଟୁକଥା କହି ଅଭଦ୍ର ରୂପେ ବ୍ୟବହାର କରିଛି, ସେମିତି ଲୋକର ମୁହଁ ମୁଁ ଚାହିଁବାକୁ ଇଚ୍ଛାକରୁନି।"

ପୁଅର ମା', ମାନେ ଝିଅର ଶାଶୁ, ଏ ସମ୍ପର୍କରେ ତ କେଁ ରହିଥାଏ ବୋଲି ସମସ୍ତେ ଜାଣନ୍ତି। ଶାଶୁ ଘରର ଗଞ୍ଜଣାକୁ ନେଇ କେତେକେତେ ଗଳ୍ପ, ଉପନ୍ୟାସ ରଚିତ। ଯଦିଓ ଆଜିକାଲିର ଶାଶୁମାନେ ମଡ଼ର୍ଣ୍ଣ ହେଲେଣି, ବୋହୂମାନଙ୍କ ସହିତ ମିଶି ସବୁ ଉତ୍ସବ ମହୋତ୍ସବରେ ନାଚତାମସା କରୁଛନ୍ତି, ତେବେ ବି ଶାଶୁ, ବୋହୂର ସମ୍ପର୍କକୁ ନେଇ ସେ ଯେଉଁ ଯୁଗଯୁଗର ଧାରଣା, ତାହା ବଦଳିନି।

ହେଲେ, ଏ ଶାଶୁ ହେଲେ, ପୁଅର ଶାଶୁ, ମାନେ ଝିଅର ମା'। ଏମାନଙ୍କର ଭୂମିକା ଆଜିକାଲି ଯେମିତି ବଢ଼ିଛି, ସେଇ ଅନୁଯାୟୀ, କିଛିକିଛିଟା ଅଲଗା ପରିସ୍ଥିତି ଓ କାହାଣୀର ସୃଷ୍ଟି ହେଉଛି।

ଛନ୍ଦାର ଅଭିଜ୍ଞତାରେ ଏ ଡିସି ଅଞ୍ଚଳରେ ସିଏ ଏମିତି କଥା ଅନ୍ତତଃ ୬ ଜଣ ଦମ୍ପତିଙ୍କ ସମ୍ବନ୍ଧରେ ଶୁଣିଲାଣି। ସ୍ୱାମୀ, ସ୍ତ୍ରୀଙ୍କର ମୁଖ୍ୟ ମନୋମାଳିନ୍ୟର କାରଣ ସ୍ତ୍ରୀର ମା। ସେ ଦମ୍ପତିଙ୍କର ଛୁଆଟିଏ ଜନ୍ମ ହୁଏ। ସ୍ତ୍ରୀଟିର ମା' ଆସନ୍ତି ଭାରତରୁ ଝିଅଟିକୁ ସାହାଯ୍ୟ କରିବାପାଇଁ। ସେତିକିବେଳେ ଜୁଆଇଁକୁ ଅଧିକ କାମ କରିବାପାଇଁ କହିଦିଅନ୍ତି

ସେ। ଝିଅଟିତ ଛୁଆଟିଏ ଜନ୍ମ କରି ସେଇ ଦାୟିତ୍ୱରେ ଅଛି। ହଜାର ଥର ରାତିରେ ଉଠି ପିଲାଟିକୁ କ୍ଷୀର ଖୁଆଇବ। ପିଲାଟିର ମଳମୂତ୍ର ସଫା କରିବ। ତା' ସହିତ ନିଜ ଶରୀରର ବି କଷ୍ଟ ରହିଛି। ସେ କଥା ଝିଅଟିର ମା' ବୁଝନ୍ତି, କାରଣ ସିଏ ବି ସ୍ତ୍ରୀ ଲୋକ, ସେସବୁ ଅଭିଜ୍ଞତା ତାଙ୍କର ରହିଛି। ହେଲେ ବୁଝି ପାରନ୍ତିନି ଜୁଆଇଁ। ଶାଶୁ ଯଦି ଜୁଆଇଁକୁ କିଛି କାମ ବତାନ୍ତି ତ ତାଙ୍କୁ ବାଧେ। ଶ୍ୱଶୁର ଘରେ ଜୁଆଇଁ ହେଲେ ଠାକୁର ଭଳି। ତାଙ୍କୁ ରାଜସମ୍ମାନ ଦିଆଯାଏ। ସେମିତି ନହେଲେ ନାହିଁ, ତା' ବୋଲି ଶାଶୁ ତାଙ୍କୁ ଅର୍ଡ଼ର କରିବେ? ଶାଶୁ ଜୁଆଇଁକୁ କିଛି ବି କାମ କରିବାକୁ କହିଲେ, ଜୁଆଇଁ ମନରେ ପଶିଯାଏ ଯେ ସିଏ ତାକୁ ଚାକର ଭଳି କାମ କରାଉଛନ୍ତି। ତାଙ୍କ ଝିଅକୁ ରାଣୀ ଭଳି ରଖିବାକୁ ଚାହୁଁଛନ୍ତି। ଏଇଭଳି ପରିସ୍ଥିତିରେ ଜୁଆଇଁକୁ ନିଜ ବ୍ୟବସାୟିକ କାମ ବି କରିବାକୁ ପଡ଼େ। ସିଏ ଅତିଷ୍ଠ ହୋଇଉଠେ ଓ କେବେକେବେ ଶାଶୁଙ୍କୁ ଦୁଇପଦ ଶୁଣେଇଦିଏ। ଶାଶୁଙ୍କର ଅଭିମାନ ବଢେ, ଝିଅ ସହିପାରେନି। ମନରାଗ ମନରେ ରଖେ। ସ୍ୱାମୀକୁ ବେଳେବେଳେ ଶୁଣେଇଦିଏ। ଏମିତି କି ଶାଶୁ ଭାରତ ଫେରିଗଲା ପରେ ବି ସ୍ୱାମୀ ସ୍ତ୍ରୀଙ୍କର ଝଗଡ଼ା ଜାରି ରହେ। ବେଳେବେଳେ ସ୍ତ୍ରୀ ସ୍ୱାମୀକୁ ନ କହି ରାଗିକରି ଭାରତ ଚାଲିଯାଏ ଓ ଆସେନି। ବେଳେବେଳେ ଆମେରିକାରେ ଭାଇ, ଭାଉଜ କି ଅନ୍ୟ କେହି ସଂପର୍କୀୟ ଥିଲେ, ତା' ଘରକୁ ସ୍ୱାମୀକୁ ନ କହି ଚାଲିଯାଏ। ସ୍ୱାମୀ ବିଚରା ସ୍ତ୍ରୀକୁ ଖୋଜେ। ପିଲାଟି ପାଇଁ ଝୁରି ହୁଏ। ସ୍ତ୍ରୀକୁ ଯେତେ ଚେଷ୍ଟା କଲେ ବି ମନେଇପାରେନି।

ଏମିତି ଘଟଣା ଛନ୍ଦା ଅନେକ ଦେଖିଛି ଓ ତା' ମଧ୍ୟରୁ କେତେଟାରେ ବ୍ୟକ୍ତିଗତ ଭାବେ ମଧ୍ୟସ୍ଥି କରି, ପରାମର୍ଶ ଦେଇ ସମାଧାନ କରାଇବାକୁ ଚେଷ୍ଟାକରିଛି। ହେଲେ ଏକଥା ଯେ ନିଜ ସମ୍ପର୍କରେ ଘଟିବ, ସେଇଟା ତାର କଳ୍ପନାର ବାହାରେ ଥିଲା। ତା' ମାମୁ ଝିଅ ଭଉଣୀ ଚାରୁଲତା। ତାର ଗୋଟିଏ ପୁଅ ସାର୍ଥକ। ସାର୍ଥକ ବି.ଟେକ୍ କରି ଏଠି ଆସି ମାଷ୍ଟରସ୍ କଲା। ମାଷ୍ଟରସ୍ ସାରି ଗୋଟିଏ କମ୍ପାନୀରେ ଇଞ୍ଜିନିଅର୍ ହୋଇ ଯୋଗଦାନ କରିଥିଲା। ତାପରେ ତାକୁ ଏମ୍.ବି.ଏ. କରିବାକୁ ଇଚ୍ଛା ହେଲା। ଏମ୍.ବି.ଏ. କରୁଥିବା ବେଳେ ସେଠିକାର ଇଣ୍ଡିଆନ୍ ଷ୍ଟୁଡେଣ୍ଟ୍ ଆସୋସିଏସନ୍ ସହିତ ବହୁତ ସଂଯୁକ୍ତ ରହିଲା। ସେଇ ସମୟରେ ତାର ଜଣେ ଅଣ୍ଡରଗ୍ରାଜୁଏଟ୍ ଭାରତୀୟ ଆମେରିକାନ୍ ଝିଅ ରୂପା ସହିତ ପ୍ରେମ ହୋଇଗଲା। ସେ ଝିଅଟି ଇତିହାସ ପଢୁଥିଲା। ଏଣେ ସାର୍ଥକର ବାପା, ମା' ତା' ପାଇଁ ଝିଅ ଦେଖୁଥିଲେ, ଯିଏ କି ବିଜ୍ଞାନ ପଢୁଥିବ କି ଇଞ୍ଜିନିଅର୍ କି ଡାକ୍ତର ହୋଇଥିବ। ହଜାର ଫଟୋ ପଠାଉଥିଲେ। ସାର୍ଥକ ଟାଳିଟାଳି ଯାଉଥିଲା। ସେଇ ସମୟରେ ଛନ୍ଦା ଓ ତା' ସ୍ୱାମୀ ଆକାଶ ବି ସାର୍ଥକକୁ ପଚାରୁଥିଲେ। ଉପଦେଶ ଦେଉଥିଲେ, ସିଏ

ଯଦି କିଛି ନିଜେ ଠିକ୍ କରିଛି, ତେବେ ବାପା, ମା'ଙ୍କୁ ଜଣାଉ। ଅବଶ୍ୟ ଶେଷରେ ସେ ସେଇଆ କଲା। ବାପା, ମା' କାନ୍ଦିଲେ। ଆମେରିକାର ଝିଅ ବାହାହେଲେ ତ ଆମେରିକାରେ ରହିଯିବ, ଆଉ କଣ ଭାରତ ଫେରିବ। ତାପରେ ଆମେରିକାରେ ଜନ୍ମ ହୋଇଥିବା ଝିଅ ଯେ ଭାରତୀୟ ସଂସ୍କୃତି ମାନି ଶାଶୁ ଶ୍ୱଶୁରଙ୍କୁ ସମ୍ମାନ ଦେବ, ସେ ବିଷୟରେ ବି ସନ୍ଦେହ ଥିଲା ମନରେ। ସାର୍ଥକ ଆଶ୍ୱାସନା ଦେଲା। ସେ ଝିଅ ଥିଲା ପଞ୍ଜାବୀ ସଂପ୍ରଦାୟର। ସେ ଝିଅର ବାପା, ମା' ଛନ୍ଦାକୁ ଆଶ୍ରୟ କରି ଚାରୁଲତା ଓ ତା' ସ୍ୱାମୀ ଚନ୍ଦ୍ରକାନ୍ତଙ୍କ ସହ ସମ୍ପର୍କ ଯୋଡ଼ିଲେ। ବାହାଘର ହୋଇଗଲା। ସବୁ ଠିକ୍‌ଠାକ୍ ଚାଲିଥିଲା।

କ୍ରମେ ସେ ଝିଅଟିର ମାନସିକ ଅବସାଦ ରୋଗ ଆରମ୍ଭହେଲା। ସିଏ କୌଣସି କାର୍ଯ୍ୟରେ ନିଜକୁ ସ୍ଥିରଭାବେ ରଖିପାରିଲାନି। ଅଣ୍ଡର୍ ଗ୍ରାଜୁଏଟ୍ ତ କୌଣସି ମତେ ପାସ୍ କଲା, ହେଲେ ଆଉ କିଛି ପଢିଲାନି କି ଚାକିରିବାକିରି କିଛି କରିବାରେ ଆଗ୍ରହ ଦେଖେଇଲାନି। ଯେତେବେଳେ ଶୁଣ, ସିଏ କିଛି କୋର୍ସ କରୁଛି। କୋର୍ସ କରୁଛି ଯଦି କିଛି ତ କ୍ୟାରିଅର୍ ଗୋଲ୍, ମାନେ ବୃତ୍ତିଗତ ଲକ୍ଷ୍ୟ ଥିବ। ନା, ସେମିତି କିଛି ନାହିଁ। ନା ଚାକିରି କଲା, ନା ପିଲା ଜନ୍ମ କଲା। ଏମିତି ବାହାଘରର ଦଶବର୍ଷ ପରେ ତାର ପିଲାଟିଏ ହେଲା। ପୁଣି କରୋନା ସମୟରେ। ଝିଅଟିର ମା' ସେଇ ସମୟରେ ଝିଅକୁ ଅନେକ ସାହାଯ୍ୟ କରିଛନ୍ତି। ଚାରୁ କି ତା' ସ୍ୱାମୀ ତ ଭାରତରୁ ଆସିପାରିଲେନି, ଛନ୍ଦା ମଧ୍ୟ ଯାଇପାରିଲାନି। ୨୦୨୦ ମସିହାର ଏପ୍ରିଲ୍ ମାସରେ ସାରା ପୃଥିବୀରେ ଯେମିତି କରୋନା ମହାମାରୀର କରାଳତା ଲାଗି ରହିଥିଲା, ସେ ସମୟରେ ସମସ୍ତେ ତ ଲକ୍‌ଡ଼ାଉନ୍‌ରେ ଥିଲେ। କିଏ ଆଉ କେମିତି ସାହାଯ୍ୟ କରିପାରିବ ? ସେଇ ସମୟରେ ସେ ଝିଅର ମା' ହିଁ ଜାଣ ସବୁ ସମ୍ଭାଳିଥିଲେ।

ହେଲେ ସାର୍ଥକର ଏବେ ଏମିତି କଣହେଲା ଯେ ? ପିଲା ହେଉନଥିଲା, ହେଲା। ଏଇଟା ତ ଖୁସିର ସମୟ। ଏବେ ଦୁଇଜଣ ମିଶି ପିଲାଟିର ଲାଳନପାଳନରେ ମଜ୍ଜିରହିବା କଥା। ତା' ବଦଳରେ ଏମିତି ଘଟଣା ? ଛନ୍ଦା ବି ଜାଣିନଥିଲା। ଚାରୁ ଜଣେଇଲା ବୋଲି ଜାଣିଲା। ସାର୍ଥକ କି ରୂପା କେହି ତାକୁ କିଛି କହିନଥିଲେ। ଟିକା ନେବା ପରେ ସେମାନେ ଯେତେବେଳେ ସାର୍ଥକ ଓ ତାର ପରିବାରକୁ ଭେଟିଥିଲେ, ସେତେବେଳେ ସେମାନେ ସେମାନଙ୍କର ଅନେକ ଯତ୍ନ ନେଇଥିଲେ। ଏମିତି ମନୋମାଳିନ୍ୟ କଥା କିଛି ଜଣାପଡୁନଥିଲା।

ଛନ୍ଦା ରୂପାକୁ ଫୋନ୍‌ରେ ଡାକିଲା। ପଚାରିଲା, "କଣ ହେଇଛି ସତସତ କହ। ଅବଶ୍ୟ କିଛି ଯଦି ତୁ ଗୁପ୍ତ ରଖିବାକୁ ଚାହୁଁଛୁ, ଯେଉଁଟାକି ଆଉ କାହା ଆଗରେ କହିହେବନି, ତେବେ ନ କହ। ହେଲେ ଯାହା କହିପାରିବୁ କହ।"

ରୂପା ଆମେରିକାରେ ଜନ୍ମିତ ଝିଅ। ସିଏ ସବୁ ଓକାଳି ପକେଇଲା। "ସିଏ ମତେ ସବୁବେଳେ ତୁଚ୍ଛ କରି କହୁଛନ୍ତି। ଏମିତି ଅଶ୍ରାବ୍ୟ ଭାଷାରେ ଗାଳି ଦେଉଛନ୍ତି କି, ମୋତେ ନିଜକୁ ଅତି ନ୍ୟୁନ ଲାଗୁଛି। ସହଜରେ ତ ମୋର ମାନସିକ ଅବସାଦ ରୋଗ ଥିଲା। ସେଥିପାଇଁ ମୁଁ କୌଣସି କାମରେ ମନ ଲଗାଇ ପାରୁନଥିଲି ଓ ସେଥିପାଇଁ ଚାକିରି କରିପାରିନି କି ରୋଜଗାରକ୍ଷମ ହୋଇନି। ଏବେ ମତେ ସିଏ କହୁଛନ୍ତି ଚାକିରି କରିବା ପାଇଁ। ମୋର ଯେ ଦୁଇବର୍ଷର ଛୋଟ ପିଲାଟିଏ ଅଛି। ମୁଁ କେମିତି ପଢାପଢି କରି ଚାକିରି କରିବାରେ ମନଯୋଗ କରିପାରିବି ?"

"ହେଲେ ତୁ ତାକୁ କାହିଁକି ଘରୁ ବାହାରିଯିବାକୁ କହିଲୁ ? ଆଉ ସିଏ ବି କେମିତି ବାହାରିଗଲା ? ଘର ବି ତ ତାର ନା।"

"ସିଏ ସେଦିନ ଏମିତ ଭାବେ ମତେ କଠୋର କଣ୍ଠରେ କହିଲେ ଯେ, ମୁଁ ସମ୍ଭାଳି ପାରିଲିନି। କହିଲି ବାହାରିଯିବାକୁ। ନହେଲେ ମୁଁ ବାହାରି ଯାଇଥାନ୍ତି, ଯେଉଁଟାକି ସିଏ ଚାହୁଁନଥିଲେ, କାରଣ ପିଲାର ଦାୟିତ୍ୱ ତାଙ୍କ ଉପରେ ପଡ଼ିଥାଆନ୍ତା।"

"ତୁ ଏବେ କଣ ଚାହୁଁଛୁ ? ସାର୍ଥକର ଘରକୁ ଫେରିବା ଚାହୁଁଛୁ ନା ନାହିଁ ?"

"ନା, ମୁଁ ଏବେ ତାଙ୍କ ମୁହଁ ଦେଖିବାକୁ ଚାହୁଁନି। ମୋର ତାଙ୍କର ସେଭଳି କଠୋର ମୁହଁ ମନେପଡ଼ିଲେ, ସେ ମୁହଁକୁ ପୁନର୍ବାର ଦେଖିବାକୁ ମନ କହୁନି। ବିଶେଷ କରି ସିଏ ମୋ ମା' ସହିତ ରୁକ୍ଷ ବ୍ୟବହାର କରିଛନ୍ତି।"

"ସାର୍ଥକ ତ ସେମିତି ନୁହେଁ। ସମସ୍ତ ଗୁରୁଜନ ମାନଙ୍କ ପ୍ରତି ସିଏ ସବୁବେଳେ ସମ୍ମାନଜନକ ବ୍ୟବହାର କରିଥାଏ। ତୋ ମା'ଙ୍କୁ ପୁଣି କଣ କହିଲା ସେ ?"

"ମୋ ମା'ଙ୍କୁ କହିଲା ଯେ ସିଏ ମତେ ଭଲ ଶିକ୍ଷା ଦେଇନାହାନ୍ତି। ମତେ ରାଣୀ କରି ରଖିବାର ପ୍ରୟାସରେ ତାଙ୍କୁ ଚାକର ଭଳି ସବୁ କାମ କରିବାକୁ ବତାଉଛନ୍ତି। ସିଏ ଜଣେ ଭଲ ମା' ନୁହଁନ୍ତି। ନହେଲେ ଝିଅକୁ ସଂସ୍କାର ଦେଇ ବଢେଇଥାଆନ୍ତେ, ରୋଷେଇବାସ, ଘରକରଣା ଶିଖେଇଥାଆନ୍ତେ। ଏଇଟା ହେଲା ସାରାଂଶ। ତାପରେ ସିଏ ଏମିତି କଠୋର ଭାବେ କହୁଥିଲେ ନା, ସେ ସମୟର ମୁହଁ ମନେପଡ଼ିଲେ ଘୃଣା ଆସୁଛି।"

ଏବେ ଛନ୍ଦା ସାର୍ଥକକୁ ଫୋନ୍ କଲା। ସାର୍ଥକ ସେଇ ଏକା କଥା କହିଲା ଅନ୍ୟ ଭାବେ। "ରୂପା ଘର କାମ କିଛି କରୁନି। ଘରକୁ ସାଙ୍ଗସାଥୀ ଆସିଲେ ଚିଡ଼ିଚିଡ଼ି ହେଉଛି। ପୁଅ ଆଳରେ ନିଜ ମନ ଇଚ୍ଛା କାମ କରୁଛି। ମଲ୍‌ରେ ବୁଲୁଛି, ବାହାରେ ଖାଉଛି। ଘର ଅସନା ଥିଲେ ସଫା କରୁନି, ହେଲେ ଅସନା କରିବାରେ ହେଳା କରୁନି। ମୁଁ କିଛି କହିଲେ, ମତେ କହୁଛି ଯେ ମୋର ଭାରତୀୟ ମେଣ୍ଟାଲିଟି। ଆଉ

ତା' ମା' ବି ତାକୁ କିଛି କହୁନାହାନ୍ତି ନା କଣ ସିଏ ସେମିତି ଗେହ୍ଲାରେ ବଢ଼ିଛି। ତାଙ୍କ ଝିଅ ହେଲା ଗେହ୍ଲା ଆଉ ମୁଁ ହେଲି ଚାକର।"

"ରୂପା ତ ସେମିତି ମୂଳରୁ ଥିଲା ଓ ତୁ ସହୁଥିଲୁ। ଏବେ ଅଧିକ କଣ ହେଇଗଲା ?"

"ଏବେ ସିଏ ବେଶି ଅଳସୁଆ ହେଉଛି ଓ ମୋ ସାଙ୍ଗସାଥୀଙ୍କ ପାଇଁ ରୁକ୍ଷ ହେଉଛି। ତାପରେ ଖର୍ଚ୍ଚ ବି ଅଧିକ କରୁଛି। ପଢାପଢ଼ି କରି ଚାକିରି କରି ରୋଜଗାର କରିବାର ଇଚ୍ଛା କରୁନି। ହେଲେ କଣ ସବୁ ଗପ ବହି ପଢ଼ି ମତେ ଆସି ପରାମର୍ଶ ଦେଉଛି ଯେମିତି ସିଏ ସବ୍‌ଜାନ୍‌ତା ମଣିଷ। ଆଉ ମୁଁ କିଛି କହିଲେ, ମତେ କହୁଛି, ଏଇଟା ମୋର ଭାରତୀୟ ପୁରୁଷ ପ୍ରଧାନ ମାନସିକତା ବୋଲି।"

ଛନ୍ଦା ପଚାରିଲା, "ଏହାର ସମାଧାନ କଣ ହୋଇପାରିବ ?"

"ସିଏ ନିଜ ଭୁଲ୍ ବୁଝିବ ଓ ଭୁଲ୍ ମାଗିବ। ତାପରେ ଦେଖାଯିବ।"

"ଯଦି ସିଏ ତାହା ନକରେ ?"

"ତେବେ ମୁଁ ମୋର ଆଉ ଗୋଟିଏ ବାହା ହେବି। ଏତେଦିନ ତାର ନିର୍ଯ୍ୟାତନା ସହିଲି। ଆଉ ସହିପାରିବିନି।"

ଛନ୍ଦାର ମୁଣ୍ଡ ଗୋଳମାଳ ହୋଇଗଲା। ଏଇଟା ଗୋଟିଏ ଘର କାମ କରିବାକୁ ନେଇ ସମସ୍ୟା। କିଛି ନିଶା ଦ୍ରବ୍ୟ ଘଟଣା ନୁହେଁ, କି ପରକୀୟା ପ୍ରୀତିର ଘଟଣା ନୁହେଁ। ତେବେ ଏମିତି କିଛି ଘଟଣା ଘଟିଛି, ଯେଉଁଟା ନ ଘଟିବାର ଥିଲା।

ଛନ୍ଦାର ସ୍ପଷ୍ଟ ମନେ ଅଛି, ଆକାଶ ରାଗିକରି କେମିତି ବାଜେ଼୍ୟ ଭାଷା କହିବା ଆରମ୍ଭକରନ୍ତି। ବେଳେବେଳେ ହାତ ଉଠାଇବାକୁ ବି ଭୁଲନ୍ତିନି। ଯଦିଓ ସାର୍ଥକ ଆଉ ଗୋଟିଏ ପିଢ଼ିର ପିଲା। ତେବେ ସିଏ ବୋଧହୁଏ ସେମିତି କିଛି ଆଘାତ ଦେବା ଭଳି ଭାଷା ବ୍ୟବହାର କରିଛି ନିଶ୍ଚୟ। ନହେଲେ ରୂପା ସାର୍ଥକର ଫେରିବାକୁ ନେଇ ଏତେ ଡରନ୍ତା କାହିଁକି ?

ଅନେକ ପୁଅ ସେମିତି ଭୁଲ୍ କରନ୍ତି। ଟିକେଟିକେ କଥାରେ ସ୍ତ୍ରୀ ଉପରକୁ ସେମାନଙ୍କ ହାତ ଉଠିଯାଏ। ବେଳେବେଳେ ସାମାଜିକ କି ଆନୁଷ୍ଠାନିକ ମେଳରେ ସ୍ତ୍ରୀ ମାନଙ୍କୁ ଚାକର ଭଳି ବ୍ୟବହାର କରନ୍ତି ଯାହାଦ୍ୱାରା କି ତାଙ୍କ ପୁରୁଷ ପଣିଆର ମାନ ରହିବ। ସମସ୍ତେ ଜାଣିବେ ତାଙ୍କ ସ୍ତ୍ରୀ ତାଙ୍କ ପ୍ରତି କେତେ ଅନୁଗତ। ସେ ପୁଅ ମାନେ ହୃଦୟରେ ଭଲ ହୋଇଥାଇ ପାରନ୍ତି, କିନ୍ତୁ ସେମାନଙ୍କର ବ୍ୟବହାର ଯେ ଅନ୍ୟ ଜଣକର ହୃଦୟକୁ ଖିନ୍‌ଭିନ୍ କରିଦିଏ, ସେକଥା ବିଚାରିପାରନ୍ତିନାହିଁ। ତେବେ ଛନ୍ଦା ଯାହା ଜାଣିଛି, ଆଉ ଜଣକ ସହିତ ସଂସାର କରି ରହିବାକୁ ହେଲେ କିଛିଟା ତ ସହିଯିବାକୁ ପଡ଼ିବ। କିଛି ପାଇବାକୁ ହେଲେ କିଛି ଦେଇଦେବାକୁ ପଡ଼ିବ। ସେଇ

ଦେଇଦେବାଟା ଗ୍ରହଣ କରିବାକୁ କଷ୍ଟ ଲାଗେ। ହେଲେ ସମ୍ପର୍କ ରଖିବାକୁ ହେଲେ ସେ କଷ୍ଟ ସହିବାକୁ ପଡ଼ିବ। ନହେଲେ ସମସ୍ତେ ଏକାଏକା ରହିବେ। କାହା ସହିତ କାହାର ସମ୍ପର୍କ ରହିବ ନାହିଁ। ଯେ କେଉଁ ସମ୍ପର୍କରେ ରହିବାକୁ ହେଲେ ତ ଆଉ ଜଣକର ରୁଚିକୁ ସହିନେବା ଦରକାର ପଡ଼ିବ।

ଏଇକଥା ଛନ୍ଦା ଉଭୟ ରୂପା ଓ ସାର୍ଥକଙ୍କୁ କହିଲା। "ବାହାଘର ସମୟରେ ଯେଉଁ ସାତଫେରି ନେଇଥିଲ, ସାତବଚନ ଦେଇଥିଲ, ସେଇଟା କଣ ଡ୍ରାମା ଥିଲା ? କେବଳ ଦର୍ଶକ ଓ ପରିବାର ଲୋକଙ୍କ ପାଇଁ ଗୋଟିଏ ମନୋରଞ୍ଜନ କାର୍ଯ୍ୟକ୍ରମ ? ତାର ମୂଲ୍ୟ କଣ ତମେ ବୁଝିନଥିଲ ? ଈଶ୍ୱରଙ୍କୁ ସାକ୍ଷୀ କରି, ଅଗ୍ନିକୁ ସାକ୍ଷୀ କରି ପରସ୍ପର ପରସ୍ପରର ସର୍ବଦା ସାଥୀ ହୋଇ ରହିବ ବୋଲି ଯେଉଁ ଅଙ୍ଗୀକାର କରିଥିଲ, ତାର ମାନେ କଣ କିଛି ନୁହେଁ ? ତାହେଲେ ସେସବୁ ସ୍ମରଣ କରି ପରସ୍ପର ସହିତ କଥାବାର୍ତ୍ତା କରି ନିଜନିଜର ପସନ୍ଦ, ଅପସନ୍ଦ ବିଷୟରେ ଆଲୋଚନା କରୁନ କାହିଁକି ? ଯେଉଁ ଲୋକକୁ ଏତେ ସ୍ନେହ କରି ପରିବାର ବିରୁଦ୍ଧରେ ଯାଇ ଶେଷରେ ଜୀବନସାଥୀ କରିବାକୁ ଆଗେଇଆସିଥିଲ, ସେ ସାଥୀ ଆଜି ଅଦରକାରୀ ହୋଇଗଲା ? କାହିଁକି ?"

ସାର୍ଥକ ତ ଯୁକ୍ତି କରିଥିଲା, "ଆପଣ ଯେମିତି କଥା କହୁଛନ୍ତି ନା ମାଉସୀ, ସେଇଟା ତାତ୍ତ୍ୱିକ, ବାସ୍ତବିକ ହୋଇପାରିବନି। ଏଇଟା ଯଦି ବାସ୍ତବିକ ହୋଇଥାଆନ୍ତା ତ ତେବେ ଭାରତରେ ପୁଣି ଏତେ ଛାଡ଼ପତ୍ର ହେଉଛି କେମିତି ? ଆଉ ଛାଡ଼ପତ୍ର ନହେଲେ ବି ଅଧୀକାଂଶ ଘରେ ସବୁବେଳେ ପାଲା, ଝଗଡ଼ା ଚାଲିଛି। ତାପରେ ଜଣେ ଯଦି ଏମିତି ଅମଣିଷ ହୁଏ, ତାକୁ କେତେ ସହିବ ମଣିଷ ? ସମସ୍ତଙ୍କ ଭଳି ମୁଁ ବି ଜୀବନରେ ଟିକେ ଖୁସି ଚାହେଁ। ଆଉ ଏ ରୂପା ସହିତ ସେ ଖୁସିର ପରିକଳ୍ପନା କରିବା ବି ବୃଥା। ଏତେଦିନ ସହିଲି। ଏବେ ଆଉ ସହିହେଉନି। ଖାଲି ସବୁବେଳେ ମତେ ଇଣ୍ଡିଆନ୍ ମେଣ୍ଟାଲିଟି କହି ତୁଚ୍ଛ କରୁଛି ଯେମିତି ସିଏ ଆମେରିକାରେ ଜନ୍ମ ହୋଇ ବିରାଟ ବ୍ୟକ୍ତି ହୋଇଯାଇଛି, ଆଉ ମୁଁ ଭାରତରେ ଜନ୍ମ ହୋଇ ତୁଚ୍ଛ ହୋଇଯାଇଛି। ତା' ସହିତ ସବୁବେଳେ ମତେ ଡିଭର୍ସ କରିବାର ଧମକ ଦେଉଛି ଯେମିତି ସିଏ ମତେ ପୋଷୁଛି। ଡିଭର୍ସ କଲେ ମୁଁ ଭିକ ମାଗିବି। ଏମିତି ଲୋକକୁ ଆପଣ କେମିତି ସହିବେ ?"

ରୂପା ବି ଯୁକ୍ତି କରିଥିଲା, "ମାଉସୀ, ଏ ଯେଉଁ ସାତଫେରା ବେଳେ ଶପଥ କରିଥିଲେ, ସେଥିରୁ କିଛି ତ ରଖିନାହାନ୍ତି ସିଏ। ଏବେ ଏ ଛୋଟପିଲାକୁ ସମ୍ଭାଳି ମୁଁ ତାଙ୍କ ସାଙ୍ଗସାଥୀଙ୍କୁ ରୋଷେଇକରି ଖାଇବାକୁ ଦେବି, ଏମିତି କଥା ଭାବିବା କଣ ତାଙ୍କ ପକ୍ଷେ ଉଚିତ୍ ? ନିଜ ପରିବାରର ଖୁସି, ସୁରକ୍ଷା ନ ଚାହିଁ, ସାଙ୍ଗମେଳ, ହୋହଲ୍ଲା କରିବାରେ ସିଏ ଆନନ୍ଦ ପାଆନ୍ତି। ମୁଁ କିନ୍ତୁ ସେସବୁରେ ଆନନ୍ଦ ପାଏନି। ମତେ

ଲୋକଗହଳି ଭଲଲାଗେନି। ଅଳ୍ପ ଲୋକଙ୍କ ସହିତ ଅତି ଭଲରେ ମିଳାମିଶା ମତେ ପସନ୍ଦ, ହେଲେ ତାଙ୍କର ଦରକାର ଗହଳି। ଆଉ ସବୁବେଳେ ବ୍ୟବହାର କରୁଛନ୍ତି ଯେମିତି ମୁଁ ଏକ ଛୋଟ ପିଲା, କିଛି ଜାଣେନି, କିଛି ବୁଝେନି। ସିଏ ମୋର ଗୁରୁଜନ।"

ରୂପା ଆଉ କାହା ସହିତ ଯୁକ୍ତି କଲାନି। ଉଭୟଙ୍କୁ ସେଇ ଏକା କଥା କହି ନୀରବ ରହିଗଲା। "ତମ ଦୁହିଙ୍କର ସୁସମ୍ପର୍କ କେବଳ ତୁମେ ଦୁହେଁ ହିଁ ନିଜ ଚେଷ୍ଟା ଦ୍ୱାରା ସ୍ଥାପନ କରିପାରିବ। କୌଣସି ତୃତୀୟ ବ୍ୟକ୍ତି ସେଠି କିଛି କରିପାରିବନି। ଏଣୁ ନିଜନିଜ ଭିତରେ କଥାବାର୍ତ୍ତା ହୁଅ, ପରସ୍ପରର ପସନ୍ଦ ନାପସନ୍ଦକୁ ବୁଝ, ପରସ୍ପରର ରୁଚି, ଅରୁଚିକୁ ସମ୍ମାନ ଦିଅ, ଆଉ ସର୍ବୋପରି ନିଜ ପିଲାଟି ବିଷୟରେ ଭାବ। ସ୍ୱାମୀ, ସ୍ତ୍ରୀର ସମ୍ପର୍କରେ ଭୁଲ୍ ବୁଝାମଣା ହୁଏ, ତେବେ ସେ ସମାଧାନ ପାଇଁ ଜଣେ କିଏ ଯୁଦ୍ଧରେ ଜୟଲାଭ କରିବ ଓ ଆଉ ଜଣେ ସମର୍ପଣ କରିଦେବ, ସେମିତି କଥା ନୁହେଁ, ବରଂ ଉଭୟଙ୍କୁ ପରସ୍ପରର ନିକଟବର୍ତ୍ତୀ ହେବାପାଇଁ ଚେଷ୍ଟା କରିବା ଉଚିତ୍। ଜଣେ ଅନ୍ୟ ଜଣଙ୍କୁ ବୁଝିବା ଓ ଅନ୍ୟ ଜଣଙ୍କୁ ସମ୍ମାନ ଦେବା ଉଚିତ।"

ଏ ଭିତରେ ରୂପା କି ସାର୍ଥକ କେହି ଆଉ ଛନ୍ଦା ସହିତ ଯୋଗାଯୋଗ କରିନଥିଲେ। ଛନ୍ଦା ବି ସେମାନଙ୍କ ସହିତ ଯୋଗାଯୋଗ କରିନଥିଲା। କାରଣ, ବାହାର ହସ୍ତକ୍ଷେପ ଯଦି ବଢିବ, ତେବେ ସେଇଟା ଅଲଗା ମୋଡ଼ ନେଇପାରେ। ପିଲାଟା ପାଇଁ ସେ ଦୁହିଁଙ୍କର ମିଳିମିଶି ରହିବା ଦରକାର ବୋଲି ସେମାନେ ହୃଦୟଙ୍ଗମ କରନ୍ତୁ।

ଏ ଭିତରେ ମାସଟିଏ ବିତିଗଲାଣି।

ଚାରୁ ଠାରୁ ଛନ୍ଦା ଶୁଣିଥିଲା କି ସାର୍ଥକ ନିଜ ଘରକୁ ଫେରିଆସିଛି। ସାର୍ଥକର ଶାଶୁ ମଧ୍ୟ ସେମାନଙ୍କୁ ଏକା ଛାଡ଼ିଦେଇଛନ୍ତି। ଭଲ କରୁକରୁ ଯଦି ଭେଲ ହେବ, ତେବେ ସିଏ ଆଉ ଏ ବୟସରେ କଣ ପାଇଁ ସେମାନଙ୍କ ମଝିରେ ପଶିବାର ଚେଷ୍ଟା କରିବେ? ଏ ବୟସରେ ପିଲାମାନେ ବରଂ ତାଙ୍କ ମନସ୍ତତ୍ତ୍ୱ ବୁଝିବାର ଚେଷ୍ଟାକରନ୍ତେ, ତାଙ୍କ ସେବାଯତ୍ନ କରନ୍ତେ। ହେଲେ ଆଜିକାଲି ଓଲଟା ପିଲାଙ୍କର ସେବାଯତ୍ନ ଦରକାର। ଯୁବା ବୟସରେ ଉପଭୋଗ କରିବେ, ପରିଣତ ବୟସରେ ସେମାନଙ୍କ ମୁଣ୍ଡରେ ପିଲାଟିଏ ପାଇଁ ଆଗ୍ରହ ହେବ, ନହେଲେ ଆଣି କୁକୁର ପାଳିବେ, କଣନା ଇମୋସ୍‌ନାଲ୍ ସପୋର୍ଟ ଦରକାର। ବାପା, ମା କିଛି ଭଲ ପାଇଁ କହିଲେ, ସେଇଟା ସେମାନେ ଅନ୍ୟ ଭାବେ ଭାବିବେ। ସବୁଠୁ ଭଲ, ସେମାନଙ୍କୁ ସେମାନଙ୍କ ବାଟରେ ଛାଡ଼ିଦେବା କଥା।

ଛନ୍ଦା ମନେମନେ ଭଗବାନଙ୍କୁ ପ୍ରାର୍ଥନା କଲା, "ଏ ସାର୍ଥକ ଓ ରୂପାଙ୍କୁ ପରସ୍ପରକୁ ବୁଝିବାର ଚେତନା ଦିଅ ପ୍ରଭୁ। ଏ ସଂସାରଟିକୁ ଭାଙ୍ଗିଯିବାରୁ ଉଦ୍ଧାର କର ଓ ସର୍ବଦା ସଂଯୁକ୍ତ କରି ରଖ।" ■

ପଦେ କଥା

ପଦେ କଥା କହିଦେଇଥିଲେ କଣ ହୋଇଯାଇଥାଆନ୍ତା ? ହେଲେ ସିଏ କିଛି କହିଲେନି । ଗାଡ଼ିରୁ ଓହ୍ଲେଇ ଦୁଇ ପଟରେ ଫୁଲ ଓ ଆଲୋକମାଳାରେ ସୁସଜ୍ଜିତ ହୋଇଥିବା ପଥ ଦେଇ ସିଏ ସିଧା ନବନିର୍ମିତ ହଷ୍ଟେଲ୍‌ର ମୁଖ୍ୟ ଦ୍ୱାରଦେଶକୁ ଗଲେ, ସେଠି ଫିତାକାଟି ଦେଇ, କ୍ୟାମେରାମ୍ୟାନ୍ ମାନେ କିଛି ଫଟୋ ଉଠାଇ ସାରିବା ପରେ ସିଏ ଗାଡ଼ି ପାଖକୁ ଫେରିଆସିଲେ, ଗାଡ଼ିରେ ବସିଲେ ଓ ଚାଲିଗଲେ । ପ୍ରତିମା, ଯିଏକି ଆମେରିକାରୁ ଯାଇଥିଲା ଓ ଏ ଉଦ୍‌ଘାଟନ ସମୟରେ କେତେକଣ ହେବ ବୋଲି ମନେମନେ ଭାବି ନେଇଥିଲା, ମୁଖ୍ୟମନ୍ତ୍ରୀଙ୍କର ଏମିତି ଆଚରଣ ଦେଖି ଆଶ୍ଚର୍ଯ୍ୟ ହୋଇଗଲା । ଗୋଟିଏ ଉଦ୍‌ଘାଟନ ପର୍ବ ଏମିତି ନୀରସ ହେବ ବୋଲି ତାର କଳ୍ପନାର ବାହାରେ ଥିଲା । ମୁଖ୍ୟମନ୍ତ୍ରୀ ଚାଲିଯିବା ପରେ କେବଳ ପ୍ରତିମା ନୁହେଁ, ଅନ୍ୟ ସମସ୍ତ ଉପସ୍ଥିତ ଛାତ୍ରଛାତ୍ରୀ, ଅନୁଷ୍ଠାନର ଶିକ୍ଷକ, ଶିକ୍ଷୟିତ୍ରୀ ମଧ୍ୟ ବିସ୍ମିତ ହେଲେ ।

ଉଦ୍‌ଘାଟନ ଉତ୍ସବ କଣ ଏମିତି ହୁଏ ? ପ୍ରତିମାର ଜୀବନରେ ସିଏ ଏମିତି ରକମର ଉଦ୍‌ଘାଟନ ଉତ୍ସବ ଦେଖିନି । ଏ ଉତ୍ସବରେ ଅନେକ ବକ୍ତା ରୁହନ୍ତି । ସେମାନେ ଉଦ୍‌ବୋଧନ ଦିଅନ୍ତି । ଉଦ୍‌ଘାଟନ କରୁଥିବା ବିଷୟକୁ ବ୍ୟାଖ୍ୟା କରନ୍ତି । ଅବଶ୍ୟ ଇଏ କରୋନା ପରର ଉଦ୍‌ଘାଟନ ଉତ୍ସବ । ହେଲେ ବି ଏମିତି ଉଦ୍‌ଘାଟନ ? ମୁଖ୍ୟମନ୍ତ୍ରୀ କିଛି ନ କହିଲେ ନାହିଁ, ଅନ୍ୟ ଯେଉଁ ମନ୍ତ୍ରୀ ଓ ସେକ୍ରେଟେରୀ ମାନେ ସେଠାରେ ଉପସ୍ଥିତ ଥିଲେ, ସେମାନେ ହେଲେ କିଛି କହିଥାଆନ୍ତେ । ସମସ୍ତେ ମୁଖ୍ୟମନ୍ତ୍ରୀଙ୍କ ସହିତ ଉପରକୁ ଯାଇଥିଲେ ଓ ତାଙ୍କ ସହିତ ତଳକୁ ମଧ୍ୟ ଅବତରଣ କଲେ । ମୁଖ୍ୟମନ୍ତ୍ରୀ ଗାଡ଼ିରେ ବସିବା ପରେ, ସେମାନେ ବାମ ଦିଗକୁ ଚାଲିଲେ ଓ ହଷ୍ଟେଲ୍‌ର ଅନ୍ୟ ଦ୍ୱାର ଦେଇ କୋଠରି ସବୁ ଦେଖିବାକୁ ଗଲେ ।

ହଷ୍ଟେଲ୍‌ର ଅନ୍ୟ ଦ୍ୱାର ପାଖରେ ଜଳଖିଆ ପ୍ୟାକେଟ୍ ସବୁ ବଣ୍ଟାଗଲା ।

ଛାତ୍ରଛାତ୍ରୀ ଯିଏ ସବୁ ଉପସ୍ଥିତ ଥିଲେ, ସେମାନେ ଜଳଖିଆ ପ୍ୟାକେଟ୍ ନେଇ ଖାଇଲେ। ଖାଇସାରି ହଷ୍ଟେଲ୍‌ର ମୁଖ୍ୟଦ୍ୱାରର ସେ ସୁସଜ୍ଜିତ ପଥ ଏବଂ ଆଲୋକମାଳା ସହିତ ସେଲ୍‌ଫି ଉଠେଇବାରେ ଲାଗିଲେ।

ଏଇଟା ଥିଲା ଭୁବନେଶ୍ୱରର ଗଣିତ ଓ ପ୍ରୟୋଗ ପ୍ରତିଷ୍ଠାନର ନୁତନ ଛାତ୍ରାବାସର ଉଦ୍‌ଘାଟନ ଉତ୍ସବ। ୨୦୨୨ ମସିହା, ଅକ୍ଟୋବର ୧୫ ତାରିଖ, ଶନିବାର। ଉଦ୍‌ଘାଟନ ପାଇଁ ଅନେକ ଦିନରୁ ପ୍ରସ୍ତୁତି ଚାଲିଥିଲା। ସେଇ ପ୍ରସ୍ତୁତି ପାଇଁ ପ୍ରତିମାର ଭାଇ ପ୍ରମୋଦ, ଗତ କିଛିଦିନ ଧରି ବ୍ୟସ୍ତ ରହୁଥିଲା। ଏ ଉଦ୍‌ଘାଟନ ଉତ୍ସବ କେମିତି ହେବ, କିଏ ସବୁ ଆସିବେ, ସାଜସଜ୍ଜା କେମିତି ହେବ, ଅନୁଷ୍ଠାନର ସମସ୍ତ ରାସ୍ତା ଇତ୍ୟାଦିକୁ ସଫା କେମିତି କରାଯିବ, ଆଉ ବିଶେଷ କରି କାର୍ଯ୍ୟକ୍ରମ କାହାପରେ କଣ ସବୁ ହେବ, ସେଇ ବିଷୟ ନେଇ ଯୋଜନା ଓ ଆଲୋଚନାରେ ବ୍ୟସ୍ତ ହୋଇଯାଉଥିଲା। ଯେହେତୁ ସିଏ ଅନୁଷ୍ଠାନର ମୁଖ୍ୟ ଥିଲା, କୌଣସି କ୍ଷେତ୍ରରେ ବିଶୃଙ୍ଖଳା ହେଲେ, ତା ଉପରେ ଆରୋପ ଲାଗିବ। ହେଲେ ଏତେ ସବୁ ପରିଶ୍ରମର ଫଳ କ୍ଷଣକରେ ମାଟିରେ ମିଶିଯିବା ଭଳି ଲାଗିଲା।

ପ୍ରତିମା, ତା' ଭାଉଜ ମୁନୁ ଓ ଅନୁଷ୍ଠାନର ଆଉ କେତେକ ଶିକ୍ଷୟିତ୍ରୀଙ୍କ ସହିତ ଫଟୋ ଉଠାଇବାକୁ ସଜା ହୋଇଥିବା ସ୍ଥାନକୁ ଆସିଲା। କିଛି ସମୟ ପରେ ତାକୁ ଜଣେ ଛାତ୍ର ଆସି ଜଣେଇଲା ଯେ, ଶିକ୍ଷାମନ୍ତ୍ରୀ ତା' ସହିତ କଥାହେବାକୁ ଚାହୁଁଛନ୍ତି ଓ ସେମାନେ ଡାଇରେକ୍‌ଟର୍‌ଙ୍କର ସଭାଗୃହରେ ଅପେକ୍ଷା କରିଛନ୍ତି। ପ୍ରତିମା ଓ ମୁନୁ ସଭାକକ୍ଷକୁ ଆସିଲେ। ସେଠାରେ ଅନେକ ଦାୟିତ୍ୱବାନ ସରକାରୀ ଅଧିକାରୀ ସମସ୍ତେ ଉପସ୍ଥିତ ଥିଲେ। ପ୍ରତିମାକୁ ଦେଖି ଶିକ୍ଷାମନ୍ତ୍ରୀ ମିଷ୍ଟର୍ ପଣ୍ଡା ସ୍ୱାଗତ କଲେ। ସେଇଠି ଓଡ଼ିଶାର ବର୍ତ୍ତମାନର ଶିକ୍ଷାନୁଷ୍ଠାନ ସଂପର୍କୀୟ ସମସ୍ତ ବିଷୟରେ ଆଲୋଚନା ହେଲା। ତେବେ ଆଲୋଚନା ପୂର୍ବରୁ ପ୍ରତିମା ପଚାରିଲା, "ମୁଖ୍ୟମନ୍ତ୍ରୀ କଣ ସମସ୍ତ ଉଦ୍‌ଘାଟନ ଏଇରୂପେ କରନ୍ତି ? ୧୦ ମିନିଟ୍‌ରେ ସବୁ ଶେଷ। ପଦେ କଥା ବି କହନ୍ତିନି ?"

ମିଷ୍ଟର୍ ପଣ୍ଡା କହିଲେ, "ସିଏ କରୋନା ପରେ ଟିକେ କଥାବାର୍ତ୍ତା କମ୍ କରିଦେଇଛନ୍ତି। ଜନତାଙ୍କ ଗହଳି ଭିତରେ ସିଏ ଦୂରତା ରକ୍ଷା କରୁଛନ୍ତି ଓ କଥାବାର୍ତ୍ତା ବି କରୁନାହାନ୍ତି।"

"ତେବେ ଆଉ କିଏ ହୁଏତ କିଛି କହିପାରିଥାନ୍ତେ। ଆପଣ କିମ୍ବା ମୁଖ୍ୟ ସଚିବ କିଛି ବି କହିପାରିଥାନ୍ତେ। ଛାତ୍ରଛାତ୍ରୀମାନେ ଟିକେ ପ୍ରେରଣା ପାଇଥାଆନ୍ତେ। ହେଲେ କିଛି ନାହିଁ। ସିଏ ଆସିଲେ, ସିଧା ଯାଇ ଫିତା କାଟିଲେ, ତାପରେ ଚାଲିଗଲେ। ସେ ଦଶ ମିନିଟ୍ ପାଇଁ ଆପଣ ମାନେ ଏତେ ଆୟୋଜନ କଲେ। ଏତେ ପୋଲିସ୍,

ଏତେ ଅଧିକାରୀ, ସମସ୍ତେ କିଏ କେଉଁଠି ସ୍ଥାପିତ ହେବେ, କିଏ କେମିତି ବ୍ୟବହାର କରିବେ, କେମିତି ପ୍ୟାରେଡ୍ କରିବେ, ଏ ସବୁ ବି ଅଭ୍ୟାସ କଲେ। ତାପରେ ଦଶ ମିନିଟ୍‌ରେ ସବୁ ଶେଷ। ମତେ ବଡ଼ ଅଜବ ଲାଗିଲା।"

"ସିଏ କଣକି, ମୁଖ୍ୟମନ୍ତ୍ରୀଙ୍କର ଅନ୍ୟ ସବୁ ମିଟିଙ୍ଗ୍ ଥିଲା। ସିଏ ଫେରିବାକୁ ଚାହିଁଲେ। ତେଣୁ ତାଙ୍କ ଫେରିବାକୁ ନେଇ ସମସ୍ତ ଷ୍ଟାଫ୍‌ଙ୍କୁ ବି ସଂପୃକ୍ତ ରହିବାକୁ ପଡ଼ିଲା। ଆଉ କିଛି କାର୍ଯ୍ୟକ୍ରମ ରଖିହେଲାନି।"

ମିଷ୍ଟର୍ ପଣ୍ଡାଙ୍କର ଉପରୋକ୍ତ ସ୍ପଷ୍ଟୀକରଣରେ କିନ୍ତୁ ପ୍ରତିମା ସନ୍ତୁଷ୍ଟ ହୋଇପାରିଲାନି। "ଆପଣ ତ କିଛି କହିପାରିଥାନ୍ତେ। ଯଥା, ଏ ନୂଆ ହଷ୍ଟେଲ୍ ଦ୍ୱାରା ଛାତ୍ରଛାତ୍ରୀମାନେ କେମିତି ଉପକୃତ ହେବେ। ଏହା କେମିତି ଅନୁଷ୍ଠାନଟିକୁ ଏହାର ଉଦ୍ଦେଶ୍ୟ ସାଧନ ଦିଗରେ ସାହାଯ୍ୟ କରିପାରିବ। ସରକାରଙ୍କର ଏ ନୂଆ ହଷ୍ଟେଲ୍ ତିଆରି କରାଇବାର ଦୃଷ୍ଟିକୋଣ କେମିତି ଛାତ୍ରଛାତ୍ରୀ ମାନଙ୍କର ସମସ୍ୟା ସମାଧାନ କରାଇବାରେ ସାହାଯ୍ୟ କରିବ ଇତ୍ୟାଦି ଇତ୍ୟାଦି। ଆଉ ଇଏବି ଗୋଟିଏ ସୁଯୋଗ ଥିଲା ଛାତ୍ରଛାତ୍ରୀ ମାନଙ୍କୁ ପ୍ରେରଣା ଯୋଗାଇବାର। ହେଲେ ଆପଣମାନେ ସେ ସୁଯୋଗ ନେଲେନି।"

ପ୍ରତିମାର ସେଇ ମନ୍ତବ୍ୟ ହିଁ ବର୍ତ୍ତମାନର ଶିକ୍ଷା ବିଭାଗ ସହିତ ସଂପୃକ୍ତ ସମସ୍ତ ସମସ୍ୟା ବିଷୟରେ ଆଲୋଚନା କରିବାର ଉପାଦାନ ଯୋଗାଇଲା। ପ୍ରତିମା ଯାହା ବୁଝିଲା, ସରକାର ଅନେକ କାମ କରୁଛନ୍ତି। ଅନେକ ସ୍କୁଲ୍, କଲେଜ ସବୁକୁ ନୂଆରୂପ ଦେବାକୁ କୋଟିକୋଟି ଅର୍ଥ ବ୍ୟୟ କରୁଛନ୍ତି। ସେମିତିରେ ଅନେକ ସ୍କୁଲ୍‌ର ରୂପରେଖ ବଦଳି ଯାଇଛି। ହେଲେ, ଯେଉଁ ମୁଖ୍ୟ କାର୍ଯ୍ୟ ପାଇଁ ଶିକ୍ଷାନୁଷ୍ଠାନ ମାନଙ୍କର ସୃଷ୍ଟି, ସେହି ଉଦ୍ଦେଶ୍ୟ ସାଧିତ ହୋଇପାରୁନାହିଁ। କାରଣ ସ୍କୁଲରେ ସ୍ଥାୟୀ ଶିକ୍ଷକ, ଶିକ୍ଷୟିତ୍ରୀଙ୍କର ଅଭାବ। ଅସ୍ଥାୟୀ ଚାକିରିରେ ଯେଉଁମାନେ ଅଛନ୍ତି, ସେମାନଙ୍କର ଏତେଟା ନିଷ୍ଠା ରହୁନି। ତାପରେ ସ୍କୁଲ୍‌ରେ ଯେଉଁ ରୋଷେଇ, ଖିଆପିଆ ଇତ୍ୟାଦି ଚାଲିଛି, ସେସବୁ ସମ୍ଭାଳିବାରେ ଏତେ ସମୟ ବିତୁଛି ଯେ, ଶିକ୍ଷାଦାନର ସମୟ ଠିକ୍ ଭାବେ ନିୟନ୍ତ୍ରଣ କରିହେଉନି।

"କାହାର ଭୁଲ୍? ଏ ସମସ୍ୟାର ସମାଧାନ କଣ? ସରକାରଙ୍କର କିଛି କମିଟି ତ ସେଥିପାଇଁ ଥିବ? ଏସବୁ ବିଷୟରେ ଭାବିବା ପାଇଁ, ଯୋଜନା କରିବା ପାଇଁ, ଓ ସମାଧାନ କରିବା ପାଇଁ କିଛି ତ ନିୟନ୍ତ୍ରଣ ପ୍ରଣାଳୀର ବ୍ୟବସ୍ଥା ରହିଥିବ।"

ସେଠି ଜଣେ ଅବସରପ୍ରାପ୍ତ ଅଧ୍ୟାପକ ଥିଲେ। ସିଏ ଏବେ ସ୍ୱେଚ୍ଛାସେବୀ ଭାବେ ବିଜ୍ଞାନ ସମିତିର ଦାୟିତ୍ୱରେ ଅଛନ୍ତି। ସିଏ କହିଲେ, "ସବୁ ଅଛି। ହେଲେ, ଛାମୁ ଯାହା ଦେଲେ ହରଷେ, ପାଉପାଉ ଗଲା ବରଷେ। ସେଇ ପ୍ରକ୍ରିୟାରେ ସମସ୍ତ କାମ ଠିକ୍ ସମୟରେ ହୋଇପାରୁନି। ଅନୁଷ୍ଠାନର ରୂପରେଖ ବଦଳୁଛି। କିନ୍ତୁ, ସେସବୁର

ରକ୍ଷଣାବେକ୍ଷଣ ଠିକ୍‌ଭାବେ ହୋଇପାରୁନି। ଧରନ୍ତୁ, ସରକାର ପାଇଖାନା କରେଇଦେଲେ, ହେଲେ ସେ ପାଇଖାନାକୁ ସଫା କରିବ କିଏ ? ଛାତ୍ରଛାତ୍ରୀ ମାନେ କଲେ, ସେଠି ଯାଇ ମିଡ଼ିଆ ପହଞ୍ଚିଯିବ, କଣନା, ଛାତ୍ରଛାତ୍ରୀ ମାନଙ୍କୁ ପାଇଖାନା ସଫା କାର୍ଯ୍ୟରେ ଲଗାଯାଉଛି ଓ ସବୁ ବଦ୍‌ନାମ ଶିକ୍ଷକ ମାନଙ୍କ ଉପରେ ପଡ଼ିବ। ଆଉ ଯଦି କିଏ ନ ମିଳିଲେ, କୁହନ୍ତୁ ତ ବିଚରା ଶିକ୍ଷକ ଉପରେ ପାଇଖାନା ସଫା କାମ ପଡ଼ିବ। ଏସବୁ କଣ ଉଚିତ ? ଉଚିତ ହୁଅନ୍ତା, ଯିଏ ପାଇଖାନା ବ୍ୟବହାର କଲେ, ନିଜେ ସଫା କରି ରଖିବେ। ହେଲେ ସେମିତି ତ ହେଉନି।"

ଏହା ପରେ ଆଲୋଚନା ହେଲା କଲେଜ ଓ ବିଶ୍ୱବିଦ୍ୟାଳୟ ଭଳି ଶିକ୍ଷାନୁଷ୍ଠାନ ଉପରେ। ସେଠିବି ସେମିତି ଅବସ୍ଥା। ସବୁଠି ଶିକ୍ଷକଙ୍କ ଅଭାବ। ଅନୁଷ୍ଠାନର ଅଧ୍ୟାପକ ସୁଦାମ ବାବୁ କହିଲେ, "ଦେଖନ୍ତୁ, ଗଣିତରେ ଯଦି ଜଣେ ମାର୍ଷ୍ଟସ୍ କରି, କଂପ୍ୟୁଟର୍‌ରେ ଏମ୍.ସି.ଏ. ସାରିଦେବ, ତାକୁ ଭଲ ସ୍ଥାୟୀ ଚାକିରିରେ ନିଯୁକ୍ତି ମିଳିବାରେ କିଛି ଅସୁବିଧା ହେବନି। ସେ ସ୍ଥଳେ କିଏ କାହିଁକି ଅସ୍ଥାୟୀ ଚାକିରିରେ ରହି ଶିକ୍ଷକତା କରିବାକୁ ଚାହିଁବ କୁହନ୍ତୁ ତ ?"

ପ୍ରତିମା ମୁଣ୍ଡରେ କିଛି ପଶୁନଥିଲା। ଏ ସମସ୍ୟାର ସମାଧାନ ତା' ପାଖରେ ନଥିଲା। ତେବେ ତା' ମନରେ ପ୍ରଶ୍ନ ଉଠିଥିଲା, "ପ୍ରାଇଭେଟ୍ ଅନୁଷ୍ଠାନ ସବୁ ଏତେ ଭଲ କରୁଛନ୍ତି କେମିତି ? ସେମାନଙ୍କୁ ତ ଶିକ୍ଷକ ନିଯୁକ୍ତି ଦେବାରେ ହଇରାଣ ହେବାକୁ ପଡୁନି। ହେଲେ ସରକାରୀ ଅନୁଷ୍ଠାନରେ ଏସବୁ ସମସ୍ୟା କାହିଁକି ?"

ଯାହାବି ହେଉ, ପ୍ରତିମା ଯେ ନିଜର ମନର କଥା, ସମସ୍ୟାର ସମାଧାନ ବିଷୟରେ ନିଜର ଚିନ୍ତା ଓ ଯୁକ୍ତି ସମସ୍ତଙ୍କ ଆଗରେ ଉପସ୍ଥାପିତ କରିପାରିଛି, ସେ ନେଇ ଖୁସିଥିଲା। କିଏ ଗ୍ରହଣ କରୁ କି ନକରୁ, ତା' କର୍ତ୍ତବ୍ୟ ସିଏ କରିଛି। ଅନ୍ତତଃ ସେମାନଙ୍କ ମନରେ ଏସବୁ ବିଷୟରେ ଟିକେ ତ ଚିନ୍ତା ପଶିବ ?

ହେଲେ, ମୁଖ୍ୟମନ୍ତ୍ରୀ ଯେ ପଦେ କଥା ନ କହି ଉଦ୍‌ଘାଟନ କରି ଚାଲିଗଲେ, ସେକଥାଟା ପ୍ରତିମା ହଜମ କରିପାରୁନଥିଲା ଓ ବାରମ୍ବାର ସେଇ କଥା ସମୟ ସମୟରେ ଦୋହରାଉଥିଲା।

ଆଜି କେତେ ଉତ୍ସାହରେ ପ୍ରତିମା ଓ ତା' ଭାଉଜ ମୁନୁ ଏ ଉଦ୍‌ଘାଟନ ଉତ୍ସବରେ ଯୋଗ ଦେବାପାଇଁ ଘଣ୍ଟାଏ ଆଗରୁ ପହଞ୍ଚିଯାଇଥିଲେ। ଉଦ୍‌ଘାଟନ ହେବାର ନିର୍ଦ୍ଧାରିତ ସମୟ ଥିଲା ଅପରାହ୍ନ ପାଞ୍ଚଟା। ସେମାନେ କିଛି ସମୟ କନ୍‌ଫରେନ୍‌ସ୍ ରୁମ୍‌ରେ ଶିକ୍ଷା ବିଭାଗର ଉପସ୍ଥିତ ସମସ୍ତ କର୍ମକର୍ତ୍ତାଙ୍କ ସହିତ କଥୋପକୋଥନରେ ଯୋଗଦେଲେ। ତାପରେ ମୁଖ୍ୟମନ୍ତ୍ରୀଙ୍କ ସ୍ୱାଗତାର୍ଥେ ନୂଆ ଛାତ୍ରାବାସ ନିକଟରେ ଅପେକ୍ଷା

କରିରହିଲେ। ମୁଖ୍ୟମନ୍ତ୍ରୀ ଆସୁଛନ୍ତି। କିଛି ଛୋଟ କଥା ନୁହେଁ। ରାଷ୍ଟ୍ରର ମୁଖ୍ୟ ସିଏ। ଆଜି ଯେତେବେଳେ ପ୍ରତିମା ଓ ମୁନୁ କାର୍‌ରେ ଆସୁଥିଲେ, ଖଣ୍ଡଗିରି-ଚନ୍ଦକା ରାସ୍ତା ସାରା ଏ ନୂତନ ଛାତ୍ରାବାସର ଉଦ୍‌ଘାଟନ ଖବର ସହିତ ମୁଖ୍ୟମନ୍ତ୍ରୀ ଓ ତାଙ୍କ ରାଜନୈତିକ ଦଳର ପୋଷ୍ଟର ଲାଗିଥିଲା। ଯେମିତି ମନେ ହେଉଥିଲା ଗୋଟିଏ ବଡ଼ ଧରଣର କିଛି ଗୋଟିଏ ଘଟଣା ଘଟିବାକୁ ଯାଉଛି। ପ୍ରତିମା ଓ ମୁନୁ ମଧ୍ୟ ବହୁତ ଆଗ୍ରହରେ ଅପେକ୍ଷା କରି ରହିଥିଲେ। ଏମିତି ଏକ ଐତିହାସିକ ଘଟଣା ସ୍ୱଚକ୍ଷୁରେ ଦେଖିବାର ସୌଭାଗ୍ୟ ପାଇଥିବାରୁ ନିଜକୁ ଧନ୍ୟ ମନେ କରୁଥିଲେ।

ଏହି ସମୟରେ ଖବର ପହଞ୍ଚିଲା କି ମୁଖ୍ୟମନ୍ତ୍ରୀଙ୍କର ଆସିବାରେ ଘଣ୍ଟାଏ ବିଳମ୍ବ ହେବ। ସମସ୍ତେ ଟିକେ ନିରୁତ୍ସାହିତ ହେଲେ ମଧ୍ୟ ଆଗ୍ରହରେ ଅପେକ୍ଷା କରିରହିଲେ। ନିଜନିଜ ଭିତରେ କଥୋପକୋଥନରେ ସମୟ ଅତିବାହିତ କଲେ। ମୁଖ୍ୟମନ୍ତ୍ରୀଙ୍କ ପହଞ୍ଚିବାର ଦଶମିନିଟ୍ ପୂର୍ବରୁ ସମସ୍ତେ ପୁଣି ସଜାଗ ହୋଇଗଲେ। ମୁଖ୍ୟମନ୍ତ୍ରୀଙ୍କର ଗାଡ଼ି ପହଞ୍ଚିବା ପରେ ସିଏ ନିଜ ମୁଖ୍ୟ ସଚିବଙ୍କ ସହିତ ମିଶି ଗାଡ଼ିରୁ ବାହାରିଲେ। ସିଏ ମୁହଁରେ ମୁଖାବରଣ ପିନ୍ଧିଥିଲେ। ପୂର୍ବ ପ୍ରସ୍ତୁତି ଅନୁଯାୟୀ ମୁଖ୍ୟମନ୍ତ୍ରୀଙ୍କୁ ଅଭିବାଦନ ଦିଆଯିବା ପରେ ଶିକ୍ଷାବିଭାଗର ଅନ୍ୟ ସମସ୍ତ କର୍ମକର୍ତ୍ତା ଓ ଅନୁଷ୍ଠାନର ଡାଇରେକ୍‌ଟର୍ ପ୍ରମୋଦ ସହିତ ସୁସଜ୍ଜିତ ପଥ ଦେଇ ସିଏ ପ୍ରଥମ ମହଲାକୁ ଗଲେ। ସମସ୍ତଙ୍କର ଅଭିବାଦନର ବଦଳରେ ସିଏ ହାତଯୋଡ଼ି ନମସ୍କାର ମୁଦ୍ରାରେ ପ୍ରତିଅଭିବାଦନ ଜଣାଉଥିଲେ। ବାତାବରଣରେ କରୋନା ମହାମାରୀର ଭୟ ତଥାପି ରହିଥିଲା। ତେଣୁ ମୁଖ୍ୟମନ୍ତ୍ରୀଙ୍କର ଏ ସଚେତନତା ଅନ୍ୟମାନଙ୍କ ପାଇଁ ଉଦାହରଣ ହୋଇ ରହିଥିଲା। ହେଲେ ସିଏ ଗୋଟିଏ ମିନିଟ୍‌ରେ ଫିତା କାଟିଦେଇ କାମ ସାରିଦେଲେ ଓ ପ୍ରତ୍ୟାବର୍ତ୍ତନ କଲେ। ଦଶମିନିଟ୍ ଭିତରେ ସବୁ ସରିଗଲା। ମୁଖ୍ୟମନ୍ତ୍ରୀ ତାଙ୍କ ଗାଡ଼ିରେ ବସି ଚାଲିଗଲେ।

ସେଇକଥାଟା ହଜମ ହେଉନଥିଲା ପ୍ରତିମାର। କ୍ଷମତାରେ ଥିବା ବ୍ୟକ୍ତିମାନଙ୍କର ସମସ୍ତ କଥା ସାଧାରଣ ଜନତା ପାଇଁ ବିଶିଷ୍ଟ ହୋଇ ରହେ। ସେଥିପାଇଁ କ୍ଷମତାସୀନ ବ୍ୟକ୍ତିମାନେ ଜନତାଙ୍କୁ ପ୍ରେରଣା ଦେବାପାଇଁ ଉପଯୁକ୍ତ ସମୟରେ ଉପଯୁକ୍ତ କଥା କହିବା ପାଇଁ ପ୍ରସ୍ତୁତି କରିଥାନ୍ତି। ସେମାନଙ୍କର କଥାକୁ ଶୁଦ୍ଧ ଓ ସଚ୍ଚୋଟ ମନରେ ଗ୍ରହଣ କରିନିଅନ୍ତି ସାଧାରଣ ଜନତା। ଯଦିଓ ବିରୋଧୀ ଦଳର ବ୍ୟକ୍ତିମାନେ ସେସବୁର ଅନ୍ୟ ରକମର ଅର୍ଥ ବାହାର କରନ୍ତି, ହେଲେ ବି ସେସବୁ କଥା ଅତ୍ୟନ୍ତ ମୂଲ୍ୟବାନ। ସେମିତି ଏକ ମୂଲ୍ୟବାନ କଥା ଶୁଣିବାର ଉତ୍ସାହ ନେଇ ଆସିଥିଲା ପ୍ରତିମା। ହେଲେ କଥା ବଦଳରେ ସେଠି ରହିଗଲା ଖାଲି ଶୂନ୍ୟତା।

ପ୍ରତିମାର ମନେ ପଡୁଥିଲା, ପଦେ କଥା କହିଥିଲେ ତାର ଗଣିତ ଶିକ୍ଷୟିତ୍ରୀ। ସେଦିନ ସିଏ କଣପାଇଁ କେଜାଣି ଘରଲୋକଙ୍କ ଉପରେ ଅନେକ ରାଗିଥିଲା। ସେତେବେଳେ ସିଏ ସପ୍ତମ ଶ୍ରେଣୀରେ ପଢୁଥିଲା। ଅନେକ ରାଗୀ ଥିଲା ଓ ଅନ୍ୟାୟରେ କେହି ପଦେ କହିଦେଲେ ଜମା ବି ସହୁନଥିଲା। ଘରଲୋକଙ୍କ ଉପରେ ରାଗି ସେଦିନ ସିଏ ସବୁ ବାସନ ଲୁଚେଇ ସେ ଘରେ ତାଲା ଲଗେଇ ସ୍କୁଲ୍ ଚାଲିଗଲା। ଘରେ ସମସ୍ତେ ଆଉ ଖିଆପିଆ କେମିତି କରିବେ ? ହାଣ୍ଡି, କଡ଼େଇ ନଥିଲେ ରୋଷେଇ କେମିତି କରିବେ ? ବାଧ ହୋଇ ପ୍ରତିମାର ଜେଜେମା ସ୍କୁଲ୍‌ରେ ପହଞ୍ଚିଲା ଓ ସମସ୍ତ କଥା ଜଣେଇଲା। ମାଡ଼ାମ୍ କହିବାରୁ ଜେଜେମାକୁ ତାଲାର ଚାବି ଦେଲା ପ୍ରତିମା। ମାଡ଼ାମ୍ କହିଥିଲେ, "ସପ୍ତମରେ ବୃତ୍ତି ପାଇଲେ ତୁ ତ ବାହାରେ ପଢିବାକୁ ଯିବୁ। ଏଠି ନିଜ ଲୋକଙ୍କ ଉପରେ ତୁ ଏତେ ରାଗୁଛୁ, ସେମାନେ ସହୁଛନ୍ତି। ହେଲେ ବାହାର ଲୋକ କଣ ସହିବେ ? ସେମାନଙ୍କ ଉପରେ ରାଗିଲେ ସେମାନେ ତତେ ଗ୍ରହଣ କରିବେନି। ତୋ ଉପରେ ଆକ୍ରୋଶ ରଖିବେ ଓ ପ୍ରତିଶୋଧ ନେବେ। ତେଣୁ ରାଗକୁ ଆୟତରେ ରଖ।"

ପ୍ରତିମା ସେକଥା ଶୁଣିଥିଲା ଓ ସେଦିନରୁ ସିଏ ସହିବା ଶବ୍ଦ ସହିତ ପରିଚିତ ହୋଇଗଲା।

ହେଲେ ପ୍ରତିମାର ମନେ ଅଛି, କଲେଜରେ ପଢୁଥିବା ସମୟରେ ସିଏ ଅନେକ ସମୟରେ ଉଦାସ ରହୁଥିଲା। ଭାବୁଥିଲା, ତାକୁ ଯଦି କିଛି ଛୋଟମୋଟ କାମ ମିଳନ୍ତା ଓ ସିଏ ନିଜେ ରୋଜଗାର କରିପାରନ୍ତା, ତେବେ ତାର କଲେଜ ଖର୍ଚ୍ଚ ନେଇ ଘର ଉପରେ ଏତେଟା ଚାପ ପଡ଼ନ୍ତାନି। ତା' ପାଖରେ ସମୟ ଥିଲା ଓ ତାର ଅନେକ କିଛି କାମରେ ସାହାଯ୍ୟ କରିବାର କ୍ଷମତା ମଧ୍ୟ ଥିଲା। ହେଲେ ଓଡ଼ିଶାରେ ସେମିତି ସୁବିଧା ନଥିଲା। ଏବେ ବି ଅଛି ବୋଲି ତାର ମନେହୁଏନି। କିନ୍ତୁ ଆମେରିକାରେ ସେ ସୁଯୋଗ ଓ ସେ ସ୍ୱାଧୀନତା ଛାତ୍ରଛାତ୍ରୀ ମାନଙ୍କୁ ମିଳୁଛି। ସେଇ ଉଦାସ ମଧ୍ୟରେ ବେଳେବେଳେ ଅନେକ ଅଜବ ରକମର ଚିନ୍ତା ଗ୍ରାସ କରୁଥିଲା। ନିଜର ସେଇ ସମୟର ଭାବନା ମନେପଡ଼ିଲେ ସିଏ ଅଠର ବର୍ଷରୁ ଉର୍ଦ୍ଧ୍ୱ ଛାତ୍ରଛାତ୍ରୀଙ୍କ ମନୋଭାବକୁ ପଢିପାରେ, ସେମାନଙ୍କ ଇଛା, ଦ୍ୱନ୍ଦ୍ୱ, ଦୁଃଖ, ଆଶା, ନିରାଶାକୁ ବୁଝିପାରେ। ଅର୍ଥର ଆବଶ୍ୟକତା ସବୁଠାରେ ରହିଛି। କିଏ ଜାଣେ କିଏ କେଉଁ ଭଳି ପରିବାରରୁ ଆସି ପଢୁଛି। ସେମାନଙ୍କ ଭବିଷ୍ୟତ ପାଇଁ ତାଙ୍କ ପରିବାରର ଅନ୍ୟ ସବୁ ସଦସ୍ୟ କଣ ସବୁ ବଳିଦାନ ଦେଉଛନ୍ତି ?

ଭବିଷ୍ୟତକୁ ନେଇ ଚିନ୍ତା ସମସ୍ତଙ୍କର ରହିଛି। ସେଇ ସମୟରେ ଆଶାର କିଛିଟା ବାକ୍ୟ କାହାଠାରୁ ଶୁଣିଦେଲେ ଭଲଲାଗେ। ମନରେ ନୂଆ ପ୍ରେରଣା ଜାଗ୍ରତ ହୁଏ। ଯେମିତି ପ୍ରତିମାକୁ ସେ ପ୍ରେରଣା ମିଳିଥିଲା। ସିଏ ଯେତେବେଳେ ଗଣିତ

ଅନର୍ସ ରଖିଲା, ମନରେ ପ୍ରଶ୍ନ ଥିଲା, "ଗଣିତ ଅନର୍ସ ରଖି କି ଭବିଷ୍ୟତ ଗଢିପାରିବି ? ଫିଜିକ୍ସ୍ କି କେମିଷ୍ଟ୍ରି ରଖିଲେ ହେଲେ ବି.ଏସ୍.ସି. ପରେ ଲାବୋରେଟୋରୀ ଆସିଷ୍ଟାଣ୍ଟ୍ କାମ ମିଳିଯିବ। ହେଲେ ଗଣିତ ପଢିଲେ ଜଣେ କଣ କରିବ ?" କିନ୍ତୁ ଗଣିତ ବିଷୟଟି ପ୍ରତିମାକୁ ଭଲ ଲାଗୁଥିଲା। ପ୍ରଶ୍ନ ଓ ସମାଧାନ। ପ୍ରଶ୍ନ ଯେତେ ଜଟିଳ ହେଉଥିଲା, ସେସବୁକୁ ସମାଧାନ କରିବାରେ ସେତେ ମଜା ଆସୁଥିଲା। ସେଥିରେ ସିଏ ଆନନ୍ଦ ପାଉଥିଲା। ପ୍ରତିଭା ମାଡ଼ାମ୍ କହିଥିଲେ, "ଗଣିତର ଅନେକ ଉପଯୋଗିତା ରହିଛି। ବିଶେଷତଃ ତମେ ଯଦି ଏମ୍.ଏ.ସି.ରେ ଫ୍ଲୁଇଡ୍ ଡାଇନାମିକ୍ସ୍ ଓ ନ୍ୟୁମରିକାଲ୍ ଆନାଲିସିସ୍ ରଖିବ, ତେବେ ସେସବୁର ଉପଯୋଗିତା ସବୁଠାରେ, ଏରୋଡ଼ାଇନାମିକ୍ସ୍‌ରୁ ଆରମ୍ଭ କରି ସମସ୍ତ ଇଞ୍ଜିନିୟରିଙ୍ଗ୍ ବିଷୟରେ ତୁମର ଦକ୍ଷତା ରହିପାରିବ।" ସେସବୁ କଥା ପ୍ରତିମାର ଜୀବନରେ ଜୀବନ୍ତ ହୋଇଛି।

ସେଥିପାଇଁ ପ୍ରତିମା ଭାବେ, ସବୁ ସମୟରେ ଛାତ୍ରଛାତ୍ରୀ ମାନଙ୍କୁ ପ୍ରେରଣା ଦେବାର ଆବଶ୍ୟକତା ରହିଛି। ଆଜି ସେ ସୁଯୋଗ ଥିଲା। ହେଲେ .... ?

ପ୍ରେସିଡ଼େଣ୍ଟ୍ କେନେଡ଼ିଙ୍କର ବାକ୍ୟର ପ୍ରେରଣାରେ ଆମେରିକା ଚନ୍ଦ୍ରକୁ ଯିବାକୁ ଯୋଜନା କରିପାରିଲା।

ଉଇନ୍‌ଷ୍ଟନ୍ ଚର୍ଚ୍ଚିଲଙ୍କର ବାକ୍ୟର ପେରଣାରେ ୟୁରୋପ୍‌ର ଅନେକ ଦେଶ ସବୁ ଜର୍ମାନ୍ ବିରୁଦ୍ଧରେ ଏକତ୍ରିତ ହୋଇ ଦ୍ୱିତୀୟ ବିଶ୍ୱଯୁଦ୍ଧରେ ମିଳିତ ଶକ୍ତିକୁ ବିଜୟୀ କଲେ।

ମହାତ୍ମା ଗାନ୍ଧୀଙ୍କର ବାକ୍ୟର ପ୍ରେରଣାରେ ମଣିଷ ମନରେ ପ୍ରକୃତ ବିଜୟର ଅର୍ଥ ବଦଳିଗଲା।

ସେମିତି କିଛି ବାକ୍ୟ, କିଛି ପଦ କଣ କହିପାରିନଥାନ୍ତେ ମୁଖ୍ୟମନ୍ତ୍ରୀ ?

ଆଜି ଏତେ ବଡ଼ ସୁଯୋଗ ଥିଲା। ଆଜିର ଛାତ୍ର, ଏ ରାଜ୍ୟର ଭବିଷ୍ୟତ। ତାକୁ ସାହାଯ୍ୟ କରିବାର ଆବଶ୍ୟକତା ରହିଛି। ତାକୁ ପ୍ରେରଣା ଯୋଗାଇବାର ଆବଶ୍ୟକତା ରହିଛି। ତା ମନରେ ଉତ୍ସାହ ଦେବାର ଆବଶ୍ୟକତା ରହିଛି।

ଖାଲି ଫିତା କାଟିଦେଲେ ଉଦ୍‌ଘାଟନ ହୁଏନି। ପ୍ରକୃତ ଉଦ୍‌ଘାଟନ ହୁଏ, ସେଠି ଉପସ୍ଥିତ ଥିବା ଜନତାଙ୍କ ସହିତ ସଂପର୍କ ସ୍ଥାପନ କଲେ। ସଂପର୍କ ସ୍ଥାପନ ପାଇଁ କଥାର ତ ଆବଶ୍ୟକତା ରହିଛି।

ଫେରିବା ବେଳେ ଏଇ ସବୁ ଘଟଣା ଆଲୋଚନା କରୁଥିଲେ ପ୍ରତିମା ଓ ମୁନୁ। ଏବେ ପ୍ରମୋଦ ମଧ୍ୟ ସେମାନଙ୍କ ସାଙ୍ଗରେ ଫେରୁଥିଲା। ମୁନୁ ତାକୁ ଖୁଣ୍ଟା ଦେବା ଭଳି କହିଲା, "ଏଇ ଭଳିଆ ଉଦ୍‌ଘାଟନ ପାଇଁ ତମେ ଏତେଦିନ ଧରି ଏମିତି ଗଧ ଭଳି ଖଟୁଥିଲ ?" ■

ଭୁଲା ମନ

ମନ କାହିଁକି ଏମିତି ଭୁଲିଯାଏ ?

ହଠାତ୍ କେଉଁ ଗୋଟିଏ ଘଟଣାର ନିୟନ୍ତ୍ରଣରେ ଆସି ନିଜ ଉପରେ, ନିଜର ପାରିପାର୍ଶ୍ୱିକ ପରିସ୍ଥିତି ଉପରେ ନିୟନ୍ତ୍ରଣ ହରାଇଦିଏ ମଣିଷ। ଏମିତି ଅନେକ ସମୟରେ ହୋଇଯାଏ। ନ ଚାହିଁ ବି ମଣିଷ ଭୁଲ୍ କରିପକାଏ। ଡ୍ରାଇଭିଙ୍ଗ୍ ଲାଇସେନ୍ସ୍ ଘରେ ଛାଡ଼ି ଗାଡ଼ି ନେଇ ବାହାରିପଡ଼େ। ପୋଲିସ୍ ହାତରେ ଯଦି ଧରା ପଡ଼ିଯାଏ ତ, କଥା ସରିଲା। ଅଫିସ୍‌ରେ ଘର ଚାବି ଛାଡ଼ି ଘରକୁ ଚାଲିଆସେ। କେଉଁଠି ଫୋନ୍ ଛାଡ଼ି ଚାଲିଆସେ। ଏମିତି କି ନିଜ ପେସାରେ ବ୍ୟବହାର କରୁଥିବା ଲାପ୍‌ଟପ୍ ଛାଡ଼ି ଆସିବା ଘଟଣା ବି ଘଟିଛି, ଯେଉଁଥିପାଇଁ ବିଜୁଳିର ଭଣଜାକୁ କନେକ୍‌ଟିକଟ୍‌ରୁ ମେରୀଲାଣ୍ଡ୍ ଫେରି ସମୁଦାୟ ୧୫ ଘଣ୍ଟା ରାସ୍ତାରେ ବିତେଇବାକୁ ପଡ଼ିଥିଲା। ବିଜୁଳିର ଜୀବନରେ ସେମିତି ଭୁଲ୍ ଅନେକ ବାର ଘଟିଯାଇଛି। ଏମିତିକି ଥରେ ଜଣଙ୍କ ଘରକୁ ନେବାକୁ ଦହି ବାଇଗଣ ତିଆରି କରି ଗ୍ୟାରେଜ୍ ଦୁଆର ପାଖରେ ରଖି ମଧ୍ୟ ଠିକ୍ ସମୟରେ ଘରୁ ବାହାରିବା ବେଳକୁ ସେକଥା ଭୁଲିଗଲା। ଏମିତି ଭୁଲିଗଲା ଯେ ଗୋଟିଏ ଘଣ୍ଟା ଡ୍ରାଇଭ୍ କରି ସେମାନଙ୍କ ଘରେ ପହଞ୍ଚି ଜଳଖିଆ ଖାଇ, ଗପଶପ କରି ସମୁଦାୟ ଅଢେଇ ଘଣ୍ଟା ବିତିଯାଇଥିଲେ ମଧ୍ୟ ସିଏ ମନେପକେଇ ପାରିନଥିଲା। ମନେପଡ଼ିଲା, ଯେତେବେଳେ ସେମାନେ ରାତ୍ରଭୋଜନ ପାଇଁ ସବୁ ଖାଦ୍ୟପଦାର୍ଥ ସଜାଡ଼ିବାକୁ ଲାଗିଲେ। ସେଇଦିନରୁ ବିଜୁଳି ନିଜ ଉପରେ ରାଗିଲା। ଏମିତି କଣ ଭୁଲ୍ ହୋଇଯାଉଛି ଯେ ? ସେ ସାଙ୍ଗ ସିନା ଅନ୍ୟ ଖାଦ୍ୟ ସବୁ ରାନ୍ଧିଥିଲା ବୋଲି ଚଳିଲା। ହେଲେ ଏବେ କୋଡ଼ିଏ ଜଣଙ୍କ ପାଇଁ ତିଆରି କରିଥିବା ଦହି ବାଇଗଣକୁ କଣ କରିବ ବିଜୁଳି ? କେତେଦିନ ଫ୍ରିଜ୍ ଭିତରେ ରଖି ବାସି ଖାଦ୍ୟ ଖାଇବ ? ଶେଷରେ ଫୋପାଡ଼ିବାକୁ ପଡ଼ିଲା। ସେଇକଥା ତାକୁ ବାଧିଲା। ଏତେ ପରିଶ୍ରମର ଜିନିଷ ସାମାନ୍ୟ ଭୁଲ୍ ପାଇଁ

ଫୋପଡ଼ା ହେଲା । ସେବେଠାରୁ ଘରୁ ବାହାରିବା ବେଳେ ବିଜୁଳି ଚେକ୍‌ଲିଷ୍ଟ ତିଆରି କରି ଗୋଟିଗୋଟି ସଜାଡ଼ି ରଖେ । ଚାବି, ଡ୍ରାଇଭିଙ୍ଗ୍ ଲାଇସେନ୍‌ସ୍, କ୍ରେଡ଼ିଟ୍ କାର୍ଡ଼, କାହା ଘରକୁ ଯାଉଥିଲେ ଉପହାର, କାର୍ଡ଼, ତାଙ୍କ ଘର ଠିକଣା, ସେଲ୍ ଫୋନ୍ ଇତ୍ୟାଦି ଇତ୍ୟାଦି ସବୁ ଡାକି, ହିସାବ କରି ରଖେ । ତା' ଘରକୁ କିଏ ଆସି ଫେରିବା ସମୟରେ, ସିଏ ସେ ତାଲିକା କରି ଡାକି ପଚାରେ, "ତମ ଚାବି ନେଲ ତ । ତମ ଡ୍ରାଇଭିଙ୍ଗ୍ ଲାଇସେନ୍‌ସ୍ ନେଲ ତ । ତମ ବାଟି, ଯେଉଁଥିରେ ତରକାରୀ ଆଣି ଆସିଥିଲ, ନେଲ ତ । ତମ ଫୋନ୍ ନେଲ ତ ।"

ଏକ ମସ୍ତବଡ଼ ଭୁଲ୍ ହୋଇଯାଇଥିଲା ୨୦୦୫ ମସିହାରେ । କାଲିଫର୍ଣ୍ଣିଆର ଇରଭାଇନ୍ ସହରରେ ତାର ଏକ କନ୍‌ଫରେନ୍‌ସ୍ ଥାଏ । ସେଠି ହୋଟେଲ୍‌ରେ ଯାଇ ପହଞ୍ଚି ଦେଖେ ତ ସିଏ କ୍ରେଡ଼ିଟ୍ କାର୍ଡ଼ ସାଙ୍ଗରେ ଆଣିନି । ହୋଟେଲ୍ ତ ବୁକ୍ କରାଯାଇଥିଲା । ତଥାପି ସେମାନେ କ୍ରେଡ଼ିଟ୍ କାର୍ଡ଼ ଚେକ୍‌କରନ୍ତି । ଏମିତି ଏକ ଘଡ଼ିସନ୍ଧି ମୁହୂର୍ତ୍ତରେ ତାର ଜଣେ ସହକର୍ମୀ ତାକୁ ଉଦ୍ଧାର କରିଥିଲା । ସେତେବେଳେ ସିଏ ନାସାରେ କାମ କରୁଥିଲା । ସେ ସହକର୍ମୀ ଜଣକ ମଧ୍ୟ ନାସାରୁ ଥିଲେ ଓ ସିଏ ସେ କନ୍‌ଫରେନ୍‌ସ୍‌ରେ ଯୋଗ ଦେବାକୁ ଯାଇଥିଲେ । ସେଇ ପାଞ୍ଚଦିନରେ ତାର ଯାହା ଖର୍ଚ୍ଚହେଲା, ସେଇ ସହକର୍ମୀଙ୍କ କ୍ରେଡ଼ିଟ୍ କାର୍ଡ଼ ଓ କ୍ୟାସ୍‌ରୁ ସିଏ ଖର୍ଚ୍ଚ କଲା । ମେରୀଲାଣ୍ଡ୍ ଫେରିବା ପରେ ତାଙ୍କ ଅର୍ଥ ସିଏ ତାଙ୍କୁ ଫେରେଇଦେଇଥିଲା ।

ଏହିଭଳି ଛୋଟବଡ଼ ଭୁଲ୍ ପରେ କିଛିଦିନ ପର୍ଯ୍ୟନ୍ତ ମନ ସେ ଘଟଣାକୁ ଜୀବିତ କରି ରଖେ ଓ ସେଇ ଏକା ଭଳି ଭୁଲ୍ ହୁଏନି । ହେଲେ, ତିନି ଚାରି ବର୍ଷ ବିତିଗଲେ, ସେଇ ଏକା ଭୁଲ୍‌ର ପୁନରାବୃତ୍ତି ହୋଇଯାଏ । ମନ ସେ ଘଟଣା ଭୁଲିଯାଏ । ଅନ୍ୟ କୌଣସି ଆକର୍ଷଣରେ ବହକିଯାଏ ଓ ଛୋଟବଡ଼ ଭୁଲ୍ କରିବସେ ।

ଏବେ କୋଭିଡ଼୍ ହେବା ପରଠାରୁ ବିଜୁଳିର ତାଲିକାରେ ଦୁଇଟି ଜିନିଷ ଯୋଗ ହୋଇଯାଇଛି । ଘରୁ ବାହାରିବା ପୂର୍ବରୁ ନିଜକୁ ଓ ଅନ୍ୟମାନଙ୍କୁ ମନେ ପକାଇଦିଏ "ମାସ୍କ ଓ ସାନିଟାଇର୍ଜ ରଖିଲ ନା" ।

ହେଲେ ସେଇ ସତର୍କ ରହୁଥିବା ବିଜୁଳି ଆଜି ପୁଣି ଏମିତି ମସ୍ତବଡ଼ ଭୁଲ୍ କେମିତି କରିପାରିଲା ?

ସେତେବେଳକୁ ରାତି ନଅଟା । ସେଇଟା ରବିବାର, ୨୦୨୨ ମସିହା ଅକ୍ଟୋବର ମାସ ୧୬ ତାରିଖ । ସାନ ଭାଇ ଅଜୟର ଘରେ ସିଏ ଥାଏ । ହଠାତ୍ ସାନ କଳା ରଙ୍ଗର ୱାଲେଟ୍ କଥା ତାର ମନେପଡ଼ିଲା । କାରଣ ତା ଭିତରେ ସିଏ ଗୋଟିଏ ବାକ୍ସର ଚାବି ରଖିଥିଲା । ସେ ବାକ୍ସ ଖୋଲିବା ପାଇଁ ସିଏ ୱାଲେଟ୍ ଖୋଜିଲା ।

ହେଲେ ସେ ୱାଲେଟ୍ କେଉଁଠି ବି ମିଳୁନଥିଲା। ତା ବଡ଼ ଭ୍ୟାନିଟି ବ୍ୟାଗ୍ ଭିତରେ ଏ କଳା ୱାଲେଟ୍ ରଖି ସିଏ ମାର୍କେଟ୍ ଯାଇଥିଲା। ସତର୍କତା ପାଇଁ ସିଏ ଭ୍ୟାନିଟି ଭିତରେ ୱାଲେଟ୍ ରଖେ ଓ ୱାଲେଟ୍ ଭିତରେ ସବୁ କ୍ରେଡ଼ିଟ୍ କାର୍ଡ଼, ଚେକ୍, ଟଙ୍କା ଇତ୍ୟାଦି ରଖେ। ହେଲେ ଏବେ ସେ ୱାଲେଟ୍ କୁଆଡ଼େ ଗଲା ?

ସେ ରହୁଥିବା କୋଠରିର ଚାରିଆଡ଼େ ଖୋଜିସାରି ନ ପାଇବା ପରେ ଧାରଣା ହେଲା ହୁଏତ କେଉଁ ଦୋକାନରେ ୱାଲେଟ୍ ଛାଡ଼ିଆସିଛି ନହେଲେ ରାମମନ୍ଦିର ଭିତରେ କିଏ ଚୋରି କରିନେଇଛି। ସେକଥା ପ୍ରକାଶ କରିବା ମାତ୍ରେ ଘରେ ଛନକା ପଶିଲା। ଆଜି ସକାଳେ ସେମିତି ଏକ ଛନକା ପଶିଥିଲା। ସେଇଟା ପୋଷା ବିଲେଇକୁ ନେଇ। ଘରର ତଳ ମହଲାରେ ରହେ ଲକ୍ଷ୍ମୀ, ଯିଏ ଘରେ କାମଦାମରେ ସାହାଯ୍ୟ କରିବାକୁ ଥାଏ। ବିଜୁଳିର ଭାଉଜ ନୟନା ଲକ୍ଷ୍ମୀକୁ ମନା କରିଥାଏ ତଳ ଘରର କବାଟ ଖୋଲା ରଖିବା ପାଇଁ। କାରଣ ବିଲେଇକୁ ଚଳପ୍ରଚଳ ହେବାକୁ ଛାଡ଼ିଦେଲେ ସିଏ ଆଉ ମୁଖ୍ୟ ଦ୍ୱାର ବନ୍ଦ ଥିଲେ କୁଆଡ଼େ ଯାଇପାରିବନି। ହେଲେ ମୁଖ୍ୟଦ୍ୱାର ଯଦି କିଏ ଖୋଲିଦିଏ କିମ୍ବା ତଳ ଘରର କବାଟ ଯଦି କିଏ ଖୋଲିଦିଏ, ତେବେ ତଳ ଘରବାଟ ଦେଇ ବିଲେଇ ତଳଘରର ଅନ୍ୟ ଦ୍ୱାର ଦେଇ ବାହାରକୁ ବାହାରି ଯିବାର ସମ୍ଭାବନା ଥାଏ। ଲକ୍ଷ୍ମୀ ଆଜି ସକାଳେ ସେମିତି ଭୁଲ୍ କରିଥିଲା। ସେଥିପାଇଁ ବିଲେଇ ବାହାରିଗଲା। ବିଲେଇ କୁଆଡ଼େ ବାହାରିଗଲା ବୋଲି ଘରେ ଚହଲ ପଡ଼ିଗଲା। ସମସ୍ତେ ବ୍ୟସ୍ତ ହୋଇପଡ଼ିଲେ। ପଡ଼ିଶା ଘର, ଦାଣ୍ଡ, ବିଲ ଇତ୍ୟାଦି ଖୋଜିଖୋଜି କରି କେଉଁଠି ପାଇଲେନି। ସମସ୍ତେ ଚିନ୍ତାଗ୍ରସ୍ତ। ଯଦି ବିଲେଇକୁ କୁକୁର ଖାଇଯାଏ ? ଯଦି ବିଲେଇ ଉପରେ ଗାଡ଼ି ଚଢିଯାଏ ? ସେ ବିଲେଇକୁ ଅଜୟର ଦୁଇ ଝିଅ କରୋନା ସମୟରେ ଆଣି ପୋଷିଥିଲେ। ଏବେ କରୋନା ପରିସ୍ଥିତି ସୁଧୁରି ଯାଇଥିବାରୁ ସେମାନେ ନିଜ କର୍ମସ୍ଥଳୀ ଦିଲ୍ଲୀକୁ ଚାଲିଯାଇଛନ୍ତି ଓ ବାପା, ମାଙ୍କ ଉପରେ ଦେଇଯାଇଛନ୍ତି ଏ ବିଲେଇ ଦାୟିତ୍ୱ। ଜଗନ୍ନାଥଙ୍କୁ ଅତି ଦୟନୀୟ ହୋଇ ଗୁହାରି କରିଥିଲା ବିଜୁଳି ସେତେବେଳେ। ବିଲେଇ ମିଳିଯାଉ। ନହେଲେ ଅଜୟ, ନୟନା ଓ ସେମାନଙ୍କ ଝିଅଙ୍କ ଭିତରେ ବଡ଼ ଅପ୍ରୀତିକର ପରିସ୍ଥିତି ସୃଷ୍ଟି ହୋଇଯିବ। ଜଗନ୍ନାଥ ସେ ଗୁହାରି ଶୁଣିଥିଲେ। ବିଲେଇ ପଡ଼ିଶା ଘର ବାଡ଼ିରୁ ମିଳିଗଲା।

ହେଲେ ସେଇ ଗୋଟିଏ ଦିନରେ ପୁଣି ଆଉ ଗୋଟିଏ ଏମିତି ପରିସ୍ଥିତି ସୃଷ୍ଟି ହେବାର ଥିଲା ? ଏମିତି ମସ୍ତବଡ଼ ଭୁଲ୍। କୁଆଡ଼େ ଆଉ ୱାଲେଟ୍‌ଟା ରହିଗଲା ? ଆଜି ସେମାନେ କିଣାକିଣି କରିବାକୁ ଯାଇଥିଲେ। କେବଳ ତିନିଟି ସ୍ଥାନକୁ ଯାଇଥିଲେ ସେମାନେ। ପ୍ରଥମେ ଗଲେ ମେହେର୍। ତାପରେ ଗଲେ ବୟନିକା ଓ ତାପରେ

ରାମମନ୍ଦିର ଯାଇ ଫେରିଲେ। ମେହେର୍‌ରେ କିଛିବି ତାର ପସନ୍ଦ ହେଲାନି। ଯେଉଁ ଶାଢୀଟି ସିଏ ପସନ୍ଦ କଲା, ତାକୁ ତା' ଭାଉଜ ଉପହାର ଦେବ ବୋଲି କିଣିଦେଲା। ଅତଏବ ସେଠି ସିଏ ୱାଲେଟ୍ ବାହାର କରିନି। ୱାଲେଟ୍ ବାହାର କରିଥିଲା ବୟନିକାରେ। ସେଠି ସିଏ ଠାକୁରଙ୍କ ବେଶ ପାଇଁ କିଛି ଶାଢୀ ଓ ପାଟ କନା କିଣିଥିଲା। ଯେଉଁ ଶାଢୀ ଭଲଲାଗିଲା ଓ ସିଲ୍‌କ୍ କନାର ଥିଲା, ସେସବୁ ସାଢେ ସାତହଜାର ଟଙ୍କାରୁ ଉପରେ ଥିଲା। ହେଲେ ତା ହିସାବରେ ସେଇଟା ତାକୁ ଅଧିକ ଲାଗିଲା। ତେଣୁ ସେମାନେ ତାଠାରୁ ଟିକେ କମ୍ ଦାମ୍‌ର ସାଢେ ତିନିହଜାର ପଡୁଥିବା ଶାଢୀ ସବୁ ଦେଖିଲେ। ତିନି ଠାକୁରଙ୍କ ପାଇଁ ଓ ମହାଦେବଙ୍କ ପାଇଁ ଏମିତି କରି ଚାରିଟି ଶାଢୀ କିଣିସାରିବା ପରେ ସିଏ ନିଜ ପାଇଁ ଓ ପିଲାଙ୍କ ପାଇଁ କିଛି ରେଡ଼ିମେଡ୍ ଡ୍ରେସ୍ କିଣିଲା। ସେଇଠି ସିଏ ନିଜ ୱାଲେଟ୍ କାଢି କ୍ରେଡ଼ିଟ୍ କାର୍ଡ଼ ଦେଇଥିଲା। ସେକଥା ତାର ମନେପଡ଼ିଲା। ହେଲେ ରାମମନ୍ଦିରରେ ଥିବା ଦୋକାନ, ଯେଉଁଠାରୁ ସେମାନେ ମାଳ, ମୁକୁଟ ଇତ୍ୟାଦି କିଣିଲେ, ସେଠି ସେ ଦୋକାନୀ କ୍ରେଡ଼ିଟ୍ କାର୍ଡ଼ ନେବାକୁ ମନା କରିଦେଇଥିଲା। ତେଣୁ ଅଜୟ ସେଥିପାଇଁ ପେ.ଟି.ଏମ୍ ବ୍ୟବହାର କରି ଟଙ୍କା ଦେଇଦେଲା। ଅବଶ୍ୟ ସିଏ ପର୍ସ ଖୋଲିଥିଲା ଓ କ୍ରେଡ଼ିଟ୍ କାର୍ଡ଼ ବାହାର କରିବାକୁ ଯାଉଥିଲା। ହେଲେ ୱାଲେଟ୍ ବାହାର କରିଥିଲା କି ନା ସେସବୁ ତାର ମନେ ପଡ଼ିଲାନି। ମନ୍ଦିରରେ ଦର୍ଶନ ସମୟରେ ଗହଳି ଥିଲା। ଠାକୁରଙ୍କୁ ଆଖି ବୁଜି ନମସ୍କାର କରୁଥିବା ସମୟରେ ତାର କାହିଁକି ମନେ ହୋଇଥିଲା ଯେ, ସେ ସମୟରେ କେହି ଜଣେ ପର୍ସ ଖୋଲି ୱାଲେଟ୍ ନେଇପାରିବ। ତେବେ ସେଇ ସମୟରେ କଣ ଆଉ ୱାଲେଟ୍ ଚୋରି ହୋଇଗଲା ?

କିଛି ବି ମନେ ପଡୁନଥିଲା। କେବଳ ଏତିକି ମନେ ପଡୁଥିଲା ଯେ ସିଏ ବୟନିକାରେ ୱାଲେଟ୍ ଖୋଲି କ୍ରେଡ଼ିଟ୍ କାର୍ଡ଼ ଦେଇଛି। ତାପରେ ଆଉ କିଛି ୱାଲେଟ୍‌ର ସ୍ମୃତି ତା' ମନ ଭିତରକୁ ପଶିଲାନି। ଏବେ କଣ କରିବ ସିଏ ? ସେଥିରେ ସମସ୍ତ କ୍ରେଡ଼ିଟ୍ କାର୍ଡ଼, ଡ୍ରାଇଭିଙ୍ଗ୍ ଲାଇସେନ୍‌ସ୍ ସହିତ ଇନ୍‌ସୁରାନ୍‌ସ୍ କାର୍ଡ଼ ମଧ୍ୟ ଥିଲା। ଏବେ ସେସବୁ କାର୍ଡ଼ ନଥିଲେ ସିଏ କଣ କରିବ ? ତାର ଭାରତ ଆସିବା ଟ୍ରିପ୍ ତ ପୂରା ବେକାର ହେବ। କିଏ ଯଦି ଚୋର ତା କ୍ରେଡ଼ିଟ୍ କାର୍ଡ଼ ବ୍ୟବହାର କରି ସବୁ ଅର୍ଥ ଫାଙ୍କି ନିଏ ? କିଏ ଯଦି ଡ଼େବିଟ୍ କାର୍ଡ଼ ବ୍ୟବହାର କରି ସବୁ ଅର୍ଥ ସାରିଦିଏ ? ହେଲେ ଡ଼େବିଟ୍ କାର୍ଡ଼ ପାଇଁ ତ ପିନ୍ ନମ୍ବର ଦରକାର ପଡ଼ିବ। ତାହେଲେ କଣ ଅନିରୁଦ୍ଧଙ୍କୁ ଡାକି ଜଣେଇଦେବ ଓ ସବୁ କ୍ରେଡ଼ିଟ୍ କାର୍ଡ଼ କଂପାନୀକୁ ଡାକି ପେମେଣ୍ଟ୍ ବନ୍ଦ କରିଦେବାକୁ କହିବ ? ଅନିରୁଦ୍ଧ ନିଶ୍ଚୟ ରାଗିବେ, ଗାଳିଦେବେ। ଅତି ଖାମଖିଆଲି ଓ ଅପାରଗ ବୋଲି ତାକୁ ଭାବିବେ।

ମନେମନେ ଠାକୁରଙ୍କୁ ଅତ୍ୟନ୍ତ ଅନୁନୟ ବିନୟ ହୋଇ ସିଏ ଅନେକ ପ୍ରାର୍ଥନାକଲା।

ମନଟା ପୂରା ଜଳିଗଲା ଭଳି ଲାଗିଲା। କାହିଁକି ସିଏ ଠାକୁରଙ୍କ ଲୁଗା କିଣିବା ବେଳେ ଟଙ୍କାର ପରିମାଣ ଦେଖି ମନ ବଦଳେଇଦେଲା କେଜାଣି, ହୁଏତ ଠାକୁର ଦଣ୍ଡଦେଲେ। ରାମ ମନ୍ଦିରର ଦୋକାନକୁ ଫୋନ୍ କରି ଅଜୟ ବୁଝିଲା, ହେଲେ ସେଠି ସେମାନେ କିଛି କଳା ରଙ୍ଗର ୱାଲେଟ୍ ଦେଖିବା କଥା କହିଲେନି। ଅଜୟ ମେହେର ଦୋକାନକୁ ଡାକିଲା। ସେମାନେ ମଧ୍ୟ ମନାକଲେ। ବୟନିକାକୁ ଡାକିଲା। ସେମାନେ ମଧ୍ୟ କିଛି କହିପାରିଲେନି। ଏତିକି ବେଳେ ନୟନାର ତା' ସାଙ୍ଗ ଲୁନା ମହାପାତ୍ର କଥା ମନେପଡ଼ିଲା। ସିଏ ଲୁନାକୁ ଫୋନ୍ କରି ଜଣେଇଲା ଓ ଏ ପରିସ୍ଥିତି ବର୍ଣ୍ଣନା କଲା। ଲୁନା ଓ.ଏ.ଏସ୍. ଅଫିସର୍ ଥାଏ। ସିଏ ଓଡ଼ିଶା ହ୍ୟାଣ୍ଡ୍‌ଲୁମ୍ ସଂସ୍ଥାର ଦାୟିତ୍ୱରେ ଥାଏ ଓ ତା ଦାୟିତ୍ୱ ଭିତରେ ବୟନିକା ରହିଥାଏ। ସିଏ ସେ ଷ୍ଟୋର୍‌ର ମ୍ୟାନେଜର୍ ସହିତ କଥାହେଲା। କଥାହେବା ପରେ ଫୋନ୍ କରି ଜଣେଇଲା ଯେ ସେମାନେ ୱାଲେଟ୍ ପାଇଛନ୍ତି ଓ ସେ ଷ୍ଟୋର୍‌ର ମ୍ୟାନେଜର୍ ଏବେ ସେ ୱାଲେଟ୍‌କୁ ନିଜ ତତ୍ତ୍ୱାବଧାନରେ ରଖିଛନ୍ତି। ପରଦିନ ଦୋକାନ ଖୋଲିଲେ, ଦିନ ୧୧ଟା ପରେ ମ୍ୟାନେଜର୍ ଉପସ୍ଥିତ ଥିବେ ଓ ସେମାନେ ଯାଇ ୱାଲେଟ୍ ନେଇଆସିବେ।

ସତରେ ଯେମିତି ଦେହରେ ଜୀବନ ପଶିଲା। ଏକଥାଟି ବିଜୁଳିକୁ ଏତେ ଆଶାସ୍ୱନା ଦେଲା ଯେ ସେଇଟା ପ୍ରତ୍ୟକ୍ଷରେ ଅନୁଭବ ନକଲେ କେହି ବୁଝିପାରିବେନି। ଆସନ୍ତା କାଲି ସକାଳୁ ସେମାନଙ୍କର ଭଦ୍ରକ ଯିବାର ଥିଲା। ଏ ୱାଲେଟ୍ ଯଦି ନ ମିଳିଥାନ୍ତା, ଜୀବନ ବଡ଼ ହନ୍ତସନ୍ତ ହୋଇଯାଇଥାଆନ୍ତା। କାରଣ ସେ ୱାଲେଟ୍ ଭିତରେ ହିଁ ତାର ସମସ୍ତ କ୍ରେଡ଼ିଟ୍ ଓ ଡ଼େବିଟ୍ କାର୍ଡ଼। ସେ ଡ଼େବିଟ୍ କାର୍ଡ଼ରୁ ଟଙ୍କା ଉଠେଇ ସିଏ କାଲି ଖର୍ଚ୍ଚ କରିବ ବୋଲି ଭାବିଥିଲା। ତଥାପି ମନରେ ଭୟ ରହୁଥାଏ। ହେଲେ ନୟନା ବୁଝେଇଲା, "ଲୁନା ସେମାନଙ୍କର ବସ୍। ତେଣୁ ଲୁନା ସେ ଦାୟିତ୍ୱ ନେଇଛି ଓ କଥାବାର୍ତ୍ତା କରି ବୁଝିଛି ମାନେ, ୱାଲେଟ୍ ନିଶ୍ଚୟ ସୁରକ୍ଷିତ ଥିବ। କେହିବି କିଛି ଗଣ୍ଡଗୋଳ କରିବେନି। ତମେ ବ୍ୟସ୍ତ ହୁଅନି।"

ମନକୁ ଶାନ୍ତ କଲା ବିଜୁଳି। ଠାକୁର ଘର ଭିତରକୁ ଯାଇ ଘଡ଼ିଏ ବସି ଏକାନ୍ତରେ ପ୍ରାର୍ଥନା କଲା। ଏବେ ଠାକୁରଙ୍କ ପାଇଁ ବସ୍ତ୍ର କିମ୍ବା କୌଣସି ଉପକରଣ କିଣିବା ସମୟରେ ଟଙ୍କା ନ ପରଖି ଆବଶ୍ୟକତା ପରଖିବ ବୋଲି ମନେମନେ ପ୍ରତିଜ୍ଞା କଲା।

ସେତେବେଳକୁ ରାତି ଦଶଟା ବାଜିଲାଣି। କେହି ଖାଇନଥାନ୍ତି। ସମସ୍ତଙ୍କ ମନରେ ଛନକା ପଶିଥାଏ। କାଳେ କିଏ ସେ କ୍ରେଡ଼ିଟ୍ କାର୍ଡ଼ ନେଇ ତାର ଅପବ୍ୟବହାର

କରିଦେବ ଓ ସେମାନଙ୍କୁ କାଙ୍ଗାଳ କରିଦେବ। ଏବେ ଅତ୍ୟନ୍ତ ସେ ଭୟ ଟିକେ କଟିଗଲା। ଲୁନା ସେ ସମୟରେ ଦେବୀ ଭଳି ମନେହେଲା। ଓଡ଼ିଶାରେ ଯେମିତି ଲୋକ ସବୁ ଛକି କରି ରହିଥାଆନ୍ତି, ସେଭଳି ପରିସ୍ଥିତିରେ ୱାଲେଟ୍ ଯଦି ହଜିଯାଏ, ତାର ଯେ ଅପବ୍ୟବହାର ହେବନି, ସେକଥା କହିହେବନି। ଜଗନ୍ନାଥଙ୍କୁ ସ୍ମରଣ କରି ସିଏ ସେଦିନ ଶୋଇଲା। ରାତିରେ ଯେବେ ଅନିରୁଦ୍ଧଙ୍କ ସହିତ ସିଏ କଥାହେଲା, ସେତେବେଳେ ନିଜର ୱାଲେଟ୍ ହଜିବା କଥା କିଛି ବି କହିଲାନି। ଅକାରଣରେ ସିଏ ବ୍ୟସ୍ତ ହେବେ ଓ ଗାଳି ଦେଇ ବିଜୁଳିକୁ ଦୁଃଖୀ କରେଇବେ। ସବୁକଥାରେ ଅତ୍ୟଧିକ ପ୍ରତିକ୍ରିୟା ଦେଖାଇବା ଅନିରୁଦ୍ଧଙ୍କର ଗୁଣ। ଏବେ ତ ସିଏ ଆମେରିକାରେ ଏକା ଅଛନ୍ତି। ଏଭଳି ସମୟରେ ୱାଲେଟ୍ ହଜେଇବା କଥାଟା ତାଙ୍କୁ ନ ଜଣେଇବା ହିଁ ଭଲ। ଯାହାହେଲେ ବି ତ ଆସନ୍ତା କାଲି ମିଳିବ। ତେଣୁ ବ୍ୟସ୍ତହେବାର କଣ ଅଛି ? ମନକୁ ଏମିତି ପ୍ରବୋଧନା ଦେଇ, ଜଗନ୍ନାଥଙ୍କୁ ପ୍ରାର୍ଥନା କରି ବିଜୁଳି ଶୋଇପଡ଼ିଲା।

ତା ପରଦିନ ସୋମବାର ସକାଳେ ସିଏ ଯେତେବେଳେ ୱାଲେଟ୍ ସଂଗ୍ରହ କରିବାକୁ ବୟନିକାରେ ପହଞ୍ଚିଲା, ସେଠି ସେମାନେ କାଉଣ୍ଟର୍‌ରେ ପଚାରିବାରୁ, ଜଣେ ଯାଇ ଭିତରେ ମ୍ୟାନେଜର୍‌ଙ୍କୁ ଖବରଦେଲେ। ମ୍ୟାନେଜର୍ ସାଙ୍ଗେସାଙ୍ଗେ ପହଞ୍ଚି ବିଜୁଳିକୁ ୱାଲେଟ୍ ହସ୍ତାନ୍ତର କଲେ ଓ ସବୁ କିଛି ଭଲଭବେ ଯାଞ୍ଚ କରି ଦେଖିନେବାକୁ କହିଲେ। ବିଜୁଳି ଦେଖିନେଲା। ତା ଭିତରେ ଚାରିଶହ ଡଲାର୍ କ୍ୟାସ୍ ବି ଥିଲା ଓ ସେସବୁ ସୁରକ୍ଷିତ ଥିଲା। କ୍ରେଡ଼ିଟ୍ କାର୍ଡ଼, ଡ଼େବିଟ୍ କାର୍ଡ଼ ଓ ଅନ୍ୟାନ୍ୟ ଇନ୍‌ସୁରାନ୍‌ସ୍ କାର୍ଡ଼ ସମସ୍ତ ମଧ୍ୟ ସୁରକ୍ଷିତ ଥିଲା। ସମସ୍ତଙ୍କୁ ଧନ୍ୟବାଦ ଜଣେଇ, ଗଭୀର କୃତଜ୍ଞତା ପ୍ରକାଶକରି ସିଏ ଦୋକାନରୁ ଫେରିଲା। ସାଙ୍ଗରେ ନୟନା ଥିଲା। ସେମାନେ ଦୋକାନର ବାହାରକୁ ଆସି ଲୁନାକୁ ଫୋନ୍ କରି ୱାଲେଟ୍ ମିଳିବା ଖବର ଜଣେଇଦେଲେ।

ଲୁନା ଖୁସି ହେଲା। କହିଲା, "ଯାହାହେଉ, ତମ ୱାଲେଟ୍ ସୁରକ୍ଷିତ ଭାବେ ମିଳିଗଲା। ପ୍ରଭୁଙ୍କର ଅନେକ କୃପା।"

ବିଜୁଳି ଉତ୍ତରରେ ଜଣେଇଲା, "ପ୍ରଭୁଙ୍କର ତ କୃପା। ହେଲେ ତମର କୃପା ମଧ୍ୟ ଏଥିରେ ସାମିଲ୍ ଅଛି। ତମେ ଯଦି କାଲି ଏତେ ରାତିରେ ସମସ୍ତ କର୍ମଚାରୀମାନଙ୍କୁ ଯୋଗାଯୋଗ କରି ଏ ବିଷୟରେ ଖୋଳତାଡ଼ ନକରିଥାନ୍ତ, ଏସବୁ ସମ୍ଭବ ହୋଇନଥାନ୍ତା। ଆଜି ଆମମାନଙ୍କ ପାଇଁ ତମେ ଦେବୀ ପାଲଟିଗଲ।"

ତାଲିକା

ଏପ୍ରିଲ୍ ମାସର ପ୍ରଥମ ତାରିଖ। ଓଡ଼ିଶା ପାଇଁ କେତେ ବଡ଼ ଦିନ। ଓଡ଼ିଶା ପ୍ରଦେଶ ଏହିଦିନ ଗଠିତ ହୋଇଥିଲା। ଏ ଦିନକୁ ନେଇ ଓଡ଼ିଶାବାସୀ ଗର୍ବ ଓ ଗୌରବ ଅନୁଭବ କରନ୍ତି। ଏହିଦିନକୁ ପ୍ରତିଷ୍ଠା କରିବା ପାଇଁ ଯେଉଁ କେତେଜଣ ଓଡ଼ିଆ ସଂଘର୍ଷ କରିଥିଲେ, କଷ୍ଟ ସହିଥିଲେ, ମନପ୍ରାଣ ଢାଳିଦେଇଥିଲେ, ସେମାନଙ୍କ କାହାଣୀ ବହିରେ ମୁଦ୍ରିତ ହୋଇ ରହିଛି ସତ, ହେଲେ ଆଜିକାଲିର ଯୁବପିଢି ସେସବୁ ପଢିବାକୁ, ମନେ ରଖିବାକୁ ଚାହେଁ ନାହିଁ। ଆଜିର ଯୁଗରେ ସବୁକିଛି ଉତ୍ସବ, ମହୋତ୍ସବ, ଖାଦ୍ୟ, ପାନୀୟ, ନାଚ, ଗୀତର ଆସର। ସେଠି ଇତିହାସକୁ ଆଲୋଚନା, ପର୍ଯ୍ୟାଲୋଚନା କରି ସମୟ ବରବାଦ କରିବାରେ କଣଟା ଲାଭ ? ଏଇଆ ହେଲା ଆଜିର ଯୁବପିଢିଙ୍କର ବିଚାର।

ମାର୍ଚ୍ଚମାସ ପହିଲାରେ ହଠାତ୍ ସଦାନନ୍ଦ ବାବୁଙ୍କର ଖିଆଲ ଆସିଲା। କରୋନା ତ ଏବେ ଗଲାଣି ପ୍ରାୟ କହିଲେ ଚଳେ। ଉତ୍କଳ ଦିବସଟାକୁ ଏଥର ପାଳିଲେ କେମିତି ହୁଅନ୍ତା ? ସାଙ୍ଗମାନଙ୍କ ସାଥୀରେ ଭେଟାଭେଟି ହେବା ସାଙ୍ଗକୁ ନାଚ, ଗୀତ, ଖିଆ, ପିଆ, କିଛି ସାଂସ୍କୃତିକ କାର୍ଯ୍ୟକ୍ରମ ଏମିତି ସବୁ କରି ଗୋଟିଏ ଉପଭୋଗ କରିହୁଅନ୍ତା। ଏ ଖିଆଲଟିକୁ ପତ୍ନୀ ଅନୁପମାଙ୍କୁ କହିବା ମାତ୍ରେ, ସିଏ ମୁଣ୍ଡରେ ହାତ ଦେଇ ବସିଲେ। "ତମର ସତରେ କଣ କିଛି କଥା ମନେରହୁନି ନା କଣ ? ମତେ ତ ଡରଲାଗୁଛି। ଇଏ ସେ ଡିମ୍‌ନେସିଆ ଲକ୍ଷଣ ଆଉ ନୁହେଁ ତ ? ଏଇ ଗତ ସପ୍ତାହରେ ପରା ଇରା ତମକୁ ନିମନ୍ତ୍ରଣ କରିଥିଲା ସିଏ ସେଦିନ ଗୋଟିଏ ସଂଗୀତ ଆସର କରୁଛି ବୋଲି। ଆଉ ତମେ ବି ତ ତାକୁ କଥା ଦେଇଦେଲ, ସେଥିରେ ଗାୟକ ସାଜିବ। ପୁଣି ଆଜି କହୁଛ, ଉତ୍କଳ ଦିବସଟାକୁ ଏଥର ପାଳିଲେ କେମିତି ହୁଅନ୍ତା ?''

ସଦାନନ୍ଦ ବାବୁ ମନେ ପକେଇଲେ। ହଁ ଇରା ଏମିତି କିଛି କହୁଥିଲା। ହେଲେ ସେ କଥାଟିକୁ ଏତେ ଭଲ ଭାବରେ ମନେ ପକେଇପାରୁନାହାନ୍ତି ସଦାନନ୍ଦ ବାବୁ।

ସେତେବେଳେ ହୁଏତ ସିଏ ଭଲରେ ଶୁଣିନାହାନ୍ତି କି କଣ ? ସେଇଥିପାଇଁ "ହଁ" କହିଦେଇଥିବେ। କିନ୍ତୁ ଇରା ଏପ୍ରିଲ୍ ଏକ ତାରିଖ ଦିନ ଉତ୍କଳ ଦିବସ ପାଳନ କରିବାପାଇଁ ଯୋଗାଡ଼ ନକରି ସଂଗୀତ ଆସର କଣ ପାଇଁ କରୁଛି ?

ଅନୁପମା କହିଲେ, "ମଲା, ତାର ଇଛା ହେଲା ସିଏ ଯାହା କରିବାର କରିବ। ସେଥିରେ ତୁମେ କିଏ କହିବାକୁ ? ତୁମ ଇଚ୍ଛା ହେଲେ ଯିବ, ଇଚ୍ଛା ନହେଲେ ନଯିବ। ବାସ୍, କଥା ଶେଷ। ସିଏ କାହିଁକି କଲା, କଣ କରିଥିଲେ ଭଲ ହୋଇଥାନ୍ତା, ସେସବୁ ଭାବିବାକୁ ଆମେ କିଏ ?"

"ଠିକ୍, ତମେ ଠିକ୍ କହିଛ। ତାହେଲେ ଆଉ ଏବର୍ଷ ଉତ୍କଳ ଦିବସ ପାଳନ କୋଉଠି ହୋଉଚି ନା ନାହିଁ।"

"ହୋଉଚି। ଏବେତ ଏ ଉତ୍କଳ ଦିବସ ଗୋଟିଏ ଫେସନ ପାଲଟିଯାଇଛି। ଖାଲି ଉତ୍କଳ ଦିବସ କଣ, ଯେ କୌଣସି ପର୍ବପର୍ବାଣି ପାଳନ ପାଇଁ ଗୋଟିଏ ନିଶା ଚଢିଛି। ଯେ କୌଣସି ଓଡ଼ିଆ ଖବରକାଗଜ ପଢିଦେବ ତ ତମ ହାଲୁକ ଶୁଖିଯିବ। ଓଡ଼ିଆମାନେ ଏ ପର୍ବପର୍ବାଣି ପାଳିବାରେ ଏବେ ଖୁବ୍ ଅଗ୍ରଣୀ। ତା' ସହିତ ୟୁ ଟୁବ୍ ଭିଡ଼ିଓ କରିବାରେ ବି। କିଏ ମଣ୍ଡାପିଠା କରିବାର ପ୍ରଣାଳୀ କରି ଫଟୋ ରଖିଲାଣି ତ, କିଏ ପଖାଳ ଖାଇ ଫଟୋ, ଭିଡ଼ିଓ ରଖିଲାଣି। ସବୁ ଖାଲି ଭାଇରାଲ୍। ଆଉ ତମେ ପଚାରୁଛ, ଉତ୍କଳ ଦିବସ କୁଆଡ଼େ ହୋଉଛି ନା' ନାହିଁ।"

'ତମ ସ୍ତ୍ରୀ ଲୋକମାନଙ୍କର ଏମିତି କଥାରୁ ନଥା ବାହାର କରିବାର ଅଭ୍ୟାସ। ମୋ ପଚାରିବାର ମତଲବ ହେଲା, ଏ ଆମେରିକାରେ, ଆଉ ତମେ ସେ ଓଡ଼ିଶା ଭିତରକୁ କାହିଁକି ପଶିଗଲ ?"

"ତମର ଯୋଉ କଥା ! ତମେ କଣ ଆମେରିକା ଓଡ଼ିଆ ମାନଙ୍କର ଖବର ରଖୁନ ନା କଣ ? ଏବେ ଅନେକ ରାଜ୍ୟରେ ଓଡ଼ିଆମାନେ ଓଡ଼ିଶା ଦିବସ ପାଳନ କରୁଛନ୍ତି। ସବୁ ପରା ସେମାନେ ଫେସ୍‌ବୁକ୍ ଆଉ ହ୍ୱାଟ୍‌ସ୍‌ଆପ୍‌ରେ ଛାଡୁଛନ୍ତି। ଅନେକଙ୍କ କାର୍ଯ୍ୟକ୍ରମ ସବୁ ଫେସ୍‌ବୁକ୍‌ରେ ଲାଇଭ୍ ପ୍ରସାରିତ ହବ। ଯେତେ ଦେଖିବ, ଯାହାକୁ ଦେଖିବ, ଦେଖୁଥା। ସେସବୁ ପୁଣି ମାଗଣା, ନିଜ ଘରେ ରହି, ନିଜ ସୋଫାରେ ବସି, ଚାହା, ଜଳଖିଆ ଖାଉଖାଉ ଦେଖୁଥା।"

"ଯାହାହେଉ, ଓଡ଼ିଆମାନଙ୍କର ଏଇଟା ଗୋଟିଏ ଆଗୁଆ ହେବାର ନିଦର୍ଶନ। ଏବେ ବହୁତ ଓଡ଼ିଆ ପ୍ରୀତି ବାହାରୁଛି। ବଢିଆ କଥା। ଦେଖିବା, ସମୟ ମିଳିଲେ ଟିକେ ସେମାନଙ୍କର ଫେସ୍‌ବୁକ୍ ଲାଇଭ୍ ପ୍ରୋଗ୍ରାମ୍ ଦେଖିବା।"

"ସମୟ ମିଳିବ କୋଉଠୁ ? ଯଦି ଇରାର ପ୍ରୋଗ୍ରାମ୍‌କୁ ଯିବ ତ, ସେଠିକୁ

କଲେ ବାଟରେ ଦୁଇଘଣ୍ଟା ଯିବ, ସେଠି ତିନି, ଚାରି ଘଣ୍ଟା, ଏମିତି ହୋଇ ପାଞ୍ଚଘଣ୍ଟା ଯିବ। ମୁଁ ଟିକେ ସେଦିନ ସକାଳେ ମିନି ପାଖକୁ ଯିବି ବୋଲି ଭାବୁଥିଲି। କାରଣ ରବିବାର ଦିନ ଯାଇହେବନି। ମୋର ଯୋଗ କ୍ଲାସ୍ ଅଛି। ତମେ ଯାହା ଭାବିବ, ସେମିତି କରିବା।''

"ମିନି ପାଖକୁ ତା' ପୂର୍ବ କି ପର ସପ୍ତାହରେ ଗଲେ ହେବନି ?''

ଏମିତି ପ୍ରଶ୍ନଟିଏ ତ ସଦାନନ୍ଦ ବାବୁ ପଚାରିଦେଲେ। ହେଲେ ଉତ୍ତରରେ ଅନୁପମା ଯେଉଁ ତାଲିକା ଦେଲେ, ଓ ସେ ତାଲିକାକୁ ବର୍ଣ୍ଣନା କରିବାକୁ ନେଇ ଯେଉଁ ଅନର୍ଗଳ ବକ୍ତବ୍ୟ ଦେଲେ, ସେସବୁ ଶୁଣିବାକୁ ଧୈର୍ଯ୍ୟ ଆଉ ନଥିଲା ସଦାନନ୍ଦ ବାବୁଙ୍କର।

ସବୁ ଶନିବାର, ରବିବାର କିଛି ନା କିଛି ଚାଲିଛି। ସେଥିରେ ବିବାହ ବାର୍ଷିକୀର ରୌପ୍ୟ ଜୟନ୍ତୀ, ଜନ୍ମଦିନ, ଅବସର ଗ୍ରହଣ ବା ରିଟାୟାର୍‌ମେଣ୍ଟ ପାର୍ଟି, ହୋଲି, ଶାସ୍ତ୍ରୀୟ ସଙ୍ଗୀତ ସମାରୋହ, ଶାସ୍ତ୍ରୀୟ ନୃତ୍ୟ ମହୋତ୍ସବ ସାଙ୍ଗକୁ ସୁଇଟ୍ ସିକସ୍‌ଟିନ୍ ପାର୍ଟି, ସହରର ବସନ୍ତ ଉତ୍ସବ, ଲେକ୍ ସାଇଡ୍ ମ୍ୟୁଜିକ୍ ଫେଷ୍ଟିଭାଲ୍ ଓ ମନ୍ଦିରର ଯାବତୀୟ କାର୍ଯ୍ୟକ୍ରମ ମଧ୍ୟ ସାମିଲ୍ ଥିଲା। ତାଲିକା କଥା ଶୁଣି ସଦାନନ୍ଦ ବାବୁଙ୍କର ହାଲୁକ ଶୁଖିଗଲା। ଏ ସବୁରୁ ଅନେକ ଉତ୍ସବ, ମହୋତ୍ସବ ସିଏ ନିଜେ ଆରମ୍ଭ କରେଇଛନ୍ତି। ଆଉ ଅନେକ ଉତ୍ସବ, ମହୋତ୍ସବ ତ ବ୍ୟକ୍ତିଗତ ଜୀବନରେ ବହୁତ ମୂଲ୍ୟବାନ। କୋଉଠିକୁ ଯିବେ, କୋଉଠିକୁ ନଗଲେ ଚଳିବ, ଏସବୁ ନିହାତି ଭାବିବାକୁ ପଡ଼ିବ। ଆଉ ଗୋଟିଏ ସମସ୍ୟା ହେଲା ଏ ଭାରତୀୟ ଉତ୍ସବ, ମହୋତ୍ସବ ମାନଙ୍କର ପାଳନ କରିବା ଢଙ୍ଗକୁ ନେଇ। କୌଣସି କାର୍ଯ୍ୟ ଠିକ୍ ସମୟରେ ଆରମ୍ଭ ହେବ ହିଁ ନାହିଁ। ଲେଖିଥିବେ ୪ଟାରେ ଆରମ୍ଭ ହେବ, ଆରମ୍ଭ ହେଉହେଉ ୬ଟା ବାଜିବ। କୋଉଠି କଳାକାର ମାନେ ପହଞ୍ଚି ନଥିବେ; କୋଉଠି ମାଇକ୍ରୋଫୋନ୍ କାମ କରିବନି, କୋଉଠି ଦର୍ଶକମାନେ ପହଞ୍ଚିନଥିବେ; କୋଉଠି ଲୋକ ଖାଉଖାଉ, ଗପ କରୁକରୁ ଡ଼େରି ହୋଇଯିବ; ଏମିତି ଅନେକ କଥା ଅନୁଭବ କରିକରି ଏବେ ପୋଖତ ହୋଇଗଲେଣି ସେମାନେ।

ହେଲେ ଏବର୍ଷର ସବୁ ସମାରୋହର ଗୋଟିଏ ତାତ୍ପର୍ଯ୍ୟ ରହିଛି। ସେସବୁ ହେଲା ଏ ଜୀବନର ଆକସ୍ମିକତା ଓ ସ୍ଥିତିକୁ ନେଇ ସମସ୍ତେ ତିନି ବର୍ଷ ଧରି କରୋନାର ଭୟାବହତା ସହିତ ଯେଉଁ ଅନୁଭୂତି ଅର୍ଜନ କଲେ, ଯେଉଁ ଦୁଃଖ, କଷ୍ଟ ସହିଲେ, ସେସବୁ ଆବେଗକୁ, ଇଚ୍ଛାକୁ ପୂରଣ କରିବାର ନିଶା। ଏବେ ଚାରିଆଡ଼େ ସେମିତି ହୋହଲ୍ଲା ଚାଲିଛି। ଉତ୍ସବ, ମହୋତ୍ସବ ସାଙ୍ଗକୁ ବୁଲାବୁଲି, ବିଦେଶ ଯାତ୍ରା, ସିନେମା, ଥିଏଟର, କ୍ରୁଜ୍, ରେଷ୍ଟୁରାଣ୍ଟ, ସବୁ ଚଳଚଞ୍ଚଳ। ସେସବୁ ଦେଖି ସଦାନନ୍ଦ ବାବୁ କୃତକୃତ୍ୟ ହୋଇଯାଆନ୍ତି। ଭଗବାନ ସମସ୍ତଙ୍କ ପ୍ରାର୍ଥନା ଶୁଣିଛନ୍ତି। କରୋନା

ମହମାରୀ ଆୟତରେ ଅଛି । ସେଇଥିପାଇଁ ଉଭୟ ସଦାନନ୍ଦ ବାବୁ ଓ ଅନୁପମା ମଧ୍ୟ ଚାହୁଁଥିଲେ କି ଯେତେ ସବୁ ସମ୍ଭବ, ସେ ଉତ୍ସବ, ମହୋତ୍ସବରେ ସାମିଲ୍ ହେବାକୁ । କିଏ ଜାଣେ, ଭବିଷ୍ୟତରେ ଆଉ କେଉଁ ଆଶ୍ଚର୍ଯ୍ୟ ଅପେକ୍ଷା କରି ରହିଛି ? ଆଉ ସେ ସୁଯୋଗ ସବୁ ଆସିବ କି ନାହିଁ ?

ହେଲେ ଉଭୟ ସଦାନନ୍ଦ ବାବୁ ଓ ଅନୁପମା ଏବେ ବି କାର୍ଯ୍ୟରତ । ସୋମବାରରୁ ଶୁକ୍ରବାର ପର୍ଯ୍ୟନ୍ତ ନିଜନିଜର ବ୍ୟବସାୟିକ ପେଶାରେ ବ୍ୟସ୍ତ ରହିଯାନ୍ତି । ସେତେବେଳେ ଫୁରୁସତ୍ ମିଳେନି । ଆଉ ଦୁଇଟି ଦିନ ବଳିଲା, ଶନିବାର ଓ ରବିବାର; ବିଶ୍ରାମ ନେବାକୁ, ଘରକାମ କରିବାକୁ, ଦୋକାନ ବଜାର ଯିବାକୁ । ତା' ଭିତରୁ ସମୟ ବାହାର କରି ଏତେଆଡ଼େ ଯାଇଆସି ହୁଏନି । ବିଶେଷତଃ ରବିବାର ଅପରାହ୍ନ କି ସନ୍ଧ୍ୟାବେଳେ ଯଦି କିଛି ଉତ୍ସବ, ମହୋତ୍ସବ ଥାଏ, ସେସବୁକୁ ସିଧା ମନା କରିଦେବାକୁ ସେମାନେ ଗୋଟିଏ ଫର୍ମୁଲା କରିଦେଇଛନ୍ତି । ସେ ଫର୍ମୁଲାରେ ଆହୁରି ଅନେକ ସର୍ତ୍ତ ମଧ୍ୟ ସାମିଲ୍ ଅଛି । ସ୍ଥାନର ଦୂରତା, ସେଦିନର ପାଣିପାଗ, ଆରମ୍ଭ ସମୟ, କାର୍ଯ୍ୟକ୍ରମର ଲୋକ ଗହଳି ଇତ୍ୟାଦି ଦେଖି ସେମାନେ, 'ଯଦି ଅମକ', 'ତେବେ ଯଦି ସମକ' ଓ 'ତାହେଲେ' ସୂତ୍ରରେ ସବୁ ସ୍ଥିରକରନ୍ତି । ତା' ଭିତରେ ବି ଅନେକ ସମୟରେ ତ୍ରୁଟି ରହିଯାଏ ଓ ହଟହଟା ହେବାକୁ ହୁଏ ।

ସଦାନନ୍ଦ ବାବୁ ଏସବୁ ଉତ୍ସବ, ମହୋତ୍ସବ ଯେତେବେଳେ ଆରମ୍ଭ କରିଥିଲେ ସେ ସମୟ ଅଲଗା ଥିଲା । ସେତେବେଳେ ଭାରତୀୟଙ୍କ ଲୋକସଂଖ୍ୟା ଏତେ ଅଧିକ ନଥିଲା । ଭାରତୀୟ ଉତ୍ସବ, ମହୋତ୍ସବ ବି ଏତେ ଅଧିକ ନଥିଲା । ଓଡ଼ିଆଙ୍କ କଥା ଛାଡ଼ । ହେଇ ହେଇ, ୨୦-୩୦ ଓଡ଼ିଆ ପରିବାର ଉଭୟ ମେରୀଲାଣ୍ଡ ଓ ଭରଜିନିଆ ରାଜ୍ୟକୁ ନେଇ । ସେମାନଙ୍କ ସହିତ କଥାବାର୍ତ୍ତା ସେଇ ଘର ଫୋନ୍‌ରେ । ଯାହା ଉତ୍ସବ, ମହୋତ୍ସବ ହେଲା, ସେସବୁର କାର୍ଯ୍ୟସୂଚୀ ଓ ନିମନ୍ତ୍ରଣ ପତ୍ର ଘର ଠିକଣାରେ ପଠା ହେଉଥିଲା । ତେଣୁ, କେହି କାହା ଜୀବନର ବିଶିଷ୍ଟ ଦିନମାନଙ୍କୁ ଭୁଲୁନଥିଲେ । ଯିଏ ବି ଯୁଆଡ଼େ ଯାଉଥିଲେ, ସେଠି ଦିନେ, ଦୁଇଦିନ ରହିଯାଉଥିଲେ । ଏବେ ଏ ଅଞ୍ଚଳରେ ଓଡ଼ିଆଙ୍କ ସଂଖ୍ୟା ଅନେକ ବଢିଛି । ଦ୍ୱିତୀୟ ପିଢିର ଓଡ଼ିଆଙ୍କ ସହିତ, ଅନ୍ୟ ସବୁ ଓଡ଼ିଆମାନେ ବି ଏ ଅଞ୍ଚଳରେ କାର୍ଯ୍ୟରତ । ବିଶେଷ କରି ଆଇ.ଟି.ରେ ନିଯୁକ୍ତ ଲୋକଙ୍କ ପାଇଁ ଗତ ଦଶକରେ ସେ ସଂଖ୍ୟା ହୁହୁ ବଢିଗଲା । ଏବେ ପ୍ରାୟତଃ ୪୦୦ରୁ ଅଧିକ ଓଡ଼ିଆ ପରିବାର ଏ ଅଞ୍ଚଳରେ ବସବାସ କରନ୍ତି ।

ମନେପଡ଼େ ୧୯୯୮-୨୦୦୫ ମସିହାର କଥା । ସେତେବେଳେ ସେମାନେ ପ୍ରତି ମାସରେ ଥରେ ବାଲ୍‌ଟିମୋର୍ ଇସ୍‌କନ୍ ମନ୍ଦିରରେ ଓଡ଼ିଆ ସଂପ୍ରଦାୟର ଭଜନ

କରିବା ଆରମ୍ଭ କରିଥିଲେ। ସେତେବେଳେ କାଁ ଭାଁ କରି ଓଡ଼ିଆ ପରିବାର ଯୋଗ ଦେଉଥିଲେ। ମନ୍ଦିର ତରଫରୁ ସେମାନେ ରୋଷେଇବାସର ବ୍ୟବସ୍ଥା କରୁଥିଲେ। ମନ୍ଦିର ମାନେ ଛୋଟ ଘରଟିଏ। ତାର ତଳ ମହଲାରେ ଗୋଟିଏ କୋଠରିରେ ଠାକୁର ଥିଲେ, ଆଉ ପାଖ ଗୋଟିଏ କୋଠରିରେ ରୋଷେଇ ହେଉଥିଲା। ଉପର ମହଲାରେ ସେମିତି ଚାରି, ପାଞ୍ଚଟି କୋଠରି ଥିଲା। ସେଥିରେ ସାଧୁମାନେ ରହୁଥିଲେ। ଓଡ଼ିଆ ମାନେ ଅର୍ଥ ଦାନ କରି ଗୋଟିଏ କୋଠରିକୁ ସେଠି ସଂପ୍ରସାରଣ କଲେ ଓ ସେଠିକାର ଗାଧୁଆଘର, ପାଇଖାନାକୁ ମଧ୍ୟ ସଜାଡ଼ିଥିଲେ। ପରେ ସେଇ ସଜାଡ଼ିଥିବା କୋଠରିରେ ସେମାନଙ୍କର ଓଡ଼ିଆ ଶିକ୍ଷା ଚାଲୁଥିଲା ଓ ପ୍ରସାଦ ସେବନ ମଧ୍ୟ ହେଉଥିଲା। ସେତେବେଳେ ବାଲ୍‌ଟିମୋର୍ ଇସ୍‌କନ୍ ମନ୍ଦିରରେ ଅନେକ ଓଡ଼ିଆ ପୁଜକ ଥିଲେ। ସେଇମାନଙ୍କ ସହାୟତାରେ ସବୁକିଛି ଚାଲୁଥିଲା। ମନ୍ଦିରର ପ୍ରତ୍ୟେକ କାର୍ଯ୍ୟକ୍ରମରେ ଓଡ଼ିଆ ସଂପ୍ରଦାୟ ମୁଖ୍ୟ ଭୂମିକା ନେଉଥିଲେ। ବାଲ୍‌ଟିମୋର ଇସ୍‌କନ୍ ପ୍ରଥମ ଥର ପାଇଁ ଯେତେବେଳେ ରଥଯାତ୍ରା ଆରମ୍ଭ କରିଥିଲା, ସେତେବେଳେ ଓଡ଼ିଆ ସଂପ୍ରଦାୟ ତନ, ମନ, ଧନ ଦାନ କରି ରଥଯାତ୍ରା ଉତ୍ସବକୁ ସାଫଲ୍ୟମଣ୍ଡିତ କରିଥିଲା।

ଏବେ ସେସବୁ ବଦଳିଗଲାଣି। ଏବେ ସେ ପୁରୁଣା ଘର ବଦଳରେ ବାଲ୍‌ଟିମୋର୍ ଇସ୍‌କନ୍ ଏକ ବଡ଼ ମନ୍ଦିର ତିଆରି କରିଛି। ଭକ୍ତଙ୍କ ସଂଖ୍ୟା ମଧ୍ୟ ସେଇ ଅନୁପାତରେ ଅଧିକ। କେବେକେବେ ଗଲେ, ସେ ଗହଳି ଭିତରେ ସତ୍ତା ହଜିଯିବା ଭଳି ଲାଗେ। ସେ ସମୟରେ କେବଳ ଇସ୍‌କନ୍ ତରଫରୁ ଦୁଇଥର ରଥଯାତ୍ରା ହେଉଥିଲା। ପୋଟୋମାକ୍ ଇସ୍‌କନ୍ ତରଫରୁ ଜଗନ୍ନାଥ ରଥରେ ବସି ଜୁଲାଇ ୪ ତାରିଖ ଦିନ ସ୍ୱାଧୀନତା ଦିବସର ପ୍ୟାରେଡ୍‌ରେ ଯାଆନ୍ତି। କେତେକ ବର୍ଷ ସଦାନନ୍ଦ ଓ ଅନୁପମା ମଧ୍ୟ ସେ ପ୍ୟାରେଡ୍‌ରେ ଯାଇଛନ୍ତି। ସେତେବେଳେ ସେମାନେ ଯେଉଁଠିକୁ ଯାଉଥିଲେ, ମନ ପ୍ରାଣ ଦେଇ ଉପଭୋଗ କରୁଥିଲେ। ବାଲ୍‌ଟିମୋର୍ ଇସ୍‌କନ୍ ତରଫରୁ ମେ ମାସରେ ରଥଯାତ୍ରା ହୁଏ। ସେତେବେଳେ ରଥଯାତ୍ରା ପାଇଁ ସେମାନଙ୍କର ସାଙ୍ଗମାନେ ସବୁ ନିଉଜର୍ସୀ, ଭରଜିନିଆରୁ ଆସୁଥିଲେ। ରଥଯାତ୍ରା ପରେ ଘରେ ରହିଯାଉଥିଲେ। ହେଲେ ଏବେ ସବୁ ସ୍ଥାନରେ ଏକରୁ ଅଧିକ ରଥଯାତ୍ରା ଚାଲିଛି। କେହି କୁଆଡ଼େ ଯାଉନାହାନ୍ତି। ସମସ୍ତେ ନିଜ ସହର, ନିଜ ମନ୍ଦିର, ନିଜ ଗୋଷ୍ଠୀ ନେଇ ବ୍ୟସ୍ତ।

ବେଳେବେଳେ ପଛକୁ ଫେରିଯିବାକୁ ଇଚ୍ଛା ହୁଏ। ଯେଉଁଠି ସାଙ୍ଗସାଥୀଙ୍କ ସହିତ ଘଣ୍ଟାଘଣ୍ଟା ବିତେଇ ହେଉଥିଲା। ଏବେ ସେସବୁ ସାଙ୍ଗସାଥୀଙ୍କର ଏତେ ସାଙ୍ଗସାଥୀ ଯେ, ଦେଖାହେଲେ ଦଶମିନିଟ୍ ବି ଭଲରେ କଥା କହିହୁଏନି; ଆଉ ଜଣେ କିଏ ଆସି ମଝିରେ ପଶିଯାଏ।

ଏବେ ସଦାନନ୍ଦ ବାବୁ ଓ ଅନୁପମା ବସି ତାଲିକା ଦେଖିଲେ। ଏପ୍ରିଲ୍ ୧ ତାରିଖ ଶନିବାର ଦିନ, ଇରାର ସଂଗୀତ ପ୍ରୋଗ୍ରାମ୍ ଆରମ୍ଭ ହେବାର ସମୟ ଥିଲା ସନ୍ଧ୍ୟା ୬ଟା। ବନ୍ଧୁ ଅଖିଳ ବାବୁ ହାରିସ୍‌ବର୍ଗରୁ ଡାକିଥିଲେ; "ଆମେ ଏ ହାରିସ୍‌ବର୍ଗର ବୟସ୍କ ଓଡ଼ିଆମାନେ ମିଶି ପାଖ ପାର୍କରେ ବଣଭୋଜି ପରିବେଶରେ ଉତ୍କଳ ଦିବସ ପାଳନ କରୁଛୁ। ତମେ ଆସୁନ। ତମକୁ ତ ଦେଢ଼ ଘଣ୍ଟା ଲାଗିବ। ଆସିଲେ ଭଲଲାଗନ୍ତା। ସମସ୍ତେ ତମକୁ ଦେଖି ଖୁସି ହୁଅନ୍ତେ।''

ସଦାନନ୍ଦ ବାବୁ ସ୍ଥିର କଲେ ଉତ୍କଳ ଦିବସରେ ଉତ୍କଳ ଦିବସର ପ୍ରୋଗ୍ରାମ୍‌ଟିଏ ଯଦି ହେଉଛି, ତେବେ ନଯିବେ କିଆଁ। ପୁରୁଣା ବନ୍ଧୁମାନଙ୍କ ସହିତ ମଧ୍ୟ ଦେଖା ହୋଇଯିବ। ସେଇଠୁ ସେମାନେ ଯଦି ୨ଟାରେ ଫେରି ଆସିବେ, ଏଣେ ଇରାର ସଂଗୀତ କାର୍ଯ୍ୟକ୍ରମରେ ବି ସାମିଲ୍ ହୋଇପାରିବେ।

ଅନୁପମା ମଧ୍ୟ ରାଜି ହେଲେ। ତଥାପି ସାବଧାନ କରେଇଦେଲେ, "ଯଦି ସେ ଲିଟୁ ପୁଅର ଗ୍ରାଜୁଏସନ୍ ଭଳି ହେଲାତ, ତମେ ବୁଝିବ।''

ଗତବର୍ଷ ତାଙ୍କର ଜଣେ ସାଙ୍ଗ ଲିଟୁର ପୁଅର ହାଇସ୍କୁଲ୍ ଗ୍ରାଜୁଏସନ୍ ପାଳିତ ହେଉଥିଲା। ସମୟ ଦିଆଯାଇଥିଲା ୧୨ଟାରୁ ୪ଟା। ଲଞ୍ଚ୍ ଦେବାର ସମୟ ଥିଲା ୧୨ଟାରୁ ୨ଟା। ସଦାନନ୍ଦ ବାବୁ ଓ ଅନୁପମାଙ୍କର ରଥଯାତ୍ରାରେ ସାହାଯ୍ୟ କରିବାର ଥିଲା। ସେମାନେ ଭାବିଲେ ୧୨ଟାରୁ ୩ଟା ପର୍ଯ୍ୟନ୍ତ ଗ୍ରାଜୁଏସନ୍ ଆଟେଣ୍ଡ୍ କରିବେ; ତାପରେ ଆସି ରଥଯାତ୍ରାରେ ସାହାଯ୍ୟ କରିବେ। ହେଲେ ସେଦିନ ଗୋଟାଏ ବେଳେ ଜଳଖିଆ ଦିଆଗଲା। ତାପରେ ବିଭିନ୍ନ କାର୍ଯ୍ୟକ୍ରମ ଚାଲିଲା। ଲୋକ ସେପର୍ଯ୍ୟନ୍ତ ଆସିନଥାନ୍ତି; ଜଣଜଣ କରି ପହଞ୍ଚୁଥାଆନ୍ତି। ତିନିଟା ବାଜିଲାଣି; କିନ୍ତୁ ମଧ୍ୟାହ୍ନ ଭୋଜନ ଖୋଲିନି। ସେମାନେ ସେଦିନ ନ ଖାଇ ଫେରିଆସିଲେ। କଣ କରିବେ, ଏଣେ ରଥଯାତ୍ରା ପାଇଁ ସାହାଯ୍ୟ କରିବେ ବୋଲି କଥା ଦେଇଥିଲେ। ସେମିତି ଅନେକ ବାର ହୋଇଛି। ଗୃହସ୍ୱାମୀ ଡାକିଥିବେ ସନ୍ଧ୍ୟା ୭ଟାରେ ରାତ୍ରଭୋଜନ ଦେବାକୁ; କିନ୍ତୁ ଦେବେ ରାତି ଦଶଟା ବେଳେ। ଏଇ ବିଷୟରେ ଏପର୍ଯ୍ୟନ୍ତ ଓଡ଼ିଆମାନେ ତଥାପି ପଛୁଆ ଅଛନ୍ତି। ଯଦି ଠିକ୍ ସମୟରେ ଠିକ୍ କଥା କରିବନି; ତେବେ ଆଉ ଅଗ୍ରଣୀ ହେଲ କୋଉଥିରେ ?

"ମୁଁ କଣ ବୁଝିବି ? ତମେ ଗୋଟିଏ ଟିଫିନ୍ ବକ୍ସରେ ଲଞ୍ଚ୍ ପାଇଁ କିଛି ପ୍ୟାକ୍ କରିଦେବ। ଯଦି ଖାଇବା ଡ଼େରି ହେଲା, ଆମେ ଆମ ଖାଦ୍ୟ ଗୋଟାଏ ବେଳେ ଖୋଲି ଖାଇଦେବା। ଯିଏ ଯାହା ଭାବିଲେ ଭାବିବ।''

ଏମିତି ସବୁ ଯୋଜନାରେ ରହିଲା। ପ୍ରତି ସପ୍ତାହରେ କିଛି ନା କିଛି ଚାଲୁଥିଲା। ସେମାନେ କ୍ଳାନ୍ତ ହୋଇଯାଉଥିଲେ, ତଥାପି ଖୁସି ହେଉଥିଲେ।

ବଣଭୋଜି ଦିନ ୧୧ଟାରେ ଆରମ୍ଭ ହେବାର ଥିଲା। ସଦାନନ୍ଦ ବାବୁ ଓ ଅନୁପମା ଠିକ୍ ୧୧ଟାରେ ଯାଇ ନିର୍ଦ୍ଧାରିତ ପାର୍କରେ ପହଞ୍ଚିଲେ। ହେଲେ ସେତେବେଳକୁ କେହି ଆସିନଥାନ୍ତି। କେବଳ ଅଖିଳ ବାବୁ ବସିଛନ୍ତି। ତାଙ୍କ ପତ୍ନୀ ପକୁଡ଼ି ଛାଣିବା ଦାୟିତ୍ୱରେ ଥିଲେ। ଛାଣିବା କାମ ସରିନଥିଲା। ତେଣୁ ଆଉ ଜଣଙ୍କ ସହିତ ସିଏ ଆସିବା ଯୋଗାଡ଼ କରିନେଲେ ଓ ଅଖିଳ ବାବୁ ଆଗେ ଚାଲିଆସିଲେ। କାଳେ କିଏ ଯଦି ଆସିଯାଆନ୍ତି। ଏମିତି ଦେଖୁଦେଖୁ ସମସ୍ତେ ପ୍ରାୟ ଗୋଟିଏ ବେଳେ ପହଞ୍ଚିଲେ। ଖାଇବା କିନ୍ତୁ ବହୁତ ରକମର ଥିଲା। ହେଲେ ପ୍ରଥମେ ଜଳଖିଆ ଖୋଲାହେଲା। ତାପରେ ସାଢେ ଗୋଟିଏ ବେଳକୁ ପ୍ରୋଗ୍ରାମ୍ ଆରମ୍ଭହେଲା। କିଛି ପିଲା ଦେଶାତ୍ମବୋଧକ ସଂଗୀତଟିଏ ଗାଇଲେ। ତାପରେ ଅଖିଳ ବାବୁ ବକ୍ତବ୍ୟଟିଏ ରଖିଲେ। ତାଙ୍କ ବକ୍ତବ୍ୟ ଶେଷରେ ସିଏ ସଦାନନ୍ଦ ବାବୁଙ୍କୁ ଦେଶାତ୍ମବୋଧକ ଗୀତଟିଏ ଗାଇବାକୁ ଅନୁରୋଧ କଲେ। ଅନୁପମା ଆଖି ମାରିଲେ, "ଦୁଇଟା ବାଜିଗଲାଣି"। ସଦାନନ୍ଦ ବାବୁ କିନ୍ତୁ ସେସବୁ ସିଗ୍‌ନାଲ୍ ବୁଝିପାରିଲେନି। ହଠାତ୍ ନିଳାଦ୍ରୌ ଶଙ୍ଖମଧ୍ୟେ ଆରମ୍ଭ କରି ବନ୍ଦେ ଉତ୍କଳ ଜନନୀରେ ପହଞ୍ଚିଗଲେ। ଘନଘନ କରତାଳିରେ ସମସ୍ତେ ଉତ୍ସାହିତ କରୁଥାନ୍ତି। ସିଏ ସେଇଠୁ "ତୁଙ୍ଗ ଶିଖରୀ ଚୂଳ'' ଆରମ୍ଭ କରି, ଶେଷ କରି, "ସର୍ବେସାମ୍ ମମ ଧରଣୀ ଜନନୀ'' ଆରମ୍ଭ କରନ୍ତେ ଅନୁପମା ଠିଆ ହୋଇପଡ଼ିଲେ। ଇଏ ହେଲା ସଦାନନ୍ଦ ବାବୁଙ୍କର ନିଶା। ବିଶେଷତଃ ଦୀର୍ଘ ତିନି ବର୍ଷ ପରେ ସିଏ ଏମିତି ଏକ ସୁଯୋଗ ଲାଭ କରିଛନ୍ତି ଓ ସେଥିପାଇଁ ଅତ୍ୟନ୍ତ ଉତ୍ସାହିତ ହୋଇ ପଡୁଛନ୍ତି। ହେଲେ ତାଙ୍କର ଅନ୍ୟ କିଛି ପ୍ରୋଗ୍ରାମ୍ ଥିବ। ଇଏ ଜଣେ ଲୋକ ଯଦି ଏତେ ସମୟ ନେବେ, ଅନ୍ୟ ସମସ୍ତେ ବିଗିଡ଼ିଯିବେନି ?

ଅନୁପମାଙ୍କର ଠିଆ ହେବାଟା କିନ୍ତୁ ସଦାନନ୍ଦ ବାବୁ ଦେଖିନେଲେ ଓ ବୁଝିଗଲେ। ତେଣୁ 'ସର୍ବେସାମ୍ ମମ' ର ଗୋଟିଏ ପଦ ଗାଇ ସିଏ ସମସ୍ତଙ୍କୁ ଧନ୍ୟବାଦ ଦେଇ ନିଜ ଭୂମିକା ଶେଷକଲେ ଓ ଅଖିଳ ବାବୁଙ୍କ ହାତକୁ ମାଇକ୍ରୋଫୋନ୍ ବଢେଇଦେଲେ। ତାପରେ ଦଶ-ବାର ବର୍ଷର ଝିଅଟିଏ ଓଡ଼ିଶୀ ନାଚିଲା। ସେମିତି ସାଲୁଆର୍ ପିନ୍ଧି ନାଚିଲା; କିଛି ବେଶପଟା ହୋଇନଥିଲା। ଏମିତିରେ ତିନିଟା ବାଜିଲାଣି; ତଥାପି କେହି ଖାଇବା କଥା ଭାବୁନାହାନ୍ତି। ଅନୁପମା ସଦାନନ୍ଦଙ୍କ କାନରେ ଫୁସ୍‌ଫୁସ୍ କରି କହିଲେ, "ଚାଲ, ଆମେ ଚାଲିଯିବା। ନହେଲେ ପାଞ୍ଚଟା ପୂର୍ବରୁ ଇରାର ସଂଗୀତ ସମାରୋହରେ ଯୋଗ ଦେଇପାରିବାନି।''

ସେମାନେ ଅଖିଳ ବାବୁଙ୍କୁ କହି ଫେରିବାକୁ ଉଦ୍ୟତ ହେଲେ। ଅଖିଳ ବାବୁ ଯେତେ ଅଟକାଇବାକୁ ଚାହିଁଲେ ଓ କିଛି ଖାଇଦେଇ ଯିବାକୁ କହିଲେ, ଅଟକିଲେନି। ଗାଡ଼ିରେ ବସି ସଦାନନ୍ଦ ବାବୁ ଡ୍ରାଇଭ୍ କରିବା ଆରମ୍ଭକଲେ। ଅନୁପମା ଟିଫିନ୍

ଖୋଲି ସଦାନନ୍ଦ ବାବୁଙ୍କୁ ଖୁଆଇବାରେ ଲାଗିଲେ। ତାଙ୍କର ପେଟ ଶାନ୍ତ ହେବା ପରେ ନିଜେ କିଛି ଖାଇଲେ। ହେଲେ ରୁଟ୍ ୮୩ରେ ଯେମିତି ଆଶ୍ଚର୍ଯ୍ୟ ସେମାନଙ୍କୁ ଅପେକ୍ଷା କରି ରହିଥିଲା। ବାଟରେ ଆକ୍ସିଡ଼େଣ୍ଟ୍ ହୋଇ ରାସ୍ତା ବନ୍ଦ କହିଲେ ଚଳେ। ପାଦରେ ଚାଲିଲା ଭଳି ସମସ୍ତଙ୍କ ଗାଡ଼ି ଚାଲୁଛି। ଅନୁପମା ଜଗନ୍ନାଥଙ୍କୁ ସ୍ମରଣ କରିବାରେ ଲାଗିଲେ। ସଦାନନ୍ଦ ବାବୁ କହିଲେ, "ବ୍ୟସ୍ତ କାହିଁକି ହେଉଛ। ଯଦି ଅସୁବିଧା ହେଲା, ତେବେ ଆଉ ଇରା ପ୍ରୋଗ୍ରାମ୍‌କୁ ଯିବାନି। କଣ ବେଦ ଅଶୁଦ୍ଧ ହୋଇଯିବ ତେବେ?''

"ହେଲେ ତମେ ପରା ତାକୁ କଥା ଦେଇଛ। ସିଏ ତମକୁ ତା' ପ୍ରୋଗ୍ରାମ୍‌ର କାର୍ଯ୍ୟକ୍ରମରେ ସାମିଲ୍ କରିଛି। ଏବେ ତମେ ଯିବନି। ଏଇଟା କଣ ଭଲ କଥା?''

"ଭଲ କଥା ତ ନୁହେଁ। ତେବେ ଆମେ କଣ ଜାଣିଶୁଣି ଏମିତି କଲେ। ଆମେ ତ ତିନିଟା ବେଳେ ବାହାରି ଆସିଲେ ନା।''

"ଦି ନାବରେ ଗୋଡ଼ ଦେଇଥିବା ଲୋକ ମଝି ନଈରେ ମରିବା ହିଁ ସାର। ନା' ଏ ନାବରେ ଗୋଡ଼ ରହିଲା, ନା ସେ ନାବରେ। କିଛି ଅଧିକ ସମୟ ହେଲେ ବଣଭୋଜିରେ ରହିଥାନ୍ତେ; ସେଇଟା ହେଲାନି। ଏବେ ଇରାର ସଂଗୀତ ପ୍ରୋଗ୍ରାମ୍ ବି ଆମେ ଯାଇପାରିବା କି ନା' ସନ୍ଦେହ।''

ସେମିତି ହିଁ ହେଲା। ରୁଟ୍ ୮୩ରେ ୩ ଘଣ୍ଟା ଡ଼େରି ହୋଇଗଲା। ସେମାନେ ଘରେ ପହଞ୍ଚୁ ପହଞ୍ଚୁ ସାଢେ ସାତଟା। ସଦାନନ୍ଦ ବାବୁ ଏତେ କ୍ଲାନ୍ତ ଥିଲେ ଯେ ପାଇଖାନା ଯାଇ ସାରି ଆସି ସୋଫାରେ ସିଧା ଶୋଇଲେ।

ଅନୁପମା ଇରାକୁ ଟେକ୍ସଟ୍ ମେସେଜ୍ ଟିଏ ପଠେଇଦେଇ ରୁଟି ଦୁଇଖଣ୍ଡ ତିଆରିକଲେ। ଯାହା ସକାଳ ଭଜା ଥିଲା ଓ ପୁରୁଣା ତରକାରୀ ଫ୍ରିଜ୍ ଭିତରେ ଥିଲା ଗରମ କରିଦେଇ ସ୍ୱାମୀଙ୍କୁ ଉଠେଇଲେ। ଉଭୟ ଖାଇପିଇ ସାରି ସେଦିନ ଗୋଟିଏ ଶପଥ ନେବାଭଳି ନେଲେ; ଏବେ କୌଣସି ଦିନ ବି ଦୁଇଟି ପ୍ରୋଗ୍ରାମ୍‌କୁ ଯିବାକୁ "ହଁ'' କହିବେନି। ଯେଉଁ ପ୍ରୋଗ୍ରାମ୍‌କୁ ପ୍ରଥମେ "ହଁ'' କହିଥିବେ, ପ୍ରତିଶ୍ରୁତି ଦେଇଥିବେ, ସେ ପ୍ରୋଗ୍ରାମ୍ କୁ ହିଁ ଯିବେ ଓ ଶତକଡ଼ା ଶହେ ଭାଗ ସାମିଲ୍ ରହିବେ।

ସଦାନନ୍ଦ ବାବୁ ଉପରୋକ୍ତ ସୂତ୍ର ଦୋହରାଉଥିବା ବେଳେ, ଅନୁପମା ପଚାରିଦେଲେ, "ତେବେ କାର୍ଯ୍ୟକ୍ରମର ଗଭୀରତା କଥା କଣ ହେବ? ଯଥା କାହାର ବାହାଘର ସହିତ ଯଦି ଏକାଦିନେ ଗ୍ରାଜୁଏସନ୍ ପାର୍ଟି ଥିବ?''

ସେ ଦୁହେଁ ଏମିତି ସବୁ ଯୁକ୍ତିତର୍କ କରୁକରୁ ସେଇ ସୋଫା ଉପରେ ହିଁ ଶୋଇ ପଡ଼ିଥିଲେ।

■

ଦାମିନୀ ଅପା

କାହିଁକି କେଜାଣି ? ଆଜି ଦାମିନୀ ଅପା ମନେ ପଡୁଛନ୍ତି । ତାଙ୍କ ସାଙ୍ଗରେ ଅନେକ ଦିନ ହେଲାଣି କଥାବାର୍ତ୍ତା ବନ୍ଦ । ସେଇ ସବୁ ଛୋଟ ଛୋଟ କାରଣ ପାଇଁ । ଯେଉଁ ସବୁ କାରଣ ପରେଶ ସୃଷ୍ଟି କରିଥିଲେ ଓ ସେଥିରେ ପମିକୁ ଯୋଡ଼ି ଦେଇଥିଲେ ।

"ତମର ଏତେ ଦାମିନୀ ଅପା, ଦାମିନୀ ଅପା ହେଇକି ତାଙ୍କ ପଛେପଛେ ଗୋଡ଼େଇବା କଣ ଦରକାର ? ସିଏ ତ ତମକୁ ଭେଟିବାକୁ ଏତେଟା ଆଗ୍ରହ ଦେଖାନ୍ତିନି ।" - ଏମିତି କହି ପରେଶ ପମିକୁ ଅଟକେଇଦିଅନ୍ତି ।

ହେଲେ ଦାମିନୀ ଅପା ସତରେ ସେମିତି ନୁହଁନ୍ତି । ସିଏ ପମିକୁ ଦେଖିଲେ ଡାକିକି ପାଖରେ ବସାନ୍ତି । କେତେକେତେ କଥା ସବୁ ପଚାରନ୍ତି । ଡାକନ୍ତି, "ଆମ ଘରକୁ ଆସନ୍ତା ସପ୍ତାହରେ ଆସୁନ । ହେଇହେଇ ତ ଦୁଇଘଣ୍ଟାର ବାଟ । ବୋର୍ ହବନି ମ । ଆମର ସେଠି ଅନେକ ଓଡ଼ିଆ ଲୋକ ଅଛନ୍ତି । ତମକୁ ଭଲ ଲାଗିବ । ତମର ଗୀତକୁ ସେମାନେ ଅନେକ ଭଲ ପାଇବେ ।"

ପରେଶଙ୍କର କିନ୍ତୁ ଅନ୍ୟ ପ୍ରକାର କଥା ମନରେ ଥାଏ । ସିଏ କହନ୍ତି, "ଦାମିନୀ ଅପା ଅତି ପଲିଟିସିଆନ୍ ମ । ଦେଖିବ ଆରଥରକୁ ସିଏ ନିଶ୍ଚୟ ଶ୍ରୀଜୟା କଳା ସମାଜର ପ୍ରେସିଡ଼େଣ୍ଟ୍ ପାଇଁ ଠିଆ ହେବେ । ସେଥିପାଇଁ ସମସ୍ତଙ୍କୁ ଏତେ ସବୁ ସ୍ନେହ ଅଜାଡ଼ି ପକାଉଛନ୍ତି ।"

ପମିର ସେସବୁ ରାଜନୀତିରେ ଆଗ୍ରହ ନଥାଏ । ହେଲେ ବି ସିଏ ମନ୍ତବ୍ୟ ଦିଏ, "ଦାମିନୀ ଅପା ପ୍ରେସିଡ଼େଣ୍ଟ୍ ହେଲେ ବହୁତ ଭଲହେବ । କାରଣ, ସିଏ ସବୁବେଳେ, ସବୁକଥା ଭାବିଚିନ୍ତି କରିଥାନ୍ତି । ସିଏ ନିଜେ ବି ତ ଜଣେ ଗାୟିକା । ତେଣୁ ଶ୍ରୀଜୟା କଳା ସମାଜ ପାଇଁ ସେଇଟା ବରଦାନ ହେବ ।"

ଏମିତି କହିଲେ ପରେଶ ରାଗିଯାଆନ୍ତି । ଅସଲ କଥା ହେଲା, ପରେଶଙ୍କର

ଜଣେ ମାମୁପୁଅ ରାକେଶ ଭାଇ ସବୁବେଳେ ଦାମିନୀ ଅପାଙ୍କ ବିପକ୍ଷରେ ରହିଥାନ୍ତି। ସିଏ ଦାମିନୀ ଅପାଙ୍କୁ ପ୍ରକୃତରେ ଈର୍ଷା କରନ୍ତି। ରାକେଶ ଭାଇ ମଧ୍ୟ ଜଣେ ଭଲ ଗାୟକ। ତେବେ ଯେତେବେଳେ ଶ୍ରୀଜୟା କଳା ସମାଜର କିଛି କାର୍ଯ୍ୟକ୍ରମ ରହେ, ସମସ୍ତେ ଦାମିନୀ ଅପାଙ୍କୁ ପସନ୍ଦ କରନ୍ତି। ତାର କାରଣ ହେଲା, ଦାମିନୀ ଅପାଙ୍କର ହସହସ ମୁହଁ ଓ ମମତାଭରା କଥାବାର୍ତ୍ତା। ରାକେଶ ଭାଇ ଯଦିଓ ଅନେକ କାମ କରିପାରନ୍ତି, ଆୟୋଜକ ହିସାବରେ ତାଙ୍କୁ ଅନେକ କିଛି ଜଣା, ତେବେ ସିଏ ଟିକେଟିକେ କଥାରେ ରାଗିଯାଆନ୍ତି। ସେଥିପାଇଁ ଅନେକ ତାଙ୍କୁ ପ୍ରଶଂସା କରନ୍ତି ସତ, ହେଲେ ତାଙ୍କ ସହିତ ମିଶି କିଛି କାମ କରିବା ପାଇଁ ପସନ୍ଦ କରନ୍ତିନି। ଅନ୍ୟ ପକ୍ଷରେ ଯେଉଁ କାମ ଦାମିନୀ ଅପା ନେଇଥାନ୍ତି, ସେ ଗୋଷ୍ଠୀରେ ରହିବାକୁ ସମସ୍ତେ ଆଗ୍ରହୀ ହୁଅନ୍ତି।

ପରେଶ ସବୁବେଳେ ରାକେଶ ଭାଇଙ୍କ ସହିତ ଥାଆନ୍ତି। ଏଣୁ ପମି ଉପରେ ବି ଚାପ ପକାନ୍ତି। ଜବରଦସ୍ତ ଏମିତି ବେଳେବେଳେ ହୁକୁମ୍ ଦେବାଭଳି କହିଦିଅନ୍ତି, "ଆଜି ଯଦି ପାର୍ଟିରେ ତମେ ସେ ଦାମିନୀ ଅପା ସହିତ କଥାବାର୍ତ୍ତା କରିଥିବ, ତେବେ ଜାଣିବ। ସିଧା ତାଙ୍କ ଘରେ ଯାଇ ରହିବ। ଆଉ ଏଠିକି ଫେରିବନି।"

ସେତେବେଳେ ପମି ଅନେକ କିଛି ବୁଝିନଥିଲା। ସ୍ୱାମୀ ନାମକ ବ୍ୟକ୍ତିଟି ଯେ ତାର ଇହକାଳ, ପରକାଳର ଦେବତା, ସେକଥା ତା ମୁଣ୍ଡ ଭିତରେ ଭରି ରହିଥିଲା। ତାର ବିବାହ କରାଇ ବାପା, ବୋଉ ଯେଉଁ ସ୍ୱସ୍ତିର ନିଃଶ୍ୱାସ ନେଇଥିଲେ, ସେକଥା ମନେପଡ଼ିଲେ ପମି ଭାବେ, ସତରେ ତ, ପରେଶଙ୍କ ଛଡ଼ା ଏ ନୂଆଦେଶରେ କିଏ ଆଉ ତାର ନିଜର ଯେ ସିଏ ତାଙ୍କ କଥାରୁ ବାହାରି ଯାଇ ଅନ୍ୟ ମାନଙ୍କ ସହିତ ସଂପର୍କ ଗଢ଼ିବ। ତେବେ ସ୍ୱଭାବତଃ ପମି ବଡ଼ ସ୍ନେହୀ ଓ ସମସ୍ତଙ୍କ ସହିତ ଭଲ ସଂପର୍କରେ ରହିବା ତାର ପସନ୍ଦ। ଏତେ ରାଜନୀତିରେ ସିଏ ପଶେନି। ଯିଏ ତାକୁ ସ୍ନେହ ଦେଖାନ୍ତି, ଆଦରରେ ଦୁଇପଦ କଥା କହିଦିଅନ୍ତି, ପମି ସେଥିରେ ଭାସିଯାଏ। ଏବେ ମନେପଡ଼େ ଦାମିନୀ ଅପାଙ୍କ ସହିତ ତାର ପ୍ରଥମ ଦେଖା।

୨୦୦୦ ମସିହାର କଥା। ସେଦିନ ଶ୍ରୀଜୟା କଳା ସମାଜର ସରସ୍ୱତୀ ପୂଜା ଥାଏ। ଯେହେତୁ ସେ ସମାଜର ସଭ୍ୟମାନଙ୍କ ମଧ୍ୟରେ ଅନେକ କଳାକାର, କିଏ ଗୀତ ଗାଏ ତ, କିଏ ଯନ୍ତ୍ର ସଂଗୀତ ବଜାଏ, ଆଉ ଅନ୍ୟମାନେ ସେମାନଙ୍କ ସାଙ୍ଗସାଥୀ ଥାଆନ୍ତି, ମା' ସରସ୍ୱତୀଙ୍କ ପୂଜା ସେ ସମାଜର ସଭ୍ୟମାନେ ଅତି ଧୁମ୍‌ଧାମ୍‌ରେ ପାଳନ କରନ୍ତି। ଦିନସାରା କାର୍ଯ୍ୟକ୍ରମ ରହିଥାଏ। ସକାଳେ ପୂଜା ହୁଏ, ପୂଜା ପରେ ମଧ୍ୟାହ୍ନ ଭୋଜନ, ତାପରେ ଗୀତ, ନାଚ, ଭାଷଣ କାର୍ଯ୍ୟକ୍ରମ ଚାଲୁ ରହେ ରାତି ଦଶଟା ପର୍ଯ୍ୟନ୍ତ। ମଝିରେ ଜଳଖିଆ ପରଷାଯାଏ, ରାତ୍ରଭୋଜନ ବି ରହିଥାଏ। ସେବର୍ଷ

ରାକେଶ ଭାଇ ସେମାନଙ୍କୁ ଡକେଇଥାନ୍ତି। ସେତେବେଳେ ପରେଶ ଭରଜିନିଆର ଚାରଲୋଟସ୍‌ଭିଲ୍ ସହରରେ ଗୋଟିଏ କଂପାନୀ ପାଇଁ କାମ କରୁଥାନ୍ତି। ପୂଜା ମେରୀଲାଣ୍ଡରେ ପୋଟୋମାକ୍ ସହରରେ ହେଉଥାଏ। ପମି ପ୍ରଥମ ଥର ପାଇଁ ଗୋଟିଏ ଏତେ ବଡ଼ ସମାରୋହ ଦେଖିଲା। ପୂଜା ବେଳେ ସମସ୍ତ ମିଶି ସରସ୍ୱତୀଙ୍କର ବନ୍ଦନା ଗାଉଥିଲେ। ପମି ବି ଗାଇଲା। ଦାମିନୀ ଅପା ସେତେବେଳେ ତା' ପାଖରେ ବସିଥିଲେ। ବନ୍ଦନା ଗାନ ସରିବା ପରେ ତାକୁ କହିଲେ, "ତମେ ତ ବହୁତ ସୁନ୍ଦର ଗାଉଛ ? କଣ ମେରୀଲାଣ୍ଡ୍‌କୁ ନୂଆ ଆସିଛ ?"

ପମିକୁ ଲାଜ ଲାଗିଲା। ଯଦିଓ ସିଏ ସ୍କୁଲ୍‌ରେ ଗୀତ ଶିଖୁଥିଲା ଓ ପୂଜାରେ ନିୟମିତ ଭାବେ ଭଜନ ଗାଉଥିଲା, ତେବେ ଅନେକ ଦିନ ଧରି ସିଏ ସେସବୁ କରିନଥିଲା। କଲେଜ୍‌ରେ ପଢିବା ବେଳେ ସିଏ ସହରର ଝିଅମାନଙ୍କୁ ଦେଖି ଡରିଯାଏ। ସେମାନଙ୍କ କଥା କହିବା ଢଙ୍ଗ ଦେଖି ତା' ପାଟିରୁ କଥା ବାହାରେନି, କାଳେ ଗାଁର ଅଢଙ୍ଗ କଥା କିଛି ପାଟିରୁ ବାହାରିଯିବ। ବାସ୍, ପାଠଟି ସିଏ ମନଯୋଗ ଦେଇ ପଢେ। ସେଥିପାଇଁ ପରବର୍ତ୍ତୀ ସମୟରେ ତାର କିଛି ସହରରେ ବଢିଥିବା ଝିଅମାନଙ୍କ ସହିତ ବନ୍ଧୁତା ହୋଇଥିଲା। ତାଙ୍କ ଭିତରୁ ଜଣେ ଥିଲା, ରାକେଶ ଭାଇଙ୍କ ସାନ ଭଉଣୀ ରାଣୀ। ତାରି ମାଧ୍ୟମରେ ପମିକୁ ପରେଶ ଦେଖିଲେ, ବାହା ହେବାକୁ ମନ କଲେ।

ତେଣୁ ଦାମିନୀ ଅପାଙ୍କ ମନ୍ତବ୍ୟରେ ପମି ପୁଲକିତ ହୋଇଗଲା। ଅନେକ ଦିନର ବ୍ୟବଧାନ ପରେ ସେଦିନ ସିଏ ତା' ଗୀତ ଗାଇବା ପାଇଁ ପ୍ରଶଂସିତ ହେଲା। ପମିକୁ ଭାରି ଭଲଲାଗିଲା।

ସେଦିନ ଅପରାହ୍ନରେ ଗୀତ ଗାଇବା କାର୍ଯ୍ୟକ୍ରମ ବେଳେ ଦାମିନୀ ଅପା ତାକୁ ଆସି ପଚାରିଲେ, "ତମେ ଗୋଟିଏ ଗୀତ ଗାଇବ କି ? ଯଦି କିଛି ମନେ ଥିବ। ନହେଲେ ତମର ଯଦି କିଛି ପସନ୍ଦ ଅଛି, ଜଣାଅ। ମୋ ମନେ ଥିଲେ, ମୁଁ ତମକୁ ସେ ଗୀତ ଦେଇପାରିବି।"

କଣ କରିବ, ନ କରିବ ଭାବି ସିଏ ରାଜିହେଲା ଓ "ସୁଲଳିତ ବନଫୁଲ ହାରେ ଜନନୀକି" ଗାଇଲା। ସେ ଗୀତ ତା' ସ୍କୁଲ୍‌ର ସଂଗୀତ ଶିକ୍ଷକ ସରସ୍ୱତୀ ପୂଜା ପାଇଁ ଶିଖେଇଥିଲେ। ଅନ୍ୟମାନେ ସେ ଗୀତ ପୂର୍ବରୁ ଶୁଣିନଥିଲେ। ଦାମିନୀ ଅପା ଏତେ ମୋହିତ ହେଲେ ଯେ, ପମିକୁ ଆଉ ଛାଡ଼ିଲେନି। କହିଲେ, "ଆମର ଗୀତ ଗାଇବାର ସଉକ ଥିବା ଲୋକମାନଙ୍କର ଗୋଟିଏ ଗୋଷ୍ଠୀ ଅଛି। ତମେ ଆମ ସହିତ ନିଶ୍ଚୟ ଯୋଗଦେବ।"

ପମିର ତ ଇଚ୍ଛା ହେଲା "ହଁ" କହିଦିଅନ୍ତା। ତେବେ ସଂକୋଚରେ ଉତ୍ତର

ଦେଇଥିଲା, "ମୁଁ ୟାଙ୍କୁ ପଚାରିକି କହିବି। ଆମେ ତ ଏତେ ଦୂରରେ ଚାର୍‌ଲୋଟ୍‌ସ୍‌ଭିଲ୍‌ରେ ରହୁଛୁ। ସେଇଥିପାଇଁ।"

ପରେ ଦାମିନୀ ଅପା ଯେତେବେଳେ ପରେଶ ତାର ସ୍ୱାମୀ ବୋଲି ଜାଣିଲେ, ପରେଶଙ୍କୁ ଆସି ସିଧସିଧା କହିଲେ, "ଦେଖ ପରେଶ, ତମେ ପମିକୁ ନିଶ୍ଚୟ ଆମର ସମସ୍ତ ସଂଗୀତ କାର୍ଯ୍ୟକ୍ରମକୁ ଆଣିବ ଓ ସଂଗୀତ ଅଭ୍ୟାସ କରିବା ପାଇଁ ବି ଆଣିବ। ଯଦି ଦରକାର ହବ ତ ଆମେମାନେ ବେଳେବେଳେ ମଝି ଜାଗା ମାନଙ୍କରେ ବି ଅଭ୍ୟାସ ରଖିବୁ। ହେଲେ ତମେ ପମିକୁ ନିଶ୍ଚୟ ତାର ଗୀତ ଗାଇବାରେ ସାହାଯ୍ୟ କରିବ। ଆଉ କହିଦେଲି, ଆମ ଘରକୁ କେବେ ପରଘର ବୋଲି ଭାବିବନି। ଏ ବିଦେଶରେ ଆମେ ଓଡ଼ିଆମାନେ ସବୁ ଗୋଟିଏ ପରିବାରର। ହେଲା।"

ସେଇ ଯେଉଁ ଧାରଣା ରହିଗଲା ପମିର ଦାମିନୀ ଅପାଙ୍କ ଉପରେ, ସେଇଟା ଏପର୍ଯ୍ୟନ୍ତ ବି ଅଛି। ବେଶ୍ କିଛିଦିନ ପର୍ଯ୍ୟନ୍ତ ସେମାନଙ୍କର ସଂପର୍କ ଖୁବ୍ ଭଲ ରହିଥିଲା। ଏ ଭିତରେ ପରେଶ ତାଙ୍କ ଚାକିରି ବଦଳେଇ ମେରୀଲାଣ୍ଡର ସିଲ୍‌ଭର୍ ସ୍ପ୍ରିଙ୍ଗ୍ ସହରକୁ ଚାଲିଆସିଲେ। ସେଠି ସେମାନେ ଘରଟିଏ କିଣିଲେ। ଦାମିନୀ ଅପାଙ୍କ ସହିତ ସେମାନଙ୍କର ସଂପର୍କ ବଢ଼ିଲା। ହେଲେ ୨୦୧୦ ମସିହାରେ ଦାମିନୀ ଅପାଙ୍କ ସହିତ ସେମାନଙ୍କ ସଂପର୍କ ବଦଳି ଯାଇଥିଲା। ସେବର୍ଷ ଦାମିନୀ ଅପା ଶ୍ରୀଜୟା କଳା ସମାଜର ପ୍ରେସିଡ଼େଣ୍ଟ୍ ଭାବେ ପ୍ରାର୍ଥୀ ଥିଲେ। ତାଙ୍କ ସହିତ ପ୍ରତିଦ୍ୱନ୍ଦିତା କରୁଥିଲେ ରାକେଶ ଭାଇ। ପମିକୁ ପୂରା ଗୋଡ଼େଗୋଡ଼େ ଜଗି ରହିଲେ ପରେଶ ଓ ପମିକୁ ଏମିତି ଭାବେ ବ୍ୟବହାର କଲେ ଯେ ସମସ୍ତେ ଜାଣିଲେ, ପମି ଦାମିନୀ ଅପାଙ୍କ ବିରୁଦ୍ଧରେ ରାକେଶ ଭାଇଙ୍କ ପାଇଁ ପ୍ରଚାର କରୁଛି। ଦାମିନୀ ଅପା ସେବର୍ଷ ନିର୍ବାଚନରେ ଜିତିଲେ। ହେଲେ ତାଙ୍କ ଜିତିବାକୁ ରାକେଶ ଭାଇ ସ୍ୱୀକାର କଲେନି। ସ୍ୱୀକାର ନକଲେ ନାହିଁ, ଯାଇ କୋର୍ଟରେ କେସ୍‌ଟିଏ କରିଦେଲେ। ପମି ଏମିତି ତା' ଭିତରେ ଫସିଗଲା ଯେ, ଦାମିନୀ ଅପାଙ୍କ ସହିତ ସେଇଦିନରୁ ସଂପର୍କ ତିକ୍ତ ହୋଇଗଲା ଓ ଶେଷରେ କଟିଗଲା। ରାକେଶ ଭାଇ ଆଉ ଗୋଟିଏ କଳା ଅନୁଷ୍ଠାନ ଗଢ଼ିଲେ। ତା'ର ନାମ ରଖିଲେ "ବିଜୟା କଳା ସମାଜ"। ଦଶହରା ସମୟକୁ ସେମାନେ ବାର୍ଷିକ ଉତ୍ସବ ପାଇଁ ଧାର୍ଯ୍ୟ କଲେ। ରାକେଶ ଭାଇ ସେ ସମାଜର ପ୍ରଥମ ପ୍ରେସିଡ଼େଣ୍ଟ୍ ହେଲେ। ପରେଶଙ୍କୁ କଲ୍‌ଚରାଲ୍ ସେକ୍ରେଟେରୀ ଭାବେ ରଖିଲେ। ପମି ରହିଲା ମୁଖ୍ୟ କଲ୍‌ଚରାଲ୍ କୋଅର୍ଡ଼ିନେଟର୍। ଏମିତି ଗୋଟିଏ ସମାଜ ଦୁଇଟି ସମାଜରେ ବିଭକ୍ତ ହୋଇଗଲା। ସେ ସମୟ ବେଳକୁ ମେରୀଲାଣ୍ଡ, ଭରଜିନିଆ ଓ ଡିସି ଅଞ୍ଚଳରେ ଅନେକ ଭାରତୀୟ ଲୋକ। ତେଣୁ ଉଭୟ ସମାଜ ଭଲଭାବେ ଚାଲିଲା। ହେଲେ ୨୦୦୦ ମସିହା

ବେଳକୁ ଯେଉଁମାନେ ଏତେ ସାଙ୍ଗସାଥୀ ଥିଲେ, ୨୦୨୦ ବେଳକୁ ସେମାନଙ୍କ ମଧ୍ୟରେ ଆଉ ସେ ସ୍ନେହଭାବ ରହିନଥିଲା। ସେମାନେ ସମାନ୍ତରାଳ ଭାବେ ନିଜନିଜର ଗତିପଥ ବାଛି ସେ ଦିଗରେ ଅଗ୍ରସର ହେଉଥିଲେ।

ଏମିତି ଭାବେ "ଶ୍ରୀଜୟା କଳା ସମାଜ" ଓ "ବିଜୟା କଳା ସମାଜ" ନିଜ ନିଜର ସଂସ୍ଥାମାନଙ୍କୁ ଉଚ୍ଚା ଦେଖାଇବା ପାଇଁ ଅନେକ ଅନେକ ଅଭିନବ ଧାରଣା ସବୁ ସୃଷ୍ଟି କରୁଥିଲେ। ସେମାନଙ୍କର କାର୍ଯ୍ୟକ୍ରମରେ ସବୁବେଳେ ଅଜସ୍ର ଲୋକ ସମାଗମ। ଯଦିଓ ପରେଶଙ୍କ ତାଗିଦ୍ ପାଇଁ ପମି ୨୦୧୦ ପରେ ଆଉ "ଶ୍ରୀଜୟା କଳା ସମାଜ"ର କୌଣସି ସମାରୋହକୁ ଯାଇନି, ତେବେ ଭିଡ଼ିଓରେ ଦେଖେ, ଭାରତୀୟ ସମ୍ବାଦପତ୍ରରେ ଦେଖେ। ଯାହାବି ହେଉ, ଉଭୟ ସାଙ୍ଗରେ ରହି ସଂଘର୍ଷ କରିବା ପରିବର୍ତ୍ତେ ଅଲଗା ହୋଇ ବରଂ ସମୃଦ୍ଧି କରନ୍ତୁ। ପମି ସେଇଆହିଁ କାମନା କରେ।

ସଂପର୍କ ସବୁ ଏମିତି। କ୍ଷୀରନୀର ଭଳି ଥିବା ସଂପର୍କ ଯେ ଏମିତି କ୍ଷଣକରେ ନଷ୍ଟ ହୋଇଯାଏ, ତାର ଦୃଷ୍ଟାନ୍ତ ଅଗଣିତ। ପୁରାଣ, ଶାସ୍ତ୍ର ଠାରୁ ଆରମ୍ଭ କରି ଇତିହାସରେ ମଧ୍ୟ କେତେକେତେ କାହାଣୀ ଭରିରହିଛି। ରାଜ ସିଂହାସନ ପାଇଁ ଭାଇ, ଭାଇର ଲଢେଇକୁ ହିଁ ନେଇ ତ ମହାଭାରତର ସୃଷ୍ଟି। ଆଉ ସେ ମଧ୍ୟରେ କେତେ ଦ୍ରୋଣ, କେତେ କର୍ଣ୍ଣ, କେତେ ଭୀଷ୍ମ ସବୁ ବଳି ପଡ଼ିଯାନ୍ତି। ନିଜ ଇଚ୍ଛା ବିରୁଦ୍ଧରେ ମଧ୍ୟ ସେମାନଙ୍କୁ ଗୋଷ୍ଠୀ ସହିତ ରହିବାକୁ ପଡ଼େ। ସେମିତି ବିଜୟା କଳା ସମାଜ ଓ ଶ୍ରୀଜୟା କଳା ସମାଜ ଅନେକ ସାଙ୍ଗସାଥୀଙ୍କୁ ଅଲଗା କରିଦେଲା।

ପମି କିନ୍ତୁ ସବୁବେଳେ ଦାମିନୀ ଅପାଙ୍କ କଥା ଭାବେ। ତାଙ୍କ ପ୍ରତି ତାର ଶ୍ରଦ୍ଧା ସମ୍ମାନ ଭରି ରହିଥାଏ। ତେବେ ଘରର ଅଶାନ୍ତି ପାଇଁ ଜଗି ସିଏ ଆଉ ତାଙ୍କ ସହିତ ଯୋଗାଯୋଗ କରିପାରେନି କି ସଂପର୍କ ରଖିପାରେନି।

୨୦୨୦ରେ ଏ କୋଭିଡ୍-୧୯ ମହାମାରୀ ଯେତେବେଳେ ଆସିଲା, ପରେଶଙ୍କ ସହିତ ପମିର ମନୋମାଳିନ୍ୟ ଦିନକୁ ଦିନ ବଢିବାକୁ ଲାଗିଲା। ଦୁନିଆରେ ମଣିଷ ପୋକମାଛି ଭଳି ମରୁଛନ୍ତି, ସେତେବେଳେ ୟାଙ୍କର ମୁଣ୍ଡରେ କେବଳ ପଶୁଥିଲା କେମିତି ଏ ସମୟରେ ନାଁ କମେଇବା। ଯଦି ନାଁ କମେଇବାର ଅଛି କମାଅ, ହେଲେ ଜବରଦସ୍ତ ପମିକୁ ସେଥିରେ ଜୋଡ଼ି ରଖିବାର ଅର୍ଥ କଣ? ଦୁଇବର୍ଷ ତଳେ ୨୦୧୮ରେ ରାକେଶ ଭାଇଙ୍କର ତାଙ୍କ ସ୍ତ୍ରୀ ରାଧାଙ୍କ ସହିତ ଛାଡ଼ପତ୍ର ହୋଇଥିଲା। ତେଣୁ ପରେଶ ପମିକୁ ମନାକରିଦେଇଥିଲେ ରାଧାଙ୍କ ସହିତ କିଛି ସଂପର୍କ ରଖିବାକୁ। ଏମିତି କଣ ହୁଏ? ପୁରୁଷମାନେ କେମିତି କେଜାଣି ସଂପର୍କକୁ ଏମିତି କ୍ଷଣକରେ ତୁଟେଇ ଦେଇପାରନ୍ତି, ହେଲେ ପମିକୁ ବଡ଼ ବାଧିଥିଲା। ପ୍ରଥମେ ତ ଦାମିନୀ ଅପାଙ୍କ

ସହିତ ତା' ସଂପର୍କକୁ ଜବରଦସ୍ତ ଭାଙ୍ଗି ଦେଇଥିଲେ ପରେଶ, ଏବେ ରାଧା ଅପାଙ୍କ ସହିତ ସଂପର୍କ ବି ଭାଙ୍ଗିଦେବାର ପ୍ରୟାସରେ ରହିଲେ। ପମି କିନ୍ତୁ ମାନିପାରିନଥିଲା। ସେଥିପାଇଁ ସେମାନଙ୍କ ଭିତରେ ମଝିରେ ମଝିରେ ଝଗଡ଼ା ହେଉଥିଲା। ଏବେ କୋଭିଡ୍ ସମୟରେ ଦୁଇଜଣ ଯାକ ଏକତ୍ର ଘରେ ରହିବାରୁ ଝଗଡ଼ା ବଢ଼ିଲା। ଟିକେଟିକେ କଥାରେ ଖୁଂପାଖୁଂପି। ଆଗେ ପମି କାମ କରିବାକୁ ଅଫିସ୍ ଚାଲିଯାଉଥିଲା। ତା' ଅଫିସ୍ କଲେଜ୍ ପାର୍କରେ। ରାଧା ଅପାଙ୍କ ଅଫିସ୍ ବି କଲେଜ୍ ପାର୍କରେ। ତେଣୁ ଦୁଇ ଯା' ମଝିରେ ମଝିରେ ସାଙ୍ଗ ହୋଇ ଲଞ୍ଚ୍ ଖାଆନ୍ତି, ସେଠି ଥିବା ପାର୍କରେ ଚାଲନ୍ତି ଓ ନିଜନିଜ ଭିତରେ ସଂପର୍କ ରଖିଥାନ୍ତି। ଯଦିଓ ପରେଶଙ୍କ ପାଇଁ କେହି କାହା ଘରକୁ ଯିବାଆସିବା କରନ୍ତିନି, ହେଲେ ରାଧା ଅପା ବି ବୁଝନ୍ତି। ଏବେ ପରେଶଙ୍କ ଉପସ୍ଥିତିରେ ରାଧା ଅପାଙ୍କ ସହିତ କଥାବାର୍ତ୍ତା ହେବାର ସୁଯୋଗ ମିଳେନି। ତାପରେ ଯଦି କିଛି ଜୁମ୍ ମିଟିଙ୍ଗ୍‌ରେ ରାଧା ଅପା ରହିଥାନ୍ତି, ପରେଶ ଯାଇ ଚେକ୍ କରିଆସନ୍ତି, କାହା ସହିତ ପମି କଥାବାର୍ତ୍ତା କରୁଛି, ସଂପର୍କ ରଖୁଛି ସେସବୁ ଅନୁଧ୍ୟାନ କରିବାପାଇଁ। ଏମିତିରେ ସିଏ ଏ ଭିତରେ ସାତଟି ଅନୁଷ୍ଠାନ ଗଢ଼ି ସାରିଥିଲେ। ପ୍ରତି ଅନୁଷ୍ଠାନର ଜୁମ୍ ମିଟିଙ୍ଗ୍ ଚାଲୁଥିଲା। ଦିନସାରା ସିଏ ସେମିତି କଂପ୍ୟୁଟର୍ ସାମ୍ନାରେ ବସିଥିବେ, ଜୁମ୍ ମିଟିଙ୍ଗ୍‌ରେ ରହିଥିବେ, ଭାଷଣ ଦେଉଥିବେ, ସେତେବେଳେ ସବୁ ଠିକ୍। ହେଲେ ପମି ଯଦି ସେସବୁ କଲା, ସେଇଟା ଅପରାଧ ହୋଇଯିବ।

ସବୁଠାରୁ ବିରକ୍ତ ଲାଗେ ପରେଶଙ୍କର ଦେଖେଇହେବା ଅଭ୍ୟାସଟି। ଯାହା ସହିତ ଫୋନ୍ କରୁଥିବେ, କହିବେ, "ଜାଣିଲ, ଆମ ସଂସ୍ଥାର ଖବର କାଲି ଧରିତ୍ରୀରେ ବାହାରିଥିଲା। ସମାଜରେ ବାହାରିଥିଲା।" ଯେମିତି ଗୋଟିଏ ଅତି ବିରାଟ ଜିନିଷ କରିପକାଉଛନ୍ତି। ପରେଶଙ୍କର କିଛି ସାଙ୍ଗସାଥୀ ଓ ସଂପର୍କୀୟ ଅନ୍ୟ ଦେଶମାନଙ୍କରେ ରହନ୍ତି। ଏମିତିକି ପମିର ସଂପର୍କୀୟ ମାନେ ମଧ୍ୟ କିଛି ଅନ୍ୟ ଦେଶମାନଙ୍କରେ ରହନ୍ତି। ଯେଉଁମାନେ ଅନ୍ୟ ଦେଶମାନଙ୍କରେ ରହନ୍ତି, ପରେଶ ସେମାନଙ୍କୁ ସବୁ ଯୋଗାଯୋଗ କରି, ତାଙ୍କ ବିଶ୍ୱ ଓଡ଼ିଆ ଐତିହ୍ୟ ସଂସଦର ସଭ୍ୟ ରହିବାକୁ ଅନୁରୋଧ କରନ୍ତି। ସେମାନେ ଯେତେବେଳେ ପମିକୁ ଏସବୁ ବିଷୟରେ ଯୋଗାଯୋଗ କରନ୍ତି, ପମି ତ କିଛି ଜାଣିନଥାଏ। ପରେଶଙ୍କୁ ପଚାରିଲେ, ସିଏ ବିରକ୍ତ ହୁଅନ୍ତି। କୁହନ୍ତି, "ନିଜେ ତ କିଛି କରିବନି। କିଏ କରିଲେ, ତାକୁ କଙ୍କଡ଼ା ହେଇ ପଛରୁ ଟାଣିବ। ଜାଣିଲ, କେବଳ ତମ ପାଇଁ ମୋ ଜୀବନର ସବୁ ସ୍ୱପ୍ନ ଏମିତି ମଝିରେ ଅଟକି ତ୍ରିଶଙ୍କୁ ଅବସ୍ଥାରେ ରହିଛନ୍ତି। ମୋର ଦୁର୍ଭାଗ୍ୟ ଯେ ତମ ଭଳି ଗୋଟିଏ ଅଦ୍‌ଭୁତ ମଣିଷକୁ ବେକରେ ଛନ୍ଦି ରହିବାକୁ ପଡୁଛି।

ପମି ଦିନେ ସେସବୁ ଶୁଣି ଚୁପ୍ ରହୁଥିଲା। ହେଲେ ଏବେ ଚୁପ୍ ରହେନି। କଥାକୁ କଥା ଲାଗିଯାଏ। "କି ଉଚ୍ଚ ସ୍ୱପ୍ନ ଥିଲା କି ତୁମର? ଯେମିତି ନୋବେଲ୍ ପୁରସ୍କାର ପାଇଥାଆନ୍ତ, ମୁଁ ଅଟକେଇଦେଲି।"

ଏତିକିରେ ପରେଶ ଚିହିଁକି ଉଠନ୍ତି। ତାଙ୍କୁ ପୁରସ୍କାର ଶବ୍ଦଟା ବାଧେ। କାରଣ "ବିଜୟା କଳା ସମାଜ"ର ଗୋଟିଏ ପୁରସ୍କାର ସିଏ ପାଉପାଉ ପାଇଲେନି। ସେଇ କାରଣ ପାଇଁ ଉଭୟ ରାକେଶ ଭାଇ ଓ ସିଏ "ବିଜୟା କଳା ସମାଜ" ଛାଡ଼ି ଏବେ ଅନ୍ତର୍ଜାତୀୟ ଅନୁଷ୍ଠାନ ଅର୍ଥାତ୍ ଇଣ୍ଟରନେସ୍‌ନାଲ୍ ସୋସାଇଟି ଆଡ଼କୁ ମନ ବଳେଇଛନ୍ତି। ସେଇଥିପାଇଁ ରାଧା ଅପା ଓ ରାକେଶ ଭାଇଙ୍କର ଝଗଡ଼ା ହେଉଥିଲା। ଏବେ ସେଇଥିପାଇଁ ପରେଶ ଓ ପମିଙ୍କର ବି ଝଗଡ଼ା ଲାଗିରହିଲା। ଶେଷରେ ପରେଶ ଓ ପମିଙ୍କର ମଧ୍ୟ ୨୦୨୧ ମସିହା ଫେବୃୟାରୀ ମାସରେ ଛାଡ଼ପତ୍ର ହୋଇଗଲା।

ଓଃ। କି ଶାନ୍ତି। ଦୁଃଖ ତ ଲାଗୁଥିଲା ପମିକୁ। ହେଲେ ଖୁସି ବି ଲାଗୁଥିଲା ଯେ ଏବେ ସିଏ ସ୍ୱାଧୀନ। ଏବେ ଅବଶିଷ୍ଟ ଜୀବନ ସିଏ ନିଜ ଇଚ୍ଛାରେ କଟେଇବ; ଆଉ କାହା କଥାରେ ଚାବିଦିଆ କଣ୍ଢେଇ ପରି ଚାଲିବନି। କିଏ ଜାଣେ ଏ କୋଭିଡ୍-୧୯ କେବେ ଧରାପୃଷ୍ଠରୁ ଯିବ। ସେ ଭିତରେ କିଏ ଯାଇଥିବ, କିଏ ରହିଥିବ। ସେ କୋଭିଡ୍-୧୯ ଯେବେ ଯାଉଛି ଯାଉ। ପମି କିନ୍ତୁ ଏବେ ପ୍ରତି ମୁହୂର୍ତ୍ତକୁ ତା' ମନ ଅନୁଯାୟୀ ସୁନ୍ଦର କରି ସଜେଇବ।

ପମିର ଏମିତି ନିଷ୍ପତିରେ ରାଧା ଅପାଙ୍କ ହାତ ଅଛି ବୋଲି ପରେଶ ଅଭିଯୋଗ ଆଣିଥିଲେ। ସବୁ ଚିହ୍ନାଜଣା ଲୋକଙ୍କୁ ରାଧା ଅପାଙ୍କ ବିରୁଦ୍ଧରେ ଉସୁକେଇଲେ। "ନିଜ ଘର ତ ଭାଙ୍ଗିଲେ। ଏବେ ମୋ ଘର ବି ଭାଙ୍ଗିଲେ।" ଏମିତି କହି ସିଏ ପମିର ମା'ଙ୍କ ପାଖରେ ଅଭିଯୋଗ କରିଥିଲେ। ହେଲେ ପମି ଜାଣିଥିଲା ସତ କଣ। ଏମାନଙ୍କର ଏତେ ସବୁ ଏମିତି ପୁରୁଷପଣିଆର ଗର୍ବ ଆଉ ଅହଙ୍କାର ଯେ, ସେସବୁର ତୁଳନାରେ ସବୁ ସଂପର୍କର ମାନ ଗୌଣ ହୋଇଯାଏ। ସେମାନେ ଭାବନ୍ତି ସ୍ତ୍ରୀ ଲୋକମାନେ କେବଳ ପୁରୁଷ ମାନଙ୍କୁ ଅନୁସରଣ କରିବେ। ସେମାନଙ୍କ ଉପରେ ନିଜର ବିଚାରଧାରା ଲଦିଦେବେନି।

ହେଲେ ପମି ଦେଖିଛି, ଦାମିନୀ ଅପା ଓ ତାଙ୍କ ସ୍ୱାମୀ ରସିକ ଭାଇ କେମିତି ଭଲ ବନ୍ଧୁ ଭାବେ ଚଳନ୍ତି। ଦାମିନୀ ଅପାଙ୍କର ପ୍ରତି କାମରେ ରସିକ ଭାଇ ସହଯୋଗ କରନ୍ତି। ସିଏ ଗୀତ ଗାଆନ୍ତି ବୋଲି ରସିକ ଭାଇ ଆଣି ହାରମୋନିୟମ୍ ସେଟ୍ କରିଦିଅନ୍ତି, ଆସ୍ଥାନ ଠିକ୍ କରିଦିଅନ୍ତି, ସାଉଣ୍ଡ୍ ସିଷ୍ଟମ୍ ଚେକ୍ କରି, ମାଇକ୍ରୋଫୋନ୍ ସେଟ୍ କରିଦିଅନ୍ତି। ବେଳେବେଳେ ସେକଥା କହିଲେ, ପରେଶ କୁହନ୍ତି, "ରସିକ

ଭାଇ ପକ୍‌କା ମାଇଚିଆ। ତମେ କଣ ଭାବିଚ, ମୁଁ ତାଙ୍କ ଭଳିଆ ତମର ପ୍ରତିକଥାରେ ଉଠ୍‌ବସ୍ ହେବି?"

ପରେଶ ସବୁଆଡ଼େ ଖାଲି ଭାଷଣ ଦେବାକୁ ଅପେକ୍ଷା କରନ୍ତି। ନେତାଗିରି ଦେଖାନ୍ତି। ସମସ୍ତଙ୍କୁ ଏ କାମ, ସେ କାମ କରିବାକୁ ଆଦେଶ ଦିଅନ୍ତି। ନିଜେ ମଞ୍ଚ ଉପରେ ବସି ଭାଷଣ ଦେବା ଓ ଫଟୋରେ ଆସିବାର ମଜ୍ଜା ନିଅନ୍ତି।

ଏବେ ଦାମିନୀ ଅପାଙ୍କ ସହିତ ସଂପର୍କ ରଖିବାରେ ପମିକୁ କିଏ ଅଟକେଇ ପାରିବେନି। ହେଲେ ଦାମିନୀ ଅପା କଣ ପମିକୁ ସେମିତି ପୂର୍ବ ଭଳି ସ୍ନେହ, ଆଦର କରିବେ? ପ୍ରାୟ ଦଶ ବର୍ଷ ହେଲାଣି, ତାଙ୍କ ସହିତ କଥାବାର୍ତ୍ତା ହୋଇନି। ଏମିତି ଦୁଇ ତିନୋଟି ବାହାଘରରେ ଦୂରରୁ ଦେଖାହୋଇଛି। କିନ୍ତୁ ସେମାନେ ପରସ୍ପରକୁ ନ ଚିହ୍ନିବା ଭଳି ଏଡ଼େଇ ଦେଇ ଯାଇଛନ୍ତି।

ଏମିତି ଭାବି ପମି ଦାମିନୀ ଅପାଙ୍କୁ ଫୋନ୍ ଲଗେଇଲା।

ସେପଟୁ ଯେଉଁ ସ୍ୱରଟି ଭାସିଆସିଲା, ସେ ସ୍ୱରଟି ସେମିତି ସ୍ନେହଭରା ରହିଥିଲା। ଦାମିନୀ ଅପା କହିଲେ, "ଆରେ ପମି, କି ଭାଗ୍ୟ ମୋର। ଆଜି ଆଉ ସୂର୍ଯ୍ୟ ପଶ୍ଚିମ ଦିଗରେ ଉଦୟ ହୋଇନାହାନ୍ତି ତ? ତମେ ମତେ ମନେ ପକେଇଲ। ତମେମାନେ ସବୁ କେମିତି ଅଛ?"

ପମି ବିଶ୍ୱାସ କରିପାରୁନଥିଲା ନିଜ କାନକୁ। ମଣିଷ କଣ ଏତେ କ୍ଷମାଶୀଳ ହୋଇପାରେ। ଦାମିନୀ ଅପାଙ୍କ କଣ୍ଠରେ କିଛି ବି ରାଗ, ଅଭିମାନ ନଥିଲା।

ପମି କାନ୍ଦକାନ୍ଦ ହୋଇଗଲା। ଇଚ୍ଛାହେଲା ସିଏ ଦାମିନୀ ଅପାଙ୍କୁ ଦେଖା କରିବାକୁ ଚାଲିଯାଆନ୍ତା। ତାଙ୍କ ଆଗରେ ନିଜର ସମସ୍ତ ଦୁଃଖ, ବେଦନା କହିପକାନ୍ତା ଓ ତାଙ୍କ ସାଙ୍ଗରେ ମିଶି ଗୀତଟିଏ ଗାଇପକାନ୍ତା। ହେଲେ ତା' ପାଟିରୁ କିଛି ବି ବାହାରୁନଥିଲା।

ଦାମିନୀ ଅପା ସେପଟରୁ ବ୍ୟସ୍ତ ହୋଇ ପଚାରି ଚାଲିଥାନ୍ତି, "ଆରେ ପମି, ତମେ ଠିକ୍ ଅଛ ତ?" ସେପଟୁ ସିଏ ରସିକ ଭାଇଙ୍କୁ ବି କହୁଥାଆନ୍ତି, "ଟିକେ ସନ୍ତୋଷକୁ ଲଗେଇଲ, ସିଏ ଯାଇ ପମି ଘରେ ଦେଖିଆସିବ। ସିଏ କଣ ଫୋନ୍ କରି କିଛି କହୁନି। ତାମାନେ କିଛି ଗୋଟିଏ ଅସୁବିଧା ହୋଇଛି ନିଶ୍ଚୟ।"

ସେପଟୁ ପୁଣି ଶୁଭିଲା, ରସିକ ଭାଇଙ୍କର ସନ୍ତୋଷଙ୍କୁ ଫୋନ୍ କରିବା ଓ ତାଙ୍କର ସାହାଯ୍ୟ ମାଗିବା ଇତ୍ୟାଦି ଇତ୍ୟାଦି।

ପମି ଆଶ୍ଚର୍ଯ୍ୟ ହୋଇଗଲା। କୃତଜ୍ଞତାରେ ତା' ହୃଦୟ ପୂରିଉଠିଲା। ସିଏ ପାଟି ଖୋଲିଲା ଓ କହିଲା, "ମୁଁ ଭଲ ଅଛି ଅପା। ଏତେଦିନ ପରେ ଆପଣଙ୍କ କଣ୍ଠ ସ୍ୱର

ଶୁଣି ବିହ୍ୱଳ ହୋଇଗଲି ଓ ଭାବୁକ ବି ହୋଇଗଲି। ସେଥିପାଇଁ ପାଟିରୁ କିଛି କଥା ବାହାରିଲାନି। ଆଖିରୁ ଖାଲି ଲୁହ ବାହାରିଗଲା।

ଦାମିନୀ ଅପା ଉତ୍ତରଦେଲେ, "ହଁରେ ପମି, ଆଜିକାଲିତ ଏ କୋଭିଡ୍ ପାଇଁ ନ ଶୁଣିଲା କଥା ଶୁଣାଯାଉଛି, ନ ଘଟିଲା କଥା ଘଟିଯାଉଛି। ସେଇଥିପାଇଁ ଟିକେ କିଛି ଏପଟସେପଟ ହେଇଗଲେ ଛାତିଟା ଧକ୍‌ଧକ୍ କରୁଛି। ଆଉ ତମେମାନେ ଟିକା ନେଲଣି ନା ନାହିଁ?"

ପମି - "ହଁ ଅପା, ମୋର ଦିଟା ଡ଼ୋଜ୍ ଟିକା ନିଆ ସରିଛି। ଆଉ ଆପଣମାନେ ଟିକା ନେଲେଣି? ଭାଇନା କେମିତି ଅଛନ୍ତି?"

ଦାମିନୀ - "ହଁ ଆମେ ସବୁ ଟିକା ନେଇଯାଇଛୁ। ଭାଇନା ଭଲ ଅଛନ୍ତି। ଏବର୍ଷ ରିଟାୟାର୍ଡ଼ କରିବେ ବୋଲି କହିହେଉଛନ୍ତି। ହେଲେ ମୁଁ ତାଙ୍କୁ କହିଲି, ରିଟାୟାର୍ଡ଼ କରିକି କଣ କରିବ। କୁଆଡ଼େ ତ ଆଉ ବୁଲାବୁଲି କରିବାର ନାହିଁ। ଘରେ ରହି ମନରେ ଏଣୁତେଣୁ କଥା ପୂରେଇବା ବଦଳରେ କାମରେ ମନ ଲଗେଇବା ବରଂ ଭଲ। ଆଉ ପରେଶ କେମିତି ଅଛନ୍ତି?"

ପମି - "ଆପଣ କଣ କିଛି ଶୁଣିନାହାନ୍ତି?"

ଦାମିନୀ - "କଣ? ପରେଶଙ୍କର କଣ ହେଲା? ସିଏ ଠିକ୍ ଅଛନ୍ତି ତ?"

ପମି - "ସିଏ ଠିକ୍ ଅଛନ୍ତି ନିଶ୍ଚୟ। ହେଲେ ଆମେ ଅଲଗା ହୋଇଗଲୁ। ମୁଁ ଏବେ ଆମ ସିଲ୍‌ଭର୍ ସ୍ପ୍ରିଙ୍ଗ୍ ଘରେ ଏକା ରହୁଛି। ସିଏ ଆଉ ଗୋଟିଏ ଘର କିଣି ବାଲ୍‌ଟିମୋର୍‌ରେ ରହୁଛନ୍ତି।"

ସେପଟୁ ଲାଗିଲା ଯେମିତି ଦାମିନୀ ଅପା କିଂକର୍ତ୍ତବ୍ୟବିମୂଢ଼ ହୋଇଗଲେ। ତାପରେ କହିଲେ, "ପମି, ତମେ ଏବେ ଘରେ ଅଛ ତ? ନାଁ କୁଆଡ଼େ ଯିବାର ଅଛି? ଭାଇନା ଓ ମୁଁ ବର୍ତ୍ତମାନ ତମ ପାଖକୁ ବାହାରୁଛୁ।"

ପମିର ଆନନ୍ଦର ସୀମା ରହିଲାନି। ସିଏ ଗଦ୍‌ଗଦ୍ ହୋଇଗଲା। "ହଁ ଅପା, ମୁଁ ଘରେ ଅଛି। ଆପଣ ଆସନ୍ତୁ। ଆପଣଙ୍କ ଆସିବାକୁ ଅପେକ୍ଷା କରିରହିଲି।"

ବାର ବର୍ଷର ଭଙ୍ଗା ସଂପର୍କଟା ଏମିତି ଗୋଟିଏ ଟେଲିଫୋନ୍ କଲ୍‌ରେ ଯୋଡ଼ି ହେଇଯିବ ବୋଲି ସ୍ୱପ୍ନରେ ବି ଭାବିନଥିଲା ପମି। ଆଜି ଦାମିନୀ ଅପା ଏତେ ବର୍ଷ ପରେ ତା' ଘରକୁ ଆସିବେ। ହଠାତ୍ ସିଏ ବି ଦାମିନୀ ପାଲଟିଗଲା ଓ ଦାମିନୀ ଅପାଙ୍କର ପ୍ରିୟ ଖାଦ୍ୟ ସବୁ ତିଆରି କରିବା ପାଇଁ ଚଳଚଞ୍ଚଳ ହୋଇଉଠିଲା।

■

BLACK EAGLE BOOKS

www.blackeaglebooks.org
info@blackeaglebooks.org

Black Eagle Books, an independent publisher, was founded as a nonprofit organization in April, 2019. It is our mission to connect and engage the Indian diaspora and the world at large with the best of works of world literature published on a collaborative platform, with special emphasis on foregrounding Contemporary Classics and New Writing.